闽南文化丛书

闽南海外移民与华侨华人

总主编　陈支平　徐　泓
主　编　陈衍德　卞凤奎

福建人民出版社

总　序

　　在社会各界的关心支持下，《闽南文化丛书》终于与读者见面了。我们之所以组织撰写这套丛书，主要基于以下的三点学术思考。

　　一、闽南文化是中华文化的一个重要组成部分，同时又是中华文化中的一个极具鲜明特色的地域文化。闽南文化的形成及其发展，是经过了漫长的历史演变与文化磨合，以及东南沿海地带独特的地理环境等多种因素逐渐造就的。中华文化的核心价值培育了闽南文化，而深具地域特色的闽南文化又使得中华文化的整体性显得更加丰富多彩。当今，区域文化研究已经成为世界性的一个学术热点，从中华文化整体性的角度来考察区域文化，闽南文化的研究理应引起学术界的高度重视。

　　二、闽南文化是一种二元结构的文化结合体。这种二元文化结合体既向往追寻中华的核心主流文化，又在某种程度上顽固地保持边陲文化的变异体态；既依归中华民族大一统政治文化体制并积极为之作出贡献，又不时地超越传统与现实的规范与约束；既有步人之后的自卑心理，又有强烈的自我表现和自我欣赏的意识；既力图在边陲区域传承和固守中华文化早期的核心价值观念，却又在潜移默化之中造就了诸如乡族组织、帮派仁义式的社会结构。这种二元结构的文化结合体，可以把许多看似相互矛盾、相互排斥的人文因素，有机地磨合和交错在一起。也许正是这种二元文化结合体，在一定程度上滋生了闽南区域文化及其社会经济的持续生命力，从而使得闽南社会及其文化影响区域能够在坚守中华文化核心价值的同时，有所发扬，有所开拓。我们通过对于闽南二元结构文化结合体的研究，应该有助于对于中华文化演化史的宏观审视。

　　三、闽南文化是一种辐射型的区域文化。从地理概念上说，所谓闽南区域，指的是现在福建南部包括泉州、厦门、漳州所属的各个县市。然而从文化的角度说，闽南文化的概念远远超出了以上的区域。由于面临大海的自然特征与文化特征，使得闽南文化在长期的传承演变历程中，不断地向东南的海洋地带传播。不用说祖国大陆的浙江温州沿海、广东南部沿海、海南沿海，以及祖国的宝岛台湾，深深受到闽南文化的影响，形成了带有变异型的闽南方言社会与乡族社会，即使是在东南亚地区以及海外的许多地区，闽南文化的影响所及，都是不可忽视的社会现实。因此，闽南文化既是地域性的，同时又是带有一定的世界性的。在当今世界一体化的趋势之下，研究闽南文化尤其显得深具意义。

　　闽南文化的内涵是极为丰富深刻的，其表现形式是多姿多彩的。为了把闽南文化的整体概貌比较完整地呈现给读者，我们把这套丛书分成十四个专题，独立成书。这十四本书，既是闽南文化不同组成部分的深入剖析，同时又相互联系、有机地成为宏观的整体。我们希望通过这套丛书的出版，一方面对于系统深入地研究闽南文化有所推进，另一方面则更希望人们对于闽南文化乃至中华文化有着更为全面的了解和眷念，让我们的家园文化之情，心心相印。

最后，我们要再次对于众多关心和支持本套丛书的写作和出版的社会各界人士，深致衷心的谢意！

陈支平　徐　泓

2007 年 10 月

目　录

绪　论

历史链条中的海峡两岸
闽南人移民群体

一、从历史的发展看闽南人移民的整体性

历史是一条无尽的因果链。人类不断迁徙、不断开拓生存空间，促进了人类社会的发展；而人类社会的发展又使人类的生存空间不断扩大。二者的互为促进就构成了这样一种因果链。迁徙是人类的社会行为，它具有群体性的特征。因此讨论人类的迁徙只能从具体的人群切入。本书讨论的是闽南人移民群体。这里的闽南人是广义的，并不局限于福建南部居民，而是包括了台湾居民。众所周知，台湾居民的祖籍地构成以闽南为主。台湾学者林再复在其著作《闽南人》中将台湾称作"第二个闽南"。① 这一说法是何等的形象！数百年来以闽南人为主体的祖国大陆居民不断迁往台湾，才形成了今天的台湾社会。在某种意义上，可以说台湾社会就是闽南的翻版或复制。在中国历史上，像这样由某一个地域的人群迁往另一个地域并在那里形成了几近于原地域的社会的情况，是不多见的。当然，这与闽、台两地仅一水之隔，且

---

① 　林再复：《闽南人》，第 613 页，（台湾）三民书局，1996 年增订版。

台湾是个岛屿这样的地理形势有关。

如果再把历史的眼光放得更远一些，闽南人本身也是由来自中国北方的移民与本地土著闽越人等不断交融而形成的。因此与后来形成的台湾移民社会一样，闽南原先也是一个移民社会。由一个移民社会派生出另一个移民社会，然而二者之间又具有不可割断的文化连续性，这本身就是一种十分有趣的历史现象。其实这也是中国人在华夏大地上不断迁徙、拓展生存空间，从而使中华民族不断繁衍生息、社会经济不断发展的一个缩影。当然，闽南人居住地域向台湾的扩展也有自身的特点。中国历史上人民居住地域的扩展，一般是从陆地到陆地，而闽南人居住地域的扩展，除了朝向内陆，也面向海洋。因此，闽南人越过台湾海峡，到台湾岛上生息繁衍，便突破了中国人迁徙的传统界限，而将它推进到一个新的境界。与此同时，闽南人又将其原先具有的大陆文化与海洋文化兼备的社会文化，在台湾岛上提升为海洋文化突出、但又不舍弃大陆文化的一种独特的地域文化。

如果说福建南部和台湾的闽南人之共源乃是本书论述的基础，那么闽、台两地的闽南人向海外的迁移，才是本书论述的重点。近代以来福建南部地狭人稠的加剧以及社会经济的变迁自不待言，闽南人进一步向海外迁移势在必行。而台湾岛上特殊的政治、经济发展，也促使一部分在台闽南人选择了到海外发展。这样，海峡两岸的闽南人又都向海外去寻求发展空间。当然，福建南部的闽南人向海外移民并不始于近代，但鸦片战争后才进入高潮则是不争的事实。而台湾的闽南人向海外移民的浪潮则更迟一些，是到了 20 世纪下半叶才出现的。然而，这并不妨碍我们将二者联系起来加以研究，而这也正是本书的特点之所在。以往的研究多将二者分开来进行，这样做也许有其理由，但其缺陷是显而易见的，特别是当人们将闽南人作为一个整体来看待时，未免有割断历史链条之感。历史链条有时候是脉络清晰的，但有时候又不那么清晰，需要人们去加以条分缕析。

从空间转换的角度来看移民现象，它实际上是一种人口扩散现象，并且它具有两种形式：近邻扩散与跃迁扩散。此二者之间没有必然的承接关系，何者为先因时因地而异，有时则是二者并存的。如果说闽南人自福建南部迁至台湾是近邻扩散，那么他们从福建南部迁至东南亚便是跃迁扩散。从闽南人的移民史来看，至少其迁往东南亚并不比其迁往台湾来得迟。而当 16、17 世纪西班牙殖民者与荷兰殖民者先后占据菲律宾与台湾之后，福建南部的闽南人便更多地迁往此二地，不仅时间上基本同步，而且具有一些相似之处。台湾学者陈绍馨注意到了这一点，并指出那是由于两地社会经济遭到殖民者的改变后，需要更多的劳动力，所以同时吸引闽南人前往彼处。[①] 当然，台湾自古以来属中国，而菲律宾则是外国。但是，当时的闽南人不会作此区分，我们不能以非历史的观点来强求他们。而陈绍馨也没有将台湾视为异邦的意思。我们在此指出这一历史现象，乃是欲将闽南人的跨海迁移视为同一个进程来加以研究，探讨历史上闽南人国内迁移（近邻扩散）和跨国迁移（跃迁扩散）同时并举的现象，弄清作为同一个移民群体的闽南人在历史链条中的脉络与线索。

二、明末清初至清末闽南人的海内外移民

菲律宾是距闽南最近的岛国，而台湾又隔巴士海峡与菲律宾相望。菲律宾群岛最北部的小岛，天晴时可遥望台湾最南边的属岛，两地鸡鸣之声亦可相闻。1661 年郑成功收复台湾后，闽南

---

① 　陈绍馨：《台湾的人口变迁与社会变迁》，第 23～34 页，（台湾）联经出版事业公司，1979。

人纷纷渡台，"其时航海而至者十数万人"①。在此前后，闽南人赴菲律宾者亦多，然而屡遭西班牙殖民者排斥甚至屠杀。1662年郑成功曾因华人受虐待而欲兴师问罪于菲岛，不幸病逝而罢。郑氏政权经营台湾期间，"华人之在吕宋者，久遭西人之暴，前后戾至，皆抚附之，给其田畴，乐其生业，故有久居之志"。②闽南人从西班牙占领下的菲律宾吕宋岛又再次移民台湾，这是早期华人移居海外后复又回归的少有的现象。它说明闽南、台湾、吕宋三地关系之密切，闽南人在三地之间的移民，构成了此一时期闽南人移民史的重要部分。一直到郑氏政权末期，还在讨论攻打吕宋之事，其目虽为移师吕宋以避清军兵锋，然而一雪华人之耻亦为其理由："自西班牙窃据兹土，于兹已百四十余年，我漳泉人积骸其地者，何啻数十万。"③ 可见郑氏政权一直关注着许多闽南人居住的菲律宾，虽然他未能实现进军吕宋之愿，但1683年清军攻占台湾后，许多闽南籍官兵还是逃往南洋特别是吕宋。由此可见，当时的台湾不仅与祖国大陆密切相关，而且与东南亚互为关联。推而广之，又可以说与近代世界的发展有关。用今天的话来说，就是早期"全球化"的结果。

　　既然闽南海外移民这一历史链条的牵涉面如此广泛，追寻这一链条就不应仅限于地理空间相对邻近的闽、台、吕宋三地，而应将其扩及整个东南亚。若以西方殖民者东来与华人前往东南亚的关联为切入点，又可以找到另一个三角关系，那就是闽南、澎湖、爪哇。闽南人移居澎湖比移居台湾更早，荷兰殖民者入据澎湖也比入据台湾更早。与此同时荷兰殖民者开始经营爪哇。荷兰

---

① 　连横：《台湾通史》，第 82 页，广西人民出版社，2005。

② 　同上书，第 82 页。

③ 　同①，第 205 页。

东印度公司的船长威·伊·邦特库所写的《东印度航海记》，记载了荷兰殖民者于 1622—1623 年间在闽南沿海的骚扰及对中国人口的掳掠。其中，有 1400 名被俘的中国人（从荷兰殖民者的活动海域来看，大部分应为闽南人）被抓到澎湖列岛去为殖民者修筑城堡，"后来都被押送到巴达维亚（今雅加达）去出售"①。这可以说是西方殖民者在闽南非法拐卖"苦力"的最早案例。而"苦力"是除了自愿移民之外的另一类非自愿的移民。这些被拐卖的闽南人，其命运是非常悲惨的。伦敦大学彼得·盖尔教授在为《东印度航海记》所写的导言中说，邦特库提到的 1400 人当中，大部分没能活着到达巴达维亚。其中的一批 180 人"似乎是平安到达的"，其余的 1150 人，要么在澎湖就被折磨死了，要么在运往爪哇的途中死于非命，"到 1624 年 1 月活着上岸的只不过 33 人了"。② 这些沦为奴隶的闽南人的遭遇构成了闽南海外移民史上最黑暗的一页，但客观上也以闽南、澎湖、爪哇三地为连接点，构成了闽南人海外移民史链条的一个环节。

当历史链条随时间推移而延续时，闽南人向台湾和东南亚的移民也随着时代的变迁而不断出现新的情况。台湾方面的移民，"明郑治台期间，三代共二十三年（1661—1683），来台耕垦者有二十五万人之众，其中大部分是闽南人"。③ 1683 年清朝收复台湾后，大陆移民台湾者不断增加，台湾人口因此不断增长。1683 年台湾人口仅为 12 万，1762 年增至 73 万，1782 年达到 100 万，1811 年又增至 194 万。到鸦片战争前夕的 1840 年，台湾人口已

---

① ［荷兰］威·伊·邦特库著，姚楠译：《东印度航海记》，第 96 页，中华书局，1982。
② 同上书，第 19～20 页。
③ 林再复：《闽南人》，第 127 页，（台湾）三民书局，1996 年增订版。

达 250 万。[①] 虽然当时没有台湾人口祖籍地结构的统计资料，但从闽南与台湾关系之密切，超过大陆其他地方与台湾的关系这一点来看，闽南人构成此间大陆向台湾移民的大部分，是确凿无疑的。并且此间的移民构成也奠定了 20 世纪上半叶台湾人口祖籍地结构的基础。到了日本侵占台湾前夕的 1893 年，台湾人口已达 300 万。[②] 从 1683 年算起的 210 年内，台湾人口增加了 25 倍。至此，一个以闽南人为主体的台湾移民社会已经完全形成了。

东南亚方面的移民，明末南洋华侨总数约 10 万人，闽人则约占 70％至 80％。这里要说明的是，明末清初直至民国时期，东南亚的福建人或闽人，实际上或大部分指的就是闽南人。清初至鸦片战争前夕，闽人继续来到他们传统的移居地印尼和菲律宾群岛以及马来半岛的一些地方。以后闽人的移居地又不断扩展，包括了北婆罗洲、暹罗、柬埔寨、越南等。鸦片战争前夕，东南亚的华侨总数已达 150 万人左右。由于广东潮州籍的华人激增（主要是前往暹罗），改变了东南亚华侨的祖籍地结构，使闽籍华侨在人数上少于粤籍华侨，大约为 52 万人。[③] 鸦片战争以后，闽南人移民东南亚进入高潮。福建省年均出国人数从 1841—1875 年间的 1.5 万人，增加到 1896—1900 年间的 7 万人。[④] 这当中大多数是闽南人，而且大多数是前往东南亚。到 19 世纪末 20 世纪初，南洋各地的闽籍华侨社会也都相继形成或日臻完善了。

当人们将清初以后闽南人移民台湾和移民东南亚两个方面综

---

① 陈孔立：《清代台湾移民社会研究》，第 97 页，厦门大学出版社，1990。

② 同上。

③ 林国平等主编：《福建移民史》，第 223 页，方志出版社，2005。

④ 福建省地方志编纂委员会：《福建省志·华侨志》，第 19 页，福建人民出版社，1992。

合起来加以考察时，也会发现二者之间的相关性。如果说鸦片战争以前福建南部对外移民的主要目的地是台湾，那么此后对外移民的主要目的地便是东南亚，二者之间存在着一种此消彼长的关系。正如《福建移民史》一书所说："这一时期福建内地府、县移民来台的人数到底有多少，惜无具体的统计资料，唯据相关史料分析，其间由大陆渡台开发台湾东部的移民似以粤籍民众居多，闽籍移民人数有限。盖自晚清厦门、福州通商口岸开放后，劳工出洋数量日多，福建内地民众移民方向已转向南洋各地。"①一直到鸦片战争前夕，闽南人移民台湾的规模一直大于移民东南亚的规模，而当中国国门被打开且东南亚进入全面开发时期，闽南人的主要移民方向便由台湾转向东南亚。这当然与东南亚比台湾的地域广阔得多有关。虽然此间台湾的开发已由台南扩展至全岛，但毕竟比地域辽阔的东南亚要小得多，因而后者能容纳更多的外来人口。

　　论述至此，不妨将闽南人口流动作如下描述：前一个时期闽南人口流动的小三角，已扩大为这一个时期的大三角，前者为闽南地区—台湾部分地区（主要是台南）—东南亚部分地区（吕宋、爪哇等）；后者为闽南地区—整个台湾岛—整个东南亚。这里的所谓三角，主要是着眼于以闽南为顶点向台湾和东南亚延伸的两条边（移民的主线），至于三角形的底边则只是虚线（间或有之的移民），但从历史发展的总进程来看，它又是确实存在的，这一点从前文的论述以及后面将要进行的论述中都可以看出来。无论如何，以闽南为出发点向台湾和东南亚两个方向的移民，都是同一个移民过程的两个方面，或者说是同一个移民主体的两个分支。王连茂在其对闽南两个家族——安平颜氏家族与莆山林氏

————————

①　林国平等主编：《福建移民史》，第 181 页，方志出版社，2005。

家族——人口移动的研究中，充分论证了这一点。这两个家族在同一个时期内都大量存在着移民台湾和移民南洋交叉进行的情况。① 这种海内外移民共同构成家族移民史的情况在以后还会反复出现，这也是闽南人移民整体性的突出表现。

三、清末至二战结束闽南人的海内外移民

台湾沦为日本殖民地的半个世纪当中（1895—1945），"因日人对台湾人的出入管制甚严，迁徙对台湾人人口增减的影响很小，台湾人人口增加的96％是由于自然增加的"。② 此间不仅大陆人口未再迁往台湾，而且还有一些不愿做亡国奴的大陆移民自台湾迁回大陆。因此可以说闽南人迁台的进程基本中止了，甚至出现了反向迁移。日本殖民统治机构"台湾总督府"曾于1926年在台湾做了一次人口调查，调查结果显示，来自大陆的台湾人口总数为375.16万人，其中祖籍为福建的占83.1％，祖籍为广东的占15.6％，祖籍为其他省份的占1.3％。③ 换言之，当时在台之闽人总数约为319.26万人，其中95％以上为闽南人。

当闽南人迁台进程中止之时，向东南亚的移民浪潮却日益高涨。1893年，清政府正式废除海禁，允许人民自由出入国，对闽籍华侨出国产生了巨大影响。而19世纪末至第二次世界大战前，东南亚的经济开发进入高潮，也对闽籍华侨出国产生了巨大"拉力"。"据统计，20世纪20年代前后，东南亚的华侨总数约

---

① 王连茂：《明清时期闽南两个家族的人口移动》，《海交史研究》1991年第1期。

② 陈绍馨：《台湾的人口变迁与社会变迁》，第101页，（台湾）联经出版事业公司，1979。

③ 同上书，第451页。

达 510 万，其中潮州人最多，约 180 万；闽人次之，约 120 万人。"① 换言之，闽籍华侨在 80 年内增加了约 68 万人，1920 年前后比 1840 年前后增加了约 130％。在闽籍华侨当中，"闽南籍华侨不仅出国最早，而且还占闽籍华侨的多数"，"在闽籍华侨中闽南帮处于领导地位"。② 然而，由于福州籍等非闽南籍华侨的增多，闽南籍华侨在福建籍华侨当中所占比例应是下降了。

抗日战争爆发后，尤其是日军入侵华南后，闽人移民东南亚的人数再次激增，当时主要是逃避战乱的难民。然而，太平洋战争爆发、日本入侵东南亚后，又有许多闽籍华侨回流家乡。仅 1942 年年初至 1943 年年中，就有 40 多万名闽籍华侨回国。③ 1945 年第二次世界大战结束后，虽然有些闽籍华侨从东南亚回到了家乡，但更多的则是从家乡前往东南亚，这当中包括战争期间滞留家乡的闽籍华侨重返东南亚，也包括新出洋的闽人前往东南亚投靠亲友或寻找谋生之路。这是由于战后国民党当局发动内战，导致侨乡民不聊生，不仅使原先归国的华侨再度出国，而且促使更多的闽人离家出洋。1949 年新中国成立后，闽人移民东南亚的进程也基本中止了。

1945 年台湾回归中国后，闽、台两地间的人口迁徙得以恢复。据福建省省情资料库的数据，自 1945 年光复台湾至 1956 年，福建迁台人口共 79028 人（未包括退居台湾的国民党军队中的福建籍军人），仅次于浙江迁台人数。其中 1945—1947 年，福建迁台人数占大陆迁台总数的 37％至 45％。1947 年福建迁台人

---

① 林国平等主编：《福建移民史》，第 228 页，方志出版社，2005。

② 同上书，第 229 页。

③ 福建省地方志编纂委员会：《福建省志·华侨志》，第 22 页，福建人民出版社，1992。

数为 12814 人，1948 年福建迁台人数为 17443 人。1949 年国民党政权败退台湾，总共有 100 多万党政军人员及其家属迁台，虽然其中闽籍人口所占比例不得而知，但数十万人应在情理之中。如此看来，在中断了半个世纪之后，又出现了一次闽人移民台湾的不大不小的浪潮。然而，此后闽、台两地间的人口迁徙因海峡两岸的隔绝又再度中止了。

回顾 19 世纪末至 20 世纪前半叶，闽南人对外移民的历史链条可以分为两个分支来论述。从对台移民这一分支看，日本殖民统治台湾 50 年切断了闽南人移民台湾的路径，可以说这是外敌入侵割断了闽、台两地人口迁移的历史连续性。台湾光复后至大陆解放的短暂时期，闽、台两地间又出现了一次移民潮，此后开始了两岸长期隔绝的状态，移民无从谈起。从对东南亚移民这一分支来看，在经历了 20 世纪二三十年代闽南人移民东南亚的最后一次高潮后，闽南人口向南洋的迁移也出现了时断时续的局面，太平洋战争期间还出现了移民人口的大规模回流，这在闽南移民史上是空前绝后的。可以说这是全球性的战争使闽南这一历史悠久的人口迁出地变成了人口迁入地，或者说使闽南人口对外迁移发生了逆转。二战后至新中国成立的短暂时期，闽南与南洋间互有人口迁移，但总的来说自闽南移出的为多。然而随着冷战的开始，闽南与南洋间的人口迁移也中断了。总的来说，这一时期闽南—台湾、闽南—东南亚人口流动的相关性已不如前一个时期，而政治因素也逐渐和经济因素一起成为影响移民的两大因素，有时甚至比经济因素更加突出。

四、20 世纪后半叶闽南人移民的新变化

进入 20 世纪后半叶，闽南人的海外移民出现了与以往任何一个历史时期都不相同的格局。从福建南部向台湾移民已完全停

止自不必说，从闽南向东南亚移民也基本上停止了近30年。东西方冷战、西方对华封锁以及一些东南亚国家的排华，都是造成这种情况的外部环境。中国闭关锁国、"左"倾错误占上风，则是造成这种情况的内部根源。其中，海峡两岸的对峙和台海紧张局势，不仅使双方人员往来完全停止，而且间接地影响到大陆与东南亚的交往，而闽南与南洋原先繁忙的海上通道也完全被掐断。但是，20世纪最后的十几年，局势出现了戏剧性的变化。随着冷战的缓和直至结束，各方对移民的限制逐渐放宽，全球化的迅猛发展又促进了移民的流动。中国重返国际舞台，现实主义的政策逐渐占据主导地位。其中，海峡两岸先后改变了政治军事对峙政策，恢复了经济联系与人员往来。内外部环境和条件的改善，使福建南部向东南亚的移民渐次得到恢复，进而出现了新移民的浪潮，这一浪潮的波及范围，再也不局限于东南亚，而是扩展到世界五大洲。而经济复兴过程中的台湾，也出现了以美国为主要流向的移民。闽南人在海外的移民社会也出现了五彩缤纷的局面。20世纪后半叶闽南人海外移民的起伏跌宕可谓令人瞩目。

20世纪50年代中期，全球华侨、华人已达1200万人以上，其中30.4%为福建籍，约367.7万人。闽籍华侨、华人大部分仍分布在东南亚，他们在东南亚各国各地区华侨、华人总数中所占比例分别为：印尼50%，马来亚（含新加坡）40%，泰国10%，缅甸50%，越南20%，菲律宾82%，沙捞越30%，北婆罗洲（今马来西亚沙巴州）30%。① 以上8个国家和地区的闽籍华侨、华人已达365.85万人，占全球海外闽籍华人总数的

---

① 北京华侨问题研究会编印：《亚洲地区华侨情况介绍》，1955年。转引自林金枝、庄为玑：《近代华侨投资国内企业史资料选辑（福建卷）》，第29页，福建人民出版社，1985。

99.5％。因此，直到此时，分布在亚洲其他国家，以及欧、美、澳等洲的闽籍华侨、华人仍是很少的。但是，历经近半个世纪的变迁后，这一格局已经发生了巨大变化。"1997 年，曾经有过一次全省性侨情普查，确认闽籍华侨华人 1086 万人，分布在全世界五大洲 160 多个国家和地区。"① 可见闽籍华侨、华人在人数增加的同时，分布范围也大大扩展了。一般估计，当今全球海外华侨、华人有 80％仍居住在东南亚，其余 20％才是分布在亚洲其他国家以及欧、美、澳、非等洲。但因粤籍华侨、华人在欧美华侨、华人中的比例更大，所以闽籍华侨、华人至多也只有10％～15％居住在东南亚以外地区。然而比起 20 世纪 50 年代99％以上闽籍华侨、华人居住于东南亚的分布格局，变化无疑是惊人的。

作为闽籍华侨、华人的主要部分，半个世纪以来闽南籍华侨、华人在人数增长和海外地区分布扩展方面，也有同样的趋势。根据1958 年福建省的统计数字，闽籍华侨、华人有 70％来自闽南的 19 个县、市（参与统计的共有 43 个县、市）。② 按此比例计算，20 世纪 50 年代中期闽南籍华侨、华人应为 256 万人；至 90 年代中期已增至 760 万人。当然，这只是较为保守的估算，实际数字可能更大些。此间的闽南籍华侨、华人分布地域也大大扩展了。以闽南最大和最有代表性的侨乡晋江为例，传统上晋江海外移民的迁入地是以菲律宾为主的南洋一带，然而改革开放以后晋江籍移民迁入地除菲律宾、新加坡、马来西亚之外，

---

① 林国平等主编：《福建移民史》，第 296 页，方志出版社，2005。

② 1958 年 3 月 11 日福建省侨务宣传教育会议代表发言资料，转引自林金枝、庄为玑：《近代华侨投资国内企业史资料选辑（福建卷）》，第26～27 页，福建人民出版社，1985。

还有美国、澳大利亚、奥地利、比利时、加拿大、西班牙、巴西、苏里南、阿根廷等。① 可见闽南籍移民的流向也已从东南亚扩展到了美、欧、澳等洲。

自 1949 年起祖国大陆基本上停止了对外移民，这种情况一直持续到 20 世纪 70 年代中期，当时有一些国内的侨眷获准前往香港，然后又从香港移民到东南亚。虽然人数不太多，但毕竟打破了移民冻结的局面。在世界各国纷纷与中国建交、中国逐渐对外开放的共同推动下，祖国大陆的对外移民走上了正轨，闽南人重新踏上了出洋之路。不过与历史上的生存型移民不同，闽南人新移民大都属于发展型移民，他们的文化水平也比老移民高得多。随着时间的推移，新移民人数越来越多，类型越来越多样化，分布地域也越来越广。仅就类型而言，就有留学、投资、经商、投靠亲友等。其中，留学与投资类型最引人注目，这是历史上的闽南人移民从未出现过的。虽然从留学生身份转变为移民身份还要经过一段时期，但对于那些打算移居国外的人来说，留学之始实际上意味着移民过程之始。而投资移民一开始即以资产作为进入意欲前往国家的条件，移民过程的主、客观性是完全重合的。拥有知识与资金的新移民之出现，是闽南人移民史上意义最为重大的变化。

当人们注意到 20 世纪后半叶闽南人对外移民的同时，也不应忽略这一时期海外移民的回归。严格地说，1949 年以后的一段时期内，移民的中止只是单向的，亦即大陆停止对外移民，但海外移民的回归却一直在继续。其原因多种多样，有爱国华侨回国学习或参加建设，也有被排华风潮驱赶而回国的，等等。其中，因排华回国的人数最多。例如，1959 年印尼颁布禁止外侨

---

①　林国平等主编：《福建移民史》，第 298 页，方志出版社，2005。

经营县以下零售业的总统令，使大批闽籍华侨商贩失业，并形成返闽难侨高峰，福建省政府因此动员全省之力安置难侨，晋江专区还于 1960 年成立了"接待和安置归国华侨委员会"，仅当年 3 月至 11 月，就安置难侨 8500 多人。而 1960—1965 年间，福建省即安置印尼归侨 3.52 万多人。1965 年印尼"9·30"事件后，福建省又安置了大批闽籍归侨。1975 年越南、老挝、柬埔寨抗美战争结束后，大批华侨被迫离开印支三国，其中一些闽籍和粤籍归侨即被安置在福建省，仅 1978、1979 两年由中越边境驶抵福建的难民列车就运送了 2.2 万多名难侨来到闽省安置。① 为什么不能忽略移民的回归呢？因为它是人口流动的一个方面——逆向移民，在不正常的回归中，更可以看出移民在原居住地的艰难处境，而这是研究移民适应不可或缺的。

二战后闽南籍华侨、华人自东南亚移出，除了回到祖国之外，也有迁往其他国家的。同样属于越南、老挝、柬埔寨抗美战争结束后的难民潮，印支三国的华侨、华人还大量迁往欧美各国，其中就包括许多闽南籍华侨、华人，他们在到达新的迁入地后仍然聚合在一起，最明显的例子莫过于在欧美各国组织了自己的社团，如旅法福建同乡会就是由来自柬埔寨的闽南籍华侨、华人组成的。当然，除了不正常的迁出之外，也有在正常情况下迁出的。前者属生存型移民，后者则属发展型移民。二战后一些东南亚华侨、华人为了获得更好的发展机会，多有迁往欧美发达国家者，其中也包括闽南籍华侨、华人。这些华侨、华人往往选择原殖民国作为迁入地，如菲律宾华侨、华人多迁往美国，印尼华侨、华人多迁往荷兰，等等。二战后东南亚闽南籍华侨、华人迁

---

① 林国平等主编：《福建移民史》，第 285～287 页，方志出版社，2005。

往第三国，构成了闽南人口流动的一条新路线，那就是由前述大三角之一的南洋，向此三角之外的新地域延伸。

　　二战后闽南人口流动还有另外两条新路线，那就是由福建南部和台湾分别向东南亚以外的国家和地区移民。如此，构成大三角之三地均成为新的移民出发点。再者，构成大三角的三条边，到了这一时期，都已成为实线而非虚线。闽南—东南亚这一条边，逆向与正向移民以 20 世纪 70 年代中期为界分别占主导地位；闽南—台湾这一条边，除了 1949 年大陆向台湾的百万移民之外，自 90 年代台商纷纷登陆祖国大陆后，也有不少台商因长期居住于彼岸而成为事实上的移民；台湾—东南亚这一条边，既有二战后东南亚华侨、华人因投资和其他原因而前往台湾，又有因台商投资东南亚高潮的出现而产生的事实上的移民。这样一个新格局的出现，是以往几百年来传统的闽南人口流动所不曾有过的。将这样一个新格局放在全球化的大背景下，可以看到外部环境对闽南人移民的巨大推动。另一方面，海峡两岸的闽南人在移居地所形成的社会也在新的时代条件下发生了一系列变化。

五、闽南人海外移民社会的变迁：从老移民到新移民

　　移民理论告诉人们，人口迁移过程还包括对迁入地的适应。而移民社会在迁入地的形成，便是这种适应的结果。若仅就移民者个人而言，个人的适应指个人如何接受新的生活环境，并最终成为这一环境的正式成员。"从迁移者个人的角度上讲，迁移者的迁移过程并不以迁移者到达迁入地而告结束。事实上，迁移者要成为迁入地真正的居民，还要有一个较长的过程。这个过程就是迁移者的适应过程。人口迁移是迁移者脱离原有的生活环境，进入新的生活环境并力图成为新环境正式成员的过程。这是一个

不同思想、不同文化、不同社会经济背景乃至不同语言之间的矛盾、冲突、交流，最终达到融合的过程。只有这个过程的完整实现，人口迁移过程才能真正实现。"① 社会归根到底是由社会成员亦即个人组成的，所以个人层面的适应是移民社会形成的基础。数百年前第一代闽南人移民前往新居地后，都必须经历这样一个适应过程，待到那些适应了新居地的闽南人移民具有了一定数量之后，迁入地的闽南人移民社会也就自然而然地形成了。当然，这里还有一个移民社会与土著社会如何相处的问题。等到第二代移民抵达新居地，或者第一代移民在新居地所生子女长大后，他们适应当地社会就会容易一些，包括成为移民社会的一员以及如何与土著社会交往。

由于早期华人移民的群体性特征特别强，作为个人，他们在迁入地的适应就会加快。这是因为数量众多的移民在相互提携中能更快地适应新环境，这一点在闽南人移民身上表现得尤其明显。由于闽南农村的宗族关系密切，而且许多闽南村落是单姓村，地缘与血缘重合的关系显得特别牢固。这就成了连接一个个移民的有力纽带。它不仅表现在迁移过程中形成了所谓"连锁式移民"，而且表现在家乡的关系在迁入居地得到复制。这对于加快移民的个人适应，从而使移民社会更快地形成具有很大的促进作用。当然，其负面作用也是显而易见的，那就是易于形成自我一体的移民社会，从而游离于土著社会之外。这样，从另一角度来看，反而是使整个移民群体对土著社会的适应过程放慢了。这种既适应又不适应的情况，往往成为传统的闽南移民社会的特点。当然，这里主要指的是闽南人的海外移民。至于闽南人的台

---

① 段成荣：《人口迁移研究原理与方法》，第 37 页，重庆出版社，1998。

湾移民则是另一种情况，因为台湾当地的土著人口是很少的。不过闽南人移民狭隘的地域观念，也使他们在台湾与粤籍移民和客家移民发生了冲突，甚至在闽南人内部的漳、泉移民之间也发生了冲突，这也是另一种意义上的不适应。

　　至迟到 19 世纪末，东南亚各个闽南人聚居地都已形成了事实上的移民社会。当然，这并不是说闽南人单独构成了自己的移民社会，而是形成了以闽南人为主的海外华人社会（在东南亚的一些地区也有以非闽南人为主的华人社会）。这方面的典型是菲律宾和新马。在菲律宾，闽南人陈谦善三次出任甲必丹（殖民当局委任的管理华人社会的首领），发轫于"中华善举公所"的菲华社会组织机构就是在他的领导下形成的。在新、马地区，闽南人陈笃生、陈金声、薛佛记等先后成为新加坡华人社会的领袖；马六甲华人社会的领袖也是清一色的闽南人。此外，在印尼、缅甸等有大量闽南人聚居的国家，也都有类似的情况。这种以某一地缘群体的人士为主轴而构建的华人社会模式，后来一直延续下来，并演变成为以中华商会为核心、以宗亲会和同乡会为联系纽带的传统的海外华人社会。二战后，菲律宾华人社会的核心组织是"菲华商联总会"（商总），新加坡华人社会的核心组织则是"中华总商会"，二者均延续了历史上以闽南人占主导地位的传统。

　　然而，当 20 世纪后半叶新移民开始出现时，传统的华人社会也开始受到冲击。首先，以中华商会高居顶端的金字塔式的社会结构，开始出现多元化和分散化的趋势。包括闽南人新移民在内的祖国大陆、台湾、香港的新移民，即便和老移民有千丝万缕的关系，也并不完全与原先的华人社会融为一体，许多人是处于若即若离甚至游离的状态。其次，与前一点相关的是，血缘和地缘这两个从中国本土延伸到海外的社会组织法则，由于新移民的到来正在受到削弱。许多新移民组织了自己的校友会和联谊会，这种新型社团在结构和功能上与传统社团有所不同。这种变化既有新移民本身的原因，也有华人社会与土著社会关系变迁的原因。就前者而言，传统的"海外华人社会缺乏士绅阶级，使商人得以垄断华人社会的领导"①，然而新移民的到来，加上土生华人的成长，使华人社会的身份构成发生了变化，商人不再是唯一的重要成分。就后者而言，华人社会与土著社会不再隔绝，而是沟通密切，文化水平较高的新移民并非一定要依赖宗亲会和同乡会。

前文已提及，拥有知识与资金的新移民之出现，是闽南人移民史上意义最为重大的变化。不过，这种情况在各地区各国的发展是不平衡的。在闽南人传统的迁入地区东南亚，这种情况的发展还不至于改变华人的社会经济运行模式，亦即东南亚的闽南人仍然以本地积累的资金为其主业——工商业的投资来源和运营资本，闽南人从事非传统行业的比例也不大。而在北美洲，特别是美国，闽南人新移民在教育、科技等老移民从未涉足的领域做出了突出的贡献，而他们在北美的投资也有相当大的部分来自其迁出地，台湾和香港的闽南籍移民尤其如此。在欧洲，虽然闽南人移民不多，其经营的主业也大都是传统的商业与服务业，但其资金也并不仅限于当地的积累，有的是来自其二次移民的迁出地，有的则直接来自其闽南故乡。尽管发展不平衡，但这样一种新型移民正越来越成为从总体上改变海外华人社会的新因素，所以说它的意义特别重大。

现在有必要着重谈谈来自台湾的闽南人新移民在迁入地构建

---

① ［澳大利亚］颜清湟著，粟明鲜等译：《新马华人社会史》，第13页，中国华侨出版公司，1991。

的社会模式及其原因。台湾作为闽南人的迁出地，与同样作为闽南人迁出地的福建南部有所不同。从历史链条的完整性来看，闽南人自台湾向海外移民乃是二次移民，而其先人自福建南部向台湾移民则是一次移民，只不过后者是国内移民而前者是跨国移民。但从历史链条的阶段性来看，就其本身而言，自台湾移居海外的闽南人大部分还是一次移民。这就使台湾成为一个特殊的移民迁出地。加上二战后台湾工业化的速度快，相应地进入现代化社会的步伐也快，其作为移民迁出地的特殊性又因此得到增强，特别是与老移民迁出地那种落后的社会经济状况相比更显得突出。台湾经济的起飞使大部分人的子弟均有能力通过留学成为移民。① 另一方面，台湾经济的发展还使其海外移民可以通过投资而获得合法的居留身份。所有这些，都与台湾的闽南人新移民在迁入地构建的社会模式有很大的关系。

那么，台湾的闽南人新移民社会具有什么样一种模式呢？由于大部分台湾新移民的迁入地为美国，就以美国为例来看看这一社会模式。台湾学者陈静瑜以台湾新移民聚集最多的社区之一——纽约皇后区法拉盛为例，描述了其社会模式：那里没有分层的社团结构，没有老华埠常有的中华公所，每一个社团都不受其他社团的控制，都独自与外在的非华人社会交往；就家庭和个人而言，他们的商店在华埠，但居家不在华埠，不同阶层的华人很少来往，异质性很大，许多人和非华人一起工作，许多人的左邻右舍皆非华人，而皇后区也没有任何一条街道上的商家全为华人所独自经营；不同族群的生意互相为邻，有些人并且和不同邻居不同族裔的商人保持着良好的关系，尽管有时也有冲突。陈静

---

① 令狐萍：《从台湾社会的发展看台湾留美运动的兴衰》，《华侨华人历史研究》2003 年第 4 期。

瑜对这一模式形成的原因做了这样的分析，"台湾移民具有不同水准的教育程度、职业、技术专长及工作技能。他们对美国社会的各种变化不再被动地做出回应，而是学会怎样利用人才及资金的优势，藉由社会及家族网络的联系，在美国开拓就业机会"；"由于台湾移民大多是知识分子及企业家身份，对美国社会有直接的贡献及影响。因此，尽管美国社会还存在着种族偏见及歧视，但比起前辈，似乎在各方面遇到的障碍都来得少"。① 这就给了人们一个台湾新移民社会模式及其形成原因的大致印象。

六、迁入地与迁出地的互动：以闽南人为中心

华人移民在完成迁徙过程后仍然与家乡保持密切联系，被认为是有别于其他移民群体的特点。这一点在闽南人移民身上表现得同样突出。二战以前闽南人移民普遍没有长久居东南亚的打算，他们大都怀有"落叶归根"的心理，亦即衣锦还乡或回乡养老的心理。为此他们要在家乡有所经营，于是出现了所谓"候鸟式移民"，亦即不断往返于迁出地和迁入地之间的移民。这一切由于二战后形势的变化而中止了，闽南人移民不得不在东南亚作长久打算，于是出现了从"落叶归根"到"落地生根"的转变。后者指的是在迁入地永久定居下来，不再做回乡的打算。这种转变的可见性标志是闽南人移民加入了所在国国籍，其身份从华侨变成了华人。但是，这只是为了生存不得已而为之，中华民族传统文化的根却仍然深植于其心间。正是文化的恒久不变，使得一旦机会到来，与家乡的关系即可恢复，往来照样密切。尽管人们可以说此时与家乡的往来已经和以前不同，但无论如何，对家乡

---

① 陈静瑜：《美国台湾移民的社会结构、适应与认同析探（1980—2000）（下）》，（台湾）《海华与东南亚研究》第 3 卷第 4 期，2003 年 10 月。

的感情则是一样的，这一条无形的线不会因时代的变化而变化。

东南亚的闽南人在二战前就曾有过回乡投资的高潮，20 世纪 70 年代末 80 年代初，中国改革开放时代的到来，使海外闽南人与家乡的关系再度密切起来。虽然回乡投资不免带有获利的动机，但乡情的因素仍然是重要的，否则就无法解释除了投资以外还有大量公益事业的兴办以及无偿的捐献。比东南亚的闽南人恢复与家乡的联系稍迟一些，随着海峡两岸隔绝状态的结束，台商也来到了闽南。这样，海内外的闽南人移民又都回到了出发点。如果把此时的情况与历史情况对比一下，是很有意思的。历史上以闽南为顶点，向东南亚和台湾伸出了两条边，闽南人沿着这两条边向外移民，而此时东南亚华商和台商又沿着这两条边返回了自己的故乡，虽然不能将此视为移民的回归，因为真正的第一代移民已经不多，况且这些人也不是回乡定居，但将其视为闽南人移民史的因果链之一部分，绝不是牵强附会。为什么改革开放后闽南籍华商和台商不约而同地回乡投资兴业？将其放在闽南人迁徙海内外的历史链条中加以考察，从文化上加以考察，或许就更容易理解了。

同样令人感兴趣的是，台商在大举投资祖国大陆的同时也投资于东南亚。撇开台湾当局的"南进政策"不说，台湾与东南亚两地的闽南人之历史文化渊源，肯定是促使台商前往东南亚投资的动力之一。台商不仅能在那里获得许多赢利的机会，而且可以找到许多合作者，所以他们自然会在那里做长期打算。台湾学者顾长永认为，二战后台湾移民海外共有三波，前两波分别出现于 20 世纪 70 年代初、70 年代末至 80 年代初，都是政治因素主导下的移民；第三波则出现于 80 年代末，完全是受经济因素影响，而且其迁入地也由北美转移至亚洲，尤其是祖国大陆和东南亚。"在第三波的移民潮，台湾的中、小企业（主）成为移民的主流，他们在东南亚地区寻求开展事业的第二春，进而开始逐渐在东南亚落地生根。"① 所以，将台商此举纳入闽南人移民史的因果之链是合乎逻辑的。如前所述，构成闽南—台湾—东南亚大三角的三条边，到了这一时期，都已成为实线而非虚线。而台湾—东南亚这一条边，正是由投资于东南亚的台商之移民路线所构成，并且这一条边还具有另外一重意义：居住着众多闽南人的东南亚，就经商的人脉关系而言，在台商眼中堪与福建相媲美，因此具有了与返乡投资同等的价值。

如果追溯历史，还可以发现，台商其实早在 20 世纪 50 年代就开始投资于东南亚了，与此同时东南亚华侨华人的对台投资也在进行中，其中闽南籍华侨华人的作用至关重要。1953—1975年间，东南亚五国（菲、新、马、泰、印尼）华侨华人对台投资累计达 1.47 亿美元，其中以闽南人为主体的菲律宾华侨华人的投资最多，达 9500 万美元，约占此间东南亚华侨华人对台投资总额的 65％。1976—1987 年间，新加坡成为东南亚投资台湾最多的国家，达 2.87 亿美元，其中约 78％为华人华侨资本，② 而新加坡华人华侨也是闽南人占主导地位的。这当中，历史文化因素的吸引力是不言而喻的。东南亚的闽南人是否因投资台湾而出现了移民？随着投资的进行，事实上的移民往往是必然的。由此推论，东南亚与台湾两地的闽南人之间存在着双向互动的关系，是合乎逻辑的。将这种情况视为闽南人移民史的因果链之一部分，也是完全说得通的。东南亚和台湾本是以闽南为顶点的两条

---

① 顾长永：《台商在东南亚：台湾移民海外的第三波》，序言第 1～3页，（台湾）丽文文化事业股份有限公司，2001。

② 顾长永：《台湾与东南亚的政治经济关系：互赖发展的顺境与逆境》，第 153、175 页，（台湾）风雨论坛出版社有限公司，2000。

边之终点，而今此二点又真正连接为第三条边，从而使这一大三角更具有了稳定性。

在经济全球化的大背景下来看闽南人在海峡两岸和东南亚三地之间的互动，可以说几百年来三地之间的相互移民至今已到了开花结果的时候。在这当中又可以发现，共同的历史文化渊源是使三地的闽南人走到一起来的重要因素。冷战结束后，经贸关系的发展超越了政治制度和意识形态，成为各地人民提高生活水准的重要手段，也成为他们发自内心的不懈追求。但是，物以类聚、人以群分的法则仍然在起作用，只有充分运用这一法则，才会使经济互动与人文互动相得益彰，从而使这种互动在总体上成为不可阻挡之势。历史链条中的海峡两岸和东南亚三地闽南人群体所扮演的角色，也才会因此更加凸显。需要说明的是，这里并不是忽视闽南—台湾—东南亚这一大三角以外的闽南人。那些分布在世界其他地方的闽南人，也与这一大三角有着千丝万缕的关系，他们和大三角的闽南人一起构成了全球性的闽南人群体，只是以闽南人移民的始发地为基点来看，有远有近而已。与此同时，全球的闽南人又是全球华人华侨不可分割的一部分，而华人华侨经济则是全球经济中最有活力的部分之一。以全球视野的、大历史的眼光来看，向上进取的人们都是历史车轮的推动者。

第一章

海峡两岸闽南人向
海外移民的进程

第一节　闽南人自福建向海外的移民

一、厦门人向海外的移民

（一）移居海外

　　厦门地处中国东南沿海，在地理上与东南亚十分接近，历来是华侨出入国的必经口岸。明末郑氏割据金、厦，本地海外贸易渐盛。清代于"厦门专设海关，为通贩南洋要区"，"富者挟资贩海，或得捆载而归"，① 贸易与移民相互促进，经厦门出国者日多。鸦片战争清朝战败后，厦门是被迫开放的五个通商口岸之一。从此厦门成为贸易要据、华洋杂处之地。本地及闽南迫于贫困破产和天灾人祸者多经此而出洋谋生，帝国主义者亦在此地大肆掠夺拐骗劳工。凡此种种，均使厦门与华侨出国密切相关。民国以来华侨继续经由厦门大量出国。新中国成立以后，由于国内

　　① 《道光厦门志》卷八《番市略》。

政策及各国限制移民所致，经厦门出国者乃趋减少。20 世纪 70 年代以后厦门再度成为移民出国的重要口岸，特别是改革开放以后，经由厦门出入国的华侨华人又呈上升趋势。

最早移居海外的厦门人，是元末明初海澄县三都新垵（今海沧新垵）人丘毛德。同安县汀溪黄氏家族有人出国谋生，于明成化元年（1465）卒葬南洋。新垵丘氏、石塘（今海沧石塘）谢氏于明嘉靖、万历年间（1522—1619）分别有族人前往马来半岛、西爪哇、苏门答腊、菲律宾、暹罗（今泰国）、交趾（今越南）以及日本等国家和地区。

在不同的历史时期，厦门人移居海外的原因不尽相同，出国的人数和规模也变化不定。总的来说，封建统治时期出国者不外有贩洋经商、逃避灾荒兵祸、破产出走等几种缘由。半封建半殖民地时期除了上述原因之外，再加上一项即迫于生计而卖身为契约劳工。封建时代自发分散的移民自无统计数字可言。近代以来保存下来的统计数字，则大致反映了出国规模的演变趋势，即近代初期华侨出国迅速发展，至中期达到高潮，后期呈下降趋势。

1. 出国缘由

（1）贩洋经商

由航海贸易引发的移民，是自古迄今沿海地区商业性移民的普遍原因。明嘉靖年间（1522—1566）福建海商"私造双桅大船，广带违禁军器，收买奇货诱博诸夷"①。万历年间（1573—1619）明政府于厦门设"饷馆"，对出入国的商船检验课税。其间，包括厦门在内的闽南商民纷纷与东西洋各"番邦"贸易。明末清初以海商起家的郑氏集团对厦门的经营，进一步促进了本地

---

① （明）陈子龙等选辑：《明经世文编》卷二百八十三，《王司马（王忬）奏疏·条处海防事宜仰祈速赐施行疏》，第 2993 页，中华书局，1962。

的海外贸易，因而带动了移民。清康熙二十三年（1684）于厦门设立海关，从此厦门成为通商的重要口岸和移民出国的主要门户。

据厦门莲坂《叶氏族谱》记载，在其十九代至二十八代族人中，有 79 人前往东南亚各国各地区谋生，他们或长住异国，或卒葬他乡。其时间跨度大致包括清代和民国，分布范围包括今菲律宾、泰国、缅甸、马来西亚、新加坡、印尼、越南等国。这些人当中就有不少是商人。如第二十三代叶增任"往暹罗（今泰国），后购船旋归，卒于海中"，显属贩洋经商无疑。又据海沧石塘《谢氏家乘》记载，自明万历至清道光年间（1573—1850），族人到东南亚及日本经商、谋生而葬身异国者，多达 337 人。此外，同安县大同、汀溪、马巷等乡镇的陈氏和王氏族谱，也记述了清代自乾隆二十七年（1762）至道光四年（1824），先后有族人前往三宝垄和望加锡（今印尼爪哇和苏拉威西）等地经商，并终老"番邦"。

厦门人不仅大量前往东南亚经商并长住下来，而且也到东南亚以外的地方去寻找商业机会，有的还发展得很好。如"蔡昆山，原籍泉州府同安县人，明末贸易商，后于日本宽永年间（1624—1643）东渡长崎，1663 年被任为长崎'唐船请人'。1664 年 8 月病逝长崎。其后代均入日籍，从第二代到第五代继任'唐船请人'，从第六代至第九代担任唐通事，今在长崎本莲寺蔡家墓地保存有蔡昆山的墓碑"。① "唐船请人"乃是长崎港负责管理中国商船的指定联络官，"唐通事"则是翻译联络官，蔡昆山及其后代能长期担任此二职务，说明他们是经商有成的华侨或华人。

---

① ［日］市川信爱，戴一峰主编：《近代旅日华侨与东亚沿海地区交易圈》，第 79 页，厦门大学出版社，1994。

近代以来，经商继续是厦门人出洋的主要动机之一。由于许多华侨商人并不想在国外久居，因此他们纷纷在故乡厦门盖房建屋。这一现象正可折射出经商者在出国潮中所具有的分量。《厦门海关十年报告（1902—1911）》说："许多移民取得成功，带着他们积蓄的钱财返回故里。这些幸运儿盖起了新式的、条件改善了的楼房。在鼓浪屿，最好的大厦是属于那些有幸在西贡、海峡殖民地、马尼拉和台湾等地发迹的商人后裔所有。在厦门和远离市中心的地方的一些西式洋楼，也同样是那些在海外发了财的人所盖的。"① 经商成功的人不在少数，再加上那些情况一般以及无所成就者，华侨中从商者的人数就更多了。

（2）逃避灾荒兵祸

明清两代，同安、厦门发生的干旱、洪涝、台风和海溢等天灾连绵不断。每次大灾都导致大量人向外移民。天灾次数之频繁，仅就《民国同安县志》和《道光厦门志》所载略举数例，即可见其一斑。

明嘉靖二十三至二十四年（1544—1545），闽南连续干旱，"赤地千里，饥馑遍野"，厦门"饥荒"。清雍正四年（1726）闽南大旱，"民食树木、海柯叶。瘟疫载于道"。明万历三十一年（1603），泉州、晋江、南安、同安等县台风骤作，大雨引发洪水加之海啸暴发溺死万余人。清康熙三十七年（1698）四月二十八日晚，同安"大雨如注，诸山多崩，夜深水涨数丈，船挂树梢，桥梁冲坏，西门城崩，居民漂没数千家，死者千余人"。②

---

① 秦惠中主编：《近代厦门社会经济概况》，第 359 页，鹭江出版社，1990。

② 转引自厦门华侨志编纂委员会：《厦门华侨志》，第 12 页，鹭江出版社，1991。

厦门岛及同安居民为避天灾而出洋谋生，便屡见不鲜了。明嘉靖二十三年（1544），有一同安籍商人李章因船被刮至朝鲜而上书该国政府说，同安"人民稠密，寸土有寸金之贵"，"兼以往年有十月大旱，越春夏不雨"，故而"无奈买卖造船，经商于国外"。① 此乃因天灾而被迫出洋谋生之实例。

兵祸连接是明清及民国时期厦门社会状况的一个特点。明代的倭患、清代的迁界、民国的军阀混战和土匪作恶，乃至日本侵华战争的爆发，都使本地百姓移居海外的浪潮一波未平一波又起。

《道光厦门志》卷十六《旧事志》载，明嘉靖年间，倭寇连年进犯厦门："三十六年（1557）冬十一月，倭泊浯屿，掠同安"；"三十七年（1558），倭泊浯屿，火其寨，攻同安"；"三十八年（1559）……五月，掠大嶝。新倭自浙至浯屿焚掠"；"三十九年（1560），新倭屯浯屿。四月，漳贼谢万贯率十二舟，自浯屿引倭陷浯州，大掠"。因沿海残破，谋生艰难，故百姓出洋者甚多。

明亡以后，清政府为了隔绝人民对郑成功政权的支持，强令沿海居民迁离海岸三十至五十里，膏腴弃为荒地，庐舍沦为废墟，九龙江下游一带悉为弃土，故顺治年间（1644—1660）同安人多离本地往噶喇巴（今印尼雅加达）贸易躬耕。同一时期厦门岛内流亡海外者亦多有。

民国年间军阀横行于闽南。1918 年八九月，南北军阀在同安大动干戈。臧致平军（北军）重占同安后，粤军陈炯明（南军）8 月底卷土重来进攻同安县城，双方在大小西山激战，西桥商铺烧毁殆尽。直至 9 月中旬南军方退至江东桥。仅此一例即可

---

① 转引自厦门华侨志编纂委员会：《厦门华侨志》，第 12 页，鹭江出版社，1991。

见军阀为害之巨。此外，民国年间同安亦为匪患之地。不少人因而避居厦门岛，其中更有一些自厦门出洋谋生。

1937年七七事变发生后，日军开始向南进攻。9月3日，日军从海空侵犯厦门，这是日军对厦门的试探性进攻。至1938年1月，日军飞机共轰炸厦门达37次之多。1938年5月11日，厦门最后沦陷。"闽省侨胞……迨民国二十六年（1937）中日战事发生，是年下半年出国人数突然增加。"① 厦门也不例外。特别是厦门岛沦陷之后，"一般不甘供敌利用之有志乡侨，纷纷避难南来"。②

（3）政治原因

明末清初，郑成功以金、厦为中心，并收复台湾作为抗清基地，厦门的渔民和农民纷纷参加郑氏水军和陆军。康熙二十二年（1683）清政府统一台湾，一群多达三千余人的反清义士携眷分乘九艘船只前往东南亚各地避难，其中三艘开抵吕宋，一艘到了暹罗，三艘开抵爪哇，另两艘则到了马六甲。这些由台湾转赴海外的郑氏部属中，就有一些厦门人，有姓名可查的就有祖籍为今海沧霞阳的杨福康等人。

第一次鸦片战争之后的一二十年间，闽南城乡不断有反清起义爆发。这些起义失败后，参加起义的反清志士及其后代，有不少亡命海外。道光三十年（1850）六月，陈庆真、王泉等人在厦门旗杆脚五祖庙组织反清小刀会，参加者数千人。不久遭清政府镇压，即转移到龙溪、海澄、同安三县交界处的石鼓堂重新集

---

① 福建省经济建设计划委员会宣传处：《抗战期中之福建华侨》，第76页，民国35年（1946）。

② 沈雅南：《本会初创十年概述》，《新加坡厦门公会金禧纪念特刊》，第50页。

结，不数日参加者已达万人。清廷震动，严饬地方官镇压。起义失败后，有些参加者即逃往海外。

咸丰三年（1853）五月十八日，黄德美、黄位等领导的小刀会起义军攻克厦门并建立政权，闽南各县群众起而响应，起义队伍迅速发展到三万多人。同年十一月十一日，清军攻陷厦门，疯狂屠杀起义军战士和人民群众。部分起义军分散到漳浦、云霄等地及闽南海域坚持斗争。数百名起义战士从海上撤退，出奔南洋群岛。如黄志信（黄仲涵之父）逃往印尼，黄位则避居安南（今越南）。

（4）契约华工

契约华工是指中国劳动者与外国资本家的代理人或华人工头订立契约，到海外出卖劳力，成为失去人身自由的苦力。近代以来契约华工成为国民出国的一种重要形式，并且它始自厦门。1845年初，法国在印度洋留尼汪岛的殖民官员派人前来厦门"招工"。6月，由厦门英商德记洋行康纳利经手掠卖华工180人，搭乘一只法国小帆船从厦门开往留尼汪岛。这是西方国家从中国拐贩华工出国的第一次记载。

最早到达澳洲的华人来自厦门。1848年澳洲新南威尔士的殖民者通过英商德记洋行老板德滴从厦门贩运华工120人前往悉尼。第一艘自中国运送契约华工开往古巴的船只也是从厦门出发的。1847年1月，西班牙的"奥格南多"号帆船装载220名华工，经过131天的航行，于6月3日抵达哈瓦那。1857年7月到达英殖民地圭亚那的第一批华工，也是从厦门出发的。

厦门辟为通商口岸之后的二三十年间，专事到厦门贩运华工的西方船只多达40艘，其中英国34艘，占总数的85%。英商德记洋行是厦门最早也是最大的契约华工经纪行。此外还有英商和记、怡和洋行，也从事贩卖华工的勾当。这些卖人行凭借特权，公然将囚禁苦力的"猪仔馆"设在海关隔壁。一艘名为"移民"号的苦力船，长期停泊在鼓浪屿的海面上。西方人贩子将绑架、诱拐来的百姓关进"猪仔馆"，脱去衣服，在身上打上印记，然后贩卖出洋。

华工们在被运往目的地的航行中遭到非人的待遇，到达目的地后则被迫从事奴隶般的劳动。同治十三年（1874）清政府派刑部主事、留美学生监督陈兰彬赴古巴查访华工事务，收到许多华工申诉其遭遇的禀帖和呈词。以下是《古巴华工呈词节录》①中两份厦门籍华工呈词的节录：

　　二月十一日，据（哈瓦那）福建同安县林金、庄文明、李九、张江水等禀称：金等……冤因道光二十七年（1847）有番船两只到厦门，串谋土棍骗拐诱诈，言雇人番地佣工……八年为限，限满……任从贸易营生，抑或回家，各从其意等语。岂料金等自践此土佣工，就被番人欺侮凌辱，视如草芥，苦惨万状……不胜其苦者，自投沟壑，或寻鸩缢，自尽死亡……有满限取讨出身字而东家迁延不与，反与番官局强行押禁，再威胁转卖八年……

　　二月二十八日，据（格颠剌司城）福建同安县叶阿田、林祖受等禀称：民等自被人骗落猪仔船，风浪险恶，闻声酸鼻，或致病而死，或跳海身亡。到了古巴，暗想有工夫头路（职业），以作过日之计，谁知洋人局卖落糖寮，朝夕做工，寝食欠缺。复加鞭挞之苦……候八年工满，十存无六。咸丰七年（1857）以后，番官贪财，（番）众富商用财贿串，不论新旧老少之人，押令缚身，虽旧有字凭，不容分诉……押

------

① 转引自厦门华侨志编纂委员会：《厦门华侨志》，第20～21页，鹭江出版社，1991。

入囹圄，枉死者百数人……

被卖往美洲的华工如此，前往东南亚的华工命运也好不了多少。当年厦门民间流行一句话"日厘窟，能得入，不得出"，是当时荷殖民地东印度（印尼）日厘华工大多有去无回的写照。这些华工多数由荷兰的好时洋行经手拐卖。如泉州人蒋备球，少年穷困，逃亡厦门，随人"卖猪仔"到印尼，契约期满后到亲戚店中当帮工，后由肩挑小贩而至小店主。①

在菲律宾的华工也是苦不堪言。"穷困不堪的移民在菲律宾登岸时，甚至身上穿的衣服都不是他自己的……菲律宾的华人大多数是从厦门地区来的……华工到达马尼拉，就同他选定的某一生产事业的雇主签定劳动一定年限的契约。他辛苦劳动，从不抱怨，每天劳动 10 小时至 12 小时，耗尽精力。吃饭只花几分钟时间，像机器一样又继续劳动了……"②

大批契约华工自厦门出国的背景，从移入地来说，是由于各国各地区始于 19 世纪下半叶的大规模的开发，如矿山、铁路以及种植园等的建设或设立，急需大批劳力。从移出地来说，"厦港狭浅，不能停靠巨轮……街市狭小淤秽，以是遂使商务不易起色……对于制造（业）方面更为缺陷"。③ 就业出路的狭窄是促使大批劳力外流的原因之一。

2. 出国人数与规模

---

① 转引自厦门华侨志编纂委员会：《厦门华侨志》，第 21 页，鹭江出版社，1991。

② 陈翰笙主编：《华工出国史料汇编》第 5 辑，第 348 页，中华书局，1984。

③ 方宗征：《心花日记·归途一瞥·闽南沿海数县之经济状况》，转引自张耀堂：《20 年代闽南经济状况见闻——摘自〈心花日记·归途一瞥〉》，《云霄文史资料》第 10 辑，第 40～43 页，1990 年 10 月。

（1）1949 年以前

从 1841 年到 1949 年这一个多世纪的时间里，按照华侨出国人数与规模的变化，可以分为三个时期来加以描述。第一个时期是从 1841 年到 1890 年，这是华侨出国的迅速发展时期。这一时期内华侨出国人数呈稳步上升趋势，但由于同期内回国人数亦呈同步增长趋势，故这一时期出国人数净增数尚不大。第二个时期是从 1891 年到 1930 年，这是华侨出国的高潮期。这一时期内出国人数虽有两次起伏，但总的趋势是迅速增长，且出国人数增长速度远超过回国人数增长速度，故这一时期出国人数净增颇巨。第三个时期是从 1931 年到 1949 年，这是华侨出国的低潮期。这一时期内虽然出国华侨人数绝对量仍然很大，但由于回国人数两度超过出国人数，故这一时期内出国人数净增长已大大减少了。[①] 上述情况虽是就整个福建省而言，然因厦门乃福建最主要之华侨出入口岸，故亦可视之为厦门的一般情况。

第一个时期（1841—1890）。从 1875 年开始厦门海关即对厦门口岸出港乘客人数进行统计，将其总数扣除前往本国大陆口岸、台湾及香港的人数，即为出国人数。见下表：

表 1　厦门口岸出国乘客人数表（1875—1890）

年份	1875	1876	1877	1878	1879	1880	1881	1882
人数	18996	22764	22871	25723	17945	18677	31190	50138
年份	1883	1884	1885	1886	1887	1888	1889	1890
人数	36154	47370	37626	51250	55880	61638	56351	54282

资料来源：秦惠中主编：《近代厦门社会经济概况》，第 436～437 页，鹭江出版社，1990。

---

① 戴一峰：《近代福建华侨出入国规模及其发展变化》，《华侨华人历史研究》1988 年第 2 期。

如表所示，在这 16 年中，出国人数呈上升趋势。据《厦门海关十年报告（1882—1891）》载，"过去十年里，本地人口没有明显变化。年复一年，成千上万贫困阶层的人移居国外，他们中有一定比例的人又回来"。① 所以这一时期出国人数净增长尚不大。

第二个时期（1891—1930）。见下表：

表 2　厦门口岸出国乘客人数表（1891—1927）

年份	1891	1892	1893	1894	1895	1896	1897	1898
人数	57760	56343	56951	61245	81080	58284	42706	57634
年份	1899	1900	1901	1902	1903	1904	1905	1906
人数	66276	90625	79399	85673	78231	75537	59178	72342
年份	1907	1908	1909	1910	1911	1912	1913	1914
人数	76166	52121	46336	80071	86840	97572	72196	56674
年份	1915	1916	1917	1918	1919	1920	1921	1922
人数	41012	72839	52820	36123	46058	62405	78656	56984
年份	1923	1924	1925	1926	1927			
人数	69271	76578	86154	222922	94536			

资料来源：秦惠中主编：《近代厦门社会经济概况》，第 437～440 页，鹭江出版社，1990。

由于海关资料缺 1928—1930 年的出港人数，故出国人数亦无法从中统计出来。但如表所示，仍可看出这一时期出国人数的变化具有周期性的特点，亦即每隔 4 至 6 年出现一个高峰，而每个高峰持续 1 至 3 年不等；最后，到了 20 世纪 20 年代下半期，出现了一个前所未有的高峰。与第一个时期相比，本时期返国人数相对于出国人数有所下降。《厦门海关十年报告（1892—1901）》

---

① 秦惠中主编：《近代厦门社会经济概况》，第 270 页，鹭江出版社，1990。

说："外出移民增加，而进入本地区移民不见任何增加。"下一个
十年的海关报告则说："……这一时期内，厦门和海峡殖民地及
荷属爪哇等地间的客运业兴盛不衰……那些到上述各地去寻求改
善自己境况的人，虽然境况有了好转，但有 50％最终还是回到
了他们的家乡。"这一返国比率较上一个时期为低。而本时期最
后一个十年的海关报告是这样说的："1925 年和 1926 年可能是
移民达到高峰的年份"，"移民浪潮并没有受到海外劳力需求缺乏
的限制。"① 总之，本时期出国人数大大超过返国人数，因而成
为三个时期中净出国人数最多的一个时期。

第三个时期（1931—1949）。见下表：

表 3　厦门口岸出国乘客人数表（1931—1940）

年份	1931	1932	1933	1934	1935
人数	37686	36121	26973	35604	40037
年份	1936	1937	1938	1939	1940
人数	50682	73007	33929	17945	18126

资料来源：秦惠中主编：《近代厦门社会经济概况》，第 440～441 页，
鹭江出版社，1990。

由于 1941 年以后的海关资料仅存 1946 年一年，故先分析 1940
年以前的情况。在表中所示的 10 年内，仅出现 1937 年一个高
峰。与前一个 10 年相比，出国的势头已大为减弱，从低谷到高
峰的周期则仍在 5 年左右，但是下一个高峰的到来则因抗日战争
的特殊情况而被大大推迟了。

1941 年至 1945 年因战争的关系，交通断绝，因而基本无出
国人数可言。战后的情况可兼用厦门海关的资料和厦门侨务局的

---

① 秦惠中主编：《近代厦门社会经济概况》，第 316、358、400、401
页，鹭江出版社，1990。

资料来加以说明。见下表：

表4 厦门口岸出国乘客人数表 (1946—1949)

年 份	1946	1947	1948	1949
人 数	7343 *	42871	40757	24882

资料来源：＊见秦惠中主编：《近代厦门社会经济概况》，第441页，鹭江出版社，1990；其余为福建省档案馆编：《福建华侨档案史料》上册，第171～177页，档案出版社，1990。

如表所示，本时期的出国高峰在1947年和1948年，但其绝对人数与前两个时期的高峰期相比已大为减少，甚至还不如第二个时期的低潮期。所以这可说是1949年以前移民出国浪潮的尾声了。

上述几个表格中的统计数字，均未含途经香港转往第三地的移民，因此这些数字可能比实际的移民数字稍为偏低，这是应予注意的。

（2）1949年以后

1949年10月17日厦门解放。从当年10月到1952年8月的近3年中，经厦门出国的移民人数只有9574人，大大少于解放前。直到20世纪60年代，除到海外继承遗产或家庭团聚等原因重返居住地的归侨、侨眷外，出国定居的新移民仍然很少。

1971年6月国务院颁布《关于华侨、侨眷出入境审批工作的规定》后，经厦门出入国的华侨、侨眷慢慢有所增加。以下是1969年至1976年经厦门出入境的华侨、华人人数统计资料：

表5 经厦门出入境的华侨、华人人数统计表 (1969—1976)

年 份	1969	1970	1971	1972	1973	1974	1975	1976
出国人数	98	86	189	539	450	258	142	264
回国人数	93	112	266	32	1368	2190	898	212

资料来源：厦门市公安局出入境管理处统计资料。

1978 年国务院批准执行《关于放宽和改进华侨、侨眷出境审批的意见》，20 世纪 80 年代初政府又开始逐步落实各项华侨政策，因此华侨、侨眷出入国人数明显增加。以下是 1977 年至 1987 年经厦门出入境的华侨、华人人数统计资料：

表 6　经厦门出入境的华侨、华人人数统计表（1977—1987）

年　份	1977	1978	1979	1980	1981	1982	1983	1984	1985	1986	1987
出国人数	440	1656	299	1174	963	312	273	180	438	437	764
回国人数	181	592	834	2120	2207	2247	3049	3552	4992	4834	5051

　　资料来源：厦门市公安局出入境管理处统计资料。

1988 年以后中国改革开放的程度进一步加大，华侨、华人出入国的势头仍不减前一个十年。以下是 1988 年至 1995 年经厦门出入境的华侨、华人人数统计资料：

表 7　经厦门出入境的华侨、华人人数统计表（1988—1995）

年　份	1988	1989	1990	1991	1992	1993	1994	1995
出国人数	501	823	583	298	312	321	272	555
回国人数	10605	1667	8275	6274	8160	4062	4489	4493

　　资料来源：厦门市公安局出入境管理处统计资料。

必须指出，20 世纪 70 年代以后的出国人数并不包括外出探亲者，而回国人数则包括经厦门口岸回原籍定居者，但回国者中大部分仍为回乡探亲、观光及从事各种商务活动者。

政治的、经济的及地理上的原因造成了厦门及其附近地区（统称闽南）的人们数百年来经由厦门口岸大量出国，使得厦门的历史和闽南海外移民的历史紧紧地联系在一起。这当中，厦门（包括同安）本地人固然扮演了主角，但相邻的两个地区（泉州、漳州）的人们也扮演了重要的角色。

（二）在海外的分布

由厦门出国的移民，向来多前往东南亚，其中又以菲、新、马、印尼为主要聚居地，其次为越、缅、泰等。其他国家和地区早期移民去得不多。但1949年以后出国的新移民，以及二战后来自东南亚的二次移民，已广泛地分布于包括欧美、澳洲及日本在内的世界各国。

根据20世纪50年代后半期的调查，厦门市侨居海外的华侨约有7万人，同安县侨居海外的华侨也约有7万人。他们在各国的分布情况如下表所示：

表8 20世纪50年代厦门市和同安县华侨在国外的分布情况表

	新、马	印 尼	菲律宾	越 南	缅 甸	泰 国	其 他
厦门市	31.9%	19.1%	35.4%	5.1%	7.2%	0.8%	0.5%
同安县	50.0%	*10.0%		30.0%			**10.0%

注：*者包括缅甸；**者包括菲律宾、日本、荷兰等。

资料来源：林金枝、庄为玑编：《近代华侨投资国内企业史资料选辑（福建卷）》，第30～31页，福建人民出版社，1985。

以下按国别简要论述1949年以前厦门籍华侨、华人的分布。

菲律宾 明万历年间（1573—1619）就有不少厦门人侨居菲律宾。仅据海沧石塘《谢氏家乘》和《马巷厅志》所载，其间前往吕宋谋生而殁于当地的族亲和乡人，就有谢一镇、谢一斌、谢旋长、许元庆等17人。自1603年至1762年，西班牙殖民者对华侨发动了数次大屠杀，海沧人杨应钧和江光彩，都是在大屠杀中丧生的。除了到马尼拉以外，厦门人还大量前往苏禄群岛定居。清初厦门人赴菲者仍络绎不绝。从《谢氏家乘》和《道光厦门志》中查到姓名的，就有谢宗长、谢振华、杨求等几十人。晚清自厦移民至菲者更有增无减。自 1875 年至 1898 年，从厦门口岸前往马尼拉的就有 20.47 万人次之多。① 到 20 世纪二三十年代，除了马尼拉之外，在南岛地区还形成了几个厦门人聚居的中心，它们是宿务省的宿务市、东黑人省的朗马倪地市、苏禄省的和乐市等。以下是厦门侨务局统计的 1935—1940 年间和 1947—1949 年间自厦门口岸赴菲律宾的华侨人数：

表9　1935—1940 年间自厦赴菲华侨人数统计表

年　　度	1935	1936	1937	1938	1939	1940
人　　数	11935	15945	16509	13668	4003	3319

资料来源：福建省档案馆编：《福建华侨档案史料》上册，第 147 页，档案出版社，1990。

表10　1947—1949 年间自厦赴菲华侨人数统计表

年　　度	1947	1948	1949
人　　数	12655	13205	＊13594

注：＊者仅统计至 1949 年 9 月。

资料来源：福建省档案馆编：《福建华侨档案史料》上册，第 171～177 页，档案出版社，1990。

新加坡和马来亚　明万历年间（1573—1619），当时属漳州府的海沧新垵已有不少人移居马六甲。葡萄牙殖民当局任命的首任马六甲的甲必丹，为漳州籍华侨郑芳扬（启基），次任甲必丹即为厦门籍华侨李君常（为经），三任甲必丹则为李氏之婿厦门人曾其禄。这都说明早期马六甲的厦门人不少。此外，厦门人还前往马来半岛其他地方。据石塘《谢氏族谱》所载，清康熙至咸

---

① 转引自厦门华侨志编纂委员会：《厦门华侨志》，第 33 页，鹭江出版社，1991。

丰年间（1662—1861），其族人卒葬马来半岛的有：马六甲 15 人，槟榔屿 110 人，柔佛 4 人，丁加奴 13 人。1819 年英国殖民统治新加坡后，进入该港的第一艘中国船只即来自厦门。1827 年英国殖民当局发给新加坡华人居民的租地契约中，已出现"厦门街"这一地名。厦门人大量移居新加坡的证据之一是：1829 年 10 月 23 日和 1830 年 3 月 25 日的《新加坡报》记载，道光九、十年间（1829—1830），起航自厦门的 4 艘商船就搭载了 1570 多人前来新加坡。[①] 道光二十六年（1846）同安人王友海由新加坡前往古晋从事两地间的贸易，许多乡亲由他牵引也陆续前往沙捞越谋生。后来成为当地大侨长的王长水，就是王友海之子。光绪三十二年（1906）中国驻新加坡总领事向清政府外务部报告说，每年从厦门、潮汕一带前往新加坡的移民多达 10 万余人。1917 年有 22 艘轮船自厦门驶往新加坡并转马六甲、槟城等埠，共搭乘移民 5 万多人。以下是厦门侨务局统计的 1935—1940 年间和 1947—1949 年间自厦门口岸赴新、马的华侨人数：

表 11　1935—1940 年间自厦门赴新加坡和槟榔屿的华侨人数统计表

年　度	1935	1936	1937	1938	1939	1940
新加坡	22137	22129	34138	13230	2910	1786
槟榔屿	4853	5248	7085	3365	974	323

　　注：本表缺前往马来亚其他地方及沙捞越的华侨人数统计。

　　资料来源：福建省档案馆编：《福建华侨档案史料》上册，第 147 页，档案出版社，1990。

---

　　① 转引自厦门华侨志编纂委员会：《厦门华侨志》，第 35 页，鹭江出版社，1991。

表 12　1947—1949 年间自厦门赴新加坡和马来亚的华侨人数统计表

年　度	1947	1948	1949
新加坡	11835	6216	＊4009
槟　城	1718	1145	—
马来亚	6651	6211	＊1916

注：本表槟城单列一项，不包括在马来亚之内；缺沙捞越数字；＊者仅统计至 1949 年 9 月。

资料来源：福建省档案馆编：《福建华侨档案史料》上册，第 171～177 页，档案出版社，1990。

印度尼西亚　明万历年间（1573—1619）就有同安人在爪哇日惹华侨开办的糖寮和槟榔作坊里做工。泰昌元年（1620）巴达维亚的荷兰殖民当局派舰队北上中国沿海，悍然命令舰队"尽可能掳掠中国沿岸的男女老少来充实巴城和公司在印尼群岛其他属地的人口"，[1] 厦门和同安被掠卖至巴达维亚者达 1400 余人。贸易促进下的移民也不断增加。天启二年至七年（1622—1627）自厦门开往巴达维亚的商船有 12 艘，每艘载去移民 350—500 人。清顺治十四年至嘉庆十三年（1657—1808）从厦门驶往巴达维亚的船只近 100 艘，当有更多的移民随船而去。不少厦门人劳作于彼，葬身于彼。仅石塘《谢氏家乘》所载，自清康熙至道光年间（1662—1850）就有族人 73 人先后殁于咬留巴、三宝垄、旧港、巴东、望加锡等地。同安城关《陈氏族谱》和马巷《王氏族谱》也有族亲卒葬三宝垄和望加锡的记载。鸦片战争后厦门及附近地区去印尼谋生者益多，至抗日战争爆发前后移民潮仍在持续。以

---

① ［荷兰］包乐史著，庄国土等译：《中荷交往史 1601—1989》，第 42 页，［荷兰］路口店出版社，1989。按：文中"巴城"即指巴达维亚，亦即今雅加达；"公司"则为荷兰东印度公司。

下是厦门侨务局统计的1935—1940年间和1947—1949年间自厦门口岸赴印尼的华侨人数:

表13　1935—1940年间自厦门赴印尼的华侨人数统计表

年　度	1935	1936	1937	1938	1939	1940
爪　哇	6171	5952	7643	5776	2794	1348
西伯里	852	1147	1311	2061	557	557
苏门答腊	1811	1869	1750	1078	459	482
婆罗洲	955	1174	2043	1240	389	287
合　计	9789	10142	12747	10155	4199	2647

资料来源:福建省档案馆编:《福建华侨档案史料》上册,第147页,档案出版社,1990。

表14　1947—1949年间自厦门赴印尼的华侨人数统计表

年　度	1947	1948	1949
西伯里	576	761	—
爪　哇	4282	7493	4185
苏　岛	1200	2121	—
婆罗洲	304	521	—
合　计	6362	10896	＊4185

注:＊者仅统计至1949年9月。

资料来源:福建省档案馆编:《福建华侨档案史料》上册,第171～177页,档案出版社,1990。

缅甸　鸦片战争以后,才有厦门人前往缅甸经商或定居。19世纪四五十年代前往缅甸的厦门人,有姓名可查的有:曾营人曾广庇,霞阳杨本铭、杨本假、杨九婴等。还有从新、马等地转往缅甸的，如曾营人曾上苑等。1885 年缅甸沦为英国殖民地后，需要劳动力开发资源，便从新、马输送华侨去缅甸，包括厦门人在内的许多新、马闽籍华侨便于此间前往缅甸。① 19 世纪 70 至 90 年代，由于厦门至仰光的轮船开航，移民更加方便。著名华侨庄云安（东孚祥露人）、徐赞周（禾山徐厝人）等均于此间去缅甸。此外有姓名可查的还有杜文昌、张永福、曾顺续、陈世标、林振宗、杨子贞、丘廑竞等。20 世纪初至抗日战争爆发，仍不断有厦门人前往缅甸。以下是厦门侨务局统计的 1935—1940 年间和 1947—1949 年间自厦门口岸赴缅甸的华侨人数：

表 15　1935—1940 年间自厦门赴缅甸的华侨人数统计表

年　度	1935	1936	1937	1938	1939	1940
人　数	4057	5217	5498	1480	534	119

资料来源：福建省档案馆编：《福建华侨档案史料》上册，第 147 页，档案出版社，1990。

表 16　1947—1949 年间自厦门赴缅甸的华侨人数统计表

年　　度	1947	1948	1949
人　　数	785	652	＊654

注：＊者仅统计至 1949 年 9 月。

资料来源：福建省档案馆编：《福建华侨档案史料》上册，第 171～177 页，档案出版社，1990。

越南　新坡《丘氏族谱》揭示，明朝末年，丘氏族人已到安南各地谋生。清初自厦门移民越南者益多。《同安县志》载邑女王六娘之夫陈台宜客死安南，同安阳翟人陈伯屋在安南经商致富，等等。自顺治十二年至康熙四十年（1655—1706），从厦门

---

① 庄为玑：《缅甸安溪华侨的历史研究》，《旅缅安溪会馆四十二周年纪念特刊》。

驶往东京、安南等地的商船共 24 艘，每艘搭载乘客 300—500
人，其中便有部分为移居越南者。光绪四年（1878）西山后林岩
山和澳头苏炳普等人结伴前往越南，分别在堤岸和丐礼谋生，后
经其牵引，移居两地的同安籍华侨多达 4000 余人。民国初年又
有不少厦门人移居越南，如海沧石塘谢妈延、同安新店洪堂芸、
海沧新坡邱德祥、马巷井头林金殿等。据厦门侨务局统计，
1935—1940 年间，自厦门口岸赴越南者达 1675 人、1947—1949
年间达 5174 人。[①]

　　泰国　明中叶至清初即不断有商船往返于厦门与暹罗之间，
从而促进了移民活动。自康熙十九年至三十六年（1680—1697），
从厦门开往暹罗的贸易船只有数十艘，每艘搭乘移民 100—300
人。据石塘《谢氏家乘》记载，自顺治至嘉庆年间（1644—
1820），族人先后殁于曼谷的有谢联国等 12 人，殁于宋卡的有谢
鸿贯等 6 人，殁于大泥的有谢克纲 1 人。此外，禾山人薛品及厦
门城内人张世俊等也先后卒葬暹罗。清末民初厦门人仍不时有移
居暹罗者。据厦门侨务局统计，1935—1940 年间自厦门口岸赴
暹罗者共 1221 人；1947—1949 年间共 647 人。[②]

　　日本　侨居日本的"福兴漳泉之民"由来已久，郑芝龙、郑
成功父子，都是一度侨居日本的华侨。明天启四年（1624）同安
船主林福载运客、货前往日本，在长崎与郑芝龙等人结为兄弟。
明末有海沧石塘谢氏族人至日本谋生，殁于当地。清康熙元年
（1662），一艘私渡日本的商船附搭商贩 32 人前往日本。据《华
夷变态》一书载，康熙二十三年至雍正元年（1684—1723），

---

　　① 福建省档案馆编：《福建华侨档案史料》上册，第 147、171～177
页，档案出版社，1990。
　　② 同上。

从厦门开往日本的商船共 170 艘，每船都附载搭客，其中船主
有姓名可查的就有周元信、林两官、陈元庚等 24 人。① 从 19
世纪 50 年代到 20 世纪 50 年代，来自厦门的陈氏家族侨居日
本长崎经营"泰益号"商行长达一个世纪之久，堪称厦门旅日
侨胞经商有成之典型。

美国　1847 年美国从中国运走的第一批契约华工，就是从
厦门出口的。从此前往美国的华工源源不断从厦门出口。据美国
驻厦门领事馆的调查报告，自 1847 年至 1853 年，从厦门出发去
美国的华工就达 12151 人。② 被美国领事馆人员在厦门拐骗的失
业者中，有姓名可查的有吴周、吴力、吴烟、吴情、纪狮等人，
还有一个姓谈的。这些华工在美从事非人的工作，且惨遭迫害。
厦门人民听说自己的亲人在美的遭遇，曾于 1904—1905 年掀起
一场反美爱国运动。

澳大利亚　据《维多利亚华人》一书的记载，1840 年一名
叫柯涛的厦门人移居澳洲。③ 鸦片战争后到达澳洲的数千名契约
华工中，有的期满后留居当地。20 世纪 50 年代后，又有厦门籍
华侨从东南亚及香港转而至澳大利亚定居的。

从 20 世纪 50 年代起，厦门籍华侨、华人的聚居地，开始
从传统的东南亚向世界各地扩展。1988 年 10 月，厦门市侨务
部门对厦门籍华侨、华人居住地情况的调查表明，世界五大洲
的五十几个国家和地区均有厦门籍华侨、华人的足迹。见
下表：

---

① 转引自厦门华侨志编纂委员会：《厦门华侨志》，第 43 页，鹭江
出版社，1991。

② 顾海：《厦门港》，第 160 页，福建人民出版社，2001。

③ 同①，第 44 页。

表17　20世纪80年代厦门籍华侨、华人居住地分布表（1）

国　别	印　尼	菲律宾	马来西亚	新加坡	越　南	缅　甸
人　数	32196	25686	67603	83499	13860	23420
国　别	泰　国	日　本	美　国	加拿大	其　他	总　计
人　数	5645	553	9231	1753	5464	309315

　　注：其他一项包括欧、亚、非、澳、美五大洲的43个国家和地区。

　　资料来源：厦门市人民政府侨务办公室统计资料。

　　根据表9中的数字，又可以得出厦门籍华侨、华人中各国各地区所占的比例，见下表：

表18　20世纪80年代厦门籍华侨、华人居住地分布表（2）

国　别	印　尼	菲律宾	马来西亚	新加坡	越　南	缅　甸
比例（％）	10.41	8.30	21.86	26.99	4.48	7.57
国　别	泰　国	日　本	美　国	加拿大	其　他	总　计
比例（％）	1.83	0.18	2.98	0.57	1.77	100

　　表中显示，虽然东南亚仍是厦门籍华侨、华人聚居的主要地区，但移民方向有向发达国家转移的趋势。这与二战后全球华人的流向是一致的。尽管如此，厦门籍华侨、华人分布在东南亚以外地区的比例仍很小，这与粤籍华人比闽籍华人有更多人前往欧、美、澳的大格局也是一致的。

二、泉州人向海外的移民

（一）移居海外

　　泉州人出国的历史最早可以追溯到唐代。唐玄宗天宝十二年（753），泉州超功寺僧昙静与十多名泉州工匠随鉴真东渡日本。这是见诸史籍的有关泉州人出国的最早记录。唐代出国的泉州人还有僧人智宣，他于懿宗咸通十四年（873）前往印度取经，并在那里居住了二十五年，于昭宣帝天祐四年（907）回国。宋元时期，由于海上贸易发达，泉州人更是大批出国经商。明清两代虽时有海禁政策，却无法阻挡泉州人出洋谋生。西方殖民者东来后，大批泉州普通劳动者成为东南亚经济开发的得力工具。鸦片战争后，国门洞开，以"契约华工"身份出洋的泉州人更是不计其数。民国时期，兵乱与匪患又促使大量泉州人出国避难。直到1949 年才终止了大规模的移民潮。到了 20 世纪七八十年代，泉州人又开始走上新的移民之路。

早期泉州人出洋不外乎贩洋经商、灾荒兵祸驱使、寻求经济出路、逃避政治迫害几种原因。但在不同的历史条件下，泉州人出国的缘由却不尽相同。宋元时期海外贸易发达，泉州人多因贩洋经商而出国。到了政治的、民族的迫害加剧之际，如元、清两代的某些时候，许多泉州人则因避祸而出国。当国外资源开发对劳动力有了迫切需求时，泉州人则以各式各样的劳力出卖者身份出国。当然，本地区地狭人稠，谋生困难，是与上述诸因素交织在一起的出国动因。在泉州人出国的历史脉络中，有高峰也有低谷。最大的移民潮自鸦片战争以后的大约一百年持续不断，这与此间特殊的历史背景密切相关。

1. 出国缘由

（1）贩洋经商

贩洋经商需要以较为发达的海上交通为先决条件，港口即为重要因素之一。南朝时，泉州已成为中国交通海外的重要港口。唐代泉州与胶州、广州、扬州并称为中国对外贸易的四大港口。五代时期，泉州更以刺桐港闻名于世。宋哲宗元祐二年（1087），泉州正式设置市舶司。自此，泉州开始进入海外贸易的极盛期。

北宋时期，泉州与高丽之间的贸易往来非常频繁，大批泉州商人前往高丽经商。据《高丽史》及中国古籍记载，宋真宗大中祥符八年至宋哲宗元祐六年（1015—1091）的七十余年间，泉州籍商船前往高丽者共有 19 批次，其中注明人数的就有 7 批 500多人。这些人大部分为前往高丽经商者，被称为"贡方物"，但还有几批被称为"来投"，这些"来投者"定居于高丽成为华侨，当无疑问。① 除了前往高丽外，北宋时期的泉州商人也到日本贸易。泉州人李充曾于宋徽宗崇宁元年（1102）、三年（1104）、四年（1105）前往日本贸易。并且当年李充船舶所用的"公凭"保存至今，成为珍贵的历史资料。② 南宋朝廷偏安江南期间，泉州港在海外贸易中的地位进一步提高。市舶收入成为财政收入的重要组成部分，以致宋高宗说："市舶之利，颇助国用。"乾道三年（1167）十月一日，福建路市舶司报告说："本土纲首陈应等昨至占城蕃。蕃首称，欲遣使副恭赍乳香、象牙等前诣太宗进贡。今应等船五只，除自贩货外，各为分载乳香、象牙等并使副人等前来。继有纲首吴兵，船人赍到占城，蕃首邹亚娜开具进奉物数……诏使人免到阙，令泉州差官以礼管设，章表先入递，前来候到……"③ 陈应与吴兵不仅到占城贸易，而且还引番入贡，想必在当地已具有一定的影响与地位。另有泉州人王元懋随海船往占城，因通番语而得到国王的赏识，并将女儿嫁与他。王元懋在占城住了十年，积累了大量财富，回国后开始"主船舶贸易"，成为当时的巨富。④ 当时泉州的海商巨富并不在少数，莆田《祥应庙碑》记载："泉州纲首朱纺，舟往三佛齐国，亦请神之香光

①　陈高华：《北宋时期前往高丽贸易的泉州舶商：兼论泉州市舶司的设置》，《海交史研究》总第 2 期。

②　同上。

③　（清）徐松：《宋会要辑稿》，第 7864 页，中华书局，1957。

④　（宋）洪迈：《夷坚志》，第 1345 页，中华书局，1981。

而虔奉之，舟行迅速，无有险阻，往返曾不期年，获利百倍。"上述情况，似乎表明当时一些泉州商人已长期侨居海外，成为最初的华侨。

进入元代，泉州的海外贸易获得进一步的发展。《岛夷志略》古里地闷条载："昔泉之吴宅，发舶稍众，百有余人，到彼贸易。既毕，死者十八九，间存一二尔。多羸弱乏力，驾舟随风回舶。"汪大渊进一步评论道："然则，其纵有万倍之利何益？昔柳子厚谓'海贾以生易利'，其有甚于此者乎？"然而，并不是所有商人都将利益看得高于一切。泉州海商孙天富、陈宝生在贸易中以信义待人，外国人称之为"泉州两义士"。王彝《泉州两义士传》称："孙天富、陈宝生者，皆泉州人也。天富为人外沈毅而含弘，宝生性更明秀，然皆勇于义。初，宝生幼孤，天富与之约为兄弟，乃共出货泉，谋为贾海外。"帆船贸易须赖季风，所谓"随风"者是也，这就不排除一些商人及其他人员居留于海外经商之处，唐、宋、元各代概莫能外。

宋元两代为泉州历史上最辉煌的一段时期。南宋末年，泉州超过广州，成为中国最大的贸易港。元代的泉州更成为世界最大的贸易港之一。从明代始泉州港开始走向衰落。明成化八年（1472），市舶司从泉州迁往福州，泉州从一个国际性的大港下降为地方性港口。然而，明清两代的海禁并没有阻断民间商人的海上走私贸易。明代泉州安平商人就是一个善于从事海上贸易的群体。李光缙《景璧集》称："安平之俗好行贾。自吕宋交易之路通，浮大海趣利，十家而九。"而郑氏海商集团则是明代私人海上贸易发展的典型。郑成功的父亲郑芝龙年轻时因贸易而居于日本，成为巨贾，当然也是无可争议的华侨。郑芝龙死后，郑成功继承了父亲的事业，并将其大大发展。郑氏海商集团的贸易对象不仅仅限于东亚的日本和东南亚各国，还扩大到其他国家和地区。明清两代泉州港虽风光不再，但人口增加、资源短缺迫使泉州人"以海为田"，从而使更多的人流寓海外，泉州人侨居海外之风渐盛。

（2）逃避灾荒兵祸

在泉州的历史上，自然灾害频繁发生，由乾隆《泉州府志》所载可见一斑。唐贞观二年（628），"泉州蝗"。宋淳熙十一年（1184）四月至八月，"不雨，是年无禾"。元至正十四年（1354），"泉州旱，种不入土，人相食"。明成化二十二年（1486），"春夏旱，禾苗俱槁，秋复旱，民多流移"。清乾隆十八年（1753），"泉州大疫，至明年秋乃止，死者无数"。除了频繁的自然灾害以外，泉州人还不得不面对人稠地贫这样一个事实。北宋谢履作《泉南歌》，诗云："泉州人稠山谷瘠，虽欲就耕无地辟。州南有海浩无穷，每岁造舟通异域。"再加上土地兼并严重，就使得许多泉州人不得不赴海外谋生。南安《丰溪蓝园陈氏族谱》载："族之子姓发达后，限于疆界，壤地偏小，庐舍纵横，田园益蹙，食多生寡，故士农工商维持家计颇费踌躇。于是乎，奔走外洋。披星戴月，不辞跋涉之苦；别祖离宗，只为馈粥之计。……纷赴小吕宋各埠，亲属介绍，接踵而行，甚为举家而往者。"移居海外的家族可谓屡见不鲜。

更甚于灾荒者有兵祸。古语云："夫封疆之守，祥莫大于宁谧，异莫大于寇。"① 与灾荒一样，泉州历史上的兵祸也时有发生。唐朝末年，群盗蜂起，"寿州人王渚攻陷光州固始，为蔡州秦宗权所攻，率众南奔。自南康入临汀，陷漳浦，至南安所在剽掠，为其军校王潮所囚，自杀"。② 泉州滨海，因此也常常遭到

---

① 乾隆《泉州府志》卷七十三《祥异附纪兵》。
② 同上。

海寇的侵扰。宋乾道七年（1171），"岛寇昆舍邪掠海滨"，八年"复以海舟之寇"。① 到了明代，倭寇猖獗一时。洪武三年（1370）六月，"倭寇泉州"。② 嘉靖年间（1522—1566），倭寇更是率犯泉州。其中从嘉靖三十四年（1555）至嘉靖四十一年（1562），倭寇无一年不至泉州。③ 泉州人因此逃往海外谋生者日多。《石狮蔡氏族谱》载："兵燹后，阖族苦于倭寇，纷纷外逃出洋。"清初，郑成功据台抗清，清政府于是采取迁界政策，由此造成大片土地荒芜，人民无家可归，只得流亡海外。《兴化府志》就记载了当时的情况："闽人生活，非耕即渔。一自迁界以来，民田废弃二万余顷……而沿海庐舍、畎亩化为斥卤。老弱妇女转死沟壑，逃往四方者不可胜计。"民国年间，军阀、土匪此起彼伏，社会动荡不安。永春为内陆山区，因此匪患最重。1921 年 9 月 9 日《奋兴报》载："吾永（春）……近来政变，地方骚乱，匪徒蜂起。遂相率遁逃，挈妻携孥，偏安海外。此吾邑年来所以十室九空也。"民间族谱对这一情况也多有记载。如《永春鹏翔郑氏族谱》载："鼎革以后，南北纷争，奸民乘机煽乱，迄无宁岁。邑人挈眷南渡者相属于途。"1937 年，日军大举进攻中国，由此在泉州又引起一股新的移民潮。

（3）政治原因

元代，蒙古人入主中原，把居民分成四个不同的等级，蒙古人与色目人地位高，汉人尤其是南人地位低。泉州地处东南沿海，其居民属于"南人"。对泉州为害甚剧者乃色目人。这与泉州发达的对外贸易有很大关系。泉州的色目人以阿拉伯人为主，

---

① 乾隆《泉州府志》卷七十三《祥异附纪兵》。

② 同上。

③ 同①。

他们享有很大的特权。阿拉伯人信仰回教，因为他们可以免差役，所以许多泉州的汉族居民"常因避难而从回"。① 除了享有特权外，他们对汉族人也极尽压迫之能事。明代《泉州凤池林李族谱》就记载了当时的情况："元氏失驭，色目人据闽者，唯吾泉州为最炽。部落蔓延，大肆凌夷，涂炭我生灵。"最值得一提的就是蒲寿庚家族，他在泉州"恃宠专制，严刑峻法以遂征科"。蒲寿庚死后，他的女婿哪兀"自立，据土�赋，大惨毒。州民无辜，战必驱之前列，良可哀恻……泉人苦其熏炎者九十年，元去乃已"。② 一些泉州人无法忍受这种民族压迫，于是出走外洋，寻找新的出路。

清代又出现了满人对汉人的民族压迫。明朝遗臣郑成功因不愿归顺，而据台抗清。康熙二十二年（1683），施琅收复台湾，许多追随郑成功到台湾的泉州籍官兵不愿投降清朝，于是乘船赴南洋各地。郑成功的第三子郑明与部下丁戈就率众前往印尼群岛与菲律宾群岛等地。③ 进入近代，中国社会陷入空前危机，泉州地区不断发生反清起义。当起义被镇压后，参与起义者往往逃到南洋。如咸丰三年（1853），安溪崇善里彭格乡农民陈圣与在坊里虞都乡陈羡兰策划了一次反清起义。他们以武解元陈六书为帅，率领农民攻入县城。后因清军围剿，起义失败。陈圣与参与起事者，包括几百名家属逃往新、马、印尼等地。④ 又如光绪十八年（1892），德化陈拱领导的反盐税起义被镇压后，陈拱家乡浔中丁溪"父老相率渡洋者不下数十家"。陈拱的军师陈政楷兄

---

① 见《惠安百崎郭氏族谱》。
② 见《清源金氏族谱》。
③ 卓正明主编：《泉州市华侨志》，第4～5页，中国社会出版社，1996。
④ 陈克振主编：《安溪华侨志》，第18页，厦门大学出版社，1994。

弟与先锋陈政合同时出走马来亚。① 民国初期，又有革命未成而
出洋者。安溪《罗岩林氏族谱》记载，林庆年因"组织民军，孙
总理授为护法混成旅旅长，驻军华安，阻击军阀不果，旋旅居
南洋"。

（4）契约华工

历史上自备旅费出洋或由亲友牵引出洋的自由华工虽有不
少，但绝大多数的华工出洋是借垫或赊欠旅费同时签订劳动若干
年的合同作为报偿，这就是契约华工。契约华工制产生于 17 世
纪西方殖民者东来后对中国劳动力的掠夺。首先在荷殖民地东印
度地区兴起，以后在英殖民地马来亚地区得到发展。鸦片战争后
则形成高潮，并往美洲、澳洲、非洲和太平洋等地区扩展。契约
华工以到东南亚地区的人数最多，时间也最长。荷殖民地东印度
地区的契约华工制直到二战后才终止。②

泉州地处东南沿海，因此成为契约华工的主要来源地之一。
当地族谱对此也有相关记载。《安溪科洋黄松柏、黄金土家谱》
载："诗睨，字基视，生咸丰辛亥年（1851），被卖猪仔去外洋。
卒在外，有去无回。"又晋江《凤池李氏族谱》载："昭执公，孙
摄公螟蛉冢子，未娶。被人诱卖番。""昭未公，孙郁公之子。养
苗媳张氏未筭。往石码作棉工，被人诱卖番作工，未详凶吉。"
以上几则材料中所谓"被卖猪仔"或"被人诱卖番"，实为被迫
或被骗为契约华工。另外还有自愿赊欠旅费被典当的契约华工，
但其中往往也带有被欺骗的成分。在吴凤斌所著《契约华工史》

---

① 卓正明主编：《泉州市华侨志》，第5～6页，中国社会出版社，
1996。

② 吴凤斌主编：《东南亚华侨通史》，第 281 页，福建人民出版社，
1994；吴凤斌：《契约华工史》，第 5 页，江西人民出版社，1988。

中，作者整理出 29 位从厦门出洋的契约华工的资料，其中有 12 位来自泉州。① 在 12 位泉州籍契约华工中被欺骗出洋者多达 10 位。有"骗到洋行做工，被卖"者，有"与兄弟不和，被其出卖"者，有"被劝说出洋易赚钱"者，有"约去船上做工被关押"者，有"招去当水手后被押"者，等等。只有两位声称"想出洋佣工"。

多数契约华工在国内被掳或被骗而出洋，但也有已到南洋的侨民被掳而成为契约华工者，两者的命运同样悲惨。由晋江人庄笃坎的遭遇即可见一斑：

> 具禀人庄笃坎，为拐匪设陷人，卖充苦役，肯恩查究，以儆奸顽而安穷旅事。窃坎籍福建泉州府晋江县人。前因本年九月杪，在厦门附搭轮船，出洋谋生。至十月初，抵叻港随众登岸，突遇二三拐匪迎面而来，伪作探问亲友。坎以人地生疏，不识路径。该匪即乘间询问，假意殷勤，作为前导。遂引至鉴光麻六甲鉴兴客栈内，置于幽室。时坎惊甚，欲出不能。越宿，该匪携往英署。即以甘言蜜语，教授供词。坎姑漫应之。迨至英官问坎，是否甘愿庸工？坎称不愿，英官立即命该客栈主带回。岂知该匪另行幽禁，重加拷打。谓，认愿则生，不认则死。且又以西洋强水浸虐皮肤，其凄惨痛切，有不堪言状者。坎以一愚庸，受其百般煎熬，无奈声称甘愿。遂被押配落船，往日里僻处，充卖苦役。同时身亦有廿余人，同遭斯惨。举目相视，暗无天日。惟含冤忍恨，坐以待毙而已。幸遇闽南陈天赐等将往日里贸易，在身询问颠末，恻然动念。遂鸣集五十余金，向该栈押客之

① 吴凤斌：《契约华工史》，第 49～51 页，江西人民出版社，1988。

伙友陈阿保，肯赎此身，网罗得脱，生还有日……①
庄笃坎最终得以脱离苦海，实属万幸。绝大部分契约华工则无此
幸运，为得一自由身，不得不终日劳作。

2. 出国人数与规模

(1) 第一次鸦片战争以前

据现有文献记载，泉州人出洋最早始于唐代，但直到鸦片战
争后泉州人大规模出洋时，一直没有较为详尽可靠的数据。原因
在于，这一时期泉州人出洋多为自发的和零散的，且没有专门机
构做相关统计。不过，当地族谱对其族人出洋的记录却在某种程
度上弥补了相关资料的不足。表19就反映了明代泉州人出洋的
某些情况。

表 19　族谱所载明代泉州出洋华侨统计表

年份	成化 (1465— 1487)	弘治 (1488— 1505)	正德 (1506— 1521)	嘉靖 (1522— 1566)	隆庆 (1567— 1572)	万历 (1573— 1620)	天启 (1621— 1627)	崇祯 (1628— 1644)
人数	1	2	2	12	3	62	12	15

　　资料来源：李天锡：《泉州华侨华人研究》，第36页，中央文献出版
社，2006。

族谱所载明代泉州出洋人数为109人，但实际上远远不止这
些，因为单是嘉靖年间被倭寇掳走的人口就相当多。表中嘉靖年
间出国人数为12人，较前几阶段增加不少，恐怕与倭寇侵扰、
人民出洋避难有关。而万历年间出洋人数又增加到62人，这也
许是西方殖民者东来，需要大批劳动力，泉州人因此被掳出国。
总体看来，这一时期泉州人出洋人数变化不大，规模也较小。清

---

　　① 转引自吴文良：《古泉州华侨出国原因初探》，收入中国海外交通
史研究会、泉州海外交通史博物馆合编：《泉州海外交通史料汇编》，第
341～342页，1983。

代前期的情况大致也是如此，如表 20 所示：

表 20　清代安溪县部分族谱记载出国人数统计表

年份	康熙 (1662—1722)	雍正 (1723—1735)	乾隆 (1736—1795)	嘉庆 (1796—1820)	道光 (1821—1850)
人数	1	2	3	28	70

资料来源：陈克振主编：《安溪华侨志》，第 17～18 页，厦门大学出版社，1994。

表 20 所显示的虽为安溪人在清代前期的出国情况，但因安溪也是著名的侨乡，因此在某种程度上也可以代表整个泉州。需要指出的是，族谱资料存在很大的局限性。因为早期族谱大多遗失，而且后世续修族谱时也未必能继承前代的资料，所以上述材料的完整性和准确性就存在较大问题，只能作为参考。

（2）第一次鸦片战争到新中国成立

中英《南京条约》签订后，厦门为通商五口之一。从这时起，大批泉州人以"契约华工"身份从厦门出洋。随着列强对中国侵略的加剧，以及社会经济的残破，泉州出洋谋生者也越来越多。表 21 就清楚地反映出这一趋势。

表 21　1841—1911 年泉州出国人数净增情况表

年份	1841— 1875	1876— 1880	1881— 1885	1886— 1890	1891— 1893	1894— 1900	1901— 1905	1906— 1911	合计
净增长	164280	11641	29727	37625	29614	103629	133752	198377	708645
年平均数	4694	2328	4955	7525	9871	14804	26750	33063	9981

资料来源：卓正明主编：《泉州市华侨志》，第 6 页，中国社会出版社，1996。

表 21 中的年平均数一项除了 1876 至 1880 年这一段有所下降外，明显呈现一种上升趋势，反映出这一时期泉州人的出洋情

况。而从民国初期到厦门沦为日军占领区这一段时间，泉州人出洋的情况就比较复杂。如表22所示：

表22　1912—1938年泉州华侨出国人数净增情况表

年份	1912— 1915	1916— 1920	1921— 1925	1926	1927— 1930	1931— 1933	1934— 1938	合计
净增长	72519	98319	110426	136924	55978	—94823	98068	477411
年平均数	18130	19664	22085	136924	13994	—31608	19614	17682

资料来源：卓正明主编：《泉州市华侨志》，第8页，中国社会出版社，1996。

表22中前三个时间段仍延续了以前出国人数逐步增加的情况，但1926年是个较为特殊的年份，这一年泉州出国人数猛增。1926年是泉州军阀混战、匪患最严重的一年。因此，这一年出国人数猛增就显得合情合理了。1927至1930年间，出国人数有一定程度的下降，恐怕与1929年开始的世界经济危机有关。到了1931至1933年这段时间，世界性经济危机的影响已显露无遗。大批泉州人在这期间回国，使出国人数出现负增长。1934年以后，随着世界经济状况的逐渐恢复，泉州人又开始大量出国谋生。

1938年5月，厦门落入日军之手。泉州大部分华侨改由上海前往南洋各地，因交通不便与南洋各地对华侨入口的限制，使得泉州地区华侨出国人数剧减。1939年，泉州各县从泉州口岸出国人数只增加3426人，比前几年大为减少。与此同时，泉州籍华侨回国人数急剧增多。在太平洋战争爆发后的一年半时间里，有135万多华侨回国，其中福建华侨40多万人，泉州籍华侨估计在25万人以上。1945年，第二次世界大战结束，但因东南亚各国战争创伤未愈，无法吸收新移民，出国人数仍少于回国人数。从1947年起，由于东南亚各国的秩序逐渐恢复，加上国共内战的爆发，泉州地区出现了出国高潮衰落后的短暂出国高峰。据泉州有关侨情调查资料估计，1947 至 1949 年，泉州地区出国总人数达 25 万左右，其中部分经香港移居到世界各地。[①]

(3) 新中国成立后

新中国成立后，由于西方的封锁和东南亚新独立国家对华侨的限制，泉州地区移居国外的人数大幅下降。与此同时，却有大批泉州籍华侨回国学习和参加祖国建设，仅 1949 至 1951 年间的回国人数就在 5 万人以上。从 1950 到 1990 年，泉州人移居国外共出现三次高峰：第一次在 1956 至 1962 年，共有 4 万多人经香港转赴国外定居。其中以 1956 与 1957 年的出国人数为最多。如表 23 所示：

表23　1950—1960 年晋江专区出国人数统计表

年份	1950	1951.6—10月	1952	1953	1954	1955	1956	1957	1958.1—6月	1958.7月—1959	1960	合计
出国人数	1205	1406	2040	2187	4310	4331	6707	6639	2238	3776	2460	37299

资料来源：卓正明主编：《泉州市华侨志》，第 9 页，中国社会出版社，1996。

但同一时期也有大批华侨回国定居，因此出国与回国人数大体持平。第二次高峰从 1972 年持续到 1979 年，其中以 1978 年出国人数最多。其原因在于，改革开放之初，国内外人员流动的障碍开始破除，为出国创造了条件。第三次高峰出现在 1985 年后，其特点为，相当一部分以留学、旅游或探亲为由出国后，转为定

---

① 　卓正明主编：《泉州市华侨志》，第7～8 页，中国社会出版社，1996。

居，从而成为新一代华侨。①

（二）在海外的分布

宋元时期泉州海外贸易发达，出洋的泉州人开始分布于今东南亚、东北亚、西亚及南亚诸国。明清时期，西方殖民者东来，因"大帆船贸易"与"掠卖人口"等缘故，除前一个时期所抵之处外，泉州人又抵达美洲与非洲。鸦片战争之后，泉州人更是大量扩散至世界各地。总体而言，泉州人以前往东南亚国家的为最多。但到第二次世界大战后，前往欧美等发达国家的泉州人开始增多，发达国家似已成为新移民的理想目的地。

表 24 显示了 1939 年泉籍华侨的分布状况：

表 24　1939 年泉籍华侨分布情况表

国家、地区	荷殖民地东印度	马来亚、新加坡	菲律宾	缅甸	安南	暹罗	北婆罗洲	其他
华侨人数	406775	564100	82890	54193	45770	180000	9000	7000
占当地华侨总数的百分比	33%	33%	75%	28%	12%	7.2%	12%	

资料来源：卓正明主编：《泉州市华侨志》，第 11 页，中国社会出版社，1996。

表中数据显示，在 1939 年，东南亚为泉籍华侨最重要的分布地区，其中荷殖民地东印度、马来亚、新加坡的泉州籍华侨为最多。菲律宾的泉州籍华侨虽然只有 8 万多人，但却占当地全部华侨人数的 75%。而分布在东南亚以外国家和地区的泉州籍华侨，其数目则相当少。

然而，20 世纪 50—60 年代，传统的分布情况发生了些许变化。如表 25 所示：

---

① 卓正明主编：《泉州市华侨志》，第 9 页，中国社会出版社，1996。

表 25   1958—1960 年晋江专区海外华侨分布情况表

国家、地区	印尼	马来亚	新加坡	菲律宾	其他	合计
人数（万人）	26.23	57.08	19.03	52.79	12.33	167.46

资料来源：卓正明主编：《泉州市华侨志》，第 11 页，中国社会出版社，1996。

与 1939 年的情况相比，这一时期泉州籍华侨的分布有了以下两点变化。第一是印尼的泉州籍华侨人数大幅减少。第二是菲律宾的泉州籍华侨人数大为增加。虽有以上两点变化，但东南亚为泉州籍华侨分布最主要地区的情况并未发生改变。

到了 20 世纪 90 年代，泉籍华侨、华人在海外的分布又有了新的变化。详见表 26：

表 26   1990 年国外泉州人分布表

国家、地区	印尼	马来西亚	新加坡	菲律宾	泰国	缅甸	越南	文莱	日本	美国	加拿大	澳大利亚	柬埔寨	巴西
人数（万人）	154	168.1	86	124	26	17.5	10	3.1	0.9	15	4.5	3.5	3	1.2

资料来源：卓正明主编：《泉州市华侨志》，第 15 页，中国社会出版社，1996。

这一时期泉州籍华侨、华人分布状况最大的变化是：美国、加拿大等西方发达国家的泉州籍华侨、华人数量出现了较大幅度的增长。当然，东南亚仍是泉州籍华侨、华人主要的分布地区，但这种情况已开始发生实质性的变化。

以下按国别简要述论泉州籍华侨、华人的分布。

印度尼西亚   宋代泉州海外贸易发达，苏门答腊岛西北部的亚齐就是泉州商人的一处聚居地。到了元至元三十年（1293），元世祖忽必烈从泉州发兵远征爪哇，许多泉州籍士兵因种种原因留在了爪哇，成为华侨。元末至明中叶，成批泉州人居留在杜坂、锦石、泗水、旧港、万丹、三宝垄等地，形成华侨聚居的村镇。17世纪初，荷兰联合东印度公司为建立巴达维亚城（今雅加达），招徕大批华侨前往，其中泉州人占相当的比例。为了便于对华侨进行管理，殖民当局实行"甲必丹"制度。祖籍永春的沈愈及他的两个儿子相继被任命为甲必丹。1740年，荷兰殖民当局在巴城制造了"红溪惨案"，几天内有上万名华侨被杀，其中就有许多为泉州籍华侨。至1990年，居住在印尼的泉州籍华侨、华人估计有154万人，主要聚居地有雅加达、泗水、棉兰、直落勿洞、望加锡等城市及郊区，此外也遍布印尼群岛各地的城镇和乡村。[①]

马来亚　唐代，沙捞越的桑多邦已出现包括泉州人在内的华人聚居区。明代，马六甲就有闽南人的墓葬。据此推测，包括泉州人在内的闽南人是马六甲最早的华侨。[②] 葡、荷相继殖民统治马六甲期间，闽南人继续前往彼处。从18世纪起，开始有成批的泉州人移居马六甲、吉兰丹等地，其中仅由陈臣留牵引前往马六甲垦荒的即达数百人。英国殖民统治马六甲后，泉州人更是大量前往。在1824至1915年的六位马六甲华社领袖中，有五位是泉州人，足见泉州人在马六甲的势力之大。1786年槟榔屿开埠后，泉州人也大量涌入。此后，泉州人开始沿海岸、河流向雪兰莪、森美兰、霹雳等地迁移，开辟了一系列的村庄、集镇。19世纪中期，许多泉州人先到达沙巴的纳闽，再由此前往东马各地。主要的聚居区有沙捞越的首府古晋，沙巴的斗湖、山打根、亚庇、纳闽等地。亚庇地区的斗亚兰是19世纪末由安溪华侨赵

---

① 卓正明主编：《泉州市华侨志》，第19页，中国社会出版社，1996。

② 林远辉、张应龙：《新加坡马来西亚华侨史》，第55页，广东高等教育出版社，1991。

德茅、赵德王兄弟率安溪金谷乡亲及当地人披荆斩棘开发出来的。"斗亚兰"为闽南话"到也难"的谐音。因为居民中以安溪金谷移民为主,故斗亚兰又被称为"小金谷",该地至今仍有以赵德王命名的一条街。①

新加坡　新加坡又称龙牙门、淡马锡、石叻,宋代以前就有华侨的足迹。1819 年新加坡开埠,不少泉州人从东南亚各地前往彼处。祖籍永春的陈叔送就是新加坡第一代侨领之一。1824年,新加坡成为自由港,大量泉州人从家乡和马六甲等地移居新加坡。1829 年,在新加坡的丹绒巴葛发现了 31 位姓名不详的南安人的合葬古墓。② 鸦片战争后,有更多的泉州人以"契约华工"身份涌入新加坡。随着华侨社会的形成,新加坡的泉州籍华侨中也出现了一批著名的社区领袖,如:陈金声、李清渊、林庆年、李光前等。

菲律宾　由于距离较近,泉州人前往菲律宾较为便利,因此去的人数相当多。明代,泉州人就已移居马尼拉、怡朗、宿务、苏禄及棉兰老等地。西班牙殖民者占领吕宋后,由于开发的需要,吸引许多泉州人移居该地。起初赴菲律宾的泉州人不如漳州人多,后由于在西班牙殖民当局对华侨的六次大屠杀中漳州人受难最多,使其视菲岛为畏途,赴菲律宾人数才渐不如泉州人。到了 19 世纪末,全菲律宾华侨总数已达十万人。研究菲律宾华人的著名西方学者魏安国(Edgar Wickberg),在考察此间抽取样本的四个菲律宾省份的华人祖籍地情况中发现,80％以上的华人来自闽南的四个县:晋江、南安、同安和龙溪。他还发现,在马尼拉、宿务、怡朗和加牙鄢四个城市中,华人七大姓氏(陈、

---

① 卓正明主编:《泉州市华侨志》,第 33 页,中国社会出版社,1996。

② 同上书,第 52 页。

施、蔡、王、李、许、吴）人口中有一半来自晋江。① 到了 20
世纪中叶，泉州人的比例进一步扩大。据菲律宾华裔学者施振民
的研究，此间"闽南人中绝大多数来自福建泉州的晋江、南安和
惠安三县"②。

　　泰国　泰国的素可泰王朝时期就有泉州海商前往贸易。南宋
后期，泉州有不少人前往泰国传授制瓷技术。其后，又有更多的
泉州工匠和商人移居泰国，在那里建造"福舶"，开采锡矿，并为
泰国王室经营海上贸易。明清两代，泉州人继续前往泰国贸易。
因泉州缺粮，所以海商多往泰国贩粮。1949 年以后，泰国对华侨
入境进行限制，但仍有一些泉州人经香港前往泰国，如石狮的陈
德树，晋江的蔡悦诗、蔡志伟、蔡志云等。据泰国华人社团的有
关资料估计，1990 年泰国有泉州籍华侨、华人近 30 万人，主要居
住在曼谷、宋卡、陶公、北大年、攀牙、董里等地。③

　　缅甸　泉州人往缅甸始于元末。明万历年间，晋江人陈用宾
在云南为官，因此前往缅甸的泉州人渐多，他们多居于靠近云南
的八莫一带。清代中期，也有泉州人从海路经泰国而进入缅甸南
部的。如安溪人林坚于道光年间到缅甸，并在仰光开设"协振
号"商行。据晋江安海的郑、陈两姓族谱记载，其族人郑金沙、
郑古树、陈锡有曾移居仰光，后卒葬其地。19 世纪末，又有许
多泉州人从马六甲、槟榔屿移居缅甸。1918 年以后，因缅甸入

————

① ［加拿大］魏安国著，［菲律宾］吴文焕译：《菲律宾生活中的华人，
1850—1898》，第 173 页，世界日报社、菲律宾华裔青年联合会，1989。

② 施振民：《菲律宾华人文化的持续——宗乡与同乡组织在海外的演
变》，收入洪玉华编：《华人移民：施振民教授纪念文集》，第 188 页，菲律
宾华裔青年联合会，1992。

③ 卓正明主编：《泉州市华侨志》，第 92～93 页，中国社会出版社，
1996。

境手续简便，故又有许多泉州人前往。据 1931 年英国殖民统治缅甸当局对华侨人口的调查，该国近 20 万华侨中 25.9％为福建籍，而福建籍华侨当中又有 70％—80％是泉州人。① 又据 1986 至 1988 年的泉州市侨情调查，缅甸共有泉州籍华侨、华人 17 万多，他们绝大部分居住在仰光及南至毛淡棉、勃生，北至敏纳、曼德勒、腊戍等广大地区。②

越南　宋代，泉州与占城间的贸易往来频繁。许多泉州海商前往占城。南宋末年，许多不愿臣服于蒙古人的泉州义士出走占城、交趾。明代，泉州人多往会安，以贩米为业。清初，因耻为清朝臣民以及迁界等因素影响，泉州人移居安南者甚众，晋江当地的一些族谱都有明确的记载。清中期至清末民初，许多泉州人由亲友牵引前往越南。二战后，泉州人经厦门前往越南，目的地多为西贡。据相关资料，1955 年越南的 150 万华侨中，泉州籍华侨约为 18 万人，多数居住在南越的堤岸、西贡及迪石等地。③

日本　泉州人往日本最早始于唐代，随鉴真东渡的僧人中就有"泉州超功寺僧昙静"。宋代因贸易前往日本的就更多了，纲首李充就是一例。明代，太祖朱元璋赐闽人善操舟者三十六姓前往琉球作为朝贡的向导，许多人因此久居于当地。嘉靖年间被倭寇掳到日本的泉州人也不少。如晋江人施长昆，被掳至日本后与日本女子成婚，生二子，在日本居留 39 年后才回到泉州。另外，这一时期泉州私商也大量居留日本长崎。《涌幢小品》载："今不及十年且二三千人矣，合诸岛计之，约二三万人。"明末泉州籍

---

① 郑炳山主编：《在缅甸的泉州乡亲》，第 4 页，中国广播电视出版社，2002。

② 卓正明主编：《泉州市华侨志》，第 96～97 页，中国社会出版社，1996。

③ 同上书，第 103～104 页。

华侨郑芝龙以私商身份侨居日本长崎，并与日本女子成婚，生下郑成功。郑氏父子回国后，仍与日本华侨保持着密切的联系。由于明清之际郑氏海商集团控制着中国东南沿海，"在此大动乱年代，一般老百姓之所以能成批出洋过海，也主要是乘坐持有郑氏令旗的船只才得安全成行"，如 1660 年一艘乘有 147 人的"国姓爷使船"到了日本。① 可以推测，泉州籍人士乘此机会东渡日本的当不少。清代在日本的泉州人主要聚居在神户、大阪、长崎、横滨、东京等地。20 世纪末，据泉州市侨情调查数字，旅居日本的泉州人约有 8900 人。②

美国 早期前往美国的泉州人多数为"契约华工"。19 世纪末也有一些人零星前往美国谋生，如清末泉州秀才余子玉，因鼓吹"维新变法"受到清政府迫害，于 1899 年只身逃往美国。民国时期，也有一些泉州人留学美国，毕业后留在当地，成为新移民。20 世纪末，定居美国的泉州籍华侨、华人约有 15 万多人，大部分居住在加利福尼亚、夏威夷、新泽西等州，以及纽约、华盛顿、芝加哥、费城、休斯敦等城市，其中以洛杉矶一带的泉州人最多。③

加拿大 泉州人前往加拿大最初也多以"契约华工"的身份。1858 至 1885 年，先后有 2 万多名华工进入加拿大，其中就有泉州籍华工。此后因加拿大政府限制中国移民进入，基本上没有泉州人移居该国。直到 1947 年加拿大废除《中国移民法案》，才有少数泉州人前往。此后，由泉州出发进入加拿大的人尚不多见，但

---

① 罗晃潮：《日本华侨史》，第 152 页，广东高等教育出版社，1994。

② 卓正明主编：《泉州市华侨志》，第 112～113 页，中国社会出版社，1996。

③ 同上书，第 118～119 页。

从第三地赴该国者则大有人在。如在印支难民潮中，就有一万多名泉州籍华人流亡到加拿大。早期加拿大的华侨多为广东人，1967 年后，加拿大的泉州籍华侨、华人迅速增多，到 1990 年已有 4.5 万人以上。其中以原印支华人和香港、台湾移民为最多，其次为其他东南亚国家和地区的移民，还有来自家乡的移民。①

三、漳州人向海外的移民

（一）移居海外及其缘由

早期漳州人移居海外的记录，有 15 世纪初随郑和下西洋的巩珍《西洋番国志》所载"杜板（在爪哇东部），此地约千余家，中国广东及漳州人多逃居于此"②。马欢《瀛涯胜览》也说："杜板，番名赌斑（Tuban），地名也。此处约千余家，其间多有中国广东及漳州人流居此地"；"旧港即古名三佛齐国是也……国人多广东、漳泉州人逃居此地。"③ 明清之际及其后出现了漳州人出国的三次高潮：抗清斗争以及清政府的"迁界"使得社会动荡，漳州人民纷纷移居东南亚，不少漳州籍海商船主和水手移居日本的长崎、鹿儿岛，出现了漳州人移居海外的第一次高潮；鸦片战争后漳州土地兼并严重，连年灾荒，西方殖民者来华任意招募或拐卖华工，大批破产农民和手工业者被迫卖身为"契约华工"，从而形成了漳州人移居海外的第二次高潮；辛亥革命后闽南地区军阀混战，兵匪劫掠，1937 年日本发动了全面侵华战争，都使大批漳州人被迫逃往国外，形成了漳州人移居海外的第三次

---

① 卓正明主编：《泉州市华侨志》，第 123～124 页，中国社会出版社，1996。

② 转引自福建省华侨志编纂委员会：《福建省华侨志》，第 12 页，福建人民出版社，1989。

③ 同上。

高潮。① 二战后东南亚地区各国相继取得独立，许多国家开始限制中国移民入境。新中国成立后，国内形势趋于稳定。正因为"移入地"和"移出地"两方面的社会条件都发生了重要的变化，从而基本上结束了漳州人大规模移居海外的现象。

1. 贩洋经商

漳州人因贩洋经商而较大规模地移居海外，是在明代漳州月港兴起之后。明初政府厉行"海禁"，但商品经济的发展难于阻挡，下海通番者渐多。景泰年间（1450—1456），地处九龙江入海处的月港（今海澄）兴起。成化、弘治年间（1465—1505），月港已是"人烟辐辏"、"商贾咸聚"，海外贸易甚为活跃。迫于形势，明政府于隆庆元年（1567）正式取消"海禁"，在月港开设"洋市"，月港走私贸易开始合法化。此后，月港与海外的贸易更加活跃，到万历年间（1573—1620），盛况空前。当时，"四方异客，皆集月港"，往返商旅，相望于道。每年仲夏到中秋的风汛期，由月港发舶的商船数以百计。②

月港的兴起推动了闽南的海外移民。早期海外移民多为商贩水手，其中有前往日本者。由于倭患，明政府严禁民间与日本通商，即使取消"海禁"后，也只准贩西洋，依然禁止与日本通商，但私商"率多潜往"。③ 万历四十一年（1613）六月，"漳州商舶六艘入长崎"④。在与日本长崎等地的私商贸易中，一些漳

---

① 郑来发主编：《漳州华侨志》，第1～2页，厦门大学出版社，1994。

② 陈自强：《论明代漳州月港》，收入中共龙溪地委宣传部、福建省历史学会厦门分会编：《月港研究论文集》，第1页，1983。

③ 同上书，第2页。

④ ［日］木官泰彦：《中日交通史》第二十二章。转引自陈自强：《论明代漳州月港》，收入中共龙溪地委宣传部、福建省历史学会厦门分会编：《月港研究论文集》，第2页，1983。

州海商居留于当地。如海商李旦和颜思齐（海澄人）在长崎及周边纠集了一批华商及华人居留者。1708 年，在日本幕府管理唐人街的 167 名文字译员中，有 101 名专门译闽南语。① 这从一个侧面反映了闽南人前往日本之多。在东南亚，据古籍所载，月港海舶到达东西二洋的许多地方中，吕宋居首位。《明史》载："吕宋居南海中，去漳州甚近……先是，闽人以其地近且饶富，商贩者至数万人，往往久居不返，至长子孙。"② 《东西洋考》亦载："吕宋……其地去漳为近，故贾舶多往，华人既多诣吕宋，往往久居不归，名曰压冬。聚居涧内为生活，渐至数万，间有削发长子孙者。"③ 万历三十一年（1603）发生西班牙殖民者屠杀华人事件，死难者二万五千多人，其中"（海）澄人十之八九"④。以后西班牙殖民者又对华人进行了几次屠杀，崇祯十二年（1639）杀二万人；永历十四年（1660）杀数千人。在西班牙殖民者对华人的屠杀中，被杀者大多为漳州人，此后漳州人赴菲律宾者渐少。月港衰落后，厦门港代之而起，闽南人多从厦门港出国，其中也有不少漳州人，但比之月港全盛时期，贩洋出国已大为减少。

2. 逃避灾荒与兵祸

漳州一带自然灾害频繁，这里风、咸、水旱常年交替发生。

---

① 庄国土：《论 17—19 世纪闽南海商主导海外华商网络的原因》，《东南学术》2001 年第 3 期。参见 [日] 岩生成一：《侨居平户的华人首领李旦》，《东洋学报》，第 17 页，1958。有关长崎华人状况，参见王赓武：《中国与海外华人》，第 107～112 页，（台湾）商务印书馆股份有限公司，1994。

② 《明史》卷三二三，外国四，吕宋条。

③ 张燮：《东西洋考》卷五，吕宋条。

④ 《乾隆海澄县志》卷一八。

仅据《海澄县志》记载，自明嘉靖至清乾隆年间，较大的自然灾害就有 74 次。另据统计，漳州地区 1563—1946 年间，特涝 10 年、特旱 6 年。每次灾害发生后，"米贵民饥"，加上土地兼并，少地、失地和因灾致歉的农民，非出洋无以为生，迫使许多人结伙出洋谋生。①

明末清初，东南沿海频遭战乱，百姓深受其害，漳州人纷纷出洋避祸谋生。海澄一带曾是清朝和郑成功、郑经父子双方反复争夺之地。战争引发的战乱和兵祸，给当地的百姓造成了巨大的灾难和损失。顺治九年（1652），清海澄守将郝文兴迎降，郑成功分兵出击漳属各县，"时诸村落逃散复归者，家家俱破，继以瘟疫，城内几无炊烟"。顺治十七年（1660），双方在厦门至海澄的海域发生海战时，"尸浮海岸者数万"。顺治十八年（1661），清王朝下令"迁界"，"迁居民之内地，离海三十里，村庄田宅，悉皆焚弃"，造成百姓失业流离，死亡无数。就海澄县来说，从九龙江口直至江东地区，即月港所在的八、九都一带，方圆数十里，全成"弃土"。② 漳州府滨海的诏安（包括今东山）、漳浦（包括今云霄）、海澄、龙溪四县，因"迁界"而荒弃田地有 27 万多亩，造成社会动乱，漳州人民纷纷移居东南亚，有不少漳州籍海商船主和水手移居日本的长崎和鹿儿岛。③

辛亥革命之后的一二十年间，闽南地区军阀混战，盗、匪横行劫掠，漳属各地许多青壮年，因"走（逃避）土匪"而逃亡到海外。1926 年，军阀祸害南靖后，有 360 余名灾民被迫出洋谋

①　陈吴泉：《月港的兴起与闽南华侨》，收入中共龙溪地委宣传部、福建省历史学会厦门分会编：《月港研究论文集》，第 201～202 页，1983。

②　沈玉水：《试析月港兴衰的主要原因》，收入中共龙溪地委宣传部、福建省历史学会厦门分会编：《月港研究论文集》，第 59 页，1983。

③　郑来发主编：《漳州华侨志》，第 1 页，厦门大学出版社，1994。

生，其中，重点灾区塔下村就有 230 多人。① 20 世纪 30 年代初，福建实行"保甲制度"、编查户口和抓壮丁的兵役政策，土豪、富户不必服役，贫苦的单丁、弱户却被抓去充数，许多青壮年也因"逃壮丁"而出走南洋。②

1937 年日本发动全面侵华战争，1938 年 5 月厦门沦陷。日军不断侵犯袭扰并轰炸福建各地，人民生命财产遭受严重损失。抗战期间，国民党福建政府厉行各种苛政，统制运输，强征壮丁民夫，各地民众深受苛政之苦，民不聊生，大批的漳州人被迫相继逃亡到海外避难。1945 年 8 月抗战胜利，然而不久内战又起。国民党政府到处抓壮丁、派捐税，搜刮民脂民膏，福建人民身处水深火热之中。不少漳州人被迫逃亡出国谋生，仅南靖县出国的就有 380 人。③

3. 政治原因

历史上漳州人因为政治上的原因而逃亡海外的，最早出现在宋末元初抗元斗争之时，起事者败落之后，大多逃亡到南洋各地。南宋末年，宋端宗为元兵追击，败于泉州，其弟赵昺幼年继位南下。据《诏安县志》记载：赵昺仓皇逃至诏安时，诏安人张达（官右都统）与陈植、陈恪兄弟等率兵勤王，后率部随驾卫护帝昺抵崖山，因寡不敌众，终为元兵所败。陆秀夫负幼主投海殉国，张达、陈恪等亦捐躯，其残部有的远遁东南亚各地。陈植潜回诏安发动乡民，以图复宋抗元，事败后，本人捐躯，余部或隐姓埋名，或远遁南洋。④ 元兵进入闽南后烧杀劫掠。文天祥曾在

---

① 郑来发主编：《漳州华侨志》，第 18 页，厦门大学出版社，1994。

② 福建省华侨志编纂委员会：《福建省华侨志》，第 34 页，福建人民出版社，1989。

③ 同①，第 19 页。

④ 同①，第 7 页。

漳州一带收集旧部残兵，当时亦有许多漳州人被招募，在闽粤沿海一带抗击元军，失败后也纷纷逃避到南洋，大都侨居占城、爪哇、苏门答腊等地。还有不少不愿意臣服元朝的义士和难民逃居国外，并终老异乡。元朝时漳属人民起义频繁，失败后大部分起义者逃往南洋，并在那里定居。明末清初，再次出现了不满或反抗异族统治的漳州人逃亡海外的现象。

　　19世纪中叶的闽南动荡也引发了政治难民潮。1850年7月，闽南爆发"小刀会"起义，不少漳州人组织、参加了小刀会起义，不久后小刀会组织遭严重破坏。咸丰三年（1853），闽南小刀会在海澄人江源、江发兄弟领导下恢复活动，但很快又被镇压。之后小刀会在黄德美、黄位的领导下，连克海澄、石码、漳州府城和长泰县城，并攻占厦门。后又先后攻克同安、安溪、漳浦县城，并占领平和的琯溪和诏安的铜山，但终在清军镇压下失败，不少人被迫潜往南洋栖身。据海外有关资料记载，1858年进入新加坡、马来亚等地的华侨达1148人，大都是从龙溪、（漳州）后门等地撤走的小刀会会众。爪哇糖王黄仲涵的父亲黄志信、漳浦城关的程彩、东山梧龙的林美园等，都是小刀会的头领，均被迫逃往印尼、新加坡等地。①

　　清末有些漳州人因为参加革命党人的反清活动而流亡南洋。如诏安县城关北关的涂渺沧，早年加入同盟会，因参加黄花岗起义而遁居槟榔屿。② 大革命时期的1927年，平和县不少进步青年参加农民革命活动，在革命低潮时为躲避反动派的迫害而外避。当时，崎岭、九峰、霞寨等乡镇避往泰国、新加坡、马来亚等国家的就有100多人。③ 1937年国民党军队对南靖科岭、上板

---

① 郑来发主编：《漳州华侨志》，第17页，厦门大学出版社，1994。
② 同上书，第18页。
③ 同①，第18～19页。

寮等游击区进行"清剿",有 300 多人被迫背井离乡出洋谋生,其中,科岭、下板寮共有 100 余人出逃。①

　　4. 契约华工

　　17 世纪初,入侵南洋的葡、西、荷殖民者先后骚扰我国东南沿海,劫掠船只和货物,掳掠中国人充当其劳工,或捉去当劳工卖掉。明末就有漳州人被掳为劳工的记录。天启二年 (1622),荷兰殖民者侵占澎湖列岛后,封锁九龙江口,横行台湾海峡,抢劫漳州海商的船货。当时参与骚扰掳掠活动的荷兰船长邦特库在其航海日志中有如下记载:

　　　　(1623 年 2 月)二十日,我们夺获一艘中国帆船和十四名中国人。他们告诉我们,他们是从漳州河(即九龙江)出海的,还说科内利斯·莱耶尔策司令已同漳州人订立了一项条约,但我们照常把那艘帆船夺取过来。

　　　　五月一日……我们在中途又遇到一艘中国帆船,满载价值成千上万的东西,开往马尼拉群岛去。我们把它夺取过来,其中载有二百五十人之多。我们把大部分人接管过来……拖着它走。

　　　　我们把他们统统带到佩斯卡尔多列岛(即澎湖列岛)去……我们利用他们运土到城堡中去……他们的人数已达一千四百名之多,后来都被押送到巴达维亚(即今之雅加达)去出售。②

　　漳州人作为劳力大批出国,是在鸦片战争之后出现的,当中很大一部分是以契约华工的身份出国的,"卖猪仔"则是民间对

---

　　① 郑来发主编:《漳州华侨志》,第 19 页,厦门大学出版社,1994。

　　② 〔荷兰〕威·伊·邦特库著,姚楠译:《东印度航海记》,第 91、95~96 页,中华书局,1982。

出国华工悲惨遭遇的形象比喻。当时厦门成为华工出国的主要口岸之一，被拐卖的漳州籍契约华工大多是从厦门出洋的。诏安、东山、云霄等县部分契约华工，则从广东汕头出洋。据《岭东六十年纪略》记载，清光绪五年（1879），经由汕头出国的诏安籍华侨有216人。① 漳州籍契约华工少部分人是自愿出洋的，大部分则是被诱拐或绑架的。见下表：

表27　　部分漳州籍契约华工出国前职业及出国原因情况表

姓　名	职　业	出国年岁	出国时间	出国原因
陈鼎贤	医生	38	1852	生意不好，出国赚钱多之说所诱骗
吴越	渔	27	1853	约到厦门做工，锁入屋内
陈万生	农	22	1855	穷苦难度日，自愿出洋
朱阿兴	做生意	20	1858	朋友请吃饭，被骗下船
陈琴	兵士	17	1859	从厦门搭渡船回家被捉
林阿用	读书	17	1859	被人拐到厦门下船
黄敦	农	36	1860	赶墟市半路被捉
沈赛	农	40	1866	因贼乱外出，被请到船上做事

　　资料来源：吴凤斌：《契约华工史》，第49～51页，江西人民出版社，1988。

　　漳州籍契约华工的总人数有多少？因为资料不全，难有确切的统计数字。但据《古巴华工事务》一书统计，漳州一带被拐卖当"苦力"的就有6万余人。② 由此可见当时被贩卖出洋的漳州籍契约华工数目之一斑。

---

　　①　转引自郑来发主编：《漳州华侨志》，第17页，厦门大学出版社，1994。

　　②　同上。

（二）在海外的人数与分布

漳州人在海外的分布和其他地区的闽南人相似，主要是东南亚各地，并以印度尼西亚、马来西亚、新加坡、菲律宾、泰国、缅甸为主要聚居地，其次是越南，此外还有东亚的日本。早期漳州人移居其他国家和地区的人数则较少。20 世纪 50 年代以后，在东南亚华侨、华人的二次或多次移民中，不少漳州人移居美国、加拿大等国，从而扩大了其分布范围。

下面两个表格，表 28 反映的是 1956 年龙溪专区（今漳州市）各县市华侨在国外的分布情况；表 29 反映的是 1958 年漳州市部分县市华侨在国外的分布情况。

表 28　龙溪专区华侨在海外的分布情况（1956）

县别 \ 侨居国人数	印尼	印度	菲律宾	缅甸	泰国	新加坡	马来亚	越南	其他	合计
漳　州	1597		167	119	35	406	340		588	3252
龙　溪	4702		2444	293		2510			246	10195
漳　浦	3841	18	64	472	135	397	495	57		5479
云　霄	130		15	10	143	1412	1175	24	37	2946
诏　安	5000		2000	300	2000	36000	4000	4000	6000	59300
东　山	1016		15	11	32	16561		147		17782
平　和	75	7	5	92	276	138	44	11	55	703
南　靖	1742		2	3522	748	145	58	26		6243
长　泰	1130		24	10		55	22	30		1271
海　澄	11030	20	889	5946	487	344	8876	1935	1034	30561
华　安	2922					94				3061
总　计	33185	45	5625	10775	3856	58062	15010	6230	7960	140748

资料来源：郑来发主编：《漳州华侨志》，第 21 页，厦门大学出版社，1994。

表 29 漳州市部分县市华侨在国外的分布情况 (1958)

地 名	华侨人口	新、马	印 尼	菲律宾	越 南	缅 甸	泰 国	其 他
漳州市	3073	27.4%	60.0%	3.4%	3.5%	5.4%	0.3%	
龙溪县	20000	15.9%	49.7%	28.6%		3.1%		2.7%
漳浦县	5076	18.9%	68.1%	1.1%	1.9%	5.4%	3.2%	1.4%
海澄县	31000	30.2%	36.2%	2.9%	6.3%	19.4%	1.6%	3.4%
东山县	17792	93.1%	5.8%	0.1%	0.8%	0.06%	0.14%	

资料来源：林金枝、庄为玑编：《近代华侨投资国内企业史资料选辑（福建卷）》，第30～31页，福建人民出版社，1985。

以下再按国别简要地论述漳州籍华侨、华人在世界各地的分布情况。

印度尼西亚 唐代漳州就已经有人到苏门答腊谋生。元代周致中《异域志》载："流寓于其地（爪哇）之粤人及漳、泉人为众极繁。"随郑和下西洋到过印尼的巩珍所著《西洋番国志》和马欢的《瀛涯胜览》，亦有"已闻杜邦（爪哇东部），此地约千余家，中国广东及漳州人逃居于此"，"旧港（今巨港）即古名三佛齐国是也……国人多广东、漳、泉人避居此地"的记载。16 世纪荷兰殖民者到漳州沿海掳掠人口，并转运到巴达维亚（巴城）出售，已如前述。17 世纪 30 年代，每年有四五艘商船从月港驶往巴城，每艘都搭载数百名乘客，仅 1625—1627 年这三年便有 1280 名中国移民在巴城港口登岸，这些人以后返回中国的不到三分之一。[①] 清代前期，爪哇的华侨已达 10 多万人。任过漳州知府的徐继畬在《瀛环志略·噶喇巴》中记述，"闽广之民流寓

---

① 转引自福建省华侨志编纂委员会：《福建省华侨志》，第 48 页，福建人民出版社，1989。

其地（按：指噶喇巴，即今雅加达）以数万计"；"漳泉之人最多，有数世不回中华者"；"为甲必丹者，皆漳泉人"。其时，有漳州人许芳良任噶喇巴甲必丹，漳浦人黄井公、龙溪角美人陈豹卿，均任过三宝垄甲必丹。鸦片战争后，漳州一带不断有人移居印尼。抗日战争爆发前后，该地出国前往印尼的人大量增加。只是从1953年起，印尼政府开始严格限制中国移民入境，前往印尼的出国潮才有所消退。据1988年侨务部门的统计，祖籍漳州的印尼华侨、华人有20.08万人，主要分布在爪哇的雅加达、万隆、泗水、三宝垄、井里汶、玛琅和苏门答腊的巨港、棉兰等地。[1] 同一乡镇的人聚居一处的情况多有，如万隆是祖籍漳浦县佛潭、湖西的华侨、华人聚居地；苏拉威西的望加锡是祖籍长泰县坂里的华侨、华人的聚居地。

马来（西）亚　明永乐初年马欢《瀛涯胜览》中已有不少关于漳、泉人到马六甲经商定居的记载。随着月港的兴起，到马六甲经商、定居的漳州人逐渐增加。1641年荷兰殖民者占领马六甲后，因那里福建人较多，殖民当局便任命漳州籍华商郑芳扬为甲必丹，以管理华侨社会。1673年，在郑芳扬及其继任者李为经（厦门人）的倡导下，闽籍华侨在马六甲集资兴建青云亭，作为同乡聚会、祭祀的场所。此后，在马六甲的甲必丹中有三位是海澄人，即陈承阳、陈起厚、蔡士章。1786年英国殖民统治槟榔屿，1795年殖民统治马六甲，之后英国殖民者开始到福建沿海招募华工前往垦殖。祖籍漳浦县的新马华商薛佛记（1793—1847），其生死都是在马六甲。清代则有不少漳州人到沙捞越谋生。如一位到沙捞越的诏安人田考，在那里致富后移居古晋经商，同族人通过其关系也相继到古晋谋生，形成那里的"诏安路"，聚居有诏安籍

---

① 郑来发主编：《漳州华侨志》，第23页，厦门大学出版社，1994。

华侨3000多人。① 据1988年统计，祖籍漳州的马来西亚华侨、华人有7.1万人，主要分布在马六甲、雪兰莪、槟城、巴生、麻坡、笨珍、巴株巴辖、丁加奴、古晋、诗巫、拉叻等地。其中，古晋、美里、笨珍、拉叻以诏安籍为多，诗巫以海澄籍为多。②

新加坡　1819年1月莱佛士率领船队从槟榔屿出发前往新加坡时，其随行的30名华侨中，有一位是祖籍海澄的渔民蔡德送，经其引航才使得船队顺利登岸。新加坡开埠后，马六甲一些闽南华商移居至新加坡。祖籍海澄出生于马六甲的陈笃生（1798—1850），便是新加坡开埠后不久，到那里创业的。此外，直接来自漳、泉两府所属各县的移民也纷纷来到新加坡。1828年从马六甲移居新加坡的薛佛记等侨商兴建恒山亭，作为福建同乡的联谊机构。1839年，陈笃生带头集资兴建天福宫，作为闽籍华侨祭祀和聚会的场所。这些都是闽南人在新加坡达到一定规模时发生的。19世纪末20世纪初，在新加坡的漳籍华侨中，还涌现出了许多社会贤达，如陈金钟、章芳琳、吴寿珍、林推迁、刘金榜、丘菽园、林文庆、林秉祥等。20世纪20—30年代，是漳州人出洋到新加坡谋生最盛的时期，仅云霄县就有数百人。据1929年的统计，旅居新加坡的漳籍华侨达10多万人。③ 另据1988年统计，祖籍漳州的新加坡华人有18.2万人，占新加坡闽籍华人总数的20%。地缘和血缘关系对于居住地的影响是明显的，如祖籍东山的华人多数聚居在小坡一带，祖籍云霄列屿的汤姓华人则多聚居在大坡丹绒巴葛区。④

---

① 郑来发主编：《漳州华侨志》，第25页，厦门大学出版社，1994。
② 同上书，第26页。
③ 同①，第27页。
④ 同③。

菲律宾　早在宋代即有漳州人前往菲律宾谋生。明代月港兴起之后，大批漳州人前往菲律宾经商和定居。1584 年，由月港驶往菲律宾的商船有 25—30 艘，随船前往的商人和移居者多达 4000 人。① 1606 年，从月港驶往马尼拉的帆船，全年共有 25 艘，共载去移民 2011 人。② 清代从漳州前往马尼拉的移民又逐渐增多。19 世纪 80 年代，龙溪籍华侨居住于马尼拉、怡朗、宿务、加牙鄢等地者有一万多人。③ 民国时期也有大批漳州人前往菲律宾。菲律宾有不少和漳州籍华人有关联的社会贤达，有的本身就是漳州籍华人的后裔。如前总统科拉松·阿基诺夫人的曾祖父许尚志是角美镇鸿渐村（今属龙海市）人，该村约 70％的家族有亲人在菲律宾、新加坡、美国和加拿大，其中大部分在菲律宾，故有"吕宋村"之称。据 1988 年统计，祖籍漳州的菲律宾华侨、华人约有 3.3 万人，主要居住在马尼拉市区和郊区一带。④

泰国　明中叶开始有海澄人前往暹罗经商、谋生。清乾隆以后，暹罗的闽籍华侨中出现了一些著名人物，多为漳州人。光绪年间，有诏安人陈赛林、游子光，平和人杨友政，南靖人张秋光等侨居暹罗。民国初年，南靖和溪林氏裔孙林成汉、林成芳兄弟侨居泰国。平和县大溪乡壶嗣村吴氏族人则已有近三百人在泰国北大年定居。据统计，祖籍漳州的泰国华侨、华人有 13.9 万人，其中，以诏安籍的人数最多，有 7.88 万人，龙海籍则有 2240 人。漳州籍华侨、华人主要分布在曼谷市和也拉、北大年、春

---

① 郑来发主编：《漳州华侨志》，第 27～28 页，厦门大学出版社，1994。

② 同上书，第 28 页。

③ 同②。

④ 同①，第 28～29 页。

蓬、夜功、北柳等府。①

缅甸　漳州人移居缅甸，可能是从清代中后期才开始的。据南靖县《长教村简氏族谱》记载，1825年有八房十七代简必闻、简必忠、简庆鑫等，侨居于仰光。光绪年间南靖县曲江村张氏族人、长教村简氏族人有不少移居缅甸，并于1888年成立"缅甸仰光清河堂"（张廖简颜宗亲会）。1912年南靖长教简羡强移居缅甸毛礼埠经商，之后简氏族人前往缅甸者日众，分布在仰光、竖坊、毛礼、棉遵等埠，并于1938年在仰光成立了"简氏旅缅范阳堂"。据漳州市侨务部门统计，祖籍漳州的缅甸华侨、华人约2.8万人，约占该国闽籍华侨、华人10％，其中以南靖人最多，约万余人，海澄人次之，约三四千人。缅甸的漳州籍华人主要分布在仰光一带、伊洛瓦底江三角洲以及沿海的一些地区。②

越南　明嘉靖年间，漳州已有人到安南经商。明末清初，福建一些不满清廷统治的明朝臣民逃亡到海外，其中漳州府就有一些人到安南避难。如龙溪县廿八都回鄘五洲上社人陈养纯，"避难南来生理，衣服仍存明制"。③漳州府海澄县人潘文彦，也因"义不事清"而流徙越南。④据1905年严璩的《越南游历记》记载，当时"河内有漳泉人仅200余人"。⑤又据1971年调查统计，在越南定居的漳州人以祖籍诏安者最多，约4000人，其次为龙海，有522人。另据1988年统计，祖籍漳州的越南华侨、华人约有7000人，主要分布在河内、海防和胡志明市。⑥

---

①　郑来发主编：《漳州华侨志》，第29页，厦门大学出版社，1994。

②　同上书，第30页。

③　转引自福建省华侨志编纂委员会：《福建省华侨志》，第16页，福建人民出版社，1989。

④　同上。

⑤　同①，第31页。

⑥　同⑤。

日本 明嘉靖年间，倭寇在福建沿海作乱，掳掠一些人前往日本。如嘉靖三十三年（1554）一船在归途中被风飘至朝鲜，内有漳州人蔡四官、孙美等。蔡四官称"因倭人作乱于中原，被掳而来"。① 明万历年间，是漳州人到日本最频繁的时期。此间长崎已有漳州商人欧阳华宇、欧阳云台、陈道隆等定居，形成了漳州帮。② 抗战前后，有一部分旅居台湾的漳州人，如平和人林水、诏安人张廖富源、南靖人张青渊等，先后从台湾移居日本。据 1988 年统计，漳州旅日华侨、华人约有 2800 人，占福建旅日华侨、华人总数的 23％，主要分布在东京、长崎、冲绳等地。③

美国 早期前往美国的漳州人，都是被拐骗去加利福尼亚和夏威夷的契约华工。④ 加州于 1848 年掀起淘金热后，有大批淘金华工进入美国，其中有少数福建人。如漳浦县佛坛镇下坑村人杨乌番，于咸丰年间到旧金山当淘金工人，致富后回国。⑤ 20世纪 20—30 年代，有一些祖籍漳州的美国留学生，毕业后在美就业或再返美任职。如著名文学家龙溪人林语堂，1919 年留学哈佛大学，获文学硕士后回国，1936 年又带着家人，以教授、学者、作家身份到美国定居。⑥ 50 年代以后，不少漳州人从香港、台湾和东南亚各地移居美国，如祖籍长泰的黄惠珍于 1965 年从台湾移居洛杉矶，祖籍平和的苏协民夫妇于 1974 年从香港移居纽约。70 年代末，又有成批祖籍漳州的印支难民移居美国

---

① 转引自福建省地方志编纂委员会：《福建省志·华侨志》，第 125 页，福建人民出版社，1992。

② 郑来发主编：《漳州华侨志》，第 32 页，厦门大学出版社，1994。

③ 同上。

④ 同②。

⑤ 同①，第 134 页。

⑥ 同⑤。

南加州。到 1988 年，定居美国的漳州籍华侨、华人约有 2.5 万人，主要分布在纽约、旧金山、洛杉矶等地。①

第二节　闽南人自台湾向海外的移民

一、闽南人自台湾向海外移民的第一波和第二波浪潮

台湾历来是人口的迁入地而非迁出地，但是，20 世纪后半叶，台湾却掀起了数次人口迁出的高潮。然而台湾人口的迁出颇与一般情况不同。总体而言，台湾移民海外共有三波浪潮。第一波移民潮出现在 70 年代初期。由于中华人民共和国恢复在联合国的合法席位，使台湾当局在联合国所拥有的席位不复存在，从而造成台湾所处国际环境的变化，许多台湾民众对未来失去信心，因而移民海外。这一波移民潮的流向以北美地区为主。这是因为 60 年代的台湾留学生在北美地区完成学业后有许多人留在当地并获得居留权或公民权，因而有可能将家人接往该地区尤其是美国。第二波移民潮出现于 70 年代末至 80 年代初。1979 年中美两国建交，美国与台湾当局断绝了所谓"外交关系"，由此台湾民众对政治前途的信心严重丧失，对未来的担忧促使他们再次掀起移民海外的浪潮。这一波移民潮的流向仍然以北美地区为主，但同时又扩大到东南亚、澳洲和非洲等其他地区。在这一波移民潮中，除了留学移民带动其眷属移民之外，企业家的投资移民也开始出现。第三波移民潮出现在 80 年代末期。与前两次移

①　郑来发主编：《漳州华侨志》，第 32～33 页，厦门大学出版社，1994。

民潮不同,此次移民潮完全是台湾对外经济联系扩张的结果,而且移民主要流向也从北美转到亚洲,尤其是祖国大陆及东南亚,而台湾的中、小企业家之投资移民则成为此次移民潮的主流。①

上面的总体概括并不能取代具体的分析。移民理论告诉人们,移民的完成必须兼备推力和拉力。所谓推力是指移民迁出地具有促使人们离开此地的种种因素,而拉力则是移民迁入地具有吸引移民前往此地的种种因素。那么,台湾究竟出现了哪些促使人们离开的因素呢?迁出地的推力往往包括经济、社会、政治因素。而经济因素中最重要的莫过于基本生活的保障,其内容包含衣食住行等,其中又以食物之供应为先。倘若这些方面无法满足人们的需求,就会促使人们离开此地。台湾作为中国面积较小的省份之一,同时又是人口密度最大的省份之一,其地狭人稠的状况是不言而喻的。但是,台湾的土地是否到了不能养活本地人民的地步呢?

自从台湾成为祖国大陆的移民迁入地之后,闽南人和来自大陆其他地区的移民迅速地开发了这一资源丰富的宝岛,使它成为祖国东南海疆的一个繁荣之地。土地的开垦使台湾农业得到迅速发展。在台湾农业中,以粮食生产发展最快。至 18 世纪 20 年代,台湾已成为中国东南地区的重要产粮区之一。19 世纪前半叶,台湾稻谷已经大量销往大陆,可见此间其粮食生产的规模是很大的。② 正是因为台湾的粮食自给有余,才能容纳更多的以闽南人为主的大陆移民。19 世纪末台湾沦为日本的殖民地后,遭

---

① 顾长永:《台商在东南亚:台湾移民海外的第三波》,序言第 1~3 页,(台湾)丽文文化事业股份有限公司,2001。

② 林仁川:《大陆与台湾的历史渊源》,第 79~80 页,文汇出版社,1991。

到了残酷的掠夺。虽然日本殖民统治者在台湾建立了为农业服务的电力、化肥等工业，但台湾农业总的来说是倒退了。日本殖民统治后期，台湾农业生产年均下降 12.3%。① 1949 年之后，经过台湾国民党当局的土地改革，台湾的封建地主经济被消灭，形成以自耕农为主体的资本主义性质的小农经济。台湾当局又采取了一系列恢复和发展农业的措施，使得台湾的农作物产量于1952 年基本上恢复到战争结束前的最高水平。② 应该说，这对于 1949 年以后台湾岛内骤增百万以上人口对粮食需求所产生的压力是起到有效缓解作用的。这样看来，一直到台湾由农业社会转型为工业社会的前夕，它在生产食物以供应不断增加的人口方面一直是没有问题的，并不存在土地人口承载量超负荷的情况，因此这方面也就不存在促使人口迁出的动因。

然而工业社会与移民的关系比农业社会复杂，发展型移民也比生存型移民复杂。一方面，人们的衣食住行取决于经济收入，而经济收入又取决于就业状况。了解一个国家或地区的经济发展或衰退情况，即可大致了解当地人们的收入、就业之好坏。另一方面，人们又有精神层面的需求，物质的满足并不等于精神的满足。了解一个国家或地区的政治与社会发展状况，即可大致了解当地人们的精神状态。这两方面共同作用的结果，才是移民程序启动与否的真正原因。分阶段简要地回顾战后台湾的社会经济发展状况，即可明了台湾几次海外移民潮究竟与其有何关联。

1952 年台湾基本摆脱了战争和政治、经济动乱的影响，开

①　郑励志主编：《快速发展中的亚太地区经济》，第 144 页，上海财经大学出版社，1996。

②　同上书，第 146 页。

始了长达 20 年的快速经济发展。如果说前十年是在为经济起飞做准备，那么后十年则真正进入了经济起飞阶段。1950—1960年间，按要素成本计算的实际全省生产总值的年均增长率为 7.4%；1960—1971 年间的同一数字为 10.1%。1950—1960 年间，按要素成本计算的人均生产总值的年均增长率为 3.8%，1960—1971 年间的同一数字为 7.3%。[1] 与此同时，台湾基本上完成了由农业社会向工业社会的转型。到了 70 年代初期，农业只占了全省生产净值的 15%，只吸收了劳动力的 1/3。[2] 促使台湾的经济发展和变化的原因，除了特殊的外部条件，如美国的对台政策（包括军事庇护和经济援助等）以外，还有以下几点必须提及。

第一，发展速度取决于对人口利用的能力，因而人力资源的质量是极为重要的。至 20 世纪 70 年代初期，台湾居民中 6 岁以上人口的识字率超过 85%。其中，战后教育水平的普遍提高令人瞩目。1943 年，台湾产业工人和技术人员中大约 35% 没有受过正规教育；到 1966 年，工业劳动力中只有 11% 没有受过正规教育（其中有些人是识字的）。还要指出的是，1949 年前后来自祖国大陆的一批经理、技术人员和企业家，"使台湾能够部分地弥补自 1946 年日本人撤离后所造成的人力资源不足的缺口"。[3]

第二，台湾当局给予经济发展以最优先的地位，并实行了强有力的领导以寻求经济发展。在当局的政策指导下，台湾顺利地

---

[1] ［美］何保山著，上海市政协编译工作委员会译：《台湾的经济发展，1860—1970》，第 239 页，上海译文出版社，1981。

[2] 同上书，第 282～283 页。

[3] 同[1]，第 288、244、118 页。

实现了从 20 世纪 50 年代的替代进口到 60 年代的面向出口的转变，其出口额占生产总值的份额 1952 年为 10％，1962 年为 12％，1972 年达到 39％。更加重要的是，"六十年代，台湾从用高度自然资源生产和出口商品，转变为用高度劳动和技能生产和出口商品"。[①] 这样，台湾与世界经济的联系不仅更加密切，而且其所居地位也提高了一个档次。

第三，经济发展与财富分配的良性循环。"台湾经济发展的造福穷人，如果不甚于富人的话，也同富人一样。"换言之，经济发展的成果之分享是相对均衡的，没有明显的贫富两极分化。这样反过来又促进了经济的进一步发展。这是由于"台湾的国民党政府与它过去在大陆时不同，不依靠土地占有阶级的支持"。再者，台湾"自从光复以来，它被来自大陆的中国人统治着，而经济财富则大部分仍保留在台湾人手中"。[②]

经济的发展使台湾的就业状况大为改善，其就业人口增加了，更重要的是，其从业结构自传统型过渡到了现代型。1940—1966 年间台湾就业人口增加总额的 1/4，以及 1966—1974 年间就业人口增加总额的 1/2，都被制造业部门所吸收。制造业在就业总额中的份额，从 1940 年的不到 8％提高到 1966 年的 14％和 1974 年的 27％。另一方面，农业劳动力占就业总额的份额，从 1940 年的 64％下降到 1966 年的 43％和 1974 年的 31％，并且后一个时期农业就业人口的下降，不但是相对的而且还首次是绝对的。服务业在就业人口的吸收上也有令人印象深刻的增进。1940—1966 年间它总共吸收了就业人口增加总额的 50％以上，

---

① ［美］何保山著，上海市政协编译工作委员会译：《台湾的经济发展，1860—1970》，第 224～226、240 页，上海译文出版社，1981。

② 同上书，第 166、287 页。

1966—1974 年间则吸收了 25％左右。① 从业结构的改变意味着更多的人脱离传统的农业部门而进入到现代制造业和服务业部门，这些就业人口的收入都比以前提高了。

在收入增加的基础上，台湾居民的消费增长了，生活水平也提高了。在台湾，私人消费的实际增长同其他发展中国家和地区相比是很迅速的，而且消费的增长大大超过了人口增长的速度。1951—1973 年间，台湾居民每人平均实际消费量增加了一倍以上（按 1966 年价格计算），亦即从新台币 3097 元增加到 8310 元。在欠发达国家和地区当中是很少能与之相比的。并且这种消费的增长越到后来越快，大约每人平均消费增长的 3/4 都是发生在 1960 年以后。再者，台湾居民"食物支出所占份额的下降，以及娱乐和其他半奢侈品项目支出份额的上升"，还有教育、卫生、交通方面支出的增加，"所有这些都说明生活水平和生活质量在战后时期获得大大的改善"。②

台湾经济的快速发展以及在此情势下居民就业、收入和消费水平的提高，使人们看到台湾在 20 世纪 70 年代已经进入到一个经济繁荣的现代社会的运行轨道之中。那么，为什么恰在此时，台湾掀起了第一次海外移民的高潮呢？显然，用传统社会中生存型移民迫于经济压力而向外迁移的推力理论，已无法解释此时台湾向外移民的问题。然而，此时的台湾肯定也存在着某种推动人口向外迁移的力量，这一力量又从何而来呢？既然社会经济本身已无法与台湾移民潮联系在一起，那么只有从包括政治领域在内的更加广泛的社会生活范围当中去寻求其原因了。

---

① ［美］何保山著，上海市政协编译工作委员会译：《台湾的经济发展，1860—1970》，第 149~150 页，上海译文出版社，1981。
② 同上书，第 258、260~261 页。

前文已提到，战后台湾经济的发展有一个特殊的外部条件。这一条件就是冷战时期美国出于其战略需要对台湾提供的军事庇护和经济援助。军事上，"美国军队的承担义务，不仅使这个岛在军事上更为安全，而且同样重要的，是他们给台湾居民一个重大的和急需的心理上的鼓舞"。经济上，除了美国的援助以外，美国和日本对台湾的投资也十分重要，因为它使台湾"同世界上两个最活跃的经济建立了独特的关系"。然而，这一切都在 1972 年突然变得不那么确定了。首先是美国总统尼克松访华（1979 年中美建交是其必然结果），然后是日本与中国恢复邦交。虽然台湾与美、日的经济关系一如既往，但毕竟造成了巨大的心理冲击。"台湾同它的两个最重要的国际伙伴（的）关系，激烈地和无可挽救地改变了"，这是人们不得不面对的现实。① 由于台湾经济的高度国际化，其国际环境的变化必然导致了居民对自身前途的担忧。这才是 20 世纪 70 年代台湾掀起移民浪潮的最根本的原因，也是由外力引发的台湾内部推动人口迁移的力量之源泉。

那么，台湾的第一波移民浪潮涌向何处呢？移民的实现是推力和拉力共同作用的结果，此二力缺一不可。移民潮之推力已如前述，其拉力又从何而来呢？这要从台湾的留学浪潮说起。留学既与移民有关，二者又有区别。严格地说，留学不等于移民，但留学生易于取得所在地的居留权，这就在留学与移民之间搭起了一座桥梁。然而留学生在全体居民中毕竟只是少数，所以更重要的是，留学生取得海外居留权后，可以让其亲属以此为理由前往其所在地，这就为更大规模的移民铺平了道路。这样，定居海外

---

① ［美］何保山著，上海市政协编译工作委员会译：《台湾的经济发展，1860—1970》，第 118、285、289 页，上海译文出版社，1981。

的留学生就成了拉动其原籍地亲属的一股力量，也就是移民的拉力。台湾移民的拉力就是这样形成的。美国是台湾最密切的海外联系国，又是战后经济、科技、教育最发达的国家，自然成了台湾留学生的首选之地，日后也就成了台湾海外移民的最大迁入地。这样，战后台湾的第一波移民潮涌向美国，就再自然不过了。而时隔不久到来的第二波移民潮，在推力和拉力，以及流向方面也大体如此。

根据台湾教育行政部门 1984 年的统计，台湾海外留学生有94％前往美国，1950—1983 年间，经核准的留学生人数共计80039 人，其中有 65329 人学成后留在美国未返回台湾，占同时期留学生总数的 81.62％。1950—1974 年间，其年度留学生增减的情况显示，少数年份比上一年份下降，而多数年份比上一年份上升。所以，总的趋势呈上升状态。与此同时，毕业后留在美国的台湾留学生人数，除少数年份下降外，多数年份也是上升的。虽然从长时段来看（20 世纪 50 年代到 80 年代），留美学生返台人数也呈上升趋势，但其上升幅度远不能与留在美国的人数之上升幅度相比。[①]

此外，还有一些情况特殊的"小留学生"。台湾"大专联考"竞争十分激烈，升学压力极大，因此一些父母在经济能力许可的情况下，想方设法将子女送到美国读书。这股潮流比正式留学的潮流稍迟，但也不可忽略。从 20 世纪 70 年代开始，许多未满10 岁的儿童与 15 至 19 岁的青少年，采用旅游、探亲等方式赴美不返，他们后来也成为来自台湾的旅美华侨之一部分。仅1982 年 7 月至 1983 年 4 月，就有 5203 名 16 岁以下的台湾男童

---

① 朱立智：《战后美国台籍华侨社会的形成浅述》，《东南亚研究》2002 年第 4 期。

随家长赴美旅游，其中的 2061 人逾期不归，留在美国上学。1983—1993 年间，台湾未满 15 岁即前往美国且滞留不归的"小留学生"就多达 41489 人。①

中国留美学者令狐萍在对台湾留美学生的访谈中，发现 20 世纪 50 至 60 年代台湾留美学人当中，许多人来自与国民党当局有联系的家庭。虽然迁台后这些家庭失去了往日的财富与权势，但其家庭的政治经济背景还是有助于他们进入台湾高等院校，并在毕业后选择赴美深造。其中绝大部分（80%以上）属自费留学生，他们要么依靠美国大学提供的奖学金，要么利用课余时间打工赚钱以完成学业。② 由于闽南人移居台湾主要是民间自发移民，其在 1949 年前后国民党军政人员迁台总数中不占太大的比例，所以早期台湾赴美留学的闽南人可能不多。但是，随着台湾经济的发展，贫富差距呈下降趋势，更多的人具有了赴美留学的经济能力。1952 年，台湾 20% 的最高收入者与 20% 的最低收入者的年收入之比为 15∶1；1964 年和 1987 年的同一比例分别为 5.33∶1 和 4.69∶1。③ 这种情况意味着，台湾居民拥有更加平等的机会来选择是否送子女出国留学。换言之，特殊家庭背景的因素大大淡化了，留学的平民化已成为现实。这样，70—90 年代，占台湾人口大多数的闽南人就会有更多的前往美国留学的机会，闽南籍留美学生必然会比早期更多一些。

依照国际上通行的移民法，留学生并非移民，只能在学习期

---

　① 陈静瑜：《美国台湾移民的社会结构、适应与认同析探（1980—2000）（上）》，（台湾）《海华与东南亚研究》第 3 卷第 3 期，2003 年 7 月。

　② 令狐萍：《从台湾社会的发展看台湾留美运动的兴衰》，《华侨华人历史研究》2003 年第 4 期。

　③ 同上。

间留在当地，学成后必须回国。美国也不例外，赴美的台湾留学生拿的是学生签证，只适用于学习期间。但是，美国是一个由移民组成的国家，其经济、科技的发展在很大程度上是建立在吸收外来人才基础上的。相应地，美国也就存在着吸引外国留学生学成后留美工作的良好环境，比如毕业后的外国留学生只要找到工作，即可拿到工作签证，而雇佣单位也会视人才的使用情况，为其申请永久居留证（绿卡），而下一步就是申请获得美国国籍了。中国台湾的留学生正是利用了这一有利条件，毕业后大批留在了美国。一旦取得美国国籍，这些台湾留学生即可申请其亲属前来美国团聚，这样，就完成了从个人留学到全家移民的过程。所以，留学只是表面现象，追求更高水平的生活和更好的发展机会，才是真正的目的。在这个意义上，留学既是移民的启动阶段，也是达到移民目的的一种手段。在这方面，台湾的第二个移民潮和第三个移民潮是完全一样的。

当然，拉力与推力要相互配合，才能使移民过程顺利完成。台湾当局对人员出境原先是严加控制的，只是到了 1990 年才正式开放留学政策。虽然在此之前台湾出去留学人数已有较大增长，但开放之后的增长更快。1970—1971 年间，台湾留学生有9210 人，1980—1981 年间达到 1.946 万人，十年间留学生人数增长了 2 倍。1983 年台湾留美学生达 2.196 万人，在世界各地赴美留学生中高居首位。1986—1987 年间，台湾留美学生再增至 2.6 万多人；1988—1989 年间又增至 2.9 万多人。其中，约有 60% 的台湾留学生学成后未返台。这一比例虽已比前一阶段有所下降，但因基数扩大了，绝对人数还是很多。1990 年台湾开放留学政策，意味着政策方面对移民推力的限制已完全消除，以留学为手段的移民之动力遂完全释放出来。1992—1993 年间，台湾赴美留学人数达到 3.743 万人，在美国大专院校外籍学生中排名第三。[①]

从留学移民的发展过程来看，台湾的第一波和第二波移民潮的表现是基本一致的。但是，在商业和投资移民方面，此二波移民潮的表现则不一样，简言之，只有到了第二波移民潮向前推进时，才显现出商业和投资移民的端倪。这是因为到了20世纪80年代中期，台湾经济才发展到有足够的资金向外流动，而当局也放松了资金外流的控制。另一方面，此间也已经到了经济全球化的前夜，与全球经济高度相关的台湾经济，只有进一步融入到全球经济当中，才能更上一层楼。有鉴于此，台湾当局的移民政策，大约在80年代中期到90年代中期，逐渐出现了从"不鼓励，不禁止"到"移出从宽，移入从严"的变化。当然，大规模的投资移民是在台湾第三波移民潮时才出现的，但是，在第二波移民潮中已显露此苗头了。而这样一种投资移民的流向，也是以北美地区为主，特别是以美国为主。与此同时，台湾向北美以外地区的移民，在商业性移民方面也有不俗的表现。

二、闽南人自台湾向海外移民的第三波浪潮

台湾第三次海外移民潮的出现，有着与前两次移民潮不同的背景。简言之，经济因素已凸显为占主导地位的因素。为了解决资本主义市场条件下小农业向大农业过渡的问题，台湾当局从20世纪70年代末开始进行第二次土地改革。这次土改虽不如前次成功，但还是起到了促进社会经济发展的一定作用。在此基础上，台湾的工业升级于80年代初开始进行，技术密集型工业的发展提上议事日程。然而，科技基础薄弱和投资意愿低落阻碍了

----

① 陈静瑜：《美国台湾移民的社会结构、适应与认同析探（1980—2000）（上）》，（台湾）《海华与东南亚研究》第3卷第3期，2003年7月。

工业升级的顺利进行。在此情况下，传统行业的出口仍以巨大惯性继续进行着。80 年代中期，台湾出现了高储蓄率、高外汇结存和低投资增长的"两高一低"现象。经过改革，情况有所好转。在外资与侨资投资岛内高新产业的同时，岛内中、小劳动密集型企业则向东南亚及祖国大陆转移。进入 90 年代，台币升值、工资上涨、外汇储备增加等原因，又使岛内资金大量外流，台湾从资本净输入地区转变为资本净输出地区，对外投资急剧扩大。台湾第三次海外移民潮，就是在这一背景下出现的。① 这是从移民的推力来说的。

从移民的拉力来说。20 世纪 80 年代末、90 年代初冷战结束，经济全球化风起云涌，中国改革开放进入一个新阶段，东南亚经济也蓬勃发展。构成台湾第三次海外移民潮的外部环境，因而与前两次移民潮有所不同。在政治与意识形态日渐淡化的当今时代，经济因素也必然成为移民的主要拉力。虽然中美建交后，台湾与美国已不存在正式的官方关系，但双方的民间交往依然如故，经济关系依然十分密切。海峡两岸的形势也有所缓和，两岸经济文化交流十分频繁。所以此时拉动台湾移民外迁的力量，并非政治因素或寻求安全庇护所的因素，而是经济因素或拓宽发展空间的因素。一项台湾赴美移民动机的调查显示，促使其外迁的诸因素中，"担心台海冲突"这一类排在最末位，仅占 4.1%。② 而从台湾在美留学人员返台的数量增加这一事实，也说明台湾的经济发展正吸引更多的留学人员返回台湾创业，他们并不顾及台

---

① 郑励志主编：《快速发展中的亚太地区经济》，第 176、180、189 页，上海财经大学出版社，1996。

② 吴金平：《试析当代美国的台湾籍华人》，《东南亚研究》2005 年第 3 期。

海形势变化可能产生的安全问题。总之，与第一、二次移民潮主要是政治动因促成不同，第三次移民潮主要是由经济动因促成的。

由留学移民为主转变为投资移民为主，是台湾第三次移民潮与前两次移民潮性质上的不同之处。首先，此次台湾移民潮是在台湾资金大量向外投资的推动下兴起的。据统计，到1990年末，台湾对外投资共计30.77亿美元，从地区分布来看，美国占42.1%；香港地区和日本、东盟各国占34.6%；欧洲占12.1%。另一方面，自1989年以来，台湾对祖国大陆的投资骤增，由当年的4.37亿美元增至1992年的55.4亿美元，累计达89.4亿美元。① 其次，投资设厂是台商对外投资的主要形式，如"台商到东南亚的主要目的就是投资设厂，以开辟事业的第二春"②。这样必然伴之以相关人员的迁移，"许多经理、技术人员及管理人才也随厂移民或长期侨居海外"③。另一方面，台商在祖国大陆集中投资的地区，如长江三角洲，也形成了数以十万计的台商及其眷属的常住人口群体。再次，台湾移民中投资创业人口的比例，比来自中国其他地区的移民来得大。据美国人口统计局2000年的数据，来自台湾的华人当中，非受雇佣者占就业人口的比例为21.4%，而全美华人的同一比例仅为9.8%。④ 也就是

---

① 郑励志主编：《快速发展中的亚太地区经济》，第189页，上海财经大学出版社，1996。

② 顾长永：《台商在东南亚：台湾移民海外的第三波》，第13页，（台湾）丽文文化事业股份有限公司，2001。

③ 陈静瑜：《美国台湾移民的社会结构、适应与认同析探（1980—2000）（上）》，（台湾）《海华与东南亚研究》第3卷第3期，2003年7月。

④ 吴金平：《试析当代美国的台湾籍华人》，《东南亚研究》2005年第3期。

说，在美国的台湾移民有 1/5 以上是自主创业的，而全美华人自主创业的平均水平还不到 1/10。

虽然台湾赴美留学人员的绝对数还在增长，而且美国还是台湾对外投资最多的国家，但从总体上来看，台湾第三次移民潮的流向已经不是以美国为主。尽管如此，美国仍然是 20 世纪 80 年代末以后台湾移民的重要迁入地。在美国的少数民族人口排名榜中，台湾移民从 1980 年的第 25 位上升到 90 年代中期的第 19 位。90 年代中期，全美华人已达 165 万，其中的 1/3 来自台湾。"台湾移民带着一笔可观的资金赴美，经济实力相当稳固"，这与以往的老移民完全不同。"台湾经济的起飞，使不少人富有起来，人民拥有一定的积蓄。当他们移居美国时，都携带一笔资金，作为生活来源或开店设厂所需之资金。以投资移民身份到美国定居者，资金之雄厚为一特色"。[1] 1982—1998 年间，台湾在美投资总额达 31.2 亿美元，在对美投资的亚太国家和地区中排名第三，仅次于日本和澳大利亚。[2]

台湾的一个研究小组对在美台商进行了问卷调查，总计 70 份的回收问卷反映了部分在美台商的情况。在这当中，"大多数厂商是在取得侨民身份之后开始投资行为，共有 49 家（占 70％）。而因为投资取得侨民身份者仅有 21 家（占 30％）"。从投资时间来看，"以 1980—1990 年间到美国展开投资活动者居多，共 29 件，占 45％。其余在 1970—1980 年间开始投资活动者有 26％，1990 年以后开始者有 24％，1970 年以前即开始者

　　① 陈静瑜：《美国台湾移民的社会结构、适应与认同析探（1980—2000）（上）》，（台湾）《海华与东南亚研究》第 3 卷第 3 期，2003 年 7 月。
　　② （台湾）中华经济研究院编：《华侨经济年鉴·美洲篇》，第 39 页，台湾"侨务委员会"，2000—2001 年版。

有 5%"。① 可见，台湾赴美投资移民有两种情况，即先取得侨民身份再投资和以投资为手段取得侨民身份，虽然二者在投资行为与移民行为的顺序上是不同的，但就其结果来说没有实质性的区别，因此都可以被看做是投资移民。再者，台湾移民赴美投资的起步较早，这与第一、二次移民潮主要流向美国有关。1990 年以后当台湾移民赴世界各地（主要是亚洲）投资的高潮真正到来时，赴美投资反而减少了。这说明台湾移民赴美投资与赴其他地方投资，在时间上不是完全同步的，前者早于后者。

在美国，"台湾移民有明显的向都市迁移的取向"②。其中，纽约、洛杉矶和休斯敦等城市，"是极负盛名的台湾移民聚集之新社区"③。而根据台湾"驻美经济文化办事处"统计，台商在美投资主要集中在加利福尼亚州、得克萨斯州、佛罗里达州、纽约州和伊利诺伊州等。④ 可以看出，台湾移民的聚集地与台商企业的聚集地大部分是重叠的。在加州洛杉矶市和蒙特利公园市的一些社区、纽约市皇后区的一些社区（其中法拉盛最著名）等台湾移民集中之地，都通行闽南话，⑤ 可见这些地方都是闽南籍台湾人的聚居与经商之处。台湾移民很少住在老唐人街，因为那里是广东籍华侨、华人的传统聚居区，不会讲广东话而只会讲闽南

---

① （台湾）中华经济研究院编：《华侨经济年鉴·美洲篇》，第 58～59 页，台湾"侨务委员会"，2000—2001 年版。

② 陈静瑜：《美国台湾移民的社会结构、适应与认同析探（1980—2000）（下）》，（台湾）《海华与东南亚研究》第 3 卷第 4 期，2003 年 10 月。

③ 陈静瑜：《美国台湾移民的社会结构、适应与认同析探（1980—2000）（上）》，（台湾）《海华与东南亚研究》第 3 卷第 3 期，2003 年 7 月。

④ 同①，第 48 页。

⑤ 同③。

话和普通话的台湾移民与他们在沟通方面有些困难，此乃其聚居地与老华埠分离的原因之一。另一方面，台湾移民尽管英语水平较高，但很多人在家里还是讲闽南话。这些情况都说明，家乡语言——闽南话——是使在美国的台湾移民联系在一起的重要纽带。

除了美国之外，美洲地区还有一个台湾投资移民比较集中的区域，那就是中美洲六国：哥斯达黎加、萨尔瓦多、危地马拉、洪都拉斯、尼加拉瓜和巴拿马。此六国与台湾仍然维持所谓"邦交"关系（哥斯达黎加于 2007 年 6 月与台湾断绝所谓"邦交"，与中华人民共和国建交），也是台湾"侨民移居海外主要发展据点"[1]，因此值得一提。据台湾一个研究小组的问卷调查，移居巴拿马、萨尔瓦多和尼加拉瓜三国的台湾移民，分别有 60%、42%和 36%为投资移民，且其移民时间大都集中在 1990 年以后。此外，据台湾驻当地官方机构提供的资料，洪都拉斯的台湾移民大多数也是投资移民。上述研究小组收回的问卷又显示，哥斯达黎加、危地马拉两国的台湾移民虽然分别有 64%和 60%的比例是以"退休移民"的身份取得居留权的，但他们日后仍多以经商办企业为其日常活动内容。其中哥斯达黎加有多达 42%的台商从事各种制造业之生产活动。[2] 调查还表明，所有中美洲国家的台湾投资移民大都是 1990 年以后才来到这些国家的。由此可见，涌入中美洲国家的台湾移民构成了台湾第三次移民潮的一个部分。

在涌向世界各地的台湾第三波移民潮当中，涌向东南亚的这

---

① （台湾）中华经济研究院编：《华侨经济年鉴·美洲篇》，第 110 页，台湾"侨务委员会"，2000—2001 年版。

② 同上书，第 117~118 页。

一股可以说是主流。除了祖国大陆之外，台商对外投资的地区最重要的恐怕就是东南亚了。这是因为，东南亚与台湾在地理上十分接近，以华侨、华人为纽带的两地经济联系一直十分密切。台湾在成为亚洲"四小龙"之前，东南亚侨资就大量投资于台湾。此后，台湾对东南亚的投资则超过了东南亚的对台投资。这里还有一个文化因素在内，那就是，构成东南亚华侨、华人重要部分甚至是主体的闽南人，与台湾的闽南人在历史文化上有一种天然的联系。这就为台商投资东南亚创造了一个良好的人文环境。正如台湾学者顾长永所说："台商在东南亚地区的投资设厂，非常有必要建立一个良好的政商关系，其中居间的关键人物就是合资经营的当地工作伙伴。东南亚地区有许多的华人，大都具备中文（华语）及当地语言的能力，而且华人大都从事工商经济活动，因此台商合资经营的伙伴，大都是各地的华人。"① 顾长永虽未明确指出与台商合作的东南亚华人当中有多少是闽南人，但其中大多数为闽南人是没有疑问的。由于台商投资东南亚具备上述有利条件，所以台湾第三波移民潮以涌向东南亚的投资移民为主，就是理所当然的了。

在台湾涌向东南亚的这股投资移民潮当中，究竟有多少人成为真正意义上的移民呢？这是一个连台湾学者都难于回答的问题。主要是因为情况太复杂，每一个台商都有自己独特的情况，或暂住，或久居；或只身独往，或全家同行；或申办移民手续，或保留外商身份。但可以肯定的是，台商中相当大的一部分，为了业务的稳定开展，已做长久打算。"经过最热期的 1990 年代，台商目前大都已渐渐落地生根，有长久居留东南亚的意愿。有些

---

① 顾长永：《台商在东南亚：台湾移民海外的第三波》，第 19 页，（台湾）丽文文化事业股份有限公司，2001。

台商不仅全家大小移往东南亚，甚至在当地购屋置产，或取得当地的居留权，有计划在当地常住。"① 从台商企业大小和经营方式差异的角度加以考察，也可以推测其移民的意愿及实际上是否移民。就大型企业而言，因有种种背景且由中高层管理人员或合资方从事日常经营管理，企业主本人一般较少考虑移民。中小型企业主，特别是独资经营者，则更倾向于移居东南亚，以便在当地政策允许的范围内更加顺利地发展。而那些小本经营的"个体户"，则移民的倾向最强。因为其经营方式决定了他们必须时刻与当地居民打交道，如小餐馆、小商店等，只有融入当地社会，才能有好的经营效果。"这些小本经营的商店，亦显示台商在东南亚有渐渐落地生根，及融入当地社会的现象。"②

早在台湾第三波移民潮兴起之前，就有台商前往东南亚了。可以说，赴东南亚者成为第三波移民潮的主流，是有来由的。菲律宾就是台商较早进入的东南亚国家之一，赴菲定居的台湾移民也是在不断增加。1991 年发表于菲律宾华文报的一篇文章就指出："台湾人在菲律宾有了显著的增加。据有关方面估计，目前在菲的台湾人已多达三万人。他们不但已成立了自己的组织——中华协会，而且在三年前有了自己的商会——旅菲台湾工商协会。"台湾移民在菲律宾的分布范围很广，连一些偏远之地也有他们的足迹，而且具有和老移民一样的"同乡聚集"的分布倾向。如"菲律宾南部的伊里岸市（Iligan），是台湾金门人聚居的地方，存在金门同乡会的组织"。③ 菲律宾华人中的闽南人比例

---

① 顾长永：《台商在东南亚：台湾移民海外的第三波》，第 23 页，（台湾）丽文文化事业股份有限公司，2001。

② 同上。

③ 洪玉华：《菲律宾华人社会的新现象和问题》，[菲律宾]《世界日报》，1991 年 3 月 31 日。

高达 85%，所以台湾的闽南人前往菲律宾经商、投资乃至定居，是顺理成章的事。谈到"同乡聚集"，金门人前往文莱亦属此种情况，而且他们移居文莱的时间更早，1979 年就成立了"中华台北旅文侨民协会"，最多时达到一千人。但因华人移民无法在文莱取得公民权，所以近年来台湾在那里的移民减少了。①

东南亚的资源是吸引台商前往的主要原因之一。比如那里丰富的木材资源很早就吸引许多台商前去从事木材贸易。20 世纪 70 年代台湾建筑业及室内装修业开始兴起，而印尼和马来西亚出产大量质优价廉的原木，因此 70—80 年代台湾就有一些木材商人前往彼处从事木材买卖，但那时并未投资设厂。到了 90 年代，台湾经济的发展使那些木材商人已经拥有足够的资金在木材生产国投资设厂，而"早期到东南亚从事木材贸易买卖的台商，现在大都已功成名就，而退居幕后，实际负责经营工厂的，大都已交给他们的子女"。"这些第二代的台商子女，他们在当地国已经适应一段时间，拥有一些当地的情感"，比起前辈，他们更愿意也更能够在当地做长期打算。这种情况在马来西亚的沙巴和沙捞越尤其普遍。② 在这里，人们仿佛又看到，老华侨那种第一代创业打拼、第二代接班又继续扩大事业的往事，又在当今赴东南亚开拓进取的第一、二代台商身上重演了。

东南亚的居住和生活环境是吸引台商前往的另一个主要原因。对台商而言，"事实上，东南亚的许多地方，都相当具有长期居留的诱因。例如马来西亚的几个主要城市如槟城、马六甲及沙巴的亚庇。当地的环境幽雅、气候适宜、物价低廉，又无语言

---

① 顾长永：《台商在东南亚：台湾移民海外的第三波》，第 85 页，（台湾）丽文文化事业股份有限公司，2001。

② 同上书，第 24～25 页。

的障碍，是理想的居住地区。此外，印尼、菲律宾及越南，虽然硬体环境不若马来西亚，但是其低廉的人工及物价，却相当具有诱因"①。这里要再一次提到人文环境。以槟城为例，那里是马来西亚华人居民比例最高的城市，华人占该市总人口的3/4，而且华人当中是闽南人最早来到这里，闽南人也是早期槟榔屿华人社会最大的帮派，其经济实力也是最强的。这种情况一直持续到今天。因此，闽南文化一直是槟城华人社会的人文特征，如闽南话一直是槟城的通行语言。这就为台商融入当地社会创造了极其有利的条件。再加上槟城地理位置适中，距离吉隆坡、新加坡都不远，与槟城隔马六甲海峡相望的是印尼的棉兰市，那也是一个以闽南人为主的华人居民占很大比例的城市。

当人们聚焦于北美和东南亚这两个台湾移民最大的迁入地时，不要忘记台湾第三个海外移民潮的波及面已扩展至全球。这里要提到台湾移民迁入的另一个地区——欧洲。虽然欧洲传统上并不是华人移民的重要迁入地区，但因其在世界上重要的经济地位，近年来已吸引包括台湾移民在内的大量华人移民前往。在英国，至2001年底，台商的投资件数达119件，累积投资金额为3.9751亿美元，是台湾在欧洲的最大投资国。在荷兰，台商至2001年已在该国投资1.173亿美元，为台湾在欧洲的第二大投资国。在德国，台商的投资累计金额为9454.8万美元，为台湾在欧洲的第三大投资国。相较之下，英国对台商的吸引力更大，一个原因是那里的语言环境。台湾的英文教育水平较高，所以台商在英国更没有语言障碍，"生活及工作环境的适应上较容易，加上英国教育制度完善，小孩教育也无问题，对派驻人员来说较

---

① 顾长永：《台商在东南亚：台湾移民海外的第三波》，第83～84页，（台湾）丽文文化事业股份有限公司，2001。

无后顾之忧，可以全心投入工作"。① 包括语言环境在内的人文环境再一次在投资移民过程中显示了其重要性。

另一个应该提及的地区是非洲，特别是南非这个国家。那是20世纪80年代后期以来台商投资的一个新兴地区。从1984年开始，南非为了吸引外商来本国投资设厂，以增加黑人的就业机会，特别给予当时与其有所谓"邦交"的台湾以优惠政策，鼓励台湾劳动密集型产业迁往该国。台商则因应了岛内产业更新换代的潮流，抓住这个机会，前往南非这个"天涯海角"投资兴业。那时台湾的一些地方，如嘉义，甚至出现了整个乡镇的同一行业接二连三移厂南非的盛况。相应地，在南非的一些地方，如布鲁芳登，则形成了一条条"中国街"。在布鲁芳登的贝罗工业区，竟有一半的工厂迁自台湾。到了90年代中期，南非已有台湾厂商270多家，两三万台湾侨民。南非因而成为台湾投资移民的一个新兴地区。②

在以投资移民为主的台湾第三次海外移民潮当中，还有一些并非以投资为主要意向的移民，他们虽然不构成移民的主流，但若忽略了他们，就会对移民的多样性缺乏全面的理解。当移居北美或其他对投资移民有较高要求的地区碰上困难时，有些厌恶都市繁华生活、饱尝岛内环境污染之苦，注重休闲、渴望绿洲而又追求经济利益的台湾人，看中了以农牧业为主、地旷人稀，几乎没有工业污染、社会福利又相当不错的澳大利亚和新西兰这两个国家。20世纪80年代末，这两个国家继美国和加拿大之后，成

---

① （台湾）中华经济研究院编：《华侨经济年鉴·欧非篇》，第37、55、60、75页，台湾"侨务委员会"，2000—2001年版。

② 郑瑞林：《台湾移民的特点和贡献》，《华侨华人历史研究》1995年第1期。

为台湾移民的"新圣地"。当时迁入澳大利亚的台湾移民就有2500多户，而迁入新西兰的1600多户新移民当中，就有50%是来自台湾的新移民。[1]

虽然台湾第三次海外移民潮是以投资移民为主的，企业主及其家属，以及相关企业的工作人员构成了移民群体的重要部分甚至主要部分，但也不能忽略专业技术人员这类移民。当然，此类移民也有部分是随企业而迁移的，但毕竟还有一部分是独立谋求发展的知识分子。一份美国海关1988—1990年间入美移民职业分布的统计资料表明，从中国迁入的专业技术人员占了中国移民总数的11.81%（大陆占了其中的49%，其余为台、港），这当中包括数学和计算机科学技术人员、工程师、自然科学工作者、医护人员等，除了医护人员来自大陆的占半数以上之外，其余均为来自台港地区的占多数。可见台湾移民中的专业技术人员比例是非常高的。又据美国国际教育研究所公布的2001年度外籍留学生资料，这一年台湾留学生为28566人，占各国各地区留美学生的第五位。这些人学成之后大部分也会留在美国，成为新一代的专业技术人员移民。[2]

---

① 郑瑞林：《台湾经济与华人经济》，收入肖效欣、李定国主编：《世界华侨华人经济研究》，第122页，汕头大学出版社，1996。

② 黄润龙编著：《海外移民和美籍华人》，第250、236页，南京师范大学出版社，2003。

第二章

海峡两岸闽南人在海外
形成的移民社会

第一节　来自福建的闽南人之
海外移民社会

一、东南亚

（一）基本情况

福建和广东是东南亚华人的主要移出地，两省的华人移民在东南亚的人数不相上下，在某些时期、某些地方，福建人还超过广东人。闽南是福建最主要的侨乡，东南亚的"福建人"在相当长时期内就是"闽南人"的代称。20世纪80年代中国大陆的新移民潮开始出现以前，东南亚的福建人大致可以说就是闽南人。

据1989年的不完全统计，福建籍华侨、华人约有884万人，占全国华侨、华人总数的35％左右，分布在全世界100多个国家和地区。福建籍华侨、华人90％以上居住在东南亚，其中又以印度尼西亚、马来西亚、新加坡、菲律宾、越南和缅甸较多，这 6 国共有闽籍华侨、华人 811 万人，约占全球闽籍华侨、华人总数的 92%。①

在东南亚，闽籍华侨社会大都形成于 19 世纪，特别是其下半叶。由于各地都有一些经济实力雄厚且众望所归的闽籍华商，他们便成为华侨社会的当然领袖，甚至成为各地缘群体共同组成的所在地华侨社会的公认的领袖，而且得到当时统治东南亚各地的殖民当局的任命，授予"甲必丹"等头衔，成为管理华侨社会并与当局沟通的桥梁。

闽南人在东南亚各地的拼搏和业绩是众所周知的史实，这是他们在当地立足并组成华人社会的基础。其中支撑起华人社会的有三大支柱：社团、学校和报刊。地缘和血缘是构成华人社会的两大组织法则，所以闽南人的同乡会和宗亲会就成了所在地华人社会的组织架构。为了延续民族文化传统，负有教育下一代责任的华文学校就成为闽南人共同关注的对象，他们出钱出力坚持不懈地维持着这些学校的运转。华文报刊则是他们的传播和舆论工具，同样得到他们的支持和关照。

闽南人把家乡的佛教、道教以及民间信仰带到东南亚，并深深地影响着他们的生活。"大体而言，闽侨的信仰，遵从道教习惯，采取佛教祭式，遵行儒教行为，混合了儒道释三者，而加以信奉。"② 此外，闽南家乡的风俗和生活习惯也随闽南人"下南洋"而传播到东南亚各地，甚至影响了当地土著居民。闽南文化与东南亚文化的奇特结合，表现在语言、节庆、衣食住行等各个社会生活

---

① 福建省地方志编纂委员会：《福建省志·华侨志》，第 26 页，福建人民出版社，1992。

② 林再复：《闽南人》，第 462 页，（台湾）三民书局，1996 年增订版。

领域，从而创造了一种别具一格的相互融合的混合型文化。

（二）东南亚各国的闽南人社会

1. 印度尼西亚

印尼华侨以闽籍占多数。据 1930 年统计，闽籍华侨有 5.5 万多人，约占全印尼华侨总人数的 46％强，他们主要分布在爪哇和苏门答腊。[①] 闽南人是最早移居印尼群岛的华侨。1841 年，三宝垄著名侨商华人甲必丹陈长菁修建"漳圣王庙"，这是福建漳州陈姓族人为追崇先祖陈元光创置漳州的功绩而建的，也可说是印尼华侨宗族性（血缘性）社团的开山鼻祖。[②]

荷兰殖民统治的东印度是东南亚最早设立甲必丹制度来管理华人社会的。1619 年巴达维亚（今雅加达）华商苏鸣冈（同安人）成为第一任华人甲必丹。荷印殖民当局后来还增设了玛腰、雷珍兰等官职，他们的办事处称为"公馆"或"公署"。担任这些职务的华人主要是代替殖民者征税；宣传及监督有关政府法令的执行；监督市场；维持社会治安；办理户籍登记等。此外他们也负责为华人举办各种公益事业。殖民当局还授权他们审判一些华人社会的民事案件。这种制度一直持续到 19 世纪末，有的地方甚至保留到 20 世纪中叶。[③]

荷兰殖民者在印尼群岛大力发展热带作物种植和加工，以掠夺当地资源。其中糖业占有重要地位。到 1711 年，巴达维亚已有 131 间糖厂，糖厂主 84 人，其中华人有 79 人，有 7900 名华人蔗农，他们都来自中国南方，特别是闽南同安一带有种植甘蔗

[①]　李学民、黄昆章：《印尼华侨史（古代至 1949 年）》，第 229 页，广东高等教育出版社，2005。

[②]　吴凤斌主编：《东南亚华侨通史》，第 754 页，福建人民出版社，1994。

[③]　同上书，第 759～760 页。

经验的农民。① 史载："顺治年间，福建同安人多离本地往葛喇巴贸易、种地，岁输丁票银五、六金。"② 他们在巴达维亚城郊开荒种蔗，使用牛拖或水力推动石磨的办法来压榨甘蔗，使产量有很大提高。

随着种植园经济的兴起，华侨也投资于甘蔗种植园。1921年，印尼华侨投资于大种植园的资本是 2 亿盾，占全印尼种植园资本的 11.3%。在糖蔗种植园资本中，华侨资本占 16.6%，这在各种种植园资本中是最高的。可见印尼华侨糖蔗种植园资本之雄厚。其中最有代表性的是爪哇三宝垄黄志信、黄仲涵父子（同安人）所经营的建源公司。1890 年，该公司的甘蔗种植园面积已达 100 万亩。之后该公司又以 1000 万盾的资金开办 5 家糖厂，订有租约为这些工厂供应甘蔗的土地面积约有 7082 公顷。到了20 世纪 20—30 年代，这 5 家糖厂的年产量合计为 10.15 万吨。1923 年，印尼华侨开办的糖厂为 13 家，占印尼蔗糖总产量的30%。而建源公司所属的上述 5 家糖厂之产量，便占华侨糖业产量的 57%。该公司在世界各地设有分行，其中仅伦敦分行1910—1915 年间的年均蔗糖销售额即为 14.5 万吨。③

印尼群岛拥有丰富的渔业资源，闽南华侨对开发这些资源起了重要作用。清朝同治年间，同安人洪返、洪思良等人到苏门答腊的巴眼亚比落户，筑草庐、捕捞海产，以后此地发展成为东南亚著名的渔业中心。1907—1925 年间，该地年平均鱼产量（鱼类、鱼产品、虾酱类）3.4 万吨，有渔船 1300 艘以上，人口

---

① 吴凤斌主编：《东南亚华侨通史》，第 104～105 页，福建人民出版社，1994。

② 同上书，第 105 页。

③ 厦门市地方志编纂委员会：《厦门市志·华侨志》，第 3392～3393页，方志出版社，2005。

发展到 1.6 万多人，全部是华侨，且以闽南人居多。[①]

第一次世界大战使欧洲国家忙于战争无暇东顾，闽籍华人在印尼的事业得以进一步发展起来。他们的职业开始由早年的以农渔、手工业、中介商、小商贩为主，转变为以经商、办工厂，包括创办涉及领域广泛的工商企业为主。20 世纪 20 年代，印尼的泉州籍华侨中出现了一批中产者，以及少数资本较大的企业家。其中较著名的有："糖王"黄奕住（南安人），"咸鱼大王"陈兴砚（永春人），经营咖啡出入口的吴河水（晋江人），经营食油、碾米、皮革的黄怡瓶（南安人），经营胡椒、咖啡等土产批发和零售的陈迥义、陈丙丁叔侄，经营茶叶、白布、花裙厂、织布厂的李传别、李金水父子（以上均为安溪人），等等。他们的企业规模都相当大。[②]

漳州籍华侨在荷印殖民统治时期多以经营土特产起家，到 20 世纪初也开始有较大的发展。庄西言（南靖人）1910 年与人合资开设以销售土特产为主的三美公司，不久独资创办全美有限公司，经营布业，至 30 年代初已发展为巴城巨富。戴献洛（长泰人）1914 年到苏拉威西的望加锡当小贩，数年后与人合资开设大吉有限公司，经营土特产。[③]

在综合性大型企业方面，还是黄志信、黄仲涵父子的家族企业堪称翘楚。他们以经营蔗糖生产和出口为主的建源公司为核心，将家族企业发展为集商业、种植业、食品加工业、金融业等为一体的综合型企业。其经营的产品除蔗糖之外，还有木薯、橡

①　吴凤斌主编：《东南亚华侨通史》，第 108 页，福建人民出版社，1994。

②　卓正明主编：《泉州市华侨志》，第 20～21 页，中国社会出版社，1996。

③　郑来发主编：《漳州华侨志》，第 34 页，厦门大学出版社，1994。

胶、咖啡、木棉、胡椒、蓖麻、玉米、花生、香茅油等。黄仲涵原本是印尼三宝垄轮船公司的大股东，后来他收购该公司的全部股份独资经营。1911 年，他承顶侨商周润卿的协荣茂商行，将其改组为协荣茂轮船有限公司，购置"强盛"、"南荣"、"万丰隆"、"极东谷"、"强安"号等轮船，来往于印尼及新、马各地。后来又经营顺美轮船公司，增加"顺安"、"万宝源"号等船，在当时华侨航运界中首屈一指。1906 年，黄仲涵首先在印尼三宝垄创办第一家华资银行——黄仲涵银行，初设时注册资本为 400 万盾。总行设在三宝垄，泗水设有分行。该行的设立主要是为了适应建源公司在爪哇发展糖业及其他企业的需要，同时经营一般的银行业务。后来又经营水、火灾及人寿保险，并代理 7 家保险公司的业务。①

　　荷兰殖民统治东印度时期，随着闽南籍华侨社会经济活动的展开，其社团组织也有所发展。棉兰福建会馆是创办最早的闽南人地缘性社团。由于该地区种植园经济的发展，闽南人移民不断增加，为帮助死后的华工办理丧葬，1881 年成立了作为慈善福利机构的"福建公司"。1906 年苏保全、丘清德、温发金等厦门籍华侨倡议改其名为"福建会所"，1924 年再改名为"福建会馆"并注册登记。1927 年兴建新会所。1936 年温金发当选会长，之后又蝉联多届。②

　　闽南人不仅建立自己的地缘性社团，而且对建立综合性社团做出了贡献。通过综合性社团，把各地缘群体和各行各业的华人都聚合到一起，并使华人社会兴办各种事业有了行为主体。1900

---

　　①　厦门市地方志编纂委员会：《厦门市志·华侨志》，第 3390、3398 页，方志出版社，2005。

　　②　同上书，第 3387 页。

年初，在陈金山（厦门人）等人倡议下，组建了印尼华人第一个综合性社团——巴城中华会馆，它承担起了办教育、办慈善等事关华人社会全局的事，并使印尼各地华人纷纷效仿之，最终形成各地都有中华会馆的局面，大大提高了华人社会的组织性和凝聚力。① 而在各地建馆和馆务活动中，闽南人都发挥了重要作用。

1901 年，巴城中华会馆创办第一所新式华文学校——巴城中华学校。同年，同安籍华侨李登辉也在巴城创办一所英文学校——雅鲁学院。后该校由中华会馆接办，由李登辉出任校长。1906 年，厦门籍华侨丘清德、温发金等在棉兰创办华商学堂，丘清德被推为总理。1916 年，黄仲涵在三宝垄创办华英中学，又在武吉知马创建华侨中学。② 各地的闽南籍华侨也都在兴办华文学校的过程中作出了积极的努力和贡献。

1903 年，巴城出版了印尼文报纸《商业新闻》，1907 年改为《商报》，后来又出版中文版，社长为简福辉（南靖人）。1909 年，三宝垄出版了中爪哇最早的华文报《爪哇公报》，主编为苏渺公（海澄人）。苏渺公因追随孙中山鼓吹革命而被荷印殖民当局驱逐出境，1911 年该报停刊。1930 年黄仲涵又在三宝垄创办《太阳报》。1939 年张实中（南靖人）任泗水《大公商报》总编辑。闽南人也在印尼华文报的出版事业中作出了不小的贡献。③

印尼独立后，华人成为统一的印尼民族的一个组成部分，同时又是作为有别于土著的主体民族的外来少数民族而存在的。华

---

① 吴凤斌主编：《东南亚华侨通史》，第 786～787 页，福建人民出版社，1994。

② 厦门市地方志编纂委员会：《厦门市志·华侨志》，第 3401 页，方志出版社，2005。

③ 郑来发主编：《漳州华侨志》，第 69～70 页，厦门大学出版社，1994。

人内部的地缘群体差异，较被殖民统治时期有所淡化，但以方言和地域文化为特征的华人少数民族的次级群体，还是存在的。闽南人作为印尼华人社会中较大的群体，仍然像以前一样发挥着重要的作用。

独立后的印尼，苏加诺时期对待华人的政策是经济上压制而文化上宽松。那么，闽南人是如何在这样一种挑战与机会并存的社会发展进程中曲折前行的呢？20 世纪 50 年代，借着新中国成立的东风，以及印尼与中国友好关系建立的机会，华人掀起了"再华化"浪潮，华人文化有所复兴，这当中自然也包括了闽南地域文化的复兴。各地华文学校的兴办和学习华文热潮的涌动，也是在这一时期，特别是 50 年代初期出现的。再者，在较为宽松的社会文化环境中，华人社团有了较大的发展，尤以按籍贯或方言组成的团体最多，其中的闽南人团体，有各地的福建会馆、漳属同乡会、安溪公会、金门会馆等，数目比以前更多。①

社会组织的发展是与经济活动相联系的。位于苏门答腊东部巴眼亚比西南隅的四角芭是个小岛，1952 年时有两千多名华侨在那里定居，全都以捕鱼为生，华侨社团则有海产公会和华侨总会。② 这些早年来自闽南的渔民之后裔，就这样形成了长期存续的经济生活方式和社会组织结构。连如此不起眼的偏远之处都有闽南人的生存空间，更遑论人口稠密和经济发达的各地城市及乡镇了。包括闽南人在内的印尼华人，就这样以经济活动和社会组织相互支撑的方式维持着自己的生存空间。

另一方面，土著民族此间的排华运动主要体现在经济领域。

---

① 黄昆章：《印尼华侨华人史（1950 年至 2004 年）》，第 55 页，广东高等教育出版社，2005。

② 同上书，第 49~50 页。

1958 年，印尼政府开始实行没收外侨企业的政策。1961 年 7 月，三宝垄法院以黄仲涵所创办的建源公司"抵触外汇条例"为由，将其财产 1.26 亿叻币全部没收。[①] 1959 年禁止外侨在县以下地方经营零售业的法令，也使相当多的华人失去生计甚至被迫返回中国。但顽强的生存能力毕竟使大部分华人坚持下来。闽南人当然也不例外。

苏哈托时期对待华人的政策，是经济上既限制又利用，文化上则加以强制同化。1965 年，军人集团在镇压 9·30 运动中掀起排华浪潮，华人遭到严酷的迫害，闽南人也难逃劫难。苏哈托政权全面封杀华人文化，包括封闭华人社团和华文学校以及禁止使用中文，都重创了华人社会及其赖于生存的民族文化。但是，华人毕竟要在印尼继续生存下去，华人社会的存在也是既成事实。特别要指出的是，从苏加诺时期就已开始的华侨身份转变为印尼籍华裔公民的趋势苏哈托时期仍在继续。所以，排华阻挡不了历史的潮流。此间印尼华人利用政府政策的空隙顽强求生，仍然前进在崎岖不平的社会发展道路上，闽南人包括在其中。

1966 年 4 月，印尼政府取缔了华人社团。但是，根据 1967 年第 37 号法令，印尼籍华人可以组织宗教、慈善、医药和体育娱乐等团体，所以先前的华人宗乡社团便以祭祀地方神的宗教组织的名义出现。又由于政府鼓励建立以慈善福利为宗旨的基金会，华人更是成立了各种名称的基金会，如雅加达的安溪会馆就改称为安溪福利基金会。[②] 华人社会组织由先前的显性形态转变为此间的隐性形态，包括闽南人在内的各个地缘群体仍然在从事

---

① 黄昆章：《印尼华侨华人史（1950 年至 2004 年）》，第 35 页，广东高等教育出版社，2005。

② 同上书，第 201～202 页。

着各种社会活动。

苏哈托政府对华资的利用，主要侧重于对上层华人资本的利用。其主要形式之一是，有权势者给予华商政治庇护，而华商则给予他们经济回报。这方面的情况虽然很不透明，但几乎所有华人大财团都这样做。另外，苏哈托的经济发展战略和开放政策也有利于华商的发展。在此背景下，闽南籍华人，特别是那些大财团获得了较大的发展。

祖籍南安的黄奕聪家族经营的金光财团，以经营椰子种植加工业为主。其属下的比利莫公司，在雅加达、泗水和望加锡建有十多座椰油厂，所产椰油一度占全国总产量的 60％。20 世纪 70 年代初该财团又将业务扩展至造纸业，其中两座造纸厂的产量占印尼纸品市场的份额曾达 70％强。该财团还涉足金融业，收购了印尼国际银行的大部分股权。祖籍晋江和漳州的吴家熊、庄南华等经营的印尼大马集团以生产合成饲养为主，该集团在楠榜、巴厘、万顺置有大面积的木薯基地，产品销往东南亚和欧洲。该集团还投资房地产业，在雅加达、泗水等地进行商品房开发建设。①

进入后苏哈托时代以后，印尼华人的合法权益逐渐得到恢复，社团、报刊纷纷复办或新设，华文教育也重新发展起来。作为印尼华人重要群体的闽南人，在社会经济生活各领域又开始了新的奋斗历程。

2．新加坡、马来（西）亚

英国殖民统治下的新加坡和马来亚（马来半岛）的华侨史是无法分开的，曾经是英国殖民地的沙捞越和沙巴后来也成为马来

---

① 福建省地方志编纂委员会：《福建省志·华侨志》，第 37 页，福建人民出版社，1992。

西亚的一部分（东马）。新加坡后来虽然脱离马来西亚，但两国华人仍密切相关。因此，可以将这些地方的闽南籍华侨、华人的情况一并加以论述。在马来亚，闽籍华侨人数少于粤籍，居第二位。但若以方言群来看，闽南籍华人在马来亚和新加坡始终占第一位，1921年为32.3％；1931年为31.6％；1947年为31.6％。①20世纪80年代，闽南人在马来西亚各大地区华人人口所占比例分别为：马来半岛36.47％；沙捞越13.9％；沙巴16％。1957年的新加坡，闽南人占华人人口的比例为40.59％，② 无疑是华人最大的地缘群体。

马六甲是马来半岛经济最早发达的地区，也是华人最早进入的地区。1673年，漳州籍华人甲必丹郑芳阳和李君常创建了奉祀观音的"青云亭"，同时也是甲必丹的办公场所，事实上它也是华人在马来半岛最早的以宗教为纽带的地缘性社团的雏形。③17—19世纪的10名马六甲华人甲必丹全部为闽南籍，并且大部分是漳泉商人。后来有部分漳泉商人移居新加坡，因而新加坡和马六甲两地的华人社会曾经共同拥有同一批领袖。19世纪的新加坡华人，福建籍不仅人数压倒其余各籍，而且其财富也是最雄厚的。而此间的福建籍乃是以"操厦门语音系的漳州府、泉州府和永春府的福建人为代表"。④ 1828年，新加坡漳泉籍人士建立恒山亭作为闽南人共同奉祀大伯公（土地公）的场所和活动中

---

① 吴凤斌主编：《东南亚华侨通史》，第566页，福建人民出版社，1994。

② 福建省地方志编纂委员会：《福建省志·华侨志》，第49、64页，福建人民出版社，1992。

③ 同①，第754～755页。

④ ［新加坡］林孝胜：《新加坡华社与华商》，第33～34、30页，新加坡亚洲研究学会，1995。

心，1840 年，他们修建奉祀天妃（妈祖）的天福宫后，活动中心从恒山亭移到天福宫，后来天福宫成了福建会馆的前身。

槟榔屿（槟城）于 1786 年被英国殖民统治后，"漳泉人或聚族、或结伙而来定居此间（处），随后逐渐形成了一个经济社会"；并且成为"早期滞留本屿华族迁民中占绝多比数的一个族群"。① 1800 年槟城闽籍与粤籍华人联合建立"广福宫"，奉祀观音，它后来成为跨省籍地缘性社团的前身。1847 年闽籍华人又创立"建德堂"，成为以崇拜大伯公为纽带的秘密会所。1890年英殖民当局取缔秘密会社后，闽南漳泉籍人士组织了"宝福所"来照顾"建德堂"所奉祀的大伯公。② 这些都是早期槟榔屿闽南人的社会组织。

由于宗教信仰是早期华人精神生活的最主要部分，所以新马华人早期的社会组织无一例外都是以寺庙的形式出现。又"由于海外华人社会缺乏士绅阶级，使商人得以垄断华人社会的领导"，控制寺庙的闽籍领袖大都是事业有成的漳泉商人。早期华人唯有地域观念而无国家观念，以籍贯相聚的帮的存在就是这种观念的反映。"帮的存在把华人社会划分为各自独立的几个部分，每一个帮都形成了自己的世界，有它们自己特征的寺庙、墓塚和学校"。③

长袖善舞的闽商对新马经济的发展起了重要的作用，这包括半岛资源的开发以及新加坡转口贸易港的形成。英国殖民统治新加坡后不久，那里就有了一个闽商社区的存在。海峡殖民地建立

① ［马来西亚］张少宽：《槟榔屿华人史话》，第82、78页，［马来西亚］燧人氏事业有限公司，2002。

② 吴凤斌主编：《东南亚华侨通史》，第755页，福建人民出版社，1994。

③ ［澳大利亚］颜清湟著，粟明鲜等译：《新马华人社会史》，第13、166页，中国华侨出版公司，1991。

后，闽商进一步巩固了他们的商业地位。19世纪下半叶马来半岛锡矿业的发展，就得益于海峡殖民地的闽商。马来亚的锡矿业在19世纪的最后25年差不多为华侨所经营，而"实物贷款制即华侨锡矿业的主要经营资金的最终来源，是海峡殖民地的贷款头家"。[①]"通常的做法是将商品、信贷和销售互相捆绑在一起。采矿者所需的商品（食品和制造品）被作为贷款预付给矿上，以后生产出来的锡运给商人作为偿还。"[②]另一方面，大批作为契约华工的闽南人成为马来半岛锡矿场的劳动力，这从移民人数的上升与锡矿业的繁荣成同步态势即可知晓。

马来半岛的另一项重要产品——橡胶，同样得益于闽商的作用。东南亚原不产橡胶，闽南人参与了该地区橡胶最初的试种。1896年，林文庆与陈齐贤（祖籍海澄）从同乡中雇佣一批华工，首先在马六甲郊外开垦一片荒地，试播约17公顷橡胶树种，这片橡胶林被命名为武吉冷当园。几年后，马来亚引种的第一茬橡胶开始割胶，林文庆、陈齐贤将炼成的第一批橡胶片在马来亚公开展出，轰动一时。19世纪末，林文庆、陈齐贤邀曾江水（祖籍厦门）合作集资20万元，组织联华橡胶种植有限公司，在杨厝港开辟新加坡第一处橡胶园，占地约1620公顷。自此在华侨中掀起一股投资橡胶园的热潮。曾江水继而也在马六甲大力开辟橡胶园，且扩展至芙蓉、彭亨两州，获利甚丰，成为早期马来亚橡胶业首富。[③]

1906年，陈嘉庚开始经营橡胶业。他向陈齐贤购得橡胶种

---

① 林远辉、张应龙：《新加坡马来西亚华侨史》，第164页，广东高等教育出版社，1991。

② ［英］W. G. 赫夫著，牛磊等译：《新加坡的经济增长——20世纪里的贸易与发展》，第51页，中国经济出版社，2001。

③ 厦门市地方志编纂委员会：《厦门市志·华侨志》，第3392页，方志出版社，2005。

子 18 万粒，在福山园将橡胶与菠萝间种。三年后橡胶价格日升，陈嘉庚又在福山园近旁购进约 203 公顷橡胶间种菠萝的旧园，将其与福山园合并，共有千余亩地专种橡胶。从 1910 年起，他又采取卖小买大、购荒山垦殖及合资合营等办法，拓展橡胶种植业。至 1925 年，陈嘉庚已拥有橡胶园约 6075 公顷。自橡胶在马六甲首次引种成功始，至 1914 年马来亚天然橡胶年产量已达 4.8 万吨，超过原产地巴西，跃居世界第一。1940 年前后，在马来亚橡胶园从事垦殖劳动的华侨工人，占半岛华工总数的 1/4。除了上述名人之外，20 世纪初以来，还有许多闽南籍华侨在新马经营橡胶业。[①]

在沙捞越，闽商对该地区经济的发展和闽人社会的形成也起了很大作用。19 世纪 40 年代英国殖民者进入沙捞越以后，一些闽南人从新加坡或中国本土来到此地从事经济活动。1846 年王友海（祖籍同安）自新加坡抵达古晋，创办"友海茂公司"，1856 年又在新加坡创办"王友海公司"，从事古晋与新加坡之间的商业贸易，输出沙捞越的林产、胡椒和硕莪，由新加坡运进粮食、纺织品和铁器等。由于他的关系，许多闽南人相继来到古晋，大多也经营商业，以后又向沙捞越各地发展，形成一个人口众多、经济实力雄厚的闽南人社会。王友海的事业后来由其子王长水继承。田考（祖籍诏安）19 世纪中叶来到古晋后，以经商和办房地产致富，由于他的关系，不少诏安人南来古晋，形成一个诏安方言社群。王友海和田考后来都成为华人社会领袖。[②]

作为一个群体，在殖民统治时期新马华商的两面性表现得特

---

① 厦门市地方志编纂委员会：《厦门市志·华侨志》，第 3392 页，方志出版社，2005。

② 林远辉、张应龙：《新加坡马来西亚华侨史》，第 328～329 页，广东高等教育出版社，1991。

别明显。一方面，他们是该地区经济开发的资金提供者和华工的组织者（当然也是华工的剥削者，有时还是秘密会社的组织者）；另一方面，他们既是殖民者与土著之间的中介，又从殖民者那里得到包税和经营特殊行业的权利（当然他们也有热心社会公益的表现）。总之，他们扮演了一种双重角色，既推动经济发展又背负某些不好的名声（不论其中是否存在误解的成分）。所以，如何评价新马华商（包括闽商）在这一时期的作用，不得不考虑客观存在的正反两方面的事实。

从马来亚联合邦独立到马来西亚联邦建立，又到新马分治、新加坡成为一个独立国家，再到"5·13"种族骚乱、新经济政策的实施，可以说新马华人走过了曲折的发展之路。20世纪60年代马来亚各州和新加坡的闽南人占了新马华人的28.6%，是最大的地缘群体。按地域分布，闽南人在新加坡、槟城、马六甲最多，同时在柔佛、霹雳、雪兰莪亦甚多。① 这些都是新马经济最发达的区域，可见闽南人乃执华人经济之牛耳。社会政治方面，马华公会的创建者陈祯禄祖籍漳州，这一具有政党性质的华人组织也有许多骨干是闽南人，说明闽南人在国家政治舞台上并非无足轻重。此外，在一些华人聚居的地方，如槟城，闽南人也长期担任行政长官职务。虽然新加坡独立后受传统中文教育的华人社会领袖在政治上已被边缘化，但中华总商会仍由闽南人所主导，说明至少在民间社会闽南人仍具影响力。文化教育方面，陈六使创办南洋大学和林连玉长期担任马华"教总"主席，他们都是闽南人，仅此二例就足以说明闽南人对新马华文教育的贡献。总之，新马进入独立时期后，闽南人仍然在社会生活的各个领域

---

① 李亦园：《一个移殖的市镇：马来亚华人市镇生活的调查研究》，第56～58页，（台湾）"中央研究院"民族学研究所，1970。

发挥着比其他华人地缘群体更大的作用。

经历二战的新马华人深感团结互助之必要，加之重返新马的英殖民当局放宽社团注册条例，"新马华人的会馆和宗亲会如雨后春笋般地组织起来"。① 这一趋势一直持续到独立之后。再者，始于 20 世纪初的华人民族意识的觉醒也增强了其凝聚力。所以新马华人社团出现了面目一新的局面，闽南人社团也不例外。如 1965 年马来西亚和新加坡分别成立了颜氏公会，它们受到永春桃场颜氏宗祠开幕的刺激，是闽南人发起的超地域的宗亲社团。此二会抛弃狭隘的"宗祠"观念，"凡是颜姓的族人，不分祖先派别，不分籍贯，都可以参加这两个组织为会员"②。地域社团也不断扩大其涵盖面。如槟城同安金厦公会成立于 1923 年，初名同安公会，战后将入会范围扩大至祖籍金门的华人，易名为同安金厦公会；马六甲同安金厦会馆成立于 1931 年，初名同安会馆，战后扩大组织，力邀厦门、金门二邑人士参加，更名为同安金厦会馆。与此同时，还出现了同一祖籍地的社团相互催生的情况。20 世纪 70 年代，在新加坡、槟榔屿、马六甲等地晋江会馆的协助和促进下，雪兰莪、丁加奴、吉兰丹等地的晋江会馆相继成立，最终导致了马来西亚晋江社团联合会的建立。东马的社团发展较慢，但 70 年代也成立了沙巴福建社团联合会等社团。

新马进入独立时期后闽南人社会组织的扩展和完善，与其经济实力的增强有密切关系。此间新马闽南人除了在商业领域继续保持优势外，在工业领域也成绩斐然。新加坡的闽南人这方面的表现尤为瞩目。如石炳丰（祖籍厦门）1946 年注册成

---

① ［澳大利亚］颜清湟：《海外华人的社会变革与商业成长》，第 134 页，厦门大学出版社，2005。

② 同上书，第 136～137 页。

立五洲行食品公司，创办小规模食用植物油提炼厂。1950 年该公司扩大为五洲商行，扩展食用油的生产和销售。70 年代，其产品打入非洲市场。此后他又在马来西亚的雪兰莪设新厂，生产棕榈油和椰油。该厂占地约 4.1 公顷，自动化程度高。此外他还在英国和新加坡设有制罐和印花厂。1980 年，石炳丰正式成立五洲行（控股）有限公司，将遍布全球的下属厂家和机构纳入其中，形成大型企业集团。又如周子敬（祖籍厦门）所拥有的企业，包括麦片厂、面粉厂、榨油厂、虾片厂和饼干厂等，他还在泰国、菲律宾和马来西亚开设了饼干分厂。其所产"康元牌"饼干畅销全球，不仅占领了东亚市场，而且为世界各大航空公司提供机上食品。再如从事纸品加工及印刷的新加坡协茂股份有限公司，董事长黄福华（祖籍同安），其下属的协茂纸业（马）有限公司，从欧美及东南亚著名造纸厂进口优质纸张，按客户所需规格进行加工。另一下属企业商业表格（新）私人有限公司，在连续表格印刷、有价证券印刷、电脑标签等的生产方面声誉卓著。1995 年该公司年度营业额达 5800 万新元，税前利润为 350 万新元。[1]

　　金融业是新马闽南人取得成功的另一个领域。马来亚独立后，华资金融业发展不大。到了马来西亚时期，根据"新经济政策"的精神，华资银行重组后都渗入了大量马来人资本。然而，在华人占多数的新加坡，华资金融业的发展并未受阻。由于新、马两地的华人资本有着千丝万缕的关系，所以新加坡华资金融业的发展实际上也与马来西亚华人有关。1935 年黄庆昌（祖籍金门，王长水之婿）等人创办了大华银行，但该行有较大发展是在

---

[1]　厦门市地方志编纂委员会：《厦门市志·华侨志》，第 3393～3395 页，方志出版社，2005。

战后，1970 年它已成为新加坡第二大银行。其子黄祖耀成为大华银行集团主席后，将它发展成一个庞大的跨国企业集团，1998 年在"国际华商 500 家"中名列第 17 位。[①] 1945 年陈振传（祖籍厦门）出任历史悠久的华侨银行董事总经理，1966 年他又出任该行董事会主席兼总理。在他掌管下，华侨银行发展很快，分行遍布全球，并成立了东方实业有限公司、海峡商行有限公司、华侨保险有限公司、大东方人寿保险有限公司等相关企业，把经营范围扩大到保险、证券、信托、房地产、矿业、制造业等领域。1985 年，华侨银行在世界最大的 500 家私营银行中排名第 160 位，陈振传也成为享誉很高的银行家。[②]

新马闽南人创立的学校和报刊，从殖民统治时期到独立后都有不俗的表现。1912 年，经营橡胶业致富的厦门籍华侨曾江水在马六甲办起培风学校。1935 年该校与另两所华文学校（培德学校、平民学校）合并，仍以培风为校名。祖籍同安的杨朝长长期任培风独立中学（其前身即培风学校）董事，为适应马来西亚教育政策的变化而费尽心血，并从 1982 年起任董事长，在任此职的 11 年间，领导该校进行了重大改革，包括开办高中文科班和电脑科、大力培养师资、大规模扩建校舍等。杨朝长还曾任马六甲州华人教育协会主席，为推动该地区的华文教育作出了很大贡献。[③] 战前新加坡的三大华文报是胡文虎办的《星洲日报》、李振殿（祖籍厦门）办的《民国日报》和陈嘉庚办的《南洋商报》。新马进入独立时期后华文报业发生了很大变化，例如《南

---

① 周南京总主编、梁英明分卷主编：《华侨华人百科全书·经济卷》，第 80～81 页，中国华侨出版社，2000。

② 厦门市地方志编纂委员会：《厦门市志·华侨志》，第 3399 页，方志出版社，2005。

③ 同上书，第 3400～3401 页。

洋商报》，它虽然仍是新马的主要华文报纸，但 1965 年新、马分离后，《南洋商报》也一分为二，分为新加坡和马来西亚两家。1982 年新加坡《南洋商报》和《星洲日报》合并，组成新加坡新闻与出版有限公司，出版《联合早报》、《联合晚报》等。这样，新加坡的《南洋商报》便完成了它的历史使命。①

　3. 菲律宾

　菲律宾华人社会在东南亚各国华人社会中是很有特色的。首先，华人在菲律宾总人口中所占的比重比新、马、泰、印尼等国华人在各自国家总人口中所占的比重都小，甚至小很多。但是，华人在菲律宾经济社会中所起的作用，却不会比上述各国华人来得差。其次，从华人地缘群体的构成来看，福建人（闽南人）在菲律宾华人中所占的比例具有绝对优势，在 85％至 90％之间，②远高于上述各国的相同比例。闽南人当中又以晋江人最多，其次为南安人。可以说，菲律宾华人社会就是闽南人社会。再次，在美国殖民统治菲律宾期间，"菲华社会发展成了一个只包括商店老板与佣员的单纯商人社会，这是菲律宾华人与东南亚其他地区华人社会最不相同的地方"。③菲华社会的这些特色，决定了它的发展道路亦颇具特征。

　闽南人移居菲律宾由来已久，但大规模的移民是在西班牙殖民统治确立之后，到 1600 年，菲律宾华人已达 2 万人，主要集

---

①　厦门市地方志编纂委员会：《厦门市志·华侨志》，第 3402 页，方志出版社，2005。

②　［新加坡］潘翎主编，崔贵强编译：《海外华人百科全书（中文版）》，第 187 页，三联书店（香港）有限公司，1998。

③　［菲律宾］施振民：《菲律宾华人文化的持续——宗亲与同乡组织在海外的演变》，收入洪玉华编：《华人移民——施振民教授纪念文集》，第 186 页，菲律宾华裔青年联合会，1992。

中在马尼拉,①并开始在当地的经济生活中扮演重要的角色。在长达三个多世纪的西班牙殖民统治时间里,殖民当局对华人的政策往往由于其嫉妒和猜忌而变化不定,导致了华人 5 次 (1603,1639,1662,1686,1762) 惨遭屠杀的悲剧。而每次屠杀之后,又由于菲律宾社会经济离不开华人而导致其人数再次上升。但因几次屠杀中漳州人被害最多,遂使漳州人赴菲渐少,而泉州人则成为华人的主体。西班牙殖民统治后期,当局政策的开放刺激了华人来菲人口的激增,"到 1898 年美国开始统治菲律宾时,菲华人口已接近 10 万人,而且散居各地"。②

进入 19 世纪后,殖民当局实行甲必丹制,对华人进行监督管理。华人甲必丹均为闽南人,其中最有名的是三次出任此职的陈谦善(祖籍厦门),其子陈纲于美国殖民统治菲律宾废除甲必丹制后出任清政府首任驻菲总领事。长期的外部压力增强了华人社会的内聚力,他们利用甲必丹制在管理上的相对独立性,到 19 世纪下半叶,逐渐构筑起包括社团、学校、报纸等诸要素在内的华人社会。"在马尼拉形成了以华人街区为活动中心的社区,在全菲则以共同文化、语言为基础形成了一个具有群体意识的族群","从这个意义上来说,菲律宾华侨社会是在 19 世纪后期形成的"。③

分别成立于 1817 年和 1820 年的金兰郎君社与长和郎君社是菲律宾华人最早的社团,它们以音乐团体的名义掩盖其秘密会社的实质,同时它们又是传播闽南音乐(南音)的组织。最早的宗

---

①　[新加坡]潘翎主编,崔贵强编译:《海外华人百科全书(中文版)》,第 188 页,三联书店(香港)有限公司,1998。

②　同上。

③　黄滋生、何思兵:《菲律宾华侨史》,第 268 页,广东高等教育出版社,1987。

亲会是甲必丹杨尊亲（祖籍南安）等人发起的"四知堂"，实际上是杨氏的宗亲组织，成立于1877—1879年间，后来它改称"弘农俱乐部"。同业公会出现得很早，但较有影响的要数成立于1888年的崇宁社（中华木商会的前身）与关夫子会（福联和布商会的前身）。各类自愿性团体逐渐构成菲华社会的架构，高居其上的是甲必丹，他既是殖民当局的代理人，又为华侨谋利益，特别是在社会慈善事业方面，如前三任甲必丹林旺（祖籍龙溪）、陈谦善和杨尊亲设立了善举公所、华侨义山和崇仁医院。1899年，第一所华侨新式学校——小吕宋华侨中西学校成立。1888年，第一份华侨的报纸——《华报》创办。① 至此，现代意义上的华侨社会诸要素均已具备了。

美国殖民统治时期是菲律宾华侨社会发展的一个新阶段。与西班牙殖民统治时期相比，此间华侨受到的政治迫害大为减少，生命财产较有保障。华侨人口的增加、经济的发展更是前所未有的。华侨社会进入了一个成熟时期。美殖民统治时期华侨人数增加之快、分布之广，都是空前的。美菲殖民当局1903年颁布的移民法不允许华人劳工入境，华人来菲仅限官、商、游、教、学五种人及前两者之眷属，此举对菲华社会演变成以商人为主的社会虽起了很大作用，却未能有效地阻止华人赴菲人数的增加。华人女性的增加使男女比例失衡的情况大为缓解，人口自然增长随之加快。1935年华侨人口为11.05万人，1939年达到近11.7万人，是有官方统计数字以来的最高峰。而且华侨广泛分布于整个菲律宾群岛，唯一没有华侨居住的是最北端的描丹尼示省。②

---

① 黄滋生、何思兵：《菲律宾华侨史》，第274～278、354、348页，广东高等教育出版社，1987。

② 同上书，第311～314页。

20 世纪前 20 年，美菲殖民当局自由贸易政策的实施以及第一次世界大战的刺激，使菲律宾经济趋于繁荣，华侨经济也随之进入一个兴旺时期，在农产品收购、加工、出口和内海航运业等方面都有显著发展。此后菲律宾民族主义运动开始将华侨经济作为打击对象，但华侨经济仍在逆境中持续发展。由于此间华侨经济已形成以商业为主的格局，所以商业最能反映华侨经济的发展。1939 年，华侨在菲律宾基层零售业中所占的份额高达 59.4%，而 1932—1934 年间在整个国内商业中所占的份额也高达 50%。这一时期华侨在菲律宾总人口中所占的比例却还不到 1%。[①] 华侨的经济力量，反映了华侨创业奋斗的巨大成果，以及对菲律宾经济所作出的巨大贡献。

然而，也正是这种情况使华侨遭到了非议和排斥。在菲律宾民族主义者的推动下，美菲殖民当局相继推出一系列排华法案：1919 年的"禁米条例"、1921 年的"西文簿记法"、1939 年的"公共市场菲化案"，等等。华侨经济的发展因此受到一定的限制。但是，正是在与一系列排华法案抗争的过程中，华侨社会一步步走向成熟。尤其是长达 6 年之久的对簿记法的抗争（1921—1926），使华侨社会空前团结并动员起来，岷里拉（马尼拉）中华商会领导了这次抗争，迫使美菲殖民当局修改了不许华商用中文记账的法案。"簿记法抗争是菲律宾华侨历史上的转折性行动。它表明，菲律宾华侨社会已经完全成熟。"[②] 另一方面，由于祖国抗日战争的爆发，菲律宾华侨与世界各地的华侨一样，继辛

---

① Wong Kwok-chu, The Chinese in the Philippine Economy, 1898—1941, p. 93、113、5, Ateneo de Manila University Press, 1999.

② 黄滋生：《论近代菲律宾华侨社会的形成》，收入黄滋生：《菲华问题论辩——黄滋生教授论文选编》，第 63 页，菲律宾华裔青年联合会，1999。

亥革命之后再度出现了民族意识的高涨，他们不惜牺牲自己的利益抵制日货，并捐献大量钱物支援祖国抗战，其凝聚力也因此进一步得到加强。菲华社会在捍卫合法权益和支援祖国抗战的过程中产生了自己的领袖，其代表人物是岷里拉中华商会主席李清泉（祖籍晋江）。

美国殖民统治时期菲华社会的成熟和完善，还表现在社团、学校、报刊日益增多，并发挥了社会支柱的作用。华侨建立的各种社团，包括商会、工会、同乡会、宗亲会，以及慈善、互助、青年、文化等团体。其中尤以遍及各地的大小商会为多数，并且各地商会往往成为当地华侨社会的领导组织，成立于1904年的岷里拉中华商会则成为全菲华侨的中心组织。这就使得菲华社会的组织程度大为提高。再者，继19世纪末20世纪初马尼拉、怡朗、宿务三大华人聚居地率先创办华文学校之后，20世纪20年代至30年代华文学校呈遍地开花之势，从城市到乡村，凡具有一定规模的华侨社区，都办起了华文学校。再次，华文报纸自1911年起也进入兴旺发达阶段，"侨社报纸，如雨后春笋，纷纷创立"，其中的《公理报》、《华侨商报》和《新闻日报》等有较大影响。①

1942年1月至1945年6月菲律宾被日本侵占。菲律宾华侨的抗日活动早已引起日本的嫉恨，日军占菲后便将华侨作为重点打击对象，但这反而激起华侨更顽强的抵抗，他们组织了抗日武装队伍和地下反抗组织。其中最著名的是菲律宾华侨抗日游击支队（简称"华支"），它原先是菲律宾人民抗日军的一个支队，后来成为一支独立的队伍，并立下了赫赫战功。"华

---

① 黄滋生、何思兵：《菲律宾华侨史》，第340、357、351页，广东高等教育出版社，1987。

支"下属各大队的战士，除了一个大队为广东籍华侨组成外，其余均为闽南人。菲、华两个民族的隔阂与误解因大敌当前而有所缓和，进而患难与共，特殊的历史条件为菲、华两族人民提供了和平时期难以具备的接触机会，彼此的关系亦随之改善。日本占领菲律宾使华侨的财产几乎损失殆尽，是菲华社会遭受的空前浩劫。菲律宾华侨的英勇抗战，则是其历史上光辉的一页。

菲律宾独立后，据菲移民局的调查，1948 年全菲华侨为 12.2 万人。1959 年 1 月菲移民厅又公布，全菲华侨为 14.6 万人，占全国总人口的 0.6％。另据当时估计，全菲华侨、华人共有 25 万人，约占全国总人口的 1％。① 又据菲华著名学者施振民的说法，20 世纪 70 年代，华人大约有 60 万，约占菲律宾总人口 3659 万人（1970 年全国人口调查数字）的 1.6％。② 而据下列数字，即 1988 年初仍保留中国国籍的菲律宾华人约为 10 万人，占华人总数的 11％，则 80 年代后半期华人总数约为 90 万人。③ 另一组 1991 年的数字是，菲律宾华侨为 15.1 万人，菲籍华人 110 万人，两者合计 125.1 万人，约占菲律宾总人口 6270 万人（1992 年数字）的 2％。④ 总之，独立后菲律宾华人人数较独立前有较大增加，在总人口中的比例也有所上升。

---

① 赵松乔等：《菲律宾地理》，第 61、64 页，科学出版社，1964。

② ［菲律宾］施振民：《菲律宾华人文化的持续——宗亲与同乡组织在海外的演变》，收入洪玉华：《华人移民——施振民教授纪念文集》，第 188、181 页，菲律宾华裔青年联合会，1992。

③ 温广益主编：《"二战"后东南亚华侨华人史》，第 39 页，中山大学出版社，2000。

④ 胡才：《当代菲律宾》，第 37、16 页，四川人民出版社，1994。

菲律宾独立后的华人经济，是在面对排华、菲化的重重阻力下曲折前进的。20世纪40年代末至60年代初是菲律宾民族主义的高涨时期，其背景是追求民族经济的独立。虽然华人经济客观上已成为菲律宾民族经济的组成部分，但却错误地被作为打击对象。层出不穷的菲化法案出台是这一时期排华运动的特点，这些法案包括公共市场菲化案（1947）、银行菲化法（1948）、进口商业菲化案（50年代前期）、零售业菲化案（1954）、劳工菲化案（1958）、米泰业菲化法（1960）等。

这当中，以零售业菲化案对华侨的打击最大，该法案规定华侨个人经营的零售店只能营业至本人死亡或自动停业，本人死亡后其妻子及后裔不得继承，仅可有6个月时间清理店务；公司或合资营业者则须在合同期满时或至迟10年后停业。而当时华侨经商者占其就业人数的57％，其中又以经营零售业者为多。[1] 1951年华侨对零售业的投资则占全菲零售业总投资的37.5％。[2] 该法案实施后华侨便逐步退出零售业。然而，它也迫使华侨转而从事其他行业，成为华人经济多元化，特别是华人制造业兴起的转折点。

另一方面，华人经济也深受菲政府的社会经济发展战略及宏观经济政策的影响。战后菲政府采取发展进口替代工业的政策，促进了华侨资金投向制造业，如纺织、制衣、食品、卷烟等。而战后基础设施的重建，也刺激了华侨将资金投到像建筑、木材那样的行业。在菲律宾250家最大企业中有80家华人大企业，其中80％就是在菲化法案与限制进口、发展工业政策的双重刺激

---

① 赵松乔等：《菲律宾地理》，第64页，科学出版社，1964。
② 陈衍德：《现代中的传统——菲律宾华人社会研究》，第129页，厦门大学出版社，1998。

下转向制造业的。① 从 20 世纪 70 年代初特别是中期以后，菲政府对华侨的政策从以往的菲化转为实施"加快同化，放宽入籍，利用为主"的政策。与此同时，又逐步以发展面向出口的工业为本国经济发展战略的重点。因此，许多华商的经营从进口替代工业领域扩大到面向出口工业领域，华人企业集团也开始形成并发展。其中，陈永栽、施志成、郑周敏和吴奕辉等人（均为闽南人）的财团最令人瞩目。

菲律宾独立后，为适应新的形势及自身的变化，菲华社会在组织上作了自我调整。1954 年成立的菲华商联总会（商总）取代了战前的岷里拉中华商会成为菲华社会的最高领导。"它（商总）曾经是（今天仍然是）作为整体的华人居民最有权威的组织，通常还充当他们对外界的发言人。"② 到了 20 世纪 60 年代和 70 年代，为适应菲华社会发展的需要，一些较小的宗亲会、同乡会，以及同业公会、校友会、文艺团体、慈善福利团体等纷纷诞生，形成菲华社团增加的高峰。当然，菲华社团也经历了优胜劣汰、适者生存的演化过程，一些不能顺应形势的社团名存实亡，另一些旧式社团则被新型社团所取代。这种增加与消亡并存的局面是菲华社会新老交替、利益格局多元化的反映。

菲华社团有其自身的特点。就同乡会和宗亲会而言，"因为菲律宾华人多数来自闽南同一小地区，大的地域性组织没有存在的意义，甚至最普通以县为单位的同乡组织也很少，绝大多数的同乡会是以乡或村为单位的组织。因此，宗亲会在菲律宾华人社

---

① 周南京总主编、梁英明分卷主编：《华侨华人百科全书·经济卷》，第 117 页，中国华侨出版社，2000。

② Edgar Wickberg, Notes on Contemporary Organizations in Manila Chinese Society, China Across the Sea & the Chinese as Filipinos, p. 46, Philipine Association for Chinese Studies, 1992.

会的地位便比其他海外华人地区较为重要而突出"。① 就兴办公益事业进而改善与当地民族的关系而言，菲华社团也扮演重要的角色。被誉为"菲华三宝"的三件事，就是商总发动的捐建农村校舍及赈灾行动，华人防火会组织不分华、菲社区的灭火行动与各菲华社团普遍举办的义诊活动。

菲律宾独立前，大多数华文学校就实行双学制，即设中文部与英文部，中、英文课时各占一半，英文部由政府督察。独立后继承了这种做法。1956 年菲政府全面督察华文学校，且中文课时日减而英文课时日增。1973 年颁布外侨学校菲华法令规定后，华文学校在很短时间内全部菲化，除每周允许教授 10 小时的中文课外，政府在对待华校与其他私立菲校方面完全没有差别。虽然华人子弟学习、掌握中文因此严重受挫，但在菲华社会各界关怀下，华文学校作为维系传统文化的一块阵地仍或多或少地发挥着作用。

菲律宾独立后，华文报业曾有短暂繁荣，之后形成《大中华日报》、《公理报》、《华侨商报》和《新闻日报》4 家并立的局面。1972 年马科斯总统实行军管，4 家华文报纸均被迫停刊。次年《联合日报》（由上述 4 家中的前两家合并而成）获许发行。1981 年军管结束后，形成《联合日报》、《世界日报》、《商报》（其前身为《华侨商报》）、《菲华时报》和《环球日报》5 家并存的局面。由于读者日渐减少，华文报纸面临困境，其中《环球日报》已经停刊。但华文报纸仍然是菲华社会的主要舆论工具之一。

---

① ［菲律宾］施振民：《菲律宾华人文化的持续——宗亲与同乡组织在海外的演变》，收入洪玉华编：《华人移民——施振民教授纪念文集》，第190 页，菲律宾华裔青年联合会，1992。

4. 缅甸

缅甸华侨素有"陆路华侨"与"海路华侨"之分,闽南人移居缅甸多数从中国东南沿海乘船到达仰光和缅甸沿海地区,属海路华侨。1931年闽籍华侨占全缅华侨总数的25.9%,较云南籍华侨(占35%)为少。此后闽籍华侨大量增加,20世纪30年代以后所占比例上升至68%,大多数居住在伊洛瓦底江三角洲地带。1962年全缅近30万华侨、华人分布于180个市镇,以闽南人为主的闽籍华侨、华人占50%。1985年全缅华侨、华人约71万人,以闽南人为主的闽籍华侨、华人约占40%,大多居住在仰光及沿海地区。[①]

闽南人在资源丰富的缅甸施展其创业才干,为自己打下一片天地。缅甸盛产大米,闽南人以经营大米致富者不在少数。厦门人林克全的"米郊"(经营大宗批发的店号称为"郊"),其业务则遍及仰光、曼德勒和印度的加尔各答等大商埠。[②] 晋江人吴家枫先后在纳敏附近三个集镇开办七家碾米厂,基本上承担了所在地区的大米加工业务,后又拓展经营领域,遂成富商。[③] 19世纪末至20世纪初,盛产大米的伊格瓦底江下游及其三角洲一带,凡是可以停靠舟船的沿江村镇,都有来自厦门曾营的华侨经营的碾米厂和储米库房。这一带因此被称为"曾营港"。[④] 一些新马闽商也利用同乡关系与缅甸闽商合作,将大米经销网络扩展至东南亚各地。除了大米之外,闽商经营的土产种类还很多,包括木

---

① 郑炳山主编:《在缅甸的泉州乡亲》,第4~5页,中国广播电视出版社,2002。

② 厦门市地方志编纂委员会:《厦门市志·华侨志》,第3389页,方志出版社,2005。

③ 同①,第21~22页。

④ 同②,第3394页。

材、水果、豆类、矿产等。厦门人徐赞周 19 世纪末与友人在仰光合开瑞隆土产公司，1911 年倡办缅甸华侨兴商公司，后改称缅甸华侨兴商总会，该会是缅甸华侨土产商会。[①] 经商成为缅甸的闽南籍华侨积累资本的一般途径。

战后缅甸的闽南人在废墟上重振旧业，如海澄人洪天庆战前在仰光已是富有的米商，日本占领缅甸后他回到国内，1946 年他返回仰光经营新和丰米厂。[②] 但是，这时的闽南人再也不像战前那样以经商和加工业为主了，而是将其经营向多元化的方向发展。首先是制造业，厦门人陈伯甫于 1947 年在曼德勒省的敏建市创办肥皂厂，由于质量上乘，销路很好，生产得以迅速扩展，业务也随之向首都仰光发展。其产品质量被公认为超过英商与缅甸政府合资经营厂家的产品。[③] 其次是跨行业经营。在曼德勒市，泉州人高景山与他的兄弟和其他亲属先后创办了进出口公司、粮油厂、面粉厂、宾馆、医药公司等，规模都不小。在仰光，南安人林鉴生经营的国际贸易公司，经营范围包括电器、汽车、水泥等，又承包建筑水库、公路、机场等工程，还涉足农业、采矿等领域，成为经营多种行业的大企业家。[④]

缅甸的泉州人最早成立的县以上的同乡会是泉州五邑同乡会（成立于 1904 年），包括晋江、南安、惠安、同安和安溪。后来永春与德化籍华侨也要求加入，乃改称温陵会馆。战后该

---

①　厦门市地方志编纂委员会：《厦门市志·华侨志》，第 3390 页，方志出版社，2005。

②　郑来发主编：《漳州华侨志》，第 272 页，厦门大学出版社，1994。

③　同①，第 3396 页。

④　郑炳山主编：《在缅甸的泉州乡亲》，第 25 页，中国广播电视出版社，2002。

会馆逐渐停止活动。20 世纪最初 20 年，泉州各县同乡会纷纷成立，它们是：缅甸南安同乡会（1924）、缅甸安溪会馆（1919）、缅甸惠安会馆（1923）、缅甸同安会馆（1927）。战后又有缅甸晋江公会（1987）等同乡会的成立。① 缅甸的漳州人较早成立的同乡会有旅缅海澄同乡会（1936）等。② 缅甸的厦门人较早成立的同乡会是厦门联合会。1940 年 5 月 13 日该会前身鹭江公会成立，战时会务中止。1946 年 7 月恢复活动。1959 年 5 月 1 日改称旅缅厦门联合会。③ 这些同乡会都是传统型社团，它们在团结缅甸的闽南乡亲、增强闽南籍华侨的凝聚力方面发挥了重要作用，因而成为缅甸闽南人社会的主要支柱。

缅甸的闽南人在创办华文学校方面走在前头。1903 年，厦门籍华侨庄银安、徐赞周、张永福等人在仰光创办中华学校，是为缅甸第一所华文学校。为便利白天无法上学的华侨学习华文，庄、徐又与陈甘泉另办一所益商夜校。1919 年，经由祖籍厦门的华侨曾广庇倡议，仰光龙山堂（闽南丘氏宗亲组织）族长决定，逐年捐助仰光华侨学校一万盾。1940 年，厦门籍华侨杨章熹在仰光创办仰光公学并自任校长。④ 缅甸的闽南人在兴办华文报纸方面也不落人后，而且所办报纸大都有进步倾向。1908 年，庄银安、徐赞周等在巨商陈春源、张永福（厦门人）等的支持下创办《光华报》，该报因宣传革命思想，后来在中外反动势力压

---

① 郑炳山主编：《在缅甸的泉州乡亲》，第 28～46 页，中国广播电视出版社，2002。

② 郑来发主编：《漳州华侨志》，第 90 页，厦门大学出版社，1994。

③ 厦门市地方志编纂委员会：《厦门市志·华侨志》，第 3387～3388 页，方志出版社，2005。

④ 同上书，第 3401 页。

迫下停刊。但继之而起的又有一系列进步报纸，如《仰光日报》等。战后初年徐四民（徐赞周之子）等在缅甸创办的《新仰光报》也是一份进步报纸，之后又有肖冈主编的《人民旬报》（后改组为《人民报》），也奉行反内战、争民主的方针，在缅甸华侨社会中影响很大。[①]

5. 其他国家

泰国。20 世纪几次泰国华侨、华人人口统计数字表明，闽籍华侨、华人所占比例都不大，最高时达 15％，最低时仅为 7％。19 世纪中叶以后闽南人赴泰国增多，且多聚居于泰国南部港口城市与锡矿区，直至 20 世纪中叶其聚居区大体未变。经济活动方面，闽南人在泰国主要从事锡矿业、种植业（橡胶、胡椒等）以及五金、饲料、中药、养殖等行业。[②] 20 世纪 60 年代以后，新兴制造业开始出现，如化学纤维成为新型原料，闽南人的企业也参与了这一变革。如祖籍厦门的蔡志伟经营着泰国最大的合成纤维厂；其弟蔡志云，则经营着玻璃纤维有限公司，二者均有相当规模。[③] 社会组织方面，1872 年闽籍华侨在曼谷建顺兴宫，在宫内设福建公所，1912 年改组为福建会馆。泉州人在会馆中占有重要地位：苏廷芳曾任副理事长、理事长、名誉理事长长达 24 年，被推举为会馆历史上四名永远名誉理事长之一。[④] 厦门人在会馆中的地位也不容忽视。1982 年该馆会

---

① 厦门市地方志编纂委员会：《厦门市志·华侨志》，第 3402～3403 页，方志出版社，2005。

② 福建省地方志编纂委员会：《福建省志·华侨志》，第 93～94、96 页，福建人民出版社，1992。

③ 同①，第 3396 页。

④ 卓正明主编：《泉州市华侨志》，第 95 页，中国社会出版社，1996。

员中厦门人达 235 名，在第 48 届理事会上厦门籍的蔡志传当选为副理事长。①

越南。20 世纪下半叶闽籍华侨占越南华侨总数的比例大约为 20%。② 法国殖民统治时期越南经济最发达的地区是南圻，所以华侨多集中于此，闽南人也不例外。二战后以西贡—堤岸为中心的原南圻地区仍是最繁荣的，华侨企业在此地亦多有发展。因此时越南棉纺织品来源缺乏，华侨便筹办纺织品厂。这当中，西贡的越南纺织股份有限公司、越南印染股份有限公司，均为厦门籍华侨李良臣等人所集资创办。③ 闽南人在华侨社会的形成和发展中也多有贡献。如成立于 1904 年的南圻中华商会，原名南圻华侨商务商会，1923 年改此称，厦门籍华侨出任会长的有曹允泽、洪堂芸、林彦罩、洪清凉等。闽南人在华校的创办方面成绩卓著。20 世纪初厦门籍华侨谢妈延、曹元泽等人就捐资创建了闽漳学校。1925 年，厦门籍华侨黄仲训、黄仲赞兄弟与洪堂芸等发起创办西贡成志小学。后来黄氏兄弟又捐地扩建校舍，并办起明德中学。④ 1923 年，霞漳会馆与温陵会馆联合建立福建学校。1940 年增办中学，1948 年改称福建中学，将小学称为附小。另附有民众学校。该校全盛时，日夜校学生总数达一万多人，教职员 350 多人。⑤

---

① 厦门市地方志编纂委员会：《厦门市志·华侨志》，第 3387 页，方志出版社，2005。

② 福建省地方志编纂委员会：《福建省志·华侨志》，第 115 页，福建人民出版社，1992。

③ 同①，第 3396 页。

④ 同①，第 3401 页。

⑤ 卓正明主编：《泉州市华侨志》，第 106 页，中国社会出版社，1996。

文莱。华人是文莱的第二大民族，1990年华人占该国总人口的20%左右。[1] 华人当中福建人占了80%，而金门人又占了其中的大多数。20世纪末，文莱的6万多华人中，金门人就有3万以上。[2] 文莱是东南亚各地金门人聚居最多的地方。金门历史上就是同安府的一部分，与闽南密不可分，金门人亦为闽南人。文莱的金门人初以小贩、店员、农民、渔民、码头工、建筑工等为职业，后来积累了资金的一些金门人发展成为橡胶、木材、硕莪、胡椒等货品的进出口商，有的还参与石油业和建筑业的投资。金门人在文莱组织了旅文（莱）侨民协会、文莱中华商会等社团，此外还有一些娱乐团体，如腾云殿、群声音乐社等，但尚未组织金门同乡会。

二、北美

（一）基本情况

19世纪中叶北美大陆发现金矿引起各国移民涌入淘金，从中国前往那里的大部分是广东人，包括闽南人在内的福建人并不多。随后为修筑横贯北美的铁路大动脉又在中国招募大批劳工，闽南人前往者仍不多。虽然从厦门口岸前往北美的华工人数不少，但其籍贯为闽南者人数有限，因为闽南人此间大多前往东南亚。此后美国政府开始限制乃至禁止华工入境，更无从谈起闽南人前往美国了。早期赴美劳工定居于新大陆者，开始形成以广东人为主的华人社会，福建人只能厕身其间，没有形成自

---

① 福建省地方志编纂委员会：《福建省志·华侨志》，第75页，福建人民出版社，1992。

② 杨树清：《金门族群发展》，第262、267页，（台湾）稻田出版有限公司，1996。

己的地缘群体。直至 20 世纪中叶，才有更多的闽南人前去美国。

20 世纪中叶以后北美大陆闽南人的来源相当复杂。首先是留学生，战后国民党政府选派赴美留学生，另有一些人获得教会奖学金前往美国留学，其中都有闽南人。1949 年以后这些留学生大都留在美国。1978 年以后中国内地不断出现的留学浪潮（包括公派和自费）中，有相当一部分学成后留在美国。其次是中国内地的移民，大部分是美国华人的直系亲属，也有少数非法移民。第三部分是来自香港、澳门的闽南人，除了两地的留美学生后来取得居留权外，还有一些港澳移民或内地经由港澳辗转赴美的移民。第四部分是东南亚闽南人的二次移民，包括被美国和加拿大等国接受的印度支那难民，以及正常情况下由东南亚各国移居北美的移民。

由于北美闽南人移民的多元化，他们很难形成一个关系紧密的地缘群体。这一点与东南亚的闽南人有很大不同。然而也不是说他们之间毫无联系，因为地缘关系作为海外华人社会的组织法则，毕竟有其共同的表现。当 20 世纪 80—90 年代华人新移民大量进入美国之后，闽南人作为闽籍华人的一部分，也纷纷加入到闽籍华人社团当中。虽然纯粹的闽南人组织还很少，但毕竟改变了以往一盘散沙的情况。另一方面，作为个人的闽南人，在北美社会中还是作出了贡献的。尤其是闽南人中的知识分子、科技人员，以及工商业者，在创业的过程中也表现出与其他地方的海外闽南人一样的勇于开拓的精神。

（二）美国

与世界各地的闽南人一样，经济活动是移民美国的闽南人生存和发展的基础。餐馆和洗衣店曾是美国华人从事的两大职业，闽南人在较早时候也是如此。其中有一些人由此起家将事业做

大。如纽约的陈查礼快餐机构，是以祖籍南安的华侨、华人为主
而合股经营的，该机构建立起大规模中式快餐连锁店，销售额相
当可观。20 世纪中叶以后，美国华人的职业结构发生了较大变
化，闽南人也不例外。其中，一些较大的企业多由 70 年代以后
抵美的新移民创建。如 1977 年移居加州的惠安人王文辉，从 80
年代起开始经营光华人寿保险公司、何泰汽车有限公司及面粉、
食品、罐头等工厂；1981 年从马来西亚移居美国的南安人陈果
贝，在洛杉矶经营西蒙市 A.G 保险集团公司、基来通用保险公
司、房地产投资公司、汽车修理公司等；从印支移居美国的安溪
人吴诗源，在洛杉矶经营 F&F 咨询暨市场开拓公司、新华国际
贸易公司等；石狮人柯长山在洛杉矶开办 GORGE 设计公司，
主要生产玻璃器皿、服装、箱包等；泉州人王明星在洛杉矶开办
明星车衣机公司；1974 年从香港移居纽约的平和人苏协民，创
建经营珠宝的苏氏有限公司，后来该公司几乎垄断美国数千家百
货商店和速销店的一半珠宝市场。①

　　金融业是经济领域的一个重要行业，海外闽南人素有经营金
融业的传统。但是由于美国资本主义经济十分发达，外侨要在美
国白手起家创办金融机构是有困难的。闽南人于是从海外的其他
地方将其原有的金融机构延伸至美国，从而获得了立足之地。在
这方面，菲律宾的闽南人财团表现出色。1987 年，菲律宾郑周
敏（晋江人）财团接办美国加州银行。此后，接连有陈永栽（晋
江人）财团在美国创办大洋银行、郑少坚（永春人）财团在美国
创办首都银行等。此外，亚洲其他国家的闽南人财团也有在美国
扩展其业务的，如日本侨商蔡明裕（石狮人）集团于 1981 年在

---

① 福建省地方志编纂委员会：《福建省志·华侨志》，第 136 页，福
建人民出版社，1992。

美国创办洛杉矶世界华商银行，等等。①

　　文教科技是移民美国的闽南人取得骄人成绩的另一个领域。由于大批学有专长的闽南人留在美国，极大地提高了在美闽南人的文化层次，使他们改变了单纯靠经商致富的传统发展道路，在创造物质财富的同时也参与了精神财富的创造。仅就在美国的祖籍为泉州地区的闽南人而言，据不完全统计，至20世纪80年代末、90年代初为止，就有一千多位高级知识分子，包括研究员、教授和副教授、高级工程师、企业高级行政主管等等。② 这里要特别提到美国社会科学界的闽南人学者，因为这方面以往是被忽略的。兹举一例，即祖籍金门、出生于厦门的王灵智教授。这位就职于美国加州大学伯克莱分校族群与亚裔美国人研究中心的闽南人，不仅是一位族裔问题专家，而且是一位维护美国少数民族权益的民主斗士，这对于美国华人及其组成部分的闽南人来说，是十分有意义的工作。③

　　由于移民美国的闽南人大多聚居于西部太平洋沿岸，所以最早的闽南人社团也诞生于这一带。1949年成立的美西福建同乡会，会址在旧金山，其属下即有闽南会馆。④ 随着东南亚的闽南人二次移民到美国，以他们为主的闽南同乡会也在加利福尼亚州等地建立起来。1983年北加州福建会馆成立于旧金山市，初称

---

① 福建省地方志编纂委员会：《福建省志·华侨志》，第136～137页，福建人民出版社，1992。

② 卓正明主编：《泉州市华侨志》，第120页，中国社会出版社，1996。

③ 于仁秋：《研究美国华人社区问题的著名学者——王灵智教授》，收入暨南大学华侨研究所编：《华侨史论文集》第4辑，第301～306页，1984。

④ 同①，第138页。

北美闽侨会馆，1985 年改此称，会员大部分为 20 世纪 70 年代下半叶自印度支那半岛诸国移民人美的闽南人，其宗旨为"同心同德，群策群力，互助互济，爱乡爱亲"，祖籍厦门的洪少松出任第二届会长后，又蝉联第五、第六届会长。① 1982 年南加州福建同乡会成立，这是东南亚各国和台湾、香港移居美国洛杉矶及附近地区的、以祖籍为泉州地区的人士为主体的同乡社团，南安人陈果贝被选为第一、二届会长，泉州鲤城人蔡耀煌为第三届会长。② 东南亚的闽南人早就有建立社团的传统，所以他们到美国后自然会继续这样做。此外，随着新移民的到来，闽南人在美国也建立起有别于传统社团的新型社团，联谊性团体就是其中之一。如 1997 年成立于洛杉矶的以新移民为主的南加州厦门联谊会，其宗旨为"联络旅美厦门乡亲及华人感情，团结互助，热爱乡梓，共谋福祉"，并规定"凡出生或曾在厦门及闽南地区学习、工作、生活过的华人同胞"，均可成为会员。该会由会员推荐或自荐理事若干人组成理事会，由理事会选出会长一人、副会长二人，任期一年，连任以两届为限。理事会下设秘书、财务、文娱、联络等组。该会出版有会刊《厦门人》。③ 通过这些社团，美国的闽南人加强了彼此的联系，并以此为名义参与各种社会活动。

（三）加拿大

20 世纪下半叶，加拿大成为华人移民来源地多元化的典型国家，中国内地和香港、台湾以及印度支那、东南亚、南北美洲

---

① 厦门市地方志编纂委员会：《厦门市志·华侨志》，第 3388 页，方志出版社，2005。

② 卓正明主编：《泉州市华侨志》，第 122～123 页，中国社会出版社，1996。

③ 陈衍德、郭瑞明、曾文健：《厦门市志·华侨志》初稿。此段文字在《厦门市志》正式出版时未被收入。

均有大批华人移居加拿大。1972—1984 年间，每年来自香港的华人移民，最多的年份达 14662 人（1973），最少的年份也有 5966 人（1979）；同期每年来自台湾的华人移民最多时达 1382 人（1974），最少时为 421 人（1984）；同期每年来自中国内地的华人移民最多时达 6551 人（1981），最少时为 25 人（1972）；同期每年来自越南的华人移民最多时达 25541 人（1980），最少时为 243 人（1977）。① 虽然各地移民的祖籍地结构是很难弄清楚的，但可以肯定，每个地方的移民均有闽南人，尤其是中国的福建省、台湾省，以及东南亚的某些国家如菲律宾等。

移民来源地的多元化，其必然结果是移民社会的多元化。"在 1967 年以后的时期内，加拿大的华人社会不再是一个模样。社会的阶层、移民的地点、移入的年月，这一切都使华族居民分为若干集团。"② 在地缘法则的作用下，华人移民的集团性首先以同乡会的形式表现出来。由于菲律宾华人大批移居加拿大，所以他们在加拿大成立了新的同乡会，而且这种二次移民的同乡会与一次移民的同乡会是一脉相承的。1972 年，来自菲律宾的广东人在温哥华成立了两个新的地缘性社团，而同样在温哥华，"另一个菲律宾华人的组织（福建同乡会）在 70 年代中期成立，吸收说闽南话的华人为会员，因为菲律宾的华人大部分都属于这一类"。③

不同的地缘群体在加拿大华人社会中的活动方式是不一样

---

① 赵琳：《试论 60 年代以来的加拿大华人社会——人口、结构的变化及其影响》，收入姜芃主编：《加拿大社会与进步》，第 169 页，中国社会科学出版社，1996。

② ［加拿大］魏安国（Edgar Wickberg）等著，许步曾译：《从中国到加拿大》，第 384 页，上海社会科学院出版社，1988。

③ 同上书，第 397 页。

的。就闽南人而言，以其为主的福建同乡会的活动方式是这样的：“这个团体的会员庆祝中国的主要节日，举行聚餐会、舞会、时装表演……”据研究，该同乡会与一个以华语布道的基督教会有关。“基督教会对温哥华福建同乡会的重要影响，使人们注意到 20 世纪 70 年代的另一种适应方式”，“在温哥华……以华语布道的教会遍布在市区范围内，但都紧靠着华人集中居住的地方”。与广东人的社团相比，福建人（闽南人）社团与基督教会的关系要密切得多。① 笔者于 1998 年 6 月访问温哥华时，从事海外华人研究的不列颠哥伦比亚大学教授魏安国（Edgar Wickberg）向笔者指出，与闽南人关系密切的基督教堂还冠以“福建”的名称（Fujian Evangelical Church），并且坐落在华人新移民集中的 Richmond 区。由于闽南人更多的是新移民，相对于历史悠久的广东人移民来说，更需要借助教会来加快适应当地社会的进程，这就是他们的活动与基督教会关系密切的原因。

三、西欧

如果说早期的移民北美闽南人只是分散地身处于众多的广东人当中的话，那么早期的移民西欧闽南人更是星星点点地身处其他省籍的华人当中了，因为西欧华人历来是以广东人、浙江人和香港人为主的。二战结束、东南亚国家纷纷独立之后，一些闽南人离开了东南亚的居住国，移民至西欧定居。1975 年印度支那战争结束前后，出现了大批难民，其中相当大部分是华人难民，这当中又有许多是闽南人，他们被西欧国家接纳后相对集中地定居于各国各城市。20 世纪 80 年代后，随着新一波华人新移民浪

---

① ［加拿大］魏安国（Edgar Wickberg）等著，许步曾译：《从中国到加拿大》，第 398 页，上海社会科学院出版社，1988。

潮的到来，几乎中国各省市都有新移民进入西欧，本地区华人的祖籍地构成迅速多样化，其中以福建人群体最为突出。① 但是，此间从福建进入西欧的新移民大多来自闽东和闽西，闽南人并不多。然而，二战后半个多世纪数次移民潮的叠加，毕竟使西欧的闽南人比以前增加了许多，西欧各国的闽南人有的也形成了自己的小社会或小团体。

二战后从东南亚的原西欧国家殖民地移居西欧的闽南人之踪迹，也许能从印尼华人移居荷兰的事例中找到一些印记。闽南人占多数的印尼华人，在荷殖民统治东印度时期，其子女在受教育方面多有选择接受荷兰语教育者，因此在荷兰人办的高等学校中，华人学生所占的比例很大。"这些具有自由职业的知识分子中很重要的一部分，在 50 年代由于社会经济原因而来到荷兰"。② 这当中，闽南人无疑占了一定的比例。然而，这些"讲荷兰语的印尼华人"在移居荷兰后，并没有与其他华人来往，而是"几乎完全融入了荷兰社会之中"。尽管如此，"他们却一直保留着自己的文化传统，并且形成了许多群众团体"。③ 这当中，肯定也有闽南人在内。笔者 1998 年在荷兰作访问学者时，认识了一位来自印尼的林和瑞医生（Dr. Liem Hoo Soei），他就是闽南人，但已不会说华语和闽南方言，笔者只能以英语和他交谈。顺便说一下，在荷兰，每百名华人中就有一名行医，这是一个极高的比例。

来自荷兰的前殖民地印尼的闽南人倾向于成为一个游离于荷兰

---

① 李明欢：《欧洲华侨华人史》，第 528 页，中国华侨出版社，2002。

② ［荷兰］包乐史著，庄国土等译：《中荷交往史，1601—1989》，第 179 页，［荷兰］路口店出版社，1984。

③ 同上书，第 179 页。

华人社会之外的群体，然而来自东南亚其他国家的闽南人却倾向于融入以广东人为主的荷兰华人社会，这是一个很有趣的对比。荷兰华人从事的最主要行业是餐馆业，而餐馆业完全是由广东人占主导地位的。那些来自印尼以外的东南亚的闽南人，因为不掌握荷兰语而未能在专业领域占有一席之地，不得不从属于餐馆业，从而又不得不向广东人群体靠近。"广东人构成荷兰华人的多数'民族'"，他们"能同化其他人，包括非广东语系的群体"，"这种同化解释了为什么没有明显存在马来西亚或新加坡华人的亚种族群体；为什么他们都在荷兰学会了流利的广东话；为什么他们被广东人这个华人社会的'多数民族'接纳为成员，尽管是边缘成员"。①这些来自新、马的闽南人为了得到工作机会，全力争取广东人餐馆主接受他们，因而他们"同化"于广东人也势在必行。这样他们就与来自印尼的闽南人形成了两个完全不同的群体。

印支难民中的闽南人在西欧形成了另一种类型的群体，他们在长期辗转迁徙过程中历尽磨难，在西欧各地定居下来后以地缘关系为纽带重新组织起来，一般都具有较强的凝聚力。这里以旅法福建同乡会为例加以说明，其成员绝大部分为闽南人。1998年11月笔者在巴黎访问了该同乡会，与闽南乡亲们进行了座谈。一位来自柬埔寨的闽南人陈厚发说，他全家9口人1975年4月被迫离开金边后，历尽艰辛逃往越南南方投靠亲戚，在那里靠做小生意熬了5年，才获得以难民身份到法国定居的机会。一位来自越南南方的闽南人彭秋英说，她一家人在当地政府掀起排华浪潮后逃离西贡，随船漂泊了好几个地方，东南亚国家都拒绝难民登岸，途中许多人悲惨地死去，后来她一家人被联合国难民署的

---

　　① ［荷兰］彭轲著，庄国土译：《荷兰华人的社会地位》，第74～75页，（台湾）"中央研究院"近代史研究所，1992。

难民营收容，再后来又因在法国有亲戚关系才于 1978 年获准来法定居。① 这些来自印度支那的闽南人深知在西欧谋生之不易，共同的苦难经历又将他们紧紧地团结在一起，在重新创业过程中相互帮助，最终组成了同乡会组织。

1994 年年中，以居住在巴黎第 13 区唐人街的餐馆主和贸易商为主的闽南籍华人酝酿成立同乡会，他们绝大部分都是前印度支那难民，而且无一例外都是白手起家在法国重新创业的。同年 11 月同乡会向法国政府申请注册并获批准，同乡会的理事、监事也由选举产生，12 月 4 日，旅法福建同乡会正式宣告成立，同乡会会所亦告开张。从笔者获悉的该同乡会部分理事、监事和顾问（共 15 人）的基本情况来看，他们的原居住地除一人为中国外，其余均为印支三国；他们的赴法时间相对集中于 20 世纪 70 年代至 80 年代；他们当中除少数仍为难民身份外，大部分已加入法国国籍；他们从事的行业大部分为餐馆业和商业，多数为雇主，少数为雇员；他们的现居住地全部都在大巴黎地区。历任数任会长（从创会至今）的戴英泰的经历是具有典型性的，他于 1955 年出生于柬埔寨，祖籍福建南安，1975 年与家人一起从金边逃到柬泰边界，次年以难民身份来法，与其父一起在巴黎从事餐馆业。事业有成的戴英泰热心社会公益，参与发起同乡会后出任会长，他也是同乡会经费的最大赞助者。②

可以看出，移民西欧的闽南人大体上可以分为三种类型：来自东南亚的正常移民，他们大多来自西欧国家的原殖民地，一部

---

① 陈衍德：《访问旅法福建同乡会座谈记录》，1998 年 11 月 13 日，巴黎。

② 陈衍德：《欧洲福建籍华人地缘性社团的个案研究》，《华侨华人历史研究》2000 年第 3 期。

分具有较高文化水平的专业人士很快就融入了当地社会，其他文化水平一般或较低者，也至少能有一份相对稳定的工作，但在华人社会中不占主导地位；来自印度支那的具有难民身份的移民，他们一方面有在原居住地的奋斗经历，另一方面又是在逃难过程中经"适者生存"法则筛选过的，所以部分人能在西欧重新创业并获成功，共同的经历又使他们具有较强的凝聚力，从而使他们成为西欧华人社会中组织性较强的一个闽南人群体；来自中国内地的新移民（包括合法移民和非法移民），这一类型的闽南人相比于其他省籍的移民，或者相比于福建其他地区的移民，不仅人数少而且居住分散，所以在西欧各国华人社会中只是一个个边缘群体。总的来看，移民西欧的闽南人在社会地位和作用方面是不如移民北美闽南人的，当然更无法与移民东南亚的闽南人相比了。

第二节　来自台湾的闽南人之海外移民社会

一、美国

美国是台湾在第一波和第二波移民浪潮中移民涌入的最主要国家，也是第三波移民潮的移民重要迁入地。与世界上其他台湾移民的迁入地相比，美国的台湾移民赴美时间较早，其人口构成也有不同之处，最大的特点是知识分子的比例大。由于美国和台湾的特殊关系，它给予台湾的移民配额一直比较大，加上从20世纪50年代以来台湾留学生不断涌入美国，学成后有相当大的比例留美工作，所以美国的台湾移民人口在中国各省市移民美国的人口中是最多的，文化水平可能也是最高的。台湾对世界各国各地区的投资，美国一直占首位，所以美国的台资企业资金较为雄厚，科技含量也较高。所有这一切，都对美国的台湾移民社会之形成与发展产生了深远的影响。闽南人作为台湾人口的主要部分，逻辑上讲也应该成为台湾移民美国人口的主要部分。所以美国的台湾移民社会，在某种程度上也就是台湾的闽南人在美国的移民社会。

（一）基本情况

第一，台湾籍华人人口数字以及其中的闽南人人数推测。此处的台湾籍华人指从台湾移居美国的所有华人，加入美籍与否均包括在内。台湾"侨务委员会"的资料显示，2000 年全美华人总数为 2432585 人，其中台湾籍华人占 21.7%，约为 52.9 万人。① 这当中有多少可以称得上是来自台湾的闽南人呢？由于台湾有所谓"本省人"与"外省人"之分，前者指光复前已住在台湾的居民，后者指战后进入台湾的祖国大陆各省籍人士，这种人为地把福建的闽南人与台湾的闽南人分开的说法是不科学的，② 所以两者均应视为在台的闽南人，而他们当中的移民美国者，即为来自台湾的闽南人。20 世纪 50 年代至 60 年代，在台湾留

---

① 台湾"侨务委员会"编印：《各国华人人口专辑》（2003 年 12 月），转引自吴金平：《试析当代美国的台湾籍华人》，《东南亚研究》2005 年第 3 期。台湾籍华人人数与其所占全美华人的比例，各种统计数字不尽相同。据美国普查局 2000 年数字，全美华裔共有 2879636 人，其中申报为台湾人者仅为 144795 人，约占 5%。引用此数字的台湾《华侨经济年鉴·美洲篇》（中华经济研究院编："侨务委员会"，2000—2001 年版）认为，此数字严重偏低，因为部分来自台湾的侨民可能无意归属 Taiwanese，见该书第 41 页。

② 陈孔立：《台湾政治的"省籍—族群—本土化"研究模式》，《台湾研究集刊》2002 年第 2 期。该文又说，"现代台湾社会确存在本省人与外省人之分"，"为方便起见，我们暂且借用这个约定俗成的概念"。

美学人当中，许多人来自与台湾当局有联系的"外省人"家庭。由于闽南人在 1949 年前后国民党军政人员迁台总数中不占太大的比例，所以早期台湾赴美留学的闽南人可能不多。但是，随着台湾经济的发展，留学的平民化已成为现实。70 年代至 90 年代，占台湾人口大多数的闽南人就会有更多的前往美国留学的机会，其留美学生必然比早期多得多。另外，台湾"本省人"当中的闽南人企业家占了赴美投资移民的相当大的部分，也是没有疑问的。所以，在美国，闽南人占台湾籍华人的比例，虽然不会像在台湾那样高达 80% 以上，但也应该占到 2/3 左右。

第二，台湾籍华人的性别与年龄结构。全美台湾男、女两性分别占 48% 和 52%，呈现女多男少的性别比例。全美台湾籍华人平均年龄为 32.9 岁，比全美华人平均年轻 2.4 岁。其中男性华人以 15—24 岁及 25—34 岁的年龄段最多；女性则以 15—24 岁及 45—54 岁的年龄段最多。可见台湾籍华人是以青壮年为主。[①]

第三，在美台湾籍华人的婚姻状况。其中已婚、未婚两者分别占 54% 和 42.7%，其余为丧偶和离婚者。台湾籍华人的配偶大多数为华人，占 93.3%。配偶为非华人者，多为台湾女性嫁给非华人男性，而台湾男性娶非华人女性者较少。异族通婚所生的混血儿占全美台湾籍华人的 10% 左右。[②]

第四，在美台湾籍华人的受教育程度。总体而言水平较高，

---

①　台湾"侨务委员会"：《台湾地区移居美国侨民长期追踪调查制度与方法（含 2003 年调查结果）》，转引自吴金平：《试析当代美国的台湾籍华人》，《东南亚研究》2005 年第 3 期。

②　同上。

其中大学程度者占 25.5％，硕士占 23.8％，博士占 10.2％，专科占 10.1％，高中以下占 27.6％（包括未入学者 8.2％）。大学与专科二者相加为 35.6％，低于美国的平均水平（51.7％），但硕士博士二者相加为 34％，大大高于美国的平均水平（8.9％）。①

第五，在美台湾籍华人的归化与融合程度。目前居住在美国的台湾籍华人当中，暂居者占 29.7％，已取得永久居留权者占 23％，取得美国国籍者占 47.3％。② 平日主要社交活动以华人为主者占 45％，以美国人为主者占 17.6％，二者相当者占 30.7％。从各年龄段的情况来看，总的来说是越年轻融入美国社会的程度越高。③

第六，语言使用情况。英语流利者占全美台湾籍华人的 60％；英语程度尚可者占 27.8％。对汉语的掌握程度，会听、说、读的比例分别为 96.3％、93.8％、80.4％。家庭中主要使用汉语，以及汉、英混用者占 28.3％；闽南语为主者占 12.9％；闽南语和英语混用者占 6.3％；其他情况占 17％。④

（二）社会经济

人口分布方面，在美国的台湾移民，主要生活在大中城市。20 世纪 90 年代初，台湾移民的居住地集中在东、西、南海岸及五大湖沿岸的几个城市带，各地的台湾移民人数分别为：洛杉矶 10 万、旧金山 9 万、纽约 10 万、华盛顿 5 万、新泽西 5 万、休斯敦 4 万、西雅图 1 万、芝加哥 1 万。这几个城市带居住着全美

---

① 台湾"侨务委员会"：《台湾地区移居美国侨民长期追踪调查制度与方法（含 2003 年调查结果）》，转引自吴金平：《试析当代美国的台湾籍华人》，《东南亚研究》2005 年第 3 期。

② 同上。

③ 同①。

④ 同①。

台湾移民的约 90％ 人口。①

职业构成方面，根据美国 1983 年至 1986 年的统计资料，1982—1986 年间，在有工作的 24790 名台湾移民中，从事行政管理职业者占 41.2％。1990 年，在台湾移民中，有 42％ 从事熟练工人的技术工作。相对而言，台湾移民在餐馆、制衣厂等华人传统行业中从事体力劳动及获得低工资者较少。2000 年的台湾在美移民统计资料显示，专业技术人员占 44.3％、经理人员占 22.26％、行政业务人员占 13.32％，此三者位居从业人员的前三位。②

经济收入方面，台湾籍华人在美工作者之年收入平均为 54629 美元，但多数人之年收入集中在 2.5—5 万美元之间，约占三成；其次为 5—7.5 万美元之间，约占二成三；其余年收入在 2.5 万美元以下者，约占一成四；年收入在 7.5—10 万美元者，约占一成二；10—15 万美元者占一成；15 万美元以上者占 5％。③ 台湾移民的高学历和高职位，是其收入较高的重要原因。

在各行各业的台湾移民中，特别令人瞩目的是科技人员和专家学者。硅谷的 7 万名工程师中，1/3 为华人，大部分是原台湾留学生。在加州主要的 100 家高科技公司中，都有华人科技工作者。在加州大学学习工程与科学的研究生，2/5 是华人，其中不

---

① （台湾）《自立周报》，1991 年 7 月 12 日，转引自陈静瑜：《美国台湾移民的社会结构、适应与认同析探（1980—2000）（上）》，（台湾）《海华与东南亚研究》第 3 卷第 3 期，2003 年 7 月。

② 陈静瑜：《美国台湾移民的社会结构、适应与认同析探（1980—2000）（下）》，（台湾）《海华与东南亚研究》第 3 卷第 4 期，2003 年 10 月。

③ 台湾"侨务委员会"：《台湾地区移居美国侨民长期追踪调查制度与方法（含 2003 年调查结果）》，转引自（台湾）《宏观周报》，2004 年 8 月 18 日。

少是台湾留学生。著名的贝尔实验室员工达 2.7 万人，亚裔科学家占 19％，其中大部分是华人，而这些华人中有不少是原台湾留学生。① 此外，在美国各大学和研究机构中，也有大批华人或华裔科学家、专家教授等，台湾移民及其后裔在他们当中占有相当大的比例。例如，在当今美国各大学的图书馆馆长中，约 1/3 是台湾籍华人，他们都是二三十年前从台湾来到美国各大学学习图书情报专业的原台湾留学生。又如，美国著名大学 1/3 的系主任是华裔，他们当中也有相当多是原台湾留学生。至于科学界、学术界的华人精英，更有许多是来自台湾，或是台湾移民的后裔。

企业主阶层也是台湾移民中一个令人瞩目的群体。"与早期台湾移民相比，20 世纪 80 年代开始的台湾企业主和资本家移民即所谓的商业移民、投资移民的在美落脚，由于拥有经济优越的背景，本质上已由原来的劳动力输出转变为资本输出。"从 1985 年起，在台湾移民美国的人口中，企业主的比例占了约 30％。"这种现象在人口国际流动中属于一种新的类型，也就是一种有钱的移民团体。"② 这些企业主移民既有投资新型的高科技企业的，如以台湾移民为主的华人高科技公司在硅谷投资 10 亿美元从事研究和开发工作，也有投资传统行业的，如开办豪华餐馆、超级市场，或经营金融业、房地产业，或兴办大工厂，如在加州、佛罗里达州、内华达州等地都有台湾籍华人大企业家所拥有的银行、房地产公司、购物中心、酒店和餐馆等。

---

① 任贵祥、赵红英：《华侨华人与国共关系》，第 309～310 页，武汉出版社，1999。

② 朱立智：《战后美国台籍华侨社会的形成浅述》，《东南亚研究》2002 年第 4 期。

（三）社会文化

社团。台湾籍华人的许多社团成立于 20 世纪七八十年代，因其数目较多，择其要者简述之。纽约台湾会馆，1986 年成立，会馆虽是台湾侨胞捐资而建的，但实际的服务对象不分政治背景，来自台湾和祖国大陆者均可参加活动。纽约台湾同乡联谊会，成立于 1971 年，除举办联谊活动和文化活动外，还为沟通台湾与美国的信息交流、支持台湾当局所谓的"外交活动"而举办一些活动。加州台湾同乡联谊会，1979 年成立，章程规定不论省籍，凡在台出生、居住、求学、就业者，均视为同乡，并以"时时关心台湾，处处服务乡亲"为理念。密歇根州台湾同乡联谊会，1992年成立，为全美台湾同乡联谊会第 13 个分会，以关心台湾、爱护家乡、联络同胞、服务侨社为宗旨。休斯敦台湾同乡联谊会，成立于 1982 年，有会员 800 多人，其宗旨是"时时关心台湾，处处服务乡亲"。台湾大专院校旅美教授联谊会，成立于 1995 年，凡曾在台湾大专院校担任过教授、副教授、讲师、助教，或在学术上有显著成就，曾在北美地区大学担任讲师以上者，均可申请入会，宗旨是联络情谊、交换教学心得、促进学术文化交流。台湾移民美国公民协会，成立于 1989 年，宗旨是积极参与美国社会活动，保障华人在美权益，举办过一些文化活动，也举办过新移民法讲座。全美台湾同乡联谊会，美国全国性地缘社团，1978 年成立，会员不分省籍，凡在台出生、居住、求学、就业者，均可入会，至 1993 年，已在纽约、洛杉矶、新泽西、费城、波士顿、密歇根、芝加哥、休斯敦、西雅图、旧金山、圣荷塞等地设有分会。①

---

① 周南京总主编、谢成佳分卷主编：《华侨华人百科全书·社团政党卷》，第 287～288、388、205、339、607、485、486、415 页，中国华侨出版社，1999。

学校及奖学奖教机构。台湾当局重视海外华侨教育，关注美国的华文教育。当台湾移民的第二、三代到了入学年龄之际，一些相关的机构和学校便应运而生了。兹举例如下：台美基金会，1982年由南加州台湾商人王桂荣夫妇捐资100万美元所建立，以奖掖并肯定海内外认同台湾为故乡、关爱台湾的人才，而不论其出生地，奖金名目包括科技工程奖、人文科学奖、社会服务奖等。旧金山华侨文教第一服务中心，1985年由台湾当局成立，管理经费及人事安排均由台湾"侨务委员会"负责，旨在开展文化活动。此外，旧金山还有华人文化中心，提供文化活动场所，并设有阅览室，对象为留学生与新移民。纽约长岛中文学校，1980年创办，每周末上课，教授中文及中国历史地理等，学生家长多为来自台湾的专业人士和商人。纽约至善中文学校，1975年开办于纽约皇后区长岛中华基督教会，由台湾师范大学旅美校友发起并成立董事会，每周末上课，教师多为台湾师大旅美校友。洛杉矶西来大学，1991年由台湾星云法师建立，原名东方大学，附设于西来寺，是一所兼顾宗教修行与传统学术训练的大学，课程侧重于佛教和其他亚洲宗教，有教授多名，并有相当规模的图书馆。[①]

报刊。20世纪70年代初，在台、港留美学生发起的"保钓运动"中出现了不下70种报刊，其中有的成为面向社会发行的正式报刊，它们为随后陆续出版的大量台、港专业移民和投资移民的报刊做了人员和经验的准备。兹介绍数份与台湾有关的美国华文报刊。《世界日报》，台湾联合报系董事长王惕吾创办，1976年2月12日在纽约创刊，同时出版旧金山版。其宗旨是"传播中华文化"；报道台湾情况，促进"台美"友谊等，为发行量最

---

① 周南京总主编、黄昆章分卷主编：《华侨华人百科全书·教育科技卷》，第270、194、217、219、173页，中国华侨出版社，1999。

大的美国华文报纸。《国际日报》，1981 年 11 月 2 日创刊于加州蒙特利公园市，创办者为移居美国的台湾政、商、学三栖人物陈韬、李亚频夫妇。是北美最早以彩色印刷的大型华文日报。该报宣称"以团结中华儿女为目标"，"以增进华侨公益为蓝本"，"为所有海外中国人服务"等。由于台湾背景的日报在美国竞争激烈，发展受限，1995 年被熊氏集团收购，之后有所扩版。《加州日报》，美国洛杉矶地区第一份华文日报，创办于 1981 年 8 月 5日，主办人为台湾移民知识分子王光逖等。该报宣称"不左不右，走中间路线"，但因财政困难仅维持半年，于 1982 年 2 月 1日停刊，但同一批人又于当年 4 月创办《论坛报》。《台湾季刊》，世界台湾同乡联合会秘书处主办，20 世纪 70 年代在美国马里兰州出版，为该会每年召开年会的专辑。[①]

二、东南亚

从台湾海外移民的第二波浪潮开始，就有移民至东南亚者。及至第三波浪潮涌动，东南亚更成为台湾移民的主要去处，这一波浪潮持续了 10 年，移民人数一般估计超过 10 万人，持续时间和人数均超前两次移民潮。此次移民潮当中，东南亚 10 国都成了迁入地。台商构成了这次移民潮的主体，他们移居海外，是为了开辟新的创业道路，是受经济因素的作用和影响，与前两次移民潮受政治因素的影响明显不同。[②] 所有这一切，都对东南亚的台湾移民社会之形成与发展产生了深远的影响。闽南人作为台

---

① 周南京总主编、王士谷分卷主编：《华侨华人百科全书·新闻出版卷》，第 219、333、91～92、154、341 页，中国华侨出版社，1999。

② 顾长永：《台商在东南亚：台湾移民海外的第三波》，序言第 3～4页，（台湾）丽文文化公司，2001。

湾人口的主要部分，逻辑上讲也应该成为台湾移民东南亚人口的主要部分。所以东南亚的台湾移民社会，在某种程度上也就是台湾的闽南人在东南亚的移民社会。

（一）基本情况

台商投资东南亚是台湾移民迁入东南亚的主要动因。东南亚与台湾在地理上十分接近，社会环境与自然环境也有相似之处。更重要的是，东南亚各国（除新加坡外）具有劳动力、土地资源、原材料等方面的竞争优势，以及人口多、市场大等有利条件。所以，当台湾内部的经济发展到了足以向外扩张的水平时，东南亚自然成为台商向外投资的首选之地。见下表（截止时间为2003年6月）：

台商在东南亚6个主要投资国的累计投资金额及居所在国外资名次表

国　家	累计金额（百万美元）	居所在国外资名次
印　尼	12918.33	6
越　南	5973.80	2
新加坡	1806.41	
马来西亚	9139.69	3
菲律宾	1067.28	7
泰　国	10813.38	3

资料来源：（台湾）"经济部"投资业务处2003年资料，转引自肖新煌主编：《台湾与东南亚：南向政策与越南新娘》，（台湾）"中央研究院"亚太区域研究专题中心，2003年，第77页。

在东南亚的台湾移民有以下几个特点：第一，他们大都是携带资金前往投资的资本家，与历史上中国东南沿海涌向南洋的劳工移民有天壤之别，由于会给当地带来经济的繁荣和就业机会的增多，因此受到各国政府和人民的欢迎；第二，与一般的外商投资不同，台商在经过适应之后，大都已有长久居留东南亚的打算，有些台商不仅全家大小都移居东南亚，而且在当地购置房产，取得当地居留权，长期居住的倾向已十分明显；第三，大多数台商都是第一代移民，只有少数是第二代移民，而第一代移民本身就富于冒险精神，为了开拓事业，他们会全心全意地在海外打拼，其事业的成功与这种精神是密切相关的。[1]

这里要特别谈谈台湾与东南亚所共有的闽南文化所起的纽带作用。"东南亚地区有许多的华人，大都具备中文（华语）及当地语言的能力，而且华人大都从事工商经济活动，因此台商合资经营的伙伴，大都是各地的华人。"[2] 与台商合作的东南亚华人当中有多少是闽南人？其中大多数为闽南人，应该是没有疑问的。以印尼为例，"印尼华侨以福建籍之闽南人为最多，也最殷富，他们主要是居住在爪哇和苏门答腊一带。闽南人多富商巨贾，经营土产与输出（出口）。尤其是爪哇制糖业兴起后，这个企业（行业）就一直被掌握在闽南华侨手中"。[3] 这段描绘历史状况的材料虽然主要是着眼于经济，但蕴含其中的文化因素也不可忽略，那就是使闽南人成功的创业意识和拼搏精神。另一方面，来到东南亚的台湾企业主，无疑也是以闽南人为主的。不满足于现状，决心到海外拓展新天地，从这一点来看，他们与东南亚华人第一代移民是有共同之处的。这样，在台商与东南亚华人之间，除了经济上的共同利益之外，还多了一层文化上的共鸣和互动。还有一点也要提及，那就是，台湾是东南亚华人青少年留学的重要去处，他们学成后又回到东南亚，其中的一些人后来与赴东南亚投资的台商形成了合作关系。仍以印尼为例。早在 20 世纪 70 年代，印

---

[1]　顾长永：《台商在东南亚：台湾移民海外的第三波》，第 23 页，（台湾）丽文文化公司，2001。

[2]　同上书，第 19 页。

[3]　林再复：《闽南人》，第 453～454 页，（台湾）三民书局，1996 年增订版。

尼华人便成立了"印尼留台校友联谊会",其中经常参加活动者即达千人以上。90年代以后,台商也参加了该会的聚会等活动。如在一篇关于该会2000年聚会活动的报道中就提及,"也有不少在印尼投资的台商们也莅临参加盛会"。① 这就从一个侧面反映了印尼华人中的原留台学生与赴印尼投资的台商之间的密切关系。

(二)社会团体:台湾商会

台湾商会或台商联谊会是东南亚的台湾投资移民最主要的社会团体。东南亚10国当中,除老挝之外,都成立有这类组织,不仅有全国性的总会,而且半数国家之内的重要投资地区或城市都设有分会。与华人老移民成立同乡和宗亲组织以达和衷共济之目的一样,作为新移民的台商在世界各国各地区建立自己的组织,首先也是为了以群体的力量达到在迁入国站稳脚跟的目的。东南亚各国虽然都欢迎台商前往投资并长期居留,但各国政府多少还有些官僚习气,有的还相当严重。台商有了自己的组织,便可以集体交涉的方式来维护其共同利益。再者,东南亚各国多少还存在排华情绪,不时还会发生排华风潮。台商有了自己的组织,也便于互相帮助、自我保护。这些也都与老华侨的社团有些共同之处。不同的是,作为新型社团,台湾商会还有一项新的功能,亦即它是一个台商之间交换信息的机构和场所。这些信息包括投资设厂、法律法规、移民居留、子女教育、社团活动等许多方面,每一个方面都与台商的利益息息相关。②

印尼是东南亚最大的国家,也是本地区台商投资最多的国

---

① 锡良:《写雅加达印尼留台校友联谊会》,[印尼]《印华之声》第17期,2000年11月。

② 顾长永:《台商在东南亚:台湾移民海外的第三波》,第89~90页,(台湾)丽文文化公司,2001。

家。1990 年，台商最早从事投资活动的雅加达成立了"雅加达台湾工商联谊会"，次年，万隆和泗水也分别成立了相同名称的组织。三个地方性组织成立后，印尼的台商认为有必要成立一个全国性的台商组织，于是，1993 年 7 月，"印尼台湾工商联谊总会"成立了。此后，台商在印尼的投资继续增加，投资区域也不断扩展，所以 1997 年和 1998 年又有两个地方性台商联谊会在井里汶和巴淡（一译巴潭）成立。到 2001 年为止，印尼台商联谊总会已经拥有 800 多家厂商会员。

泰国是台商在东南亚投资仅次于印尼的国家。1992 年 5 月，"泰国台湾商会"成立，会址设在曼谷，有一个永久性的会所及专职工作人员，至 2001 年已拥有会员 450 多家厂商。由于泰国地大物博，台商投资产业亦因地而异，因此总会成立之后，各地商会（称为联谊会）亦相继成立，20 世纪 90 年代初期至中期，曼谷、亚速、北榄、拉加邦、吞武里、北柳、北区、科霄、春武里、泰南地区、万磅地区等，都成立了台商联谊会。

马来西亚是台商在东南亚的第三大投资国。1990 年 3 月，"台湾旅马投资厂商协会"成立，这是全国性的台湾商会，至 2001 年已有会员 400 多家厂商。分布马来西亚各处的台商也成立了各地的分会，其中最早成立的是"槟城州台商联谊会"，因为槟城是台商前往投资的最早也是最多的地方，至 2001 年已有一百多家厂商。其他 6 个台商联谊会分别成立于柔佛州、霹雳州、马六甲州、沙巴州、吉打州和中马地区，成立时间大都在20 世纪 90 年代初期。

越南是台商在东南亚的第四大投资国，也是本地区台商投资增长最快的国家。1993 年 12 月，越南第一个台商组织——"越南北部地区台商联谊会"在河内成立。1994 年 7 月，"越南台湾商会联合总会"在胡志明市（原西贡市）成立，至 2001 年已有

300 多家厂商加入该总会成为会员。由于台商到越南投资越来越多，各地的台商组织也陆续成立，胡志明市、同奈省、蚬港、平阳省、新顺加工出口区等地的台湾商会，都在 20 世纪 90 年代中、后期建立起来了。

菲律宾是台商投资最早的东南亚国家，但近年来投资增长缓慢，目前已落在新加坡之后，在东南亚台商投资国中排名第六。菲律宾的台商组织在东南亚各国中也是成立最早的，1982 年即成立了"菲律宾台商总会"，其厂商会员也是最多的，高达一千家。但是菲律宾的台商组织与东南亚其他国家略有不同。由于较早就来到这个国家，台商已经融入当地社会，而且发展情况大致良好。但是，由于台商内部意见不和，1988 年从总会中分裂出一批人，成立了台商"工商协进会"。此外，在苏比克湾与宿务也有两个台商的地方商会。

东南亚其他四个国家，都只有一个台湾商会，尚未有分会的成立，它们分别是："新加坡台北工商协进会"（1992）；"柬埔寨台湾商会"（1996）；"缅甸台湾商会"（1997）；"中华台北旅文（莱）侨民协会"（1979）。①

东南亚各国各地区的台湾商会之核心，乃是各会的会长和理事。事实上，一国之内的台湾商会，只有总会才有固定会址和专职人员以应对日常事务，至于各地分会，则既无固定会址亦无专职人员，而全由分会会长承担日常工作之职责。换言之，担任分会会长的厂商驻地即为分会之会址，该厂商所属人员即兼任分会职员之工作。故其贡献不可谓不大。此外，会长及理事还要负起

---

① 关于东南亚各国台商组织的成立情况，主要参考顾长永：《台商在东南亚：台湾移民海外的第三波》，第 93～97 页，（台湾）丽文化公司，2001 年。东南亚台商投资国的排名（依据投资金额的多少），则根据前引台湾"经济部"投资业务处 2003 年的资料。

为各种活动筹款的责任，且要为许多活动付出自己的时间和精力。各国各地区的台湾投资移民，就是靠着这些人得以团结起来，并形成一个相互联系的网络。

当然，台商组织的网络并未覆盖所有的东南亚台商。根据台湾学者顾长永的实地考察，台湾商会或联谊会的会员，大约只占到所在地台湾厂商1/3，另外2/3的台商可能都是各自活动。不过他也指出，这一比例在各国各地不甚一致，如越南的台商已超过一千家，但加入台湾商会的仅为此数的三分之一；而马来西亚槟城州的台商则有三分之二以上加入了当地的台商联谊会。东南亚的台商以中小企业为主，它们的经营灵活性较大，适应性也较好，这是它们没有全部加入台商组织的重要原因。①

（三）文化教育：台北学校

台商移居东南亚，相当多的是举家前往，这样就面临子女就学的问题。首先是东南亚各国没有适宜台商子女就读的学校，因为作为中国人的台湾移民不能进入当地学校读书，而当地原有的外国侨民所办的国际学校也只招收本国学生。其次，台商希望其子女既能延续在台湾的教育，学习中文和传统文化，又能在海外接受英文教育，以适应当地环境。要同时满足这两方面的要求，实非易事。于是，就有了建立台商子弟学校的需求与必要性。经过台商的努力，至2001年为止，东南亚各国共开办了6所台商子弟学校，它们是：雅加达台北学校、泗水台北学校、吉隆坡中华台北学校、槟城台湾学校、泰国中华国际学校、胡志明市台北学校。多数学校以台北为校名，台北学校遂为东南亚台商子弟学校之通称。

---

① 顾长永：《台商在东南亚：台湾移民海外的第三波》，第98～100页，（台湾）丽文文化公司，2001。

台北学校建立之初都以租用校舍来解决上课场地问题，但长此以往终觉不便，于是台商便集资购地建校，以为长久之计。经过一番努力，除槟城台湾学校之外，其余五校均拥有了自己的永久校地及校舍，从此以后，这些学校不仅成为当地台商子女的学习场所，而且成为当地台商的文化活动中心。这也是台湾移民群体的一个特色。另一方面，台北学校实行董事会制，凡是校长和教师的聘任、行政措施的实施、发展方向的制定，都必须经过董事会的通过。而董事会的组成各校不尽相同，有的单纯有的复杂。总的来说，越是单纯的学校发展势头越是良好。

台北学校的师资来源如何呢？大体上，除了英文及当地语言、文化的教师外，其余的都来自台湾，以此来延续台湾的教育。其中又可以分为三类：一是退休教师；二是取得教师资格的大学毕业生；三是由台湾"教育部"借调而来，但其在台湾的教职仍然保留。学校的校长则全部由台湾聘任而来。另一方面，学校聘任当地教师讲授所在国语言和历史课程，有的还聘任外籍教师讲授英语课程。这样，台商子女便可在多元文化的氛围下从事各方面的学习。从学生的角度来看，台北学校也是很有特色的。每一所台北学校的学生人数都不多，大约200名，但是从幼稚园到高中，每一个年级都有。所以台北学校可以说是从学龄前教育到小学、中学（含初中和高中）教育都包括在内。其中，泰国中华国际学校较为特殊，它不仅招收台商子女，而且招收其他国家以及泰国的学生，学生人数也较多，有400多人。[①]

综观台北学校各方面的情况，可以说，其设立完全是由于所

---

① 顾长永：《台商在东南亚：台湾移民海外的第三波》，第103～115页，（台湾）丽文文化公司，2001。

在地的台商，在投资设厂的同时热心办教育的结果。"因此，只要有台商存在，继续在当地投资及工作，台北学校似乎就有成立的必要。反之，当地若失去商机，台商的投资逐渐减少，就学人数逐渐降低，台北学校的学生来源，就会发生问题"。[①]

三、欧洲

欧洲华人仅占全球华人的 2.83％，传统上并非华人的主要迁入地区，但因欧洲在世界经济中的重要地位，特别是欧盟各主要国家良好的投资环境，正在吸引越来越多的台商前往彼处。所以，在讨论世界各国各地区台湾华人移民社会的形成时，不能不提及欧洲。

（一）德国

据 2000 年的统计，台商在德国设立的机构有 198 家，共有员工 2128 人。其分布地区，以北莱茵威斯特伐利亚（杜塞道夫地区）最多，为 91 家；北德（汉堡地区）居次，为 70 家；其余南、中、东部德国，分别有 17 家、16 家及 9 家。台资企业大多属中小企业，且大部分投资于贸易及行销方面，从事制造业的相当少，虽然少数台资企业从事高科技产品的生产成绩颇佳。台商的全国性社团有全德台湾商会，系由北、中、南、东地区的台商联谊会联合成立，实际上具有总会与分会的关系。台湾商会与其他华侨社团，如西德（联邦德国）华侨协会、汉堡中华会馆、西德（联邦德国）越棉寮华裔相济会，以及各地区的华侨联谊会等，不定期举办各种研讨会及联谊活动，以加强彼此联系并互相交换各种信息。

---

①　顾长永：《台商在东南亚：台湾移民海外的第三波》，第 114 页，（台湾）丽文文化公司，2001。

（二）法国

台商在法国投资的企业大多以贸易行销为主，包括一些大型的服务业。此外也有电子资讯产业，主要从事电脑零配件的销售。法国台湾商会成立于1994年，至2001年有公司会员和个人会员40多个。该会除了每年召开会员大会并改选理事、监事外，还多次举办有关金融、经贸、法规等演讲和座谈会，也不定期举行文体及联谊活动。

（三）英国

台商在英国的投资以电子电器、运输业、服务业为主。台资企业在英国的分布以英格兰最多，有120余家；苏格兰居次，为18家；威尔士与北爱尔兰分别有4家和2家。在英国的台商之雇员约达1万人。台商在英国的全国性社团有英国台湾商会，地方性社团则有苏格兰台湾商会。在英国有台湾留学生1.3万余人，与他们相关的社团有台湾旅英协会，以及台大、台师大、台政大等校友会。此外，台湾籍华人的社团还有台湾协会、中山协会等。

（四）荷兰

在荷兰投资的台商，以资讯电子业为主，其他的还有金融、航运、自行车等。全国性的台商社团为荷兰台商协会，至2001年已有会员87个。该会除了经常举办联谊活动外，还定期（每月）举办演讲会，邀请专家讲解有关税务、劳工、理财和法律方面的议题，对于台商有很大的帮助。①

---

① 欧洲各主要国家台商的情况，主要参考（台湾）中华经济研究院编：《华侨经济年鉴·欧非篇》，第17～18、34～63、72～78页，"侨务委员会"2000—2001年版。

第三章

发展与变迁：两岸/
两代海外闽南人的案例

第一节　海外闽南人社区发展变迁的案例

一、菲律宾宿务市的闽南人社区

在东南亚各地，有许多闽南籍人士占优势的华人社区，菲律宾的宿务市（Cebu City）就是比较典型的一个。宿务市位于菲律宾中部群岛之一的宿务岛东岸中段，为宿务省首府，面积280.9 平方公里，人口 61 万（1990）。[①] 该市为菲律宾中南部经济中心，且为全国最大之内海航运港口。宿务是菲律宾历史最悠久的城市。1521 年麦哲伦环球航行至宿务，为西方人首次抵达此地。而早在公元 1 世纪，阿拉伯商人就来到宿务与当地人进行贸易了，中国商人亦于元明时来此地贸易。麦哲伦于宿务被杀后，黎牙实比于 1565 年率西班牙舰队再度来到宿务，并以此为

---

①　菲律宾国家统计协调委员会：《1992 年菲律宾统计年鉴》，第 5 页，1993。

征服菲律宾群岛的据点，从而使宿务成为菲律宾第一个殖民城市。1571 年以后，马尼拉逐渐成为西班牙殖民统治菲律宾群岛的中心，但宿务仍不失为南部重镇。1860 年宿务继马尼拉、怡朗等 4 个港口之后成为菲律宾第 5 个对外开放的港口，至 20 世纪 30 年代宿务已发展成为菲律宾第二大工商业城市及港口。战后宿务经济的发展势头一直很好，特别是 80 年代中期以后，其经济发展速度一跃而居菲律宾前列，因而享有"南部皇后之市"的美誉。

华侨前往宿务经商并旅居于此，其具体时间已不可考。但在 16 世纪 60 年代西班牙人殖民统治宿务以前，华侨已在此居住并从事贸易，是完全可能的。早在 15 世纪，中国商人就到过菲律宾大部分沿海地区，这可由发现中国外销陶瓷器的菲律宾考古遗迹的分布情形看出一斑，其主要分布地点是马尼拉、宿务与和乐。在《明史》、《东西洋考》等中国古籍里，宿务被称为"朔雾"。至 1594 年，"在宿务，华人已形成一居住地区，其人口约有二百名，此区域由耶稣会 Pedro Chirino 管理"。[①] 这就是宿务华人的最早聚居地——八联。所谓八联（Parian），乃交易场所之意，实则西班牙殖民者为监督、控制华人并管理其贸易而强制性地让华人聚居一处之场所。西班牙殖民者在华人较多的地区均设八联以居之，宿务八联是菲律宾最早建立的八联之一。宿务八联在 1614 至 1828 年期间作为天主教的一个教区；在 1755 至 1849 年期间还作为一个政区单位而存在。就其作为政区单位而言，西班牙殖民当局任命华人首领为甲必丹，使其在华人内部的普通民事诉讼中充当法官，并为殖民当局收税及维持治安，从而成

---

① 陈荆和：《菲律宾华侨大事志》，（台湾）《大陆杂志》第 6 卷第 5 期，1953 年 3 月。

为华人社会和殖民当局之间的中间人。这就是宿务最早的华人社会。到了西班牙殖民统治末期的 1886 年,宿务华侨数目为 983 名,就华侨聚居人数而言,仅次于怡朗(1157 名)而排名第三。[①] 1896 年菲律宾革命爆发后,局势动荡,一些不良分子借机抢掠、杀害华侨,此风亦波及宿务。华人所居之八联因此完全被破坏,幸存的华人于战乱之后散居宿务城内各处,八联自此不复存在。

美国殖民统治菲律宾时期,是宿务华人在经济和社会两方面都获得较好发展的时期。就华侨人数而言,1918 年宿务华侨人数为 1662 人、1933 年为 2697 人、1939 年为 6117 人。[②] 前 15 年华侨人数增长了 62.3%,后 6 年则增长了 126.8%。不仅如此,由于后 6 年的大幅增长,使宿务华侨人数超过了怡朗,在华侨聚居人数的排列中跃居第二位。人数的增长意味着聚居规模的扩大,它与华人经济社会的发展是互为因果的。美国殖民统治时期宿务华人经济的发展,集中地表现在出现了较大型的企业,如厦门籍华侨叶安顿以收购贩运土产起家,逐渐将经营范围扩及运输和仓储,最终形成一个大型商贸联合企业。叶安顿又拥有五金店、帽店、旅馆等企业,可见他还经营零售业和服务业。又如厦门籍华侨黄妈超、黄瑞坤兄弟创建的金顺昌公司,从 20 世纪初至 30 年代,"金顺昌行号震烁于商界中",1904 年其赢利即达 30 余万比索。[③] 这也是一家经营范围从收购、运输到进出口的大型商贸企业。该公司的航运业务除货运外还有客运,此外还有专为

---

① 陈荆和:《菲律宾华侨大事志》,(台湾)《大陆杂志》第 6 卷第 5 期,1953 年 3 月。

② 布赛尔:《东南亚的中国人》,卷八《菲律宾华侨》,《南洋资料译丛》1958 年第 2~3 期。

③ 菲律宾名人史略编辑社:《华侨名人史略·黄瑞坤传》,附录第 39 页,1931。

华侨汇款回国服务的汇兑业务。可见在其主业之外亦兼营他业。

在闽南籍华侨当中，厦门籍华侨是较早前往宿务创业并形成一股经济力量的次级地缘群体，这从以下事实可以得到证明：西班牙殖民统治末期所委任的宿务华人甲必丹就是厦门人黄妈元，而美国殖民统治初期清廷所委任的驻菲律宾名誉领事也是黄妈元。另外，从宿务中华会所到宿务中华商会的组织，厦门籍商人都起主导作用，20世纪30年代宿务中华商会的职员有一半是厦门人。上述两个厦门籍华侨所拥有企业，可说是代表了美国殖民统治时期宿务华侨经济的发展水平。宿务贸易港口的优势决定了华侨的创业首先从创办商贸企业开始，限于当时宿务的经济开发水平，当地华侨也不可能一开始就创办较大的工业企业。但与西班牙殖民统治时期相比，此时华侨企业中的实业成分明显增加了。

美国殖民统治时期宿务华人的社会组织不像西班牙殖民统治时期那样受制于殖民当局，获得了较大的发展空间。1912年陈允全、黄大岭、薛芬士、吴天为、廖天发、廖成员等人（他们无一例外都是闽南人，而且大部分是厦门人）共同发起组织了宿务中华会所，"联络菲政界要人，以保护吾侨，而吾侨中有龃龉者，以中华会所为公断处"。① 1923年宿务中华会所改组为宿务中华商会，成为当地华人社会的最高仲裁和协调机构。而早在1909年，宿务华侨兼善公所即告成立，下辖崇华医院和华侨义山，是为宿务华侨最早之慈善机构。再者，华侨各宗亲会、同乡会也于此间纷纷成立。如陇西李氏宗亲总会宿务分会于1935年成立，宿务广东会馆于1924年成立，等等。这些纵横交错的社团组织，构成了宿务华人社会的架构与网络。

---

① 郭公惠：《陈允全先生传》，郭公惠编：《菲律宾华侨史略》，第31页，菲律宾公惠出版社，1949。

华人经济社会的发展促进了华人文化教育的发展。1915 年宿务中华中学成立,这是菲律宾建立最早的 3 所华侨学校之一。1926 年中华中学新校舍落成,这是宿务华侨募集了 16.2 万比索建成的,其规模之宏大,在菲律宾中南部华侨学校中首屈一指。1938 年中华中学与迟于其建立的中山中学合并,改称华侨中学。合校后又添置图书,充实仪器,开辟球场,增建课室,使该校成为一所兼有小学部、中学部的学校。① 从中华中学到华侨中学的发展和演变,是美国殖民统治时期宿务华人文化教育事业长足进步的集中体现。而这一发展演变又是在华人社团及其领袖的直接参与下完成的。

总而言之,美国殖民统治时期宿务作为菲律宾第二大华人聚居地的地位已经确立,在此期间宿务华人的经济结构虽仍以商贸为主,但其他成分也有所增加;作为华人社会支柱的华人社团和华文学校,也是在此期间建立的。与西班牙殖民统治时期相比,美国殖民统治时期宿务华人社会的结构和功能都改善了。

1946 年菲律宾获得独立,从那时起直到 20 世纪 90 年代,宿务华人经济社会的发展经历了战后恢复、发展并由移民社会向定居社会过渡的阶段 (1946—1965);经济社会进一步发展同时也是定居社会逐步确立的阶段 (1965—1975);定居社会完全确立同时也是当地化进一步发展的阶段 (1975 年至今)。

1948 年宿务省的华侨人数为 6014 人,其中宿务市的华侨为5062 人,后者占前者的 85% 左右。与二战前相比,宿务的华侨减少了,这自然是战争的结果。根据 1953 年外侨登记的数字,宿务省的华侨为 10272 人,按 85% 计,宿务市的华侨应为 8731

---

① 刘春泽:《宿务中华中学校史略》,郭公惠编:《菲律宾华侨史略》,第 33 页,菲律宾公惠出版社,1949。

人。与 1948 年相比，增长了 72.5％。至 20 世纪 60 年代中期，宿务市华侨人数估计为 2.5 万人。至 90 年代初，宿务市华人估计占全市人口的 1/10，亦即 6 万人左右。①

二战后宿务华人的祖籍地结构，仍以闽南人占绝对优势。但是，闽南人内部各次级地缘群体的比例，则发生了较大变化。蔡志信《宿务华侨概述》一文（1965）这样写道："侨胞籍贯，以福建晋江、南安两县为多，故通用闽南语，多带晋南腔调。其他省份侨胞，如广东省开平、台山等县居此者，亦都娴熟闽语。五十年前厦门禾山籍曾占多数……因此一般侨胞所操语言，纯为厦门禾山腔调，今已渐归淘汰矣。"② 可见厦门籍华侨的人数曾一度占优势，这与前述美殖民统治时期厦门籍华侨的经济实力最为雄厚是一致的。二战后晋江、南安籍华侨成为主体，不仅使华人社会的语言腔调、风俗习惯发生了变化，而且使各次级地缘群体经济实力的对比也发生了变化，进而各群体在社团领袖分配比例中的多寡及地位的轻重上也有了相应的改变。

二战后第一阶段宿务经济已表现出不凡的活力，华侨的踊跃投资是此间宿务经济发展的源头。1965 年出版的《菲律宾宿务东方中学金禧大庆特刊》介绍了该校董事会的董事和名誉董事，其中绝大部分是工商界人士。由于东方中学是宿务当时最大的华文学校（其前身即华侨中学），所以其董事会几乎囊括了宿务所有有实力的华人企业家，很有代表性。从中既可看出华人资本的行业分布，又可看出华人各地缘群体经济实力的对比。书中所列 51 人中，晋江籍 29 人，占 56.86％；南安籍 11 人，占

———————————

① 《菲律宾岷里拉中华总商会五十周年纪念特刊》，1954 年，巳一二页、庚一四五页；《菲律宾宿务东方中学金禧大庆特刊》，第 33 页，1965。

② 《菲律宾宿务东方中学金禧大庆特刊》，第 33 页，1965。

21.57%;厦门籍 5 人,占 9.80%; (广东)台山籍 2 人,占 3.92%;金门、永春、惠安、漳州籍各 1 人,分别占 1.96%。可见战后晋江籍和南安籍华人已成为宿务华人经济的主导力量,战前曾居宿务华人经济实力首位的厦门籍华人已退居其后了。这是宿务华人各次级地缘群体经济实力对比的重大变化。51 人当中,从事一种以上行业者为 17 人,占 1/3,说明跨行业经营是相当普遍的现象。从行业结构来说,商业以及与之相关的加工和服务业仍是宿务华人的主要行业;某些传统行业如航运、建筑等,华人仍有一定优势;而某些新兴行业如橡胶、玻璃等,华人资本也已崭露头角。总之,表现出一种行业多样化以及资本向实业流动的趋势。

二战后第二阶段宿务华人资本继续由商业向工业转移,不少工业企业即创办于这一时期。如原先经营收购土产和碾米业的吴声敬于 1974 年创办了生产活性炭的 Cenapro 公司;原先与其兄合办船务公司的吴玉树也于 1973 年自创树必寿船务公司。经过本阶段的发展,宿务华人经济已完成了由倚重商业到工商业并重的过渡,经济结构发生了重大变化。

二战后第三阶段宿务华人经济继续扩充,特别是 1986 年以后宿务经济的发展速度居菲律宾前列,华人在经济上所发挥的作用更加显著。1986 至 1990 年间,以宿务市为经济中心的宿务省取得了令人瞩目的成绩:出口增长了 1.28 倍;新企业的资本增长了 9.35 倍;新注册的投资增长了 37.3 倍。[①] 除了出口加工区的设立以及外资的涌入以外,华人企业的快速发展亦功不可没。吴声敬的 Cenapro 化学品有限公司、吴玉树的树必寿船务公司、

----

①　燕青:《宿务的经验说明了什么》,〔菲律宾〕《世界日报》,1991 年 2 月 17 日。

吕氏家族的行裕油厂、黄氏家族的通用面粉厂等 4 大企业，至
1990 年在菲律宾 1000 家大公司中的排位分别为第 784 位、第
124 位、第 93 位和第 18 位。[①] 它们都是在长期积累的基础上进
一步发展起来的，很能代表宿务华人的创业经历。此外，一些商
业企业经过积累也出现了大型化的倾向，如施氏家族的白金行百
货连锁店、吴奕辉的罗宾逊百货公司等。在二战后第二阶段工商
并重的格局奠定后，第三阶段宿务华人的工商业又有了齐头并进
的发展。当然，在华人大型企业的地位日益显著的同时，华人的
中小型企业仍旧发挥着巨大的作用。1986 至 1990 年间，宿务
86％的收入仍然来自中小型工商企业。[②] 华人中小企业仍然充满
活力，是不言而喻的。

在二战后第一、二阶段中，宿务华人社团创立之多是空前
的。在众多的社团中，最重要的可说是商会、宗亲会和同乡会三
种，它们构成了宿务华人社会的组织架构。战前即成立的宿务中
华商会，至 20 世纪 60 年代改称宿务菲华商会。"所以改变名称，
因为许多华商，经已归化取得菲籍，在法律上为菲国公民。以一
个菲国公民，加入外侨商会，在法律上似有困难。名称改变之
后，困难消解。"[③] 这便是移民社会演变为定居社会的反映。商
会领导层也因地缘群体实力的变化而变化，黄登士（属创办通用
面粉厂的黄氏家族）是二战后最后一个出任商会主席的厦门籍人
士，此后这一职务一直为晋江、南安籍人士所担任。除菲华商会

---

① 黄栋星：《宿务华商精英》，（香港）《Forbes 资本家》第 6 期，
1992 年 3 月。

② 燕青：《宿务的经验说明了什么》，［菲律宾］《世界日报》，1991
年 2 月 17 日。

③ 傅孙构：《宿务侨社的组织》，《菲律宾宿务东方篮球队回国劳军比
赛纪念特刊》，1968。

外，还有各行业的华人商会，如麦绞（碾米）、米业（米商）、铁业（五金）、布业、百货业、木业、杂品（杂货）、鞋业、餐馆业商会等。但是这些行业商会与菲华商会只有联系而无统属关系。

血缘性的宗亲会，至 1968 年止，宿务华人共成立了 12 个。其中有让德吴氏、西河林氏、江夏黄氏、太原王氏、陇西李氏、有妫堂（陈、胡、田、虞、姚五姓）等。这些宗亲会大都以菲律宾某氏宗亲会宿务分会为其名称，但实际上它们只是宿务华人或南岛地区华人的宗亲会，而非全国性宗亲会的分支。它们大都建有永久性会所，一部分作为宗祠和办公场所，一部分出租取利以充经费。地缘性的同乡会，在宿务有广东会馆、金门会馆、（晋江）深沪同乡会等。除广东会馆外（它在多个城市有设立），宿务是当时马尼拉以外地区唯一设有同乡会的华人聚居地。这凸显了宿务作为菲律宾第二大华人聚居地的重要性。

二战后第三阶段，宿务华人社团在结构和功能上进一步朝着有别于传统模式的方向发展。它们更多地参与菲律宾大社会的各种事务，无论是组织还是个人，都表现出融入菲律宾大社会的趋势。笔者 1993 年 1 月考察宿务华人社会期间，恰逢宿务菲华商会举行职员换届选举及就职典礼。笔者应邀参加了这一活动，得以有机会亲身了解到转型中的华人社团的变化。就其结构亦即人员构成而言，与传统的商会只注重经济不同，入选职员的政治色彩显得浓厚了。在新当选的 1993—1994 年度宿务菲华商会职员中，有数位具有政治家和外交官身份的名人，他们是：吴朝平，菲巡回大使；钟威廉，前众议员、西棉三米示省省长；吴华昌，前宿务市副市长；周清楠，菲外交官（以上为常务顾问）；周清琦，菲驻新加坡大使（名誉会长）；周清瑜，菲外交官（工商主任）。他们的当选，显然具有商会将更深地卷入当地政治事务的含义。当然，他们的地位也有利于商会经济功能的发挥，如周清琦就在宿务与新加坡的经济联系中起了桥梁的作用。

就其功能亦即其所发挥的作用而言，与传统的商会主要是维护华商的利益不同，在社会关怀的广度上，新型的商会已经宽泛了许多。在1993年1月7日举行的就职典礼上，再次当选理事长的林咸碧作了会务报告。"林先生列举许多要务，诸如沟通民情、洽调治安、舒解法律、拯救灾黎，以及商总（菲华商联总会）之农村校舍方案，商会同仁都能按部就班，达成指标。"① 可以看出其会务已超越华人社会的范围而扩及菲律宾人社会。就在同一天，宿务举行了一所由华商捐建的乡村小学的移交仪式。至于赈济灾民，更是商会所常年坚持的。由于宿务是台风灾害多发区，因而商会将救灾视为义不容辞的职责并不懈地履行之。

笔者1993年1月在宿务考察期间，走访了设在宿务的菲律宾厦禾公会。这是一个祖籍厦门（包括禾山与市区）的华人同乡会组织，成立于1979年。为什么该会成立的时间如此之迟？早在20世纪30年代，马尼拉就有了厦门人的同乡会——禾山公会。然而二战后它已不复存在。宿务是厦门人聚居最多的地方，本应有其同乡会。但宿务中华商会长期掌握在厦门人手中，或许因此厦门人便没有了建立同乡会的迫切要求。当该会成立时，华人社会已经进入了一个新的发展时期，所以该会一开始就不像旧式同乡会那样仅是为了维护某一地缘群体的利益，而是发挥着它的多层面的功能。

据厦禾公会的负责人介绍，该会的主要活动有：一、救灾济贫，如1990年宿务遭受40年来最强大台风之袭击，损失惨重，该会捐款数万元（比索）赈灾；1988年圣诞节该会前往 Dulho

---

① 本报讯：《宿务菲华商会职员就职典礼盛况热烈》，［菲律宾］《联合日报》，1993年2月1日。

贫民区赈济,向贫民分发食品。二、义诊,从 1991 年开始每逢周末请医师到会所进行义诊,任何人都可前来就诊。三、发放教育补助金,凡祖籍厦门的华人或华裔均可提出申请,经审查批准后即可向其子弟发放补助金,每人每年 500 元(比索)。四、联络乡谊,该会三次组团去厦门参观访问,为宿务—厦门姐妹城市关系的缔结牵线搭桥,并积极参与两市间的各项经贸和联谊活动。五、参与华人社会的活动,该会作为宿务菲华各界联合会的团体会员,积极参与其倡导的各项活动。①

　　笔者查访了厦禾公会会员的祖籍地(村级)和出生地,试图从中找出某种联系,这或许能有助于说明华人社会的传统与变革之间的关系。查访材料显示,受访的 50 人中,出生于菲律宾者达 32 人,占 64%,显示出第二代华人构成了该会的主要成分。若以祖籍地和出生地均相同者为准划分这些会员(每村仅 1 人的不计入),则有 7 个村的会员全部出生于菲律宾,2 个村的会员全部出生于中国。另有 4 个村及市区二者兼而有之。这说明什么问题呢?祖籍地和出生地均相同的情况占大多数,说明华人在建立家庭的地点选择方面受到的最大影响来自最小的地缘群体——同村的人。这反过来又说明了来自同一个村的人在海外聚居地的相关性,这种相关性在华人身上一代代传下去,形成了组织的纽带,形成了传统。不管华人社团如何变化,这些带有根本性的纽带和传统并没有太大的改变。

　　二战后,因宿务华侨中学校舍已破坏殆尽,华侨便再度集资兴建校舍。1950 年该校部分教师另组南岛中学,两年后复并入,但校名改为中国中学。1961 年校名又改为东方中学,这是因为

---

　　①　陈衍德:《与菲律宾厦禾公会理事会座谈纪要》,1993 年 1 月 7 日,宿务。

菲律宾自独立以来，一方面，加紧对华文学校的督察并酝酿将其菲化；另一方面，"因华侨归化入菲籍者甚多，本校学生具菲籍者已超过半数，比例且在继续增加中，倘继以'中国'为名，已非适宜"。① 这同样是移民社会向定居社会转变的表现。1948 年宿务华侨基督教会创办建基学校，初始为小学，后相继设初中和高中，并改称建基中学。1954 年宿务华侨天主教会创办圣心书院，两年后改为圣心中学，后又分为圣心男校与圣心女校。1957 年宿务佛教会创办普贤学校，后改为普贤中学。至 60 年代中期，宿务华文学校在校生总数已超过 5000 名。②1974 年宿务东方中学获菲教育部批准开办高等商科与秘书科一年级，次年又获准办二年级，东方中学遂改为东方学院。至此宿务华人所兴办的华文学校具备了从幼稚园到高等学校的完整体系。但是，随着马科斯颁布的关于外侨学校菲化的第 176 号总统令的实施，至 1976 年全部华文学校均已菲化，宿务华校亦不例外。如单纯从中文教学的角度来看，华文学校已不复存在，因中文课已压缩至每日 100 分钟，只相当于一门外语课。但从华人文化传承的角度来看，华文学校仍在发生作用，学生仍在接受中华文化的熏陶。对于宿务这样一个华人聚居地来说，华文学校仍有存在的必要。二战后宿务华文学校的发展演变，同样是在华人社团及其领袖的参与下完成的。

二战后宿务华人宗教逐渐兴起。"侨胞昔日来菲仍多遵循我国习俗，重孝道，祭祖先，过年节，以事务繁杂，多无暇顾及宗

---

① 《宿务东方学院校史》，叶淑英校长主编：《菲律宾东方学院创立七十五周年纪念特刊》，第 21 页，1990。

② 庄温秋：《宿务华侨教育之今昔》，《菲律宾宿务东方中学金禧大庆特刊》，第 30 页，1965。

教信仰。十几年来，人口剧增，风尚所趋，分门别户，宗教团体兴起，有如雨后春笋。"① 宿务华人宗教信仰包括天主教、基督教、佛教、道教及地方神崇拜等。其机构团体，天主教有圣心院、青年联谊会；基督教有礼拜堂、聚会所、青年会；佛教有定慧寺、居士林、香光莲社；道教有定光宝殿；地方神庙有石狮城隍庙、九重天阙慈善堂等。宗教信仰已成为宿务华人精神生活不可或缺的一部分。

　　经过二战后三个阶段的发展和演变，作为华人聚居地的宿务，已由一个外侨聚居地变成一个菲律宾国内少数民族的聚居地。这样一个马尼拉以外菲律宾最大的华人聚居地，和别的华人聚居地一样，无论是其个人成员还是其社会整体，都具有两重性。宿务华人虽大部分已取得菲籍，从政治上来讲已是菲律宾公民，但从文化认同上来讲，在相当程度上，他们依旧认同中华传统文化，尽管他们或多或少已接受了菲律宾本地文化。此其一。宿务华人经济虽已融入当地经济，已经确确实实地成为当地经济的一部分，但它们依然具有相对的独立性，华人企业之间的关系更为密切，业务往来更为频繁，中小型企业尤其如此。此其二。宿务华人社会虽已成为当地社会的一部分，它虽已从一个侨民社会演变成一个菲律宾国内的少数民族社会，但它毕竟还是当地大社会中的小社会。作为个人，华人的社会关系最多的仍是存在于华人之间。作为族群，华人仍有共同的语言和共同的风俗习惯。作为社会，华人亦有自己的组织、团体、机构。所以它毕竟还是一个有别于当地大社会的小社会。此其三。这就是宿务华人社会的现状。而现状是历史的延续，追溯宿务华人的历史，可以发现

---

　　① 蔡志信:《宿务华侨概述》,《菲律宾宿务东方中学金禧大庆特刊》,第 33 页, 1965。

它经历了一个这样的演进过程：其聚居人口由少到多；其经济规模和结构由小到大，由简单到复杂；其社会结构和功能从不完善到完善；其与菲律宾人的关系从疏离到密切；其与菲律宾大社会的关系从被动适应到主动整合。总而言之，这是一个传统与现代并存的社会，但也是一个正在融入当地大社会的小社会。将闽南人社区置于这样一个环境下来加以考察，其演变规律就更易于被人们所认识了。

二、印尼棉兰市的闽南人社区

在一些东南亚的华人社区中，闽南人在人数上虽不占绝对优势，但其综合实力却是最强的。印尼的棉兰即属这种情况。

棉兰市（Medan City）为印尼北苏门答腊省省会，是印尼第三大城市，人口 220 万。它坐落于苏门答腊岛东北部海岸，隔马六甲海峡与马来西亚的槟城相望。棉兰市所在的省份，是爪哇之外最大的经济体之一，也是 1970 年以后印尼经济发展最强劲的省份之一。北苏门答腊资源丰富且对国内外开放，其支柱产业是农业，特别是种植园经济，与此同时制造业和服务业也构成该省经济的重要成分，其中橡胶、棕榈油和铝是主要产品。作为该省经济中心的棉兰市，海陆交通发达。勿拉湾（Belawan）港是棉兰的出海口，距市中心约 20 公里。位于马六甲海峡的这一港口，将北苏门答腊与马来西亚和新加坡的市场联结起来。[1] 棉兰市与国内外的空中交通也十分发达，航线与其相通的区域内主要城市有新加坡、吉隆坡、曼谷、雅加达等。

---

① Colin Barlow & Thee Kian Wie, The North Sumatran Regional E-conomy: Growth with Unbalanced Development, Institute of Southeast Asian Studies, p. 3, Singapore, 1988.

棉兰是一个多民族杂居的城市,那里的文化十分丰富多彩。居住在棉兰的主要民族和族裔有马来族、亚齐族、米南加保族、爪哇族、曼代龄族等,他们多信奉伊斯兰教;马达族、塔依厘族、加罗族、多巴族、佰佰族、岭亚士族等,他们多信奉基督教或天主教;印度裔多信奉兴都教;华人多信奉佛教。此外还有少数阿拉伯人后裔和白种人后裔。

虽然华人在印尼是一个少数民族,但棉兰华族人数多、比例大,有40万左右的华人,占全市人口近1/5。[①] 这与棉兰华人历史悠久显然有关。虽然华人最早来到这里的时间已难以考证,但民国初年中国政府已在此处开设领事馆,可以说明棉兰华人聚居区的人口规模并由此推测其移居年代之久远。"棉兰的人口,据1930年的统计,总数为七万余人,华侨人口占二万七千余人,约占居民总人口数量三分之一,以比例言,其量超出于荷印首都巴达维亚(即今雅加达),故此棉兰的华侨社会与爪哇各地的华侨社会一比,由祖国带来的习俗较深,地方色彩也较厚。"[②] 由于地近新、马,二战前后都有不少华侨、华人从马六甲海峡对岸移居到棉兰,这也是棉兰华人迅速增加的原因之一,同时也是棉兰华人保留了更多的中华传统文化的缘由之一。

组成棉兰华人社会的地缘群体是多元化的,与此相关,其语言也是多元化的。福建和广东是两个最大的省级地缘群体,此外还有来自湖北、浙江等省的。闽粤两省人中又各有许多方言群,闽人中有讲闽南话、龙岩话、福州话的;粤人中有讲潮州话、海南话的(海南岛原属广东省);两省人中又都有讲客家话的。华

---

①　陈衍德:《采访黄印华谈话记录》,2004年7月27日,棉兰。

②　刘焕然编:《荷属东印度概览》,第57页,〔新加坡〕强华图书出版社,民国29年。

语（普通话）则是各方言群的共同语言。由于闽南人在棉兰华人社会中占有优势，被称为福建话的闽南话，也为许多非闽南籍的华人所掌握。当今棉兰华人还流行本地化了的福建话，类似马来西亚槟城的福建话，其中夹杂着许多外来语，腔调也有别于福建本土的闽南话。在对当地语言的掌握方面，二战前部分土生华人接受的是荷兰文的教育，印尼话讲得并不流利。当代的年轻华人都能说一口流利的印尼话，有的还能讲英语。

棉兰华人以从事工商业为主，在该市经济中占有重要地位。"早年的棉兰市区街道多采用华文名称，如广东街、汕头街、福建街、上海街、北京街、香港街、张亚辉街、张榕轩街，以及至今仍保留其名的孙逸仙街等，形如唐人街。"① 二战前的棉兰，"最繁盛街市，其中心区则在棉兰大街……其次就是广东街一带，尤其是晚间，广东街更为热闹，有棉兰夜市之誉"。② 1940 年 6 月 26 日，棉兰商业区俗称"十五间"的纽马力街发生大火，烧毁华人店铺十余间，损失达八万余盾，当时的中国驻棉兰领事还前往察看。③ 二战后特别是 20 世纪 70 年代后，华人资本有向工业转移的趋势，在市郊兴建了许多工厂。与此同时，在棉兰周边的种植园经济中，华人也占了相当大的比例。

棉兰华人社团在二战前即已相当完备，其中有居于领导地位的棉兰中华商会、苏岛中华商会联合会，又有各行业公会、宗乡会馆、文艺体育团体、校友会，还有支援祖国抗战的团体等。20世纪 30 年代棉兰有华文学校 9 所，一所为中学，即苏东中学，

---

① 陈民生：《值得您一读的棉兰市概况》，未刊稿。

② 刘焕然编：《荷属东印度概览》，第 57 页，［新加坡］强华图书出版社，民国 29 年。

③ ［棉兰］《新中华报》，民国 29 年 6 月 26 日。

其余为小学。当时棉兰有两家华文报纸:《新中华报》与《苏门答腊民报》。印尼独立后华人社团、华文学校与华文报纸尚能生存并有些许发展,但苏哈托上台后均遭到禁止和查封,直到苏哈托下台才出现转机。1999 年以后,棉兰华人社团如雨后春笋般发展起来,血缘、地缘、业缘团体纷纷成立或恢复,还成立了印尼华裔总会、百家姓协会等全国性华人社团在本地的分支机构,此外还有狮子会、扶轮社及各种宗教、文艺团体等,社团数目已达 100 个以上。目前华人社会各界正在筹备类似于中华商会那样的全棉兰华人的最高组织。由于华文教育长期被禁止,严格意义上的华文学校已难以恢复,但目前华人社会正致力于华文课时的增加及华文教育质量的提高。目前棉兰的华文报纸有《棉兰早报》、《印广日报》两家,以及在本地印刷的全国性华文报纸《国际日报》。

棉兰的闽南人是如何创业的?笔者 2004 年 7 月考察棉兰期间采访了一些事业有成的闽南籍华人,从他们的经历中或许能看出棉兰的闽南人是如何在创业之路上努力进取并获得成功的。

陈德贤是笔者采访的对象之一,他经营一家丝印(silk screen printing,或称筛印)企业,主要生意在雅加达,棉兰的生意只是其整个事业的一部分。陈德贤的祖父来自闽南的永春,先是到了新加坡,后来又到了印尼苏门答腊的巴眼亚比,那是有名的渔港。他的祖父在当地从事咸鱼加工,销往爪哇。后来又做土产出口和杂货进口生意,将本国土产出口到新、马,再从那里进口杂货到本国销售。到他父亲时,继续干这一行。20 世纪 50 年代一家人移居棉兰后,仍旧这么做。

那时候陈氏一家经营的商号到爪哇采购土产如咖啡、胡椒、豆类等,从棉兰出口到新、马,再从新、马采购杂货如化妆品、文具、食品等在棉兰销售。当时本地许多华人商家都这么做,只不过经营商品的种类有不同的侧重。除了印尼对抗马来西亚期间生意一度中断外，直到 20 世纪 60 年代末，从新、马进口商品到印尼来销售一般都会赚钱。当时本地的经济作物主要有橡胶、烟叶、棕榈、木材等，它们都由大商家垄断，小商家采购不到。有的行业则由华人特定的地缘群体垄断，如蔬菜业由潮州人掌握。棉兰华人商业区有许多街道，有专业化的趋势，比如做布生意的许多商家都集中在贸易街（Jalan Perniagaan）。

20 世纪 70 年代初陈德贤本人接手父亲的生意，亲自到新加坡采购货物，一个偶然的机会，让他在新加坡学起了时兴的丝印技术。1972 年印尼橡胶开始大量出口，用于包装的塑料材料需要印刷，丝印技术正好适用于塑料印刷。于是他开始从事丝印业，但同时仍从事原来的行业。后来丝印业生意越做越大，才逐渐放弃了原来的行业。他说，他从事丝印业已有三十多年，当初每印制一个单位的包装材料可赚 2.5 盾（2.5 元），如今只能赚几个仙（几分钱）。其原因何在？他说，当初他干这一行，是本市第一家，如今已有 9 家，其中有的是他的企业职员出去自己做，有的是别的商家用高薪挖走他的职员去干这一行。由于竞争激烈，利润就少了很多。他的感触是一定要抓住新的商机，才能比别人先走一步并从中获益。[1]

陈明宗是笔者采访的另一个对象。陈明宗的祖父在 20 世纪初就从闽南的安溪去了新加坡，之后又来到棉兰，在棉兰市与马达山之间的一个小镇上做土产生意，后来又兼营咖啡店。他的父亲是他的祖母怀孕后返乡在安溪生的，之后又将其带回到印尼。父亲于 1941 年结婚，祖父于 1944 年去世。陈氏一家后来迁到棉兰市区居住，陈明宗本人于 1945 年出生。20 岁之前陈明宗一直

---

① 陈衍德：《采访陈德贤谈话记录》，2004 年 7 月 27 日，棉兰。

在读书，高中毕业后考上大学并已开始就读，此时正值 1965 年
"9·30"事件发生，他就读的那所大学是左派办的，被查封了，
他因此失学，转而做生意。他的父亲曾积极参加华人社团活动，
并热心社会公益事业，"9·30"事件中也受到迫害，被投入监
狱，幸而后来被获准保外就医，1968 年与母亲去了新加坡，父
亲一直在那里住到去世，母亲如今还住在新加坡。陈氏兄弟共五
个，他排行老三。

　　1966 年，陈明宗与新加坡的"东风机械"做生意，那家公
司从中国进口机床，改装后运到棉兰，陈氏将它们出售后与之平
分利润。后来他又做过几种生意。70 年代初，他创办了自己的
工厂，生产镀锌铁板。那是一种印尼普通百姓搭盖简易住房的材
料，所以销路很好，如今他已成为苏门答腊最大的镀锌铁板生产
厂家。经过三十几年的发展，陈明宗已拥有好几家工厂，并形成
系列产品，包括镀锌铁板、铁钉、铁丝、铁管，此外还有玻璃、
木材等。除了木材加工厂是与别人合营的之外，其余工厂都是他
独自拥有的。最近他还正在兴建一家轧钢厂。尽管他是一位事业
有成的企业家，在棉兰华人社会中，他的经济实力可谓名列前
茅，但他总是保持低调，从不炫耀自己。只是从交谈中，可以发
现他有很敏锐的观察力，很有商业头脑，并且具有敢为天下先的
开拓精神。这些都是他成功的原因。①

　　陈明宗曾亲自陪笔者前往参观位于棉兰东郊邻近海港处的棉
兰工业加工区。首先参观的是一家大型木材加工厂，那是陈明宗
与另两位华人企业家合营的工厂。印尼是木材生产大国，原木、
木材半成品和成品均大量外销。该厂的主要产品是家具装配木料
和木质地板材料，都是选用上等木料来制作，生产的自动化程度

---

① 　陈衍德:《采访陈明宗谈话记录》，2004 年 7 月 28 日，棉兰。

也很高，产品大部分出口到日本。当时主要参观了包装车间，工人们正将各种规格的木块和木条打磨干净，然后装进包装箱。车间里照明和通风都很好，工人们都戴着口罩，工作服也很整洁，显示了该厂良好的工作环境和严格的管理制度。接着又分别参观了属于陈明宗的镀锌板厂、镀锌铁钉铁丝厂、镀锌铁管厂，以及玻璃厂等。在各个厂里都遇到一些来自中国的工程技术人员，其中玻璃厂的两条生产线还是中国制造的。最后，笔者在一位中国技术员的带领下，驱车到加工区之外的另一个地点，参观了正在兴建中的轧钢厂，该厂也是陈明宗投资兴建的，建成后将带动所在区域的发展和繁荣。

棉兰的闽南人是如何组织起来的？由于印尼的特殊国情，包括闽南人在内的华人，在社团组织的生存发展方面，比其他国家的华人要艰难曲折得多。下面以笔者熟悉的颍川堂宗亲会为例简述之。

北苏门答腊颍川堂宗亲会是移民棉兰的闽南人最早成立的社团之一，它是陈姓闽南人的组织，创立于 1876 年（清光绪二年）。1908 年该会建立了自己的会所。1919 年会所迁至香港街（今井里汶街）。1965 年"9·30"事件发生后，动乱很快波及棉兰，华人成为打击对象，不久颍川堂宗亲会也和所有华人社团一样遭到封闭的厄运。在苏哈托执政时期，棉兰的闽南陈姓宗亲利用政府不禁止宗教活动的政策，每年春秋二祭都不忘相约举行祭祖仪式，就这样将社团组织无形中延续了下来。苏哈托执政后期，对民间社团的禁令有所放松，棉兰的陈姓宗亲组织便于1990 年以"慈善基金会"的名义向政府正式登记注册。同年购置义山公墓，为贫穷的华人提供安葬场地。1994 年宗亲们又捐款购置了新的活动场所。1998 年苏哈托下台后，华人的地位逐渐得到恢复，颍川堂宗亲会后来也得以用原先的名称展开活动。

获得新生的宗亲会如焕发了青春般地为棉兰华人社会做出贡献。恢复后的首任会长、著名华人企业家陈江河带头做了许多善事。第二任会长陈明宗又倡导兴建新的会所,得到热烈响应,并于2001年10月破土动工。[①] 2005年11月,宗亲们捐建的七层会所大楼举行落成仪式,世界各地的宗亲组团前来祝贺,盛况空前。从此,北苏门答腊颍川堂宗亲会走上了一个新的发展阶段。

印尼排华的不正常时代虽然已经过去,但包括民族矛盾在内的种种社会矛盾仍然存在,所以印尼华人的前行之路仍不时会有暗礁出现。闽南人作为华人的一部分,只有与其他地缘群体紧密团结在一起,才能使本身的发展得以顺利实现。这一点,作为热心的社会活动家的陈明宗是深有感触的。除担任颍川堂宗亲会会长之外,他还是《棉兰早报》董事长、北苏门答腊省政府对外友好协会副主席。对于华人社会,他有自己的看法。比如2004年举行的棉兰市议员选举中两位参选的华人均落选一事,他认为首先是华人内部不团结,致使选票分散;其次是其他民族的选民基本上未投华人的票,因为两位华人参选者的票数相加还不及本市华人选民的人数。因此他认为首先华人自身应该团结,其次则应增进与其他民族的良好关系。[②] 可见他的关注范围早已超越狭隘的地缘观念,并且已经不限于华人社会本身,从而使其眼界更加开阔。只有像他那样具有宽阔胸怀的社区领袖,才能将闽南人的发展引入阳光大道。

三、美国纽约法拉盛的台湾闽南人社区

在美国,来自台湾的闽南人较为典型的社区是纽约市皇后区

---

① 《世界舜裔宗亲联谊会第十六届国际大会·印尼苏北棉兰颍川宗亲会代表团纪念册》,第12页。

② 陈衍德:《采访陈明宗谈话记录》,2004年7月28日,棉兰。

的法拉盛（Flushing）华埠。法拉盛华埠与美国老华埠最大的不同是，它是一个多族裔的社区，而不是一个以华人为主的社区，然而它又处处表现了华人文化，尤其是台湾文化或闽南文化，故其有"小台北"之称。

法拉盛曾经是纽约的一个繁华的商业区，20 世纪中叶却一度衰退没落。此后，在 1965 年美国新移民法的推动下，大量亚裔移民开始迁入纽约，其中的华人移民以来自台湾的为主，而台湾移民又以闽南人为主。那么，法拉盛的华人人口有多少呢？法拉盛华商会于 1986 年进行了调查，获得的数据是当年约有 61387 名华人。这是法拉盛华人社区第一次自己做人口调查。而据中国学者沈立新的估计，20 世纪 90 年代初法拉盛的华人已达10 万人。

为什么台湾的闽南人愿意聚居于法拉盛呢？美国的老一代华人以广东人为主，曼哈顿的唐人街则是纽约华人聚居的中心地区。由于大多数来自台湾的新移民不会讲广东话，而曼哈顿老华埠也已经很拥挤，皇后区就成为纽约市台湾新移民落脚的一个重要地区，其中的法拉盛更由于地理位置优越、交通方便而为这些新移民所青睐。[①]

法拉盛的台湾闽南人社区一开始就不是一个单纯的华人社区，因此这些新移民无法像早期华侨先辈那样在华埠内可以与外界隔离，而是居住在一个种族相当复杂的社区里，与犹太人、希腊人、韩国人、印度人及拉丁美洲国家的移民毗邻而居。在这种

---

① 关于法拉盛华埠的基本情况，主要参考陈祥水《纽约皇后区新华侨的社会结构》，（台湾）"中央研究院"民族学研究所，1991 年，第七章《华人社区的社会服务和宗教信仰》、第八章《华人与非华人间的桥梁》；周南京总主编、沈立新分卷主编：《华侨华人百科全书·社区民俗卷》，第 90页，"法拉盛华埠"条，中国华侨出版社，2000。

特殊的环境中，法拉盛华埠没有中华公所和宗亲会，虽然有同乡会却没有固定会所，其华人社团不像老华埠那样呈金字塔式的分层结构，每个社团都各自运作而不受其他社团控制。"每一社团都独自和外在的非华人社会有所接触"，"社团在新移民社区里扮演着华人与非华人社区之间沟通的重要'桥梁'角色。社团的一个特色是大部分领袖都有相当高的教育程度，他们构成了一个可以和非华人社区直接沟通的群体"。①

　　但也不是说法拉盛与传统的老华埠完全不同，这主要表现在与民族文化有关的事项上。由于华人社区里人口日益增加，更多的妇女和儿童也来到这里，这都需要更多的各式各样的社会机构和文化机构来满足移民的需求，特别是那些与特定的文化习俗有关的产品和服务，是无法由当地大社会已经制度化了的现行机构来提供的。因此，华人必须自己提供某些本民族需求的产品和服务，如带有民族特色的精神产品等，这一点新、老移民都是一样的。再者，也不是所有的新移民文化水平都很高，任何华人社区都有一些文化水平不高的移民，法拉盛就有一些英语讲得较差的台湾移民，他们宁愿讲普通话或闽南话，只要讲这两种话，生活上就没有不便的地方，因此这些人没有融入主流社会的迫切感。这一点也与老一辈华侨有相似之处。

　　早期台湾赴美移民大多是由留学生改变身份而来的，后来企业家也成为台湾移民的另一个重要来源。由投资兴业于当地的企业家转为移民是战后台湾移民的第二、三代，也是最近台湾新移民的主体。这一点在法拉盛也有反映。台湾移民在法拉盛社会经济生活中涉及的范围相当广泛，其所经营的有商场、杂货店、餐

---

①　陈静瑜:《美国台湾移民的社会结构、适应与认同析探（1980—2000）（上）》,（台湾）《海华与东南亚研究》第3卷第3期，2003年7月。

馆、织衣厂、医疗诊所、会计师事务所、报社、银行等。在这一背景下，台湾移民的工商团体应运而生了。1982 年，法拉盛华人工商促进会（华商会）成立，其宗旨是：促进本社区华人经济的繁荣，建立华人与其他族群的合作关系并与他们一起参与社区事务。1984 年法拉盛华商会选出的 7 名理事全部来自台湾，其中有 6 名获得过美国的博士和硕士学位，另一名则毕业于台湾大学。必须指出的是，法拉盛华埠内的华人与其他族裔的接触和联系又是广泛而密切的，在经济领域同样如此，如华人在商业上并没有自成体系的购销链条，这一点与早期的老华侨在经济上往往自成一体是有很大不同的。

政治方面，法拉盛台湾闽南人社区与老华埠的一个不同之处是，该华埠内的华人一改老一辈华人不问政治的习惯，一开始就积极参政。1983 年在法拉盛成立的皇后区华人选民协会，就是最好的证明。该会虽然是以讲普通话和闽南话的台湾华人组织的，但也鼓励讲台山话和广东话的华人参加。这表明，在华人参与美国政治事务方面，新老华人、闽台两岸华人是能够走到一起来的。同时也表明，虽然法拉盛是一个台湾闽南人聚居较多的社区，但对于其他籍贯的华人来说，它则是一个新型的、开放的华人社区，其大门是为之敞开的。

台湾移民聚集的法拉盛华埠又是如何表现闽南文化特色的呢？这主要表现在日常生活当中。20 世纪 90 年代初，该华埠已有数百家餐馆，在中心区的三个街口范围内就有两百多家商店。华埠内数不清的华文招牌和广告令人眼花缭乱，台湾色彩浓郁为其一大景观。不少公司和商号都挂台湾招牌，或标榜"台湾式"服务，以此招徕顾客。许多商店店名、货品样式、经营规模和方式，甚至酒菜风味都仿效台湾。普通话和闽南话在该华埠内十分流行。台北的电视节目在这里的电视台转播，台湾的歌星也常到此地演出。华人教会和寺庙也林立于该华埠。除了电影院和殡仪馆，几乎所有在老华埠找得到的行业，在法拉盛都可以找得到。值得一提的是，许多报道台湾及台湾移民的华文报纸都在法拉盛或皇后区设有办公室和派驻记者，有的则干脆将总部迁来此地，如《世界日报》和《华侨日报》。

语言是民族文化的载体，所以这里要特别谈谈闽南话在法拉盛的流行。这方面的情况可以通过宗教活动来展示，因为宗教活动往往成为移民聚会的场合，在这种场合里使用的语言，最能反映移民的故土文化。在台湾，佛教及民间信仰的寺庙数目远超过基督教和天主教，而在美国的台湾移民社区，基督教堂的数目却远超过佛教及民间信仰的寺庙。尽管如此，纽约皇后区的华人基督教徒大约也只占该区华人总数的5%。不过在这一小部分的华人当中，仍然倾向于以自己的方言来从事宗教活动。

教会在移民社区所扮演的角色和发挥的功能是相当重要和复杂的，它让新移民相互间可以继续保持往来，有时还可以成为新移民社区的活动中心。为了说各种方言的华人的沟通，广东话、普通话和英语都在礼拜中采用。随着台湾闽南人移民的增加，在礼拜中使用闽南话越来越成为他们的要求。例如，1980年台湾信徒开始参加新城归正教会，随之也产生了在该教会是否使用闽南话的问题。经过牧师会议的讨论，得出了一致的共识：让闽南话成为礼拜的语言之一。① 再者，法拉盛的一些华人教会，除了以闽南话讲道传教外，还办有中文学校，在其活动当中也保留祖籍地的习俗。

闽南文化作为福建南部和台湾的地方文化，同时又是中华文

---

① 陈祥水：《纽约皇后区新华侨的社会结构》，第169～170、175～176页，（台湾）"中央研究院"民族学研究所，1991。

化的一个组成部分。在海外的华人社区里，闽南文化也是作为中华文化的一个有机成分而存在的。这里强调闽南文化在移民美国的台湾闽南人社区的传播，并不意味着它与中华文化的主流有何歧义，恰恰相反，它乃是与作为整体的中华文化密不可分的一个中国地方文化而存在的。就语言问题而言，方言与普通话是相辅相成的，它们共同构成了民族的语言文化。下面要谈到的问题即为明证。

如果说宗教活动所反映的语言问题是一种较为显见的社会现象，那么家庭生活和子女教育所反映出来的语言问题，其深刻性就更进一步。在美国华人社会中，新移民比老移民更重视华文教育。老华侨在各地华埠建立的华文学校多以粤语为教学语言，而包括台湾移民在内的新一代华侨、华人所创办的学校则一律以国语（普通话）为教学语言。"台湾移民绝大多数是第一代移民，他们在台湾接受过高等教育，对中国文化有深厚感情，因而即使英语很好，97.8％仍在家里讲国语或台湾话（按：即闽南话）。他们重视子女教育，希望孩子能学好中文，许多家长都将子女送到中文学校补习中文。"① 可见台湾的闽南人移民是在重视民族统一语言的前提下保持讲方言的习惯的。

与此同时，两代移民的差异同样出现在美国的台湾闽南人移民当中。一名华人子弟的表述代表了美国台湾移民第二代对身份和文化认同的困惑："我说我是中国人，实际上是出于一种习惯，而在内心，中国对我是陌生的。她远不如美国对我来说更熟悉亲近。"因为认同对他们来说有两种含义："第一层是自然的、血缘的选择。我们是中国人，永远是中国人，这是国籍、语言、职业

---

① 陈静瑜：《美国台湾移民的社会结构、适应与认同析探（1980—2000）（下）》，（台湾）《海华与东南亚研究》第3卷第4期，2003年10月。

等所有外在因素都无法改变的。第二层是社会的、后天的选择。我们是美国人,因为我们在这里出生、受教育,接受美国的文化。我们的思想方式和价值观念虽然也受到父母一代的影响,但更多的是受到当地社会的影响。"① 虽然如此,源远流长的民族文化毕竟会在海外华人身上持续下去,无论是来自中国内地的移民,还是来自台湾的移民,都会是这样。

最后要说的是,以闽南为特色的法拉盛华人文化,既作为有地方特色的中华文化而存在,又与其他种族的文化并存于一地。法拉盛台湾闽南人社区是一个既保留了传统又不自我封闭的华人社区,它体现了海峡两岸共有的闽南文化之特色,又使得既有继承又有变异的两代海外华人文化贯穿于其间。

第二节　海外闽南人组织发展变迁的案例

一、闽南人社团的典型个案——新加坡福建会馆

(一) 引子

新加坡福建会馆作为一个典型的闽南人社团,有必要以个案的方式对其加以考察。

结构与功能的演变是任何一个社会组织在其发展过程中都会遇到的问题,通过对这一问题的探讨,正可追寻一个社会组织的历史轨迹。本节拟采用这一方法,来展示新加坡福建会馆的发展

----

① 陈静瑜:《美国台湾移民的社会结构、适应与认同析探 (1980—2000) (下)》,(台湾)《海华与东南亚研究》第3卷第4期,2003年10月。

历程，并以此透视闽南人社会的演变。在结构性变迁方面，本节将围绕以下两点来阐述该会馆在组织上的变化，即决策权由个人向集体的转移，以及人员的扩展与网络的延伸；在功能性变迁方面，则将围绕以下两点来论述该会馆在职能上的演变，即从凸显宗教—政治性到注重文化—教育性，以及在"非营利性"前提下经济收入的来源与用途的转变。

新加坡福建会馆的萌芽，乃是恒山亭。作为具有帮派组织性质的漳泉人公冢，它至迟在 1828 年即已存在。① 1839 年，闽帮在陈笃生、薛佛记等人领导下，于直落亚逸街兴建天福宫，1842年建成后闽帮议事会所附设于此，天福宫也就成为福建会馆的前身。1916 年，"天福宫福建会馆"获华民政务司署批准为豁免注册的社团。在此之前，已有陈笃生、陈金钟、陈武烈等先后出任会馆领袖，在此之后，又有薛中华、陈嘉庚、陈六使和黄祖耀等相继出任总理或主席。以上诸位均为闽南人。新加坡福建会馆一百多年的历史轨迹，将由下文对其结构与功能的变迁之探讨中展示出来。

（二）结构性变迁之一：决策权由个人向集体的转移

早期华族社团的领袖必须具备下列三要素：一是乡族背景，因为"闽粤两地单姓村特多，不少同乡会实际上为宗族世系群"；② 二是财力基础，因为华族社会缺乏士绅阶级，只有财力雄厚的商人才能垄断这一社会的领导权；三是沟通华夷，并代表殖民当局管治华族社会。概言之，他们必须是民间统治精英

---

① 曾玲：《坟山组织、社群共组与帮派整合——十九世纪的新加坡华人社会》，［新加坡］《亚洲文化》2001 年第 24 期。

② 施振民：《菲律宾华人文化的持续——宗亲与同乡组织在海外的演变》，收入洪玉华编：《华人移民——施振民教授纪念文集》，第 190 页，菲律宾华裔青年联合会，1992。

(non—state ruling elite) 式的人物，亦即身在民间却能行使统治职能的人。上述要素决定了早期华族社团的领袖是权威型、魅力型的，从而社团的组织结构也就是这类人物高居于顶端的金字塔式的结构。

1916 年以前新加坡福建会馆的历史，可称为"陈氏家族时代"，其间陈氏祖孙三代相继出任会馆领袖，他们是陈笃生（1840—1851）、陈金钟（1860—1892）和陈武烈（1897—1916）。三者间隔期虽有他人为领袖，如陈金声、蔡锦溪等人，但在位时间均不长，作用及声望亦不如其显著。所以，这一时期的会馆具有家族统治和强人主宰的明显特征。作为第一任天福宫炉主的陈笃生自不必说。其子陈金钟"受华、英文教育，通晓许多语言，既通文墨又能言善道，是翘翘者流"，在生意上也极为成功，是有名的米业巨头；[1] 其孙陈武烈既是"叻埠知名商家"，又是政界知名人士，都兼有家世、财力和才干的优势。陈金钟虽有蔡锦溪、邱正忠协掌会务，但其地位为三人之首，且从未受到挑战，则是无疑的。这从他死后才由蔡、邱二人出掌会馆，也能得到证明。此间"天福宫并无立章选举之条规，且天福宫并无领袖纷争之事迹"，反映了会馆的组织结构是建立在个人威望的基础之上。而会馆领袖的权力，"远较 1890 年社团法令之通过（后）…… 的华族领袖要来得大"，也反映了其个人专断的掌权模式。1897 年的首次选举，并不意味着组织结构的根本变动。陈武烈虽经选举上台，但其家世背景当为不可忽略之因素。领导层的扩大（由正副董事 3 人及协理 21 人组成），也不意味着决策权已转归集体。因为组织散漫依旧，既无章程且无定期选举。"少数闽帮资本家

---

[1]　邱新民:《新加坡先驱人物》第 2 集，第 13 页，[新加坡]《星洲日报》社、《南洋商报》社，1983。

所长期控制"的会馆，仍然体现为以"陈氏经济与社会力量"为基础的个人专断。[①]

1916年新加坡福建会馆改组立章，选举薛中华为总理、陈精仙为协理，意味着陈氏家族统治的结束。但薛氏的专断一如前任，同时作为中华总商会会长的他，仍属权威型人物。此间虽订立有新会章，但"组织并不严密且有欠民主"，"绝大部分闽人不但非为会员，且没有投票与议事之权利"，"每议事，似未有会议记录，盖每议一事，一经会董画诺，仅凭一口宣传"。[②] 所以此间的会馆，"实际上只是薛中华等少数人所控制的组织"[③]，决策权操于个人而非集体的状况并未改变。

在1927—1929年间福建会馆改组的基础上，陈嘉庚于1929年出任会馆主席，从此开始了决策权由个人向集体转移的过渡期。会员资格的认定（详下文）与组织机构的确立，为此次改组的两大内容。此前具有个人专断色彩的董事制被改为较具民主色彩的委员制，且分为执行、监察两委员会，执委会下又设总务、财政、教育、建设和慈善五科，各科职员均由当选的委员出任。但是，陈嘉庚的个人局限及其所处时代的局限，决定了他不可能真正放弃个人决策的模式。作为企业家的陈嘉庚，其管理方式反映了其思想深层中的决策理念。"他事无大小皆亲身视事……各个集团的行政采取高度中央集权制……一切决策几乎全由陈嘉庚

① ［澳大利亚］杨进发：《早年天福宫的领导层》，收入杨进发：《陈嘉庚研究文集》，第110～119页，中国友谊出版公司，1988。

② ［澳大利亚］杨进发：《战前新加坡的福建会馆》，收入杨进发：《陈嘉庚研究文集》，第120～129页，中国友谊出版公司，1988。

③ 彭松涛发行：《新加坡全国社团大观，1982—1983》，第L—23页，［新加坡］文献出版公司，1983。

一个人决定……实行家长制的企业管理法。"① 这一决策理念必然影响到他对福建会馆会务的处理。有论者这样评价陈嘉庚在会馆中的地位:"陈嘉庚控制福建会馆,始于 1929 年……他一直包揽了主席的职位,长达二十年之久……战后初年的执委,多半是陈嘉庚的支持者。"② 可见,对会务的专断是其对企业的专断之自然延伸。再者,陈嘉庚也无法超越帮权政治的时代局限。他虽有攻击帮派观念的超时代举止言论,但"毕竟还得巩固闽帮帮权与组织,从而逐渐领导超帮的社会与政治活动"③。帮权政治的特征之一是,领袖权威在帮派内的确立进而扩展至帮派之外,而决策上的个人专断乃是此种权威人物的必然之举。所以,陈嘉庚只是使个人专断的决策模式从显性变为隐性,而未变更其实质。但是,福建会馆的决策权自个人向集体的转移,毕竟也开其端倪了。

继陈嘉庚之后出任福建会馆主席的陈六使虽然任职时间相当长 (1949—1972),但他长期追随陈嘉庚,为同一类型的人物,所以在决策模式以至组织结构上,均无太大变化。但因陈六使的声望已较陈嘉庚逊色,而民主化的趋势也在动摇着个人专断的社会基础,所以此间决策权由个人向集体的转移已日益接近过渡阶段的尾声。

真正实现决策模式转变的是自 1972 年至今任福建会馆主席的黄祖耀。在他领导下,1983 年会馆的组织形式由执、监委员

---

① 林孝胜:《新加坡华商与华社》,第 159 页,[新加坡] 亚洲研究学会,1995。

② 崔贵强:《新马华人国家认同的转向》,第 139 页,厦门大学出版社,1989。

③ [澳大利亚] 杨进发:《战前新加坡的福建会馆》,收入杨进发:《陈嘉庚研究文集》,第 128 页,中国友谊出版公司,1988。

会制改为理事会制。经过数度修改，1995 年颁布的《新加坡福建会馆章程》规定："会员大会为本会最高权力机构"（第 17条）；会员大会的职权为"接纳与通过理事会的报告与批准建议"（第 18 条）；常年会员大会和特别会员大会"所讨论的提案以多数票取决"（第 31 条）。① 领袖人物既不再处于居高临下之态势，传统的金字塔式结构亦不复存在；依据个人意志的领袖决策（虽然自陈嘉庚始其理性成分已居主导地位），也被制度化的集体决策所取代。经过漫长的过渡，决策的民主化终于在形式和内容上都得到确立，从而完成了一项重大的结构性变迁。考察这一变迁，可以发现它是在两个相关因素的互动中实现的。那就是权威型领袖人物与帮权政治凸显时代的互动产生了个人专断模式，民主型领袖人物与方言群意识淡化时代的互动则产生了集体决策模式。

（三）结构性变迁之二：人员的扩展与网络的延伸

成员的多寡及参与程度如何，是华人社团发展、成熟与否的重要标志。华人社团的作用在早期主要体现为领袖人物的作为，后来则主要体现为广大成员的积极参与。新加坡福建会馆也是遵循着这一历史轨迹发展起来的。早期东南亚的福建人并非福建省人之意，而是指操闽南话的祖籍福建南部各州郡的人士，尤其是祖籍漳、泉二州的人士。所以作为新加坡福建会馆萌芽的恒山亭，"只是泉漳人士之义山"；作为会馆前身的天福宫则是"泉漳最早南来之移民所设立之神庙"②。由于闽南人构成福建帮的绝

---

① Memorandum and Articles of Association of Singapore Hokien Huay Kuan, p. 10、14，Singapore，1995.

② 彭松涛发行：《新加坡全国社团大观，1982—1983》，第 L—22 页，[新加坡] 文献出版公司，1983.

大部分，故其同乡会冠以"福建"之名便不足为奇。然而，直到薛中华为会馆总理时，仍"未有会员注册与登记"，绝大多数闽南人仍非为会员，"每届选举最多仅限三五十家商号或闽侨闻人而已"①。由于客观上存在着选举资格的限制（必须具备一定财力，以便履行职责），"这些要求实际上排斥了社会经济处于低层次的会员"②，所以早期福建会馆的群众基础是十分薄弱的，它实际上只是少数富裕的闽南商贾的组织。

1927—1929 年间会馆的改组是扩大群众基础的重要步骤。"福建会馆始于 1927 年 11 月底登报征集会员，凡闽侨优秀分子，有正常职业而愿认捐基金者，即可为永远会员，且可被选为会董。"③ 会员资格的认定为广大闽侨的入会敞开了大门，而会员注册、登记手续的实施，则是健全组织的基本保证。据两次世界大战之间新加坡的人口普查资料，闽籍华人最多，在华人总人口中所占比例先后为 40.1％（1921）和 39.2％（1931）。④ 又按二战后非闽南人在福建人中所占比例不超过 10％来看 ⑤，二战前新加坡闽南人应占福建人 90％以上，福建会馆的根基应十分雄厚。可惜缺乏当年的会员登记资料，无从做出精确的判断。但有一点是可以肯定的，亦即陈嘉庚必须依靠漳、泉二州富商的人、财、物力，加上地域观念的限制，故当时会员基本上仍局限于以

---

① ［澳大利亚］杨进发:《战前新加坡的福建会馆》，收入杨进发《陈嘉庚研究文集》，第 121 页，中国友谊出版公司，1988。

② ［澳大利亚］颜清湟著，粟明鲜等译:《新马华人社会史》，第 51 页，中国华侨出版公司，1991。

③ 同①，第 124 页。

④ ［英］W. G. 赫夫著，牛磊等译:《新加坡的经济增长——20 世纪里的贸易与发展》，第 155 页，中国经济出版社，2001。

⑤ 福建省地方志编纂委员会:《福建省志·华侨志》，第 64 页，福建人民出版社，1992。

泉漳为主的闽南人当中。直到陈六使任主席时，才"广邀福州帮、兴化帮与福建客帮参加会馆，使福建会馆不限于漳泉人士而成为所有福建人之会馆，名实相符，表里一致"。[①] 这也是帮派观念淡化和国家认同转向（不再是中国人而是新加坡人）的必然结果。

自陈嘉庚时代始，会员开始广泛参与会务，使会馆蓬勃而有生气。这又反证了人员扩展所带来的组织基础扩大这一重大变化的实在性。到了黄祖耀时代，福建会馆已是具有广泛群众基础的地缘性组织，其章程规定："凡是新加坡福建籍人士年龄达二十一岁及有正当职业者，都可加入本会为会员。"（第4条）为了鼓励会员多做贡献，章程又规定"任何会员缴付1000元的永久会员费后，将被接纳为永久会员"（第5条）[②]。与此同时，会务的公开化也是前所未有的，如在每期的会讯《传灯》上，都有各种会务活动的报道，并且不定期地公布新会员的名单。

考察新加坡福建会馆的历史，可以发现有一个以该会馆为中心的网络，先是覆盖了闽帮内的各地缘群体，进而扩展至整个新加坡华人社会。这一网络的形成，早期乃表现于闽帮内各地缘群体的分化与整合当中。例如，清代永春升格为州，与漳、泉二州平级，但永春人却无法进入闽帮的领导核心，故有游离于闽帮总机构之外的金兰庙和永春会馆等组织之出现。然而"当这些分化出去的小集团面对外帮时，立刻意识到力量的单薄，有必要在某

---

① ［澳大利亚］杨进发：《战前新加坡的福建会馆》，收入杨进发：《陈嘉庚研究文集》，第127页，中国友谊出版公司，1988。

② Memorandum and Articles of Association of Singapore Hokien Huay Kuan，p. 6、7，Singapore，1995.

种程度上依附于母体而生存",因而仍与总机构保持密切的联系,并最终又整合进闽帮大集团,永春人陈金声以"外围进逼"方式挤进闽帮领导核心,即可为证。① 此种网络化方式,可称为"内衍式"。

这一网络的形成,后来则表现于与其他华族社团的"执事关联"当中。"所谓'执事关联'(interlocking officership),就是指一对或数个社团聘用同一人士为董事、理事或重要职员的现象;一对社团如执事关联数愈多,则关系愈为密切,许多社团如有了执事关联,也就可借此作为交往的'频道'。"② 在新加坡福建会馆第 34 届 (1998—2000) 理事会的 47 位理事当中,兼任其他社团理事的有 42 人,约占 89%;在第 35 届 (2000—2002) 理事会的 48 位理事当中,兼任其他社团理事的有 45 人,约占 94%。其中兼任 4 个以上(含 4 个)其他社团理事的百分比分别是 32%和 27%。③ 在既无从属关系又无权威系统的各华人社团当中,完全是通过各社团领袖人物互相重叠而构成的网络来取得联系的。其中,一些社团的理事兼职的比例特别高,所兼职务也特别重要,从而成为联系的中心,可称为中心社团。新加坡福建会馆即属此类社团。这一点,除以上事实可作证明外,会馆主席黄祖耀同时又是新加坡宗乡会馆联合总会会长和新加坡中华总商会名誉会长,亦可为证。这样,以该会馆为中心的网络覆盖了整个新加坡华族社会,便是一个不可否认之事实。此种网络化方式,可称为"外延式"。

---

① 林孝胜:《新加坡华商与华社》,第 30~43 页,[新加坡] 亚洲研究学会,1995。

② 李亦园:《一个移殖的市镇——马来亚华人市镇生活的调查研究》,第 133 页,(台湾)"中央研究院"民族学研究所,1970。

③ 新加坡福建会馆编:《新加坡福建会馆第 34/35 届理事会名册》。

（四）功能性变迁之一：从凸显宗教一政治性到注重文化一教育性

时代变迁促使社团功能发生变化，功能的变化是"适者生存"法则的必然反映，所有社团概莫能外。"帮的存在把华人社会划分为各自独立的几个部分，每一个帮都形成了自己的世界，有它们自己特征的寺庙、墓冢和学校。"① 这些机构虽然一直延续下来，但在各个时期发挥的作用是不同的，至少其侧重点不尽相同，从而显示了一个社团在不同时期所承担的不同的历史使命。

故土文化的延伸及在新的土地上对自身命运的担忧，使宗教信仰成为早期华人移民最重要的精神生活。恒山亭和天福宫便是新加坡福建帮这种精神生活的物质载体。共同的祖先崇拜和神明崇拜，使来自闽南的华人聚集到一起。祖先崇拜唤起"根"的意识，神明崇拜则超越了经济利益和社会地位的差异，为本帮群提供了一个共同的宗教信条。二者都产生了巨大的凝聚力，闽帮领袖在此基础上才得以发挥其政治上的作用。这里要特别指出，祭拜航海女神妈祖的天福宫原为所有华人而建，但"由于该宫多数的创建人是已经控制（天福宫）理事会领导权的闽南人"，"他们（闽南人）还常把它作为会议和聚会的场所"，"最终导致其它方言组织不再参与该宫的活动"。② 然而，由于闽帮的实力最强，又由于共同的妈祖崇拜，所以天福宫作为华族社会宗教活动中心的地位并未根本动摇。这也是闽帮领袖成为事实上的华族社会领袖的重要基础。"1873 年立法议会议员里德（W. H. Read）

---

① ［澳大利亚］颜清湟著，粟明鲜等译：《新马华人社会史》，第 166 页，中国华侨出版公司，1991。

② 同上书，第 39 页。

指出，当时在新加坡至少有三位华侨商人起着甲必丹的作用，他们是陈笃生、陈金声和陈金钟"。而此三人均曾为福建会馆领袖，他们在作为闽帮帮主的同时，还作为殖民当局的代言人，"倾全力使本帮华侨服从英国的殖民统治，为稳定殖民统治序秩效劳"，① 从而使会馆具备了人格化的政治性能。由此可见，宗教、政治性能的相互关联，是福建会馆早期历史的重要特征。

那么，会馆的宗教—政治性是如何体现出其实效的呢？由宗教性派生出福利职能；由政治性派生出公证与仲裁职能，可说明这种性能—实效过程。早在恒山亭时代，"亭内订立规则，泉漳船只，要遵照规定捐化，否则其船中头目、伙计如有身故者，不许附葬于公冢"。② 天福宫和后来的会馆大约也继承了这种做法，并且捐赠给寺庙的款项也可部分地用于身故者，从而使闽帮成员的丧葬费用得以解决。在人生终结时得到妥善安置，历来为华人文化所注重，而此种物质上的福利即源于宗教性的精神寄托。另一方面，早在天福宫时代，陈笃生便"在任内开创了会馆证婚的先河"，③ 后任者亦继承之。再者，对于福建会馆这样的中心社团而言，仲裁职能尤为重要，"它的影响力越出会馆范围，对整个华人社会都具有广泛的影响"，④ 如薛中华任内"成功地调停

---

① 林远辉、张应龙:《新加坡马来西亚华侨史》，第210、212页，广东高等教育出版社，1991。

② 彭松涛发行:《新加坡全国社团大观，1982—1983》，第L—22页，[新加坡]文献出版公司，1983。

③ 新加坡福建会馆编:《新加坡福建会馆简介》，第2页，1995。

④ [澳大利亚]颜清湟著，粟明鲜等译:《新马华人社会史》，第45页，中国华侨出版公司，1991。

了福清、兴化二籍车夫打斗事件"。① 早期会馆的自治性能及其实效，可说是中国本土基层社会的自治性与殖民当局授予部分管治权力二者结合的产物。

然而，像福建会馆这样的华人社团的政治功能，毕竟要取决于殖民者的统治形式。1826 年后新加坡的甲必丹制度虽已废除，但英国人仍依靠华族领袖实行间接统治。直到 1877 年标志着英国人直接统治的华民卫护司署的成立，华人领袖的政治—社会角色才有了变化，福建会馆的政治功能因而有所削弱。另一方面，1906 年新加坡中华总商会成立，成为华族社会最高领导机构，在政治上发挥着重要影响。它采取分帮选举制度，各帮侨领通过进入其最高领导层来发挥政治上的作用，如福建会馆总理薛中华即曾任其会长。这样，在管治华人社会方面，福建会馆的功能进一步弱化和间接化了。

进入陈嘉庚时代，福建会馆"逐渐脱离帮的局限性与狭隘性，开始搞社会国家问题有关的运动"。② 如 20 世纪 30 年代福建会馆与星马闽侨会馆等发动的旨在革除闽南侨乡弊政、振兴社会经济的"救乡运动"；该会馆促请中华总商会召集全侨大会并致电美国与国联反对日本侵占中国领土的义举；该会馆发起的赈济故乡灾民运动，等等。这说明此间福建会馆的政治关怀有了新的侧重点，而它在本地政治生活中的作用则相对减弱。与此同时，因宗教、政治性能不再相互关联，复因改良劣俗和丧仪，会馆宗教职能的重要性也不如从前了。

---

① ［澳大利亚］杨进发：《战前新加坡的福建会馆》，收入杨进发：《陈嘉庚研究文集》，第 122 页，中国友谊出版公司，1988。

② ［澳大利亚］杨进发：《战前新加坡的福建会馆》，收入杨进发：《陈嘉庚研究文集》，第 127 页，中国友谊出版公司，1988。

陈六使出任主席的早期,福建会馆政治功能的指向出现了根本性的转变,至其后期,会馆的政治性功能则趋于消失,最终完全被文化—教育性功能所取代。二战后的十余年间,正好是新马华人国家认同转向的过渡期,陈嘉庚那种中国本位的政治思想已无法由陈六使来加以实践,后者逐渐疏离中国政治,转而关心居留地的政治发展。以陈六使为主席的中华总商会发起争取华人公民权的运动,号召华人运用选举权选出代表自己的议员。团结所有华人而不仅是一帮一派去争取正当权益,是历史赋予他的使命,这使得福建会馆的政治角色愈益淡出。在新加坡从自治到独立的过程中,"李光耀率领下的接受英式教育的华人领导集团害怕支持中国和华人权力的当地华商阶层"[①],最终使包括福建会馆在内的所有华人社团的政治功能都趋于消失。独立后的新加坡政府"不再从传统帮派社团首领中挑选高层管理人才,政府高层官员也大都不加入传统宗乡会馆的活动",[②] 使社团成为有别于政党的非政治性组织。至此,福建会馆成为纯粹从事民间活动的组织机构。与此同时,会馆的宗教职能也仅限于管理所辖庙产,与历史上曾具有的重要性无法比拟了。

在新加坡成为一个独立国家的过程中,对国人使用何种统一的语言有过激烈的争论。这一争论促使福建会馆对文化—教育倍加关注,并导致会馆的功能逐渐向兴办华文教育和振兴中华文化倾斜。在李光耀看来,在新加坡"这个多元种族、多元语言的社

---

①　[英] W. G. 赫夫著,牛磊等译:《新加坡的经济增长——20世纪里的贸易与发展》,第348页,中国经济出版社,2001。

②　李明欢:《当代海外华人社团研究》,第153页,厦门大学出版社,1995。

会里，英语是唯一能让大家接受的中立语言，并能使新加坡立足于国际社会"，因此政府大力提倡英文教育。但是许多华人"无法理解为什么在英国人统治下他们的儿女能完全接受华文教育，在自己的民选政府管理下却必须学英文"。李光耀的态度是"绝不允许任何人把华语的地位问题政治化"，因而压制了这场争论。而许多华人为了现实的利益，也只好让子女就读英文学校。① 华文教育的式微，是与福建会馆长期努力所追求的目标背道而驰的。

福建会馆重教兴学的历史源远流长。陈武烈任内即兴办道南、爱同和崇福女校三所学校。陈嘉庚改组会馆时，使许多闽帮所办学校得到会馆的经费补助，又创办南侨师范（二战后改为南侨女中并附设小学）。陈六使上任不久又有光华学校之创立。以上便是隶属于福建会馆的五所华校。1953 年 1 月 16 日，陈六使在会馆理监事联席会议上倡议筹办南洋大学，得到热烈支持。陈六使为此认捐 500 万元，福建会馆也捐出云南园土地约 203 公顷为建校之地。"南大创办工程涉及整个华社，在民间激起一股极大的热忱。的士司机、小贩、三轮车夫等等全把一天中所赚的钱捐献出来。"② 1956 年 3 月 15 日南大开学，南洋大学成为东南亚第一所华文大学。陈六使此举显然是受陈嘉庚创办厦大的影响，但"南大的创建，在陈六使眼中，完完全全是为马新文教发展而设，与厦大着眼培养中国人才旨趣大别"。③ 后来在政府倡导英文教育的过程中，"南大毕业生是另一股反对势力"，加上李光耀

---

① 李光耀：《经济腾飞路——李光耀回忆录》，第 142～143 页，外文出版社，2001。

② 同上书，第 145 页。

③ 廖文辉：《发展文教事业最杰出贡献：陈六使创建南大》，[马来西亚]《南洋商报》，1999 年 2 月 7 日。

认为接受华文教育的南大学生毕业后就业有困难，最终将其与新大合并而组成新加坡国立大学。①

英文教育与华文教育之争，既是现代与传统之争，又是源于不同文化背景的新加坡国家领导人与华人社会领袖之争。前者从国家的整体利益出发，后者则侧重于保持华族的文化特征，应该说都无可厚非。后来李光耀也承认，英文教育"的确造成我们的学生文化失调，使他们变得冷漠"，②因而发起学习华语运动。这就证明以福建会馆的领袖们为代表的观点有其前瞻性与合理性。以此为契机，福建会馆进入了一个以振兴文化—教育为特征的新时代。会馆所建立的"福建基金"于1977年获准注册为非营利有限公司，该基金除了用于慈善、福利事业之外，还是会馆属下五校学生奖、助学金的主要来源，其金额已从最初的300万元（新加坡元，下同）增加到1999年的2000万元。值得注意的是，近年来奖学金的颁发已超越了族群的界线，如2000年有两名马来族学生获颁大专奖学金。③会馆还大力倡导以文艺活动的形式来弘扬传统的精神文明，使所属学校在作为教学机构的同时，又成为文艺活动的基地。1991年，"新加坡福建会馆文化艺术奖学金"正式设立，以"资助具有文化潜能及肯献身文化艺术的人士修读华族文化艺术课程，以培养文化、艺术人才"。④此外，会馆辖下各庙宇的活动也不再是纯粹的宗教活动，而是具有了日益浓厚的文化色彩。学校和庙宇作用的多元化，显示了会馆历史使

---

① 同①，第143、147页。

② 李光耀:《经济腾飞路——李光耀回忆录》，第143页，外文出版社，2001。

③ 《福建会馆2000年常年奖学金颁发仪式》，[新加坡]《传灯》（新加坡福建会馆会讯）第21期。

④ 新加坡福建会馆编:《新加坡福建会馆简介》，第3页，1995。

命的新变化。

陈六使创办南洋大学并受到华族社会的广泛而热烈的支持，标志着福建会馆立足于华人社会的基点已经发生了变化，亦即从以宗教—政治性为依归转变为以文化—教育性为诉求。与此相适应，福建会馆的功能也发生了方向性的改变。兴办华文教育和振兴传统文化的运动虽因国内外的形势而一度受拙，但随着形势的变化，终于在黄祖耀时期出现了"柳暗花明又一春"的光明前景。

（五）功能性变迁之二："非营利性"前提下经济收入的来源与用途的转变

华人社团"是不以牟利为主要组建目标的民间志愿团体"，[①]这一性质决定了它的功能是非营利性的。然而，社团的运转和活动的展开又需要经费。解决这一矛盾的办法，一是会员的会费和捐助；二是在法律允许的范围内获取有限的经营性收入。由于时代的变迁，新加坡福建会馆的经济收入来源与用途都发生了很大变化。通过探讨这一变化过程，正可从另一侧面考察其功能性变迁。这里之所以将来源与用途联系在一起讨论，是因为二者是相互影响和制约的。

早期福建会馆的经济来源之一是天福宫的香火收入，但"天福宫每年入息与开支每每尚欠清楚，据陈嘉庚等人估计，天福宫每月入息约 2000 余元，每年最少则在万元以上"。[②] 此数目显然不敷天福宫本身的开销，因为陈武烈时仅"裁制三年一举之迎神

---

① 李明欢：《当代海外华人社团研究》，第 290 页，厦门大学出版社，1995。

② ［澳大利亚］杨进发：《战前新加坡的福建会馆》，收入杨进发《陈嘉庚研究文集》，第 123 页，中国友谊出版公司，1988。

会……每次估计可省糜费四五万元之谱"。① 所以会馆更为重要的收入应是财力雄厚的商人之捐助,这与前文提到的会馆的领导权为此类人所垄断,在逻辑上是吻合的。从福利开支的庞大,也可推断富商捐助之巨。那个时代的新马华人主要会馆,大都"可满足会员最主要的福利需要,包括免费接纳会员、寻找工作以及提供卫生保健和办理免费丧葬事宜"等。② 福建会馆当然不会例外。至于当时会馆所辖教育机构,也无一例外均为富商出资维持。

1927—1928 年间的改组使福建会馆确立了健全的财务制度,此后会馆每年收支均有数目可查。如 1930 年会馆累计收入达 8 万余元,其中 3 万余元为改选以前的旧董事所移交,其余"则出自会员与闽侨月捐等等";同年开支,"津贴与接管闽侨各校共费去 5 万余元",其余则用作他费。20 世纪 30 年代,新马华人会馆的特点之一是既关心桑梓又关心祖国兴亡,其中福建会馆起领先作用,经常筹款赈济故乡灾民和支援祖国抗战。此类款项显然无法由日常收入拨充,必须以临时性募捐来加以解决。如 1935 年 8 月,福建会馆"筹赈闽南水灾共得叻币 3.2 万余元,全共 5.2 万余元国币"。③ 可见陈嘉庚时期福建会馆的经济收入大致可分为日常性和临时性两部分,前者主要用于会内开支,后者主要用于会外开支。由于会馆群众基础的扩大,参与捐助的会员已大为增加。庙宇香火收入的比例则进一步下降。此外,1937 年

---

① [澳大利亚] 杨进发:《早年天福官的领导层》,收入杨进发:《陈嘉庚研究文集》,第 117 页,中国友谊出版公司,1988。

② [澳大利亚] 颜清湟著,粟明鲜等译:《新马华人社会史》,第 44 页,中国华侨出版公司,1991。

③ [澳大利亚] 杨进发:《战前新加坡的福建会馆》,收入杨进发:《陈嘉庚研究文集》,第 125～127 页,中国友谊出版公司,1988。

福建会馆注册为非盈利有限公司,[①] 可说是从法律上明确肯定了其功能的非营利性质。

陈六使时代福建会馆经济收入来源的最大变化,是从以会员捐纳为主转变为以馆业收入为主。此间会馆购置的主要产业有:"1952 年以 42 万多元购下云南园 900 余(英)亩土地;1964 年以 26 万多元购下万礼园 391 英亩土地;1964 年再以 52 万多元购下三巴旺 131 英亩土地。"[②] 此外 1954—1955 年间还以 40 万元在天福宫对面戏台地段兴建福建会馆大厦。购置馆业的资金除了长年积累之外,会馆领袖的垫付或捐献也构成其中的重要部分。如购云南园的资金即由陈六使垫付,一年后由会馆返还;建会馆大厦的资金则由陈六使与李光前各捐一半组成。这些产业的收入成为会馆所属教育和慈善事业经费的主要来源,有的楼宇还成为办学的场所,如福建会馆大厦同时还是爱同、崇福二校的校址。这样,会馆的主要经济来源便由直接取自会员过渡到取自所属产业的收入。从资金用途的角度来看,也从陈嘉庚时代的政治性用途突出,转变为陈六使时代的教育性用途居于主导地位。

陈六使时代还提出了建屋出售的思路,以拓展收入来源。1969 年 8 月,会馆常年大会通过了云南园建屋发展计划,拟于 162 多公顷土地上建 173 个单位住屋,费用估计为 500 余万元。[③] 尽管该计划的实施延迟多年,但它的提出却具有深远意义。当以政治热情为动力的会员捐助不再成为会馆收入的主要来源时,开拓符合市场经济要求的收入渠道便势在必行。而这种渠道必然与

① 新加坡福建会馆编:《新加坡福建会馆简介》,第 3 页,1995。
② 《福建会馆简史》,[新加坡]《传灯》(新加坡福建会馆会讯)第1 期。
③ 同上。

营利性事业相联系。按照国际惯例,非营利性的民间社团既可拥有财产,亦可在一定范围内经营有限的营利性事业,以弥补本社团公益性活动的开支。① 因此这一计划既符合市场要求,又不违背总体上的"非营利性"原则,同时它又可使会馆获得充足的经济收入。

黄祖耀时期会馆的有限的营利性事业获得长足发展。1987年会馆获得云南园开发准证,次年会馆独资附属公司"云南园实业私营有限公司"注册成立,建屋计划得以全面实施。经修订后的计划分为七期,拟建306个单位的排屋、独立式与半独立式的洋楼。至1993年一、二期共82个单位已全部售罄。② 此后会馆又成立了"倍利实业私营有限公司",开发马里士他路地段的房地产业。③ 逐步增多的营利性事业是否会影响会馆的非营利性质?这关键要看营利性收入如何使用。会馆章程规定:"本会馆不得将入息、财产或其中一部分当作以分利、花红或盈余方式,直接或间接的给予本会会员……但本会得以给予对本会确有服务的职员、工友、会员或其他人士酬劳……"(备忘录第4条)④ 这就保证了除必要的酬劳之外将所有经济收入用于公益事业,从而确保了会馆的非营利性质。

(六) 结语

饱经沧桑的新加坡福建会馆历时一个半世纪以上,它与时俱

---

① 李明欢:《当代海外华人社团研究》,第297页,厦门大学出版社,1995。

② 新加坡福建会馆编:《新加坡福建会馆简介》,第4页,1995。

③ 《确保会馆与时并进攀更高峰》,[新加坡]《传灯》(新加坡福建会馆会讯)第20期。

④ Memorandum and Articles of Association of Singapore Hokien Huay Kuan, p. 5~6, Singapore, 1995.

进地调整着自身的结构与功能，至今仍活跃于新加坡华人社会。这一事实本身就有力地说明它是一个具有典型意义的华人社团。与此同时，它也是一个典型的闽南人社团。从移民社会转变为定居社会，这一点新加坡华人与东南亚其他国家的华人并无区别，所以它仍然会遇到文化适应问题。华人社团的发展与演变，其基本点也是文化。"陈六使具有敏锐的洞察力……他警告道：'如果我们不采取行动保护我们的文化……40 或 50 年内，我们也许就不能再称自己为华人了'。"[①] 因此，包括新加坡福建会馆在内的所有华人社团，其外在形式可以因时代的变化而有种种不同，其内在本质却始终是文化的。在从传统到现代的不可抗拒的历史潮流中，华人社团始终围绕着文化调适这一轴心运转，因为"文化死亡的威胁比个人死亡产生更深刻的恐惧"[②]，而只有在变异中求得存续，才能避免文化的死亡。不仅如此，由于"会馆的历史通常孕育于国家与社会的互动之中"，[③] 它还必须在二者之间维持一种平衡，以便在错综复杂的利益关系中求得生存，从而将文化延续下去。至此我们可以说，新加坡福建会馆的历史，就是一部文化适应与社会适应的历史，同时它也是一部闽南人社会组织发展与变迁的历史。

----

① ［英］W. G. 赫夫著，牛磊等译：《新加坡的经济增长——20 世纪里的贸易与发展》，第 349 页，中国经济出版社，2001。

② 施振民：《菲律宾华人文化的持续——宗亲与同乡组织在海外的演变》，收入洪玉华编：《华人移民——施振民教授纪念文集》，第 243 页，菲律宾华裔青年联合会，1992。

③ Wing Chung Ng, Urban Chinese Social Organization：Some Unexplored Aspects in Huiguan Development in Singapore，1900—1941，p. 492，Cambridge：Modern Asian Studies，V. 26，No. 3，1992.

二、闽南人社团网络的个案——马来西亚麻坡镇的社团网络

(一) 麻坡镇、橡胶经济与闽南人

在马来半岛的西南端，位于今天的马来西亚柔佛州，有一个市镇叫麻坡。麻坡濒临马六甲海峡，夏季时印度洋的西南季风吹临此地，使雨量大增，而这里地处热带，全年气温变化又甚微，这些条件都十分有利于种植橡胶。1898 年马来亚华侨陈齐贤（祖籍漳州海澄）在马六甲西北试种橡胶成功，这是马来半岛大规模种植橡胶的开始。1900 年陈齐贤又在麻坡附近的班卒种植橡胶，这是柔佛州种植橡胶之始。1903 年起殖民当局开始强迫当地人民种植橡胶。起初人们尚未明了种植橡胶能获大利，大都不甚愿意种植。直到 1910 年前后，殖民当局进一步鼓励种植橡胶，乃有大批漳泉人和永春人移居至麻坡种植橡胶，使得 20 世纪 10 年代至 20 年代间该市镇的人口大增。麻坡自 1884 年开埠后，潮州人一直在经济上扮演主要角色，因为当地的主要作物胡椒和甘蜜的种植和销售几乎掌握在他们手中，此外他们也独占了麻坡的市场和一般日用品的经营。但是，闽南人的涌入和橡胶的种植改变了这种状况。漳泉、永春籍移民起初都是穷困的开垦者，聚居于未开发的山林中，从事艰苦的种植橡胶工作。但是当橡胶树长大、胶汁开始收获时，他们的状况便逐渐好转了。不数年后，他们中有的从胶农变成了橡胶园主，于是便从山林间移居到市镇上，又逐渐在市镇上占据了一定的地位。这样，1920 年之后，闽南人的势力在麻坡逐渐兴起，潮州人的势力则逐渐衰退。这种方言群势力的兴衰，代表了麻坡镇两个不同经济时期的兴替：1920 年以前是胡椒和甘蜜的时代；1920 年以后是橡胶的时代。而此后橡胶一直是麻坡的经济基础，所以闽南人也一直在

麻坡的社会生活中占据主导地位。

(二)"执事关联"——解读闽南人社团网络的关键

下文要叙述的麻坡镇的闽南人及其社团网络的事情,所依据的是一项实地调查研究。首先要说明的是,此项调查研究是由著名的人类学家、台湾民族学研究员李亦园领导进行的。

马来西亚以生产橡胶和锡而著称,而柔佛州是马来西亚产胶最丰的一个州,麻坡又是柔佛州最主要的橡胶产地,因此可以说麻坡镇是典型的橡胶生产集散市镇。1966 年至 1967 年间,当李亦园来此地调查研究时,麻坡的人口约为 6 万人,其中华人约为 4 万人,其他则为马来人和印度人。所以麻坡可说是以华人为主的市镇。华人多居于市街上,马来人则居于郊外,但也有不少华人居住于郊外从事橡胶种植。麻坡华人所用的方言主要是闽南话,讲此种方言的漳泉帮和永春帮人数最多,合称闽南帮。此外还有福州、潮州、海南、客家、广府、兴化和雷州帮。

在麻坡市镇作一番巡礼时,首先引起人们注意的是满街是会馆和社团。1966 年底的统计,竟有 73 个之多,最多的一条街上,多达 20 个社团,有时一栋楼上竟有四五个团体挤在一起。这些团体可以分为 6 类:会馆或同乡会(13 个);宗亲会(14 个);行业公会(18 个);娱乐性社团(18 个);宗教及慈善团体(8 个);全社区性社团(4 个)。为什么一个小小的市镇里会有这么多社团呢?这是因为华人旅居海外,虽聚集成为社区,却没有自己的行政系统可以治理内部、应付外力,因此他们必须组织各种团体,以更好地团结内部和对付外力。可是这些团体都是自愿结合而成的,学术用语上称为"自愿社团"(voluntary association),不但不能强迫成员参加,也缺乏行政机构所具有的权力和权威,因此对会员的约束力非常有限。为了弥补这一缺陷,便组建了尽可能多的无所不包的社团,以便尽量将各式各样的华人都纳入社会组织系统之中。虽然如此,华人社团仍有其基本的问题存在着,那就是这些社团表面上连成一气,形成一个系统,实质上却是互不统属的。比如说,福建会馆这样较高一级的会馆,对于漳泉公会这样的区域性会馆不能发号施令,后者只是名义上从属于前者而已。又比如说,中华公会或中华总商会等全社区性社团虽高居于福建及广东会馆之上,却也不能像行政机构发布命令那样让此二会馆完全服从。因此问题就在于,这些社团组织在互不统属的情况下,究竟以何种方式实现华人社会组织结构上的整合,从而达到步调一致、发挥实际效能的目的呢?换言之,华人社团如何建构一个社会网络并使其发挥功效呢?

经过一番观察探究,李亦园发现,原来这些作为整个社区华人活动的依据而又不相统属的社团,在结构上之所以能形成系统而顺利发生效用,完全是由于各社团的领袖人物经常互相重叠而构成一个网络,各社团之间便根据这种互相重叠联结的网络作为交往的频道而取得联系。很显然,在这个三四万人的华人社区内,要选出有地位有力量的人作为 73 个社团的董事、理事或监事(每一个社团的董事多则五六十人,少则十多人),其间重复在所难免;何况其中有许多社团的性质相近,甚至名相异而实相同,所以董监事名单的重复、兼职是很平常的事。这种领袖人物的重复关系,学术用语上称为"执事关联"(interlocking office-ship)。"执事关联"的现象,就机构的立场而言,一对社团或数个社团之间其领袖人物重复的例子愈多,其关系就愈密切;就个人的立场而言,这个重叠的执事关系,自然是最好的交往频道,利用这些交往频道便可沟通联络没有从属关系的团体,而整个社区之间便可形成一个完整系统了。

为了取得"执事关联"的具体数据,李亦园和他的助手一个个地访问了 73 个社团,取得了每一个社团的全体董监事名单。

等到 73 份名单都齐备了，他们便开始分析。第一步先把出现于董监事表上的每一个名字依笔画次序列入统计表，全部共取得 498 个名字。这 498 个人便是活动于这个华人社区各种社团组织的人物。第二步再依照 73 个社团的董监事表，分别把这 498 人所担任哪些社团的职位依次列入，登记完毕后，发现最多的一位竟身兼 16 个社团的职位；而身兼 10 个以上职位的有 11 人，兼 5 个以上职位的有 61 人，兼 3 个以上者有 130 人。根据"执事关联"的含义，他们认为兼职愈多者，其关联愈多，其影响力也愈大。第三步是从这 498 位中选出兼有 3 个以上职位的人物，共得 130 人。李亦园之所以采用 3 个为标准，第一是因为平均兼职数为 3；第二是因为 73 个社团中有许多性质极为相近，一人身为一对性质相近社团的执事是当然的事，不能看出其影响力超越同乡或宗亲的范围。而兼有 3 个社团执事者，就可以看出其活动已超过切身的范围了。被挑出的这 130 位兼有 3 个社团职位以上的人就被李亦园视为这个华人社区的领袖了。

130 位领袖人物被选出来之后，李亦园和他的助手又对他们做进一步的分析，以真正了解他们在这社区中如何发生作用。分析的项目和过程颇为复杂，但大致分为四大项：1.130 位领袖人物的执事关联关系；2. 他们的地位及影响力差异；3. 领袖的背景与分类；4. 他们之间的权力分配与冲突。其中的第 1、2 项与本节的主旨关系较密切，所以我们只引述李亦园有关此二项的讨论，而略去了第 3、4 项的讨论。

第 1 项领袖人物的执事关联关系，也就是说要分析这 130 位领袖中，每一个领袖与多少个其他领袖有共同执事的关系，以及每一位领袖共有多少执事关联的次数（两个领袖之间经常有不止一次的关系），前者被李亦园称为"相关领袖数"，后者被他称为"执事关联数"。根据李亦园及其助手的计算，最多关联的一位领袖,与其他 129 位中的 98 位有共一社团为执事的机会,98 即为此一领袖的相关领袖数。而此一领袖与其他 98 位领袖的关联有时不止在一个社团,实际上他与 98 位领袖的关联总数为 216 次,216 即是这一位领袖的执事关联数。我们自然无法将 130 位领袖的两种相关数都列举出来,但仅要列出若干有趣的数字,便可说明此种执事相关的重要性。在 130 位领袖中,与 60 位以上其他领袖有关联者为 47 人,与 30 位以上有关联者为 97 人。关联数在 100 以上者为 44 人,50 以上者为 83 人,30 以上者为 103 人。全部 130 位领袖的关联总数为 13013,平均数为 84.7。换言之,在这 130 位领袖中,每人平均有 84.7 次机会共同参加有关社团问题的决策,这种机会不能说不大。由此可见,这一华人社团是如何倚重这些领袖人物的错综复杂的执事关联关系,在社团事务上发生种种作用的。这是因为,一个领袖如与其他领袖有执事关联,便可借此一关联影响其他领袖或受其影响;一个领袖的关联数愈大,或者关联的领袖愈多,他可以影响其他领袖的机会也愈多。换言之,其在整个社团中的影响力也就愈大。而从全体的角度来看,领袖们相关联的数目愈多,则其互相影响、互相交往的机会也就愈多,其所代表的社团因而可借此繁复的交往频道结合成一有力的群体,而不必着重于有形的行政统属关系了。这便是海外华人适应环境的一种特殊的社会结构形式。

　　第 2 项领袖人物的地位及影响力差异。在分析领袖关联时,一方面李亦园暂且未把各个领袖在社团中地位的高低加以区别;另一方面他也暂时未把各个社团发挥效用的大小加以区别。但是,一个主要社团的会长与一个不重要社团的一般董事,实不可同日而语。所以,要区别一个领袖在社区内的影响大小及地位高低,实不应单从关联多寡作判断。为此,李亦园又进一步区分社团与职位上的差别,而给予各领袖一个“等级”上的排列。首先他从区别社团的重要性入手。一个华侨社团地位的轻重，乃视其执事关联的多寡而定，一个社团的执事如都是关联甚多者，则其影响力较大，反之亦然。但每个社团的理监事人数极不相同，从最多的 48 人至最少的 9 人，这自然牵涉其总关联数的多少。所以要评定一个社团的真正影响力，最好的办法是把理监事人数除总关联数，所得之商可称之为关联指数。如某社团执事人数为 25，关联总数为 130，后者除以前者所得之商 5.20 即为此社团之关联指数。关联指数大说明社团影响力大或地位重要，反之亦然。李亦园把各社团的关联指数分为四个等级：3.50 以上为一级；3.50—1.65 为二级；1.64—0.85 为三级；0.84 以下为四级。之后他又再区分执事职位的重要程度。他也把执事职位分为四个等级：会长、董事长或主席为一级；副会长、总务及财政主任为二级；一般各部主任或部长为三级；一般董事或理事为四级。然后配合社团的等级差别，给予不同社团和不同职位的执事以一个指数。最后，李亦园给每位领袖在何一种社团占何一种职位打一个分数，再把他所有分数加起来，就得到此一领袖的重要性指数。例如，130 位领袖中最高指数的一位是 77 分，因为他是一个一级社团的主席（得 7 分）；两个二级社团的主席（得 12 分）；三个一级社团的副主席（得 18 分）；一个二级社团的副主席（得 5 分）；三个二级社团的主任（得 12 分）；两个三级社团的主任（得 9 分）；两个一级社团的一般董事（得 8 分）；两个二级社团的一般董事（得 6 分）。全部加起来 16 个社团共 77 分。依此计算所得每位领袖的重要性指数之后，即可把 130 位领袖依照其分数的高低列成表，从而了解各人地位重要程度的情形了。[①]

至此为止，我们已经详细介绍了李亦园对麻坡镇华人社团进

---

① 李亦园：《人类的视野》，第 365～372 页，上海文艺出版社，1996。

行调查的基本方法。之所以要不厌其烦地这样做，不仅因为这样一种人类学田野调查方法十分有趣，能增长我们不少见识，而且因为此一过程能把以社团为支点的网络建构清楚明了地展现在我们面前，对于理解本节的主旨十分有用。

(三) 闽南人社团网络与麻坡经济生活

现在让我们回到闽南人及其社团所建构的网络这样一个问题上来。前文已经说过，自从橡胶时代开始以来，闽南人一直在麻坡社会经济生活中占据主导地位。下面再以李亦园的调查所得，看看这方面的具体情况。据 1966 年的资料，漳泉人和永春人在大橡胶园主人数所占的比例分别是 28.40% 和 25.93%，二者相加占华人大橡胶园主人数的 54% 以上。在小橡胶园主方面，此二群人所占比例更高，漳泉人和永春人分别是 30% 以上和 42% 左右，二者相加已占华人小橡胶园主人数的 3/4 了。由此可见闽南人在橡胶种植上的重要性。橡胶加工和销售方面，在麻坡，专门烘制与输出橡胶的头盘商有 5 家，其中有 3 家属漳泉人，1 家属永春人；二盘商有 80 家左右，约有 60% 为闽南人所有。闽南人在橡胶加工和销售方面也占优势。由于有这样的经济基础，所以闽南人在麻坡华人社会中便具有举足轻重的地位。

表现在社团的重要性上，在第一级社团中，就省级同乡会而言，福建会馆的关联指数为 6.23，远高于广东会馆的 5.00，福建会馆的关联指数甚至高于全社区性的社团中华公会 (4.34) 和马华公会 (5.77)；就区域性同乡会而言，福建人社团有永春会馆列入此等级，而其他方言群的社团则无一入选。在第二级社团中，就区域性社团而言，福建人社团有两个列入此等级，它们是漳泉公会 (关联指数 2.30) 和惠安公会 (关联指数 2.00)；潮帮有一个社团列入此等级，即潮州会馆 (关联指数 3.17)。无论是社团数目还是社团关联指数，应该说福建人社团都占优势。

表现在领袖人物的地位上，在 130 位领袖中得分最高的那位（77 分）即为福建人（永春人）。而各帮在全部领袖中所占比例，福建人共占 48.46%（其中漳泉 20%、永春 18.46%），几占一半，在各帮中居绝对优势。在领袖等级与帮群关系方面，福建帮中的永春人显示出与众不同的特点，其领袖有 45% 以上属第一等级，换言之，永春人中的领袖人物很多都是社区中地位高影响力大的人物。在四个等级总数 130 名的领袖群体当中，福建人最多，为 50 人；潮州人次之，为 39 人。但若分别以各等级计，潮州人则在第二等级中人数最多，为 14 人，福建人在此等级中为 11 人，不过在第一、三、四等级中，福建人仍为最多。所以总体来看，福建籍领袖人物的力量还是最大。①

既然橡胶是麻坡的经济基础，而以橡胶树种植起家，进而又在橡胶加工和销售方面占优势的闽南人，自然是麻坡经济的中坚力量。以此为基础，他们又在社团组织上居主导地位，具体表现为闽南人社团的重要性和领袖人物的地位总体上都超过其他帮群。反过来说，在麻坡，以社团为支点的社会经济网络，也可视为以闽南人为主的网络。李亦园在他的研究报告中说："在树胶业的经营系统中，除去胶园的种植及生产一方面外，尚有树胶的收集、烘制以及销售贸易等步骤，这一串的步骤有时固由一个业主或一家公司一贯操作，但大多数是分为许多部分经营的。凡是在乡间直接向胶农零星收购粗制胶片者，称为三盘胶商。在小镇开设店号专门收购三盘胶商以及一般胶农的胶片者，然后把胶片交给设有烘胶厂的商人者，称为二盘胶商，普通二盘胶商都自己

① 李亦园：《一个移殖的市镇——马来亚华人市镇生活的调查研究》，第 78~79、133~149 页，（台湾）"中央研究院"民族学研究所，1970。

设有小型凝结胶片的工厂，并且自己都有不同数量的树胶园。在大市镇内或其附近设有店号以及庞大的烘制树胶片者称为头盘商，头盘商在把烘制完成的胶片分类包装之后，分别运送到新加坡或巴生等口埠，然后输出至国外。"这便是一个庞大的工商业网络，这一网络与社团组织必然产生互动，也就是说，此一网络中的佼佼者势必成为社团领袖，而此类领袖领导下的社团又以自身为支点为网络提供更强大的支持，或者进一步扩展这一网络。所以李亦园又说:"……麻坡的树胶业在种植上固然由漳泉、永春两个福建帮所控制，而树胶的制作与贸易主要也是由福建人所经营。"李亦园的结论是:"福建人的两帮，也就是漳泉帮和永春帮，可以说踞于这个经济系统的最上层，因为他们控制了这个社区经济上最重要的树胶种植与贸易，同时也是若干较大企业及商户的所有者。"[1]李亦园所说的经济系统，用当今时行的话来说，就是网络。总而言之，麻坡镇的情况，为我们提供了一个以社团为支点的网络建构的典型个案，而这个个案恰好又是闽南人社团网络的典型个案。

　　至于以社团为支点的这样一个网络如何在麻坡的经济生活中发挥作用，虽然在李亦园的研究报告中没有详加说明，但此一事实在报告中还是多有涉及的。如在谈到漳泉、永春二会馆所担负的多种角色时，便提到其中之一是"会员联络、仲裁与救济的主持者";在谈到此二会馆二战后 20 年来执行委员会议决之事项时，也提到其中之一是"调解会员商业竞争纠纷"。此外，在谈到"各职业公会与特殊方言群之关连"时，报告指出:"战后成立的公会……或多或少与一个或两个特殊方言群有关，或者由某

---

　　① 李亦园:《一个移殖的市镇——马来亚华人市镇生活的调查研究》，第 78～79、83 页，(台湾)"中央研究院"民族学研究所，1970。

一方言群的成员所控制。"如杂货出入口商公会与潮州、漳泉方言群；酒商公会与漳泉、海南方言群；自由车（自行车）商会与兴化方言群；建筑工友会与惠安方言群，等等。①所以，这样一个网络除了更好地团结内部应付外力外，一个重要的功能就是支撑、调节以橡胶为基础的麻坡经济生活的运行。这一点，从作为网络连结点的领袖人物身上也可以得到证明。该报告说："在极富有的一级十五位领袖中，有九人（占百分之六十）是全社区性领袖，而第二级富有的三十位领袖中，有一半是全社区性的领袖，可见全社区性的领袖不但与较高地位等级有关，同时也与较富有的因素有关。"（李亦园将 130 位领袖的财富分为极富有、富有、小康、不富有 4 级）所谓富有，亦即在网络中有较强的控制能力，以及拥有较多可供其支配的资源。而这些又与他们的血缘、地缘背景有关："在一百三十位领袖中见之于宗亲会的'大姓'有如下各位：刘姓九位、蔡姓十三位、吴姓八位、陈姓十八位、林姓十位、李姓十位、王姓七位、黄姓九位。其中最特别的是刘姓，在九位姓刘的领袖之中有八位来自永春县之湖洋乡者，故实际上均属于同一世系，因此他们在领袖群中构成一有力的群体，而这八位之中有五位是第一级的领袖，且全体领袖中地位指数最高的领袖即是姓刘者……"②可见作为网络连结点的领袖人物，本身即经由网络运行而发家致富，他们当然要为发挥网络的经济运行功能而竭尽全力了。

---

① 同上书，第 95、97、113～114 页。

② 李亦园：《一个移殖的市镇——马来亚华人市镇生活的调查研究》，第 182、187 页，（台湾）"中央研究院"民族学研究所，1970。

三、美国的台湾闽南人社团活动之变化——以芝加哥地区为例

如果说 19 世纪中叶开始进入美国的华人移民大多数来自广东，那么 1949 年以后进入美国的华人移民中，来自台湾的占了相当大的部分，其中祖籍闽南的台海两岸移民又占了很大的比例。1980 年以后，更多的台湾移民迁徙到美国，其中闽南人占了相当大部分。台湾的闽南人，特别是其中的新移民，在美国形成的社会形态与老移民相比有了一些变化。这里想着重谈谈台湾的闽南人社团活动的变化。此处所谓的台湾闽南人社团，并不能简单地从字面上去理解，亦即并非特指来自台湾的闽南人组成的社团，而是包括了与台湾的闽南人有关的华人社团。因为台湾的闽南人在社会组织上是比较开放的，经常参与其他华人社团甚至非华人社团的活动。

传统的海外华人社团之活动范围往往局限于守望相助和维护自身权益，顶多再加上兴办公益事业特别是文教事业。然而华人新移民的社团之活动范围则广泛得多，几乎涵盖了所有的社会领域。台湾的闽南人社团大多属于后一种情况。在美国，"台湾新移民大多参与华人与非华人社团，而且会员来自台湾移民聚合的各地，活动范围较广，常是全区性的"。[1] 此处拟以芝加哥地区的台湾闽南人社团为例，作这方面的论述。美国第三大城市芝加哥是五大湖地区的中心城市，也是来自台湾的闽南人聚居的主要地区之一，其社团的辐射范围涵盖了五大湖以南和以西的伊利诺伊、爱荷华、明尼苏达、俄亥俄、威斯康星、密歇根、印第安纳

---

① 陈静瑜:《美国台湾移民的社会结构、适应与认同析探 (1980—2000)（上)》,（台湾)《海华与东南亚研究》第 3 卷第 3 期，2003 年 7 月。

等州。所以这里的论述以芝加哥为中心，也涉及上述数州的一些地方。

芝加哥地区台湾闽南人社团的一项重要活动是参与美国主流社会的政治活动，并且将其与乡亲联谊活动结合起来。美国是一个由移民组成的国家，其文化是多元的，因此其政治活动也往往夹杂着其他活动，并且有不同民族成分的参与。自 1981 年以来，芝加哥官方举办的国庆焰火晚会就与当地的美食节结合起来。在这种氛围下，台湾的闽南人社团不仅积极参与独立日庆祝活动，而且将这种活动娱乐化，借此机会进行乡亲联谊活动。家住芝加哥地区橡树溪镇的陈美丽，现任台湾同乡会芝加哥分会会长，每年的独立日前后都会邀请乡亲们到家中做客聚餐，并一起观赏焰火，就是这类活动的一例。①

以往美国的华人社团在参与和中国本土有关的政治活动时，往往有亲大陆和亲台湾的色彩。但随着时局的变化，两岸都是中国人的观念越来越深入人心，所以一些有台湾背景的华人社团也公开参与到和祖国大陆有关的活动中来，包括对中国驻美使领馆官员的送往迎来。例如，2007 年 7 月，芝加哥"国父纪念馆"和海外中山学社这两个社团组织，为欢送即将卸任的中国驻芝加哥总领事馆代总领事唐英、欢迎新上任的中国驻芝加哥副总领事储茂明，联合举办了一场晚宴。② 此外，这些社团还一如既往地关注中华民族历史上重大事件的纪念活动，如抗日战争的纪念活动。2007 年 7 月 7 日芝加哥中华会馆等七个社团便举行了纪念

---

① 黄惠玲：《百万芝城人共赏国庆烟火》，[美国]《世界日报》，2007年 7 月 5 日。

② 陈嘉倩：《芝城国父纪念馆设宴欢送唐英》，[美国]《世界日报》，2007 年 7 月 10 日。

抗日战争胜利七十周年的大会。①

在美国这个多元化的国家中,华人社会本身也在多元化,体现在华人社团上,就是社团组织不再仅限于传统的同乡会、宗亲会和商会,而是增加了许多新型社团,如青年和妇女组织、宗教团体,等等。这些社团的活动也更加活泼多样。台湾的闽南人社团也不例外。俄亥俄州克利夫兰市是台湾新移民众多的城市,1985 年该市与台北市还结成了姐妹城市。克利夫兰中华妇女联谊会就是一个以台湾新移民为主的团体,它经常举办一些文娱和联欢活动,以活跃会员的业余生活。2007 年 7 月的一天,该会就在一个公园的休闲中心举办了户外烤肉午餐会,"60 多位会员及眷属享受了一个温馨愉快的夏日午后"。② 而在同一个月,克利夫兰中华公所和克利夫兰华人基督教会也在该市的水边公园联合举办了"年度华人社区夏季野餐会"。③ 同年同月,芝加哥台美商会则举办了"第廿届台美商会杯高尔夫球友谊赛"。④ 可以看出,传统型社团如公所、商会等,也不甘示弱地与新型社团一起举办了形式多样的活动。

值得注意的是,与其他海外华人社团一样,台湾的闽南人社团也秉承了弘扬中华文化的传统,并将其在活动中体现出来。在美国,各国移民的文化既互相融合,又都保持自身的民族文化特

---

① 陈嘉倩:《芝城中华会馆办七七纪念会》,[美国]《世界日报》,2007 年 7 月 18 日。

② 颜邦蕙:《克城妇联会烤肉欢聚》,[美国]《世界日报》,2007 年 7 月 12 日。

③ 颜邦蕙:《克城华人教会 22 日办野餐》,[美国]《世界日报》,2007 年 7 月 19 日。

④ 本报讯:《台美商会高球赛 90 好手较劲》,[美国]《世界日报》,2007 年 7 月 12 日。

色，华人也不例外。台湾的闽南人社团首先是积极参与美国社会的多民族文化活动并在其中表现自己，其次则通过各种活动宣扬自身作为中国地方文化的特色。当"美亚友好协会芝加哥分会"于 2007 年 7 月在芝加哥举行"第二届芝加哥庙街活动"时，包括台湾闽南人社团在内的各华人团体都积极参加，庙街活动中有舞狮表演，还有中国字画和商品的展销。[①] 而当台北市青少年民俗运动访问团在同年 8 月到访芝加哥之前，本地区的台湾闽南人社团就做好了各种准备和迎接工作，包括在北美《世界日报》网站上发布消息，并指出此次活动"致力发扬中华文化艺术教育"之主旨。[②]

前文提到传统的华人社团尤其重视文教事业，而以新型社团为主的台湾闽南人社团，在其活动出现许多变化的同时，也继承了老社团的这个优良传统，积极兴办文教事业，特别是华文教育事业。因为"台湾移民移美后也希望子女能有机会继续接受相当的华文教育"。[③] 这方面的例子是很多的，兹举二例。2007 年 7 月，"来自美中（部）地区六州 103 位中文教师 14 日上午群聚芝加哥华侨文教中心，参加第 20 届美中地区中文教师研习会"，"今年的研习会由美中（部）中文学校协会及合作中校（中文学校）主办"。受美国中部的台湾闽南人社团之邀，台湾高校的三位教授及美国加州的四位中文教师前往芝加哥，为该地区的一百多名华文学校教师授课。"针对中文教学中有关注音符号、汉语

---

① 陈嘉倩：《芝城庙街开幕醒狮热舞》，［美国］《世界日报》，2007年 7 月 22 日。

② 《台北民俗团 8 月 9 日访芝演出》，www.worldjournal.com 13—07—2007.

③ 陈静瑜：《美国台湾移民的社会结构、适应与认同析探（1980 - 2000）（下）》，（台湾）《海华与东南亚研究》第 3 卷第 4 期，2003 年 10 月。

拼音"的"学习取向",来自台湾屏东大学的刘明宗教授认为,"汉语拼音及注音符号都是认识文字的工具,只要适用即可"。①这与台湾教育主管部门对汉语拼音的态度明显不同,也说明在美的台湾闽南人社团并不反对使用祖国大陆的汉语拼音,同时也反映了在美的台湾闽南人渴望让下一代学好汉语的迫切心情。

　　另一个例子是,2007 年 8 月 1 日至 5 日,美中(部)中文学校协会举办了芝加哥中华文化青少年夏令营,该夏令营在芝加哥北中学院举行,招收 8 岁至 15 岁的青少年。该夏令营由芝加哥地区的数所华文学校负责具体事宜,这些华文学校的校长都亲自参与,并且从诸位校长中选出夏令营的营主任和副主任。此外,芝加哥地区的社团也参与其间。该夏令营的筹备工作早在 7 月份就开始了。② 从夏令营的名称来看,中华文化是办营的主题。究其原因,在于华人对传统文化的重视。"尽管第二代台湾移民的中文能力已经下降,但是中国人的各种文化传统尚能保留,其中中国的传统节日在美国华人家庭中仍受重视,对年轻的一代而言,它已成为中国文化的认同基础。华人的传统道德、伦理观念、教育价值观(礼貌、勤劳、服务、敬老)仍被提倡并被灌输于年轻一代的思想意识中。"③ 从事美国台湾移民研究的学者陈静瑜的这段话,可以作为美国的台湾闽南人举办各种各样的传统文化教育活动的一个注脚。

　　最后再谈谈在美的台湾闽南人社团与各华人社团的互动。血

---

　　①　陈嘉倩:《中文教师研习会百家争鸣》,[美国]《世界日报》,2007 年 7 月 15 日。

　　②　陈嘉倩:《美中中校筹办青少年夏令营》,[美国]《世界日报》,2007 年 7 月 28 日。

　　③　陈静瑜:《美国台湾移民的社会结构、适应与认同析探(1980—2000)(下)》,(台湾)《海华与东南亚研究》第 3 卷第 4 期,2003 年 10 月。

浓于水的民族感情使海内外的华人都走到一起来，在美国的台湾闽南人也不例外。2007 年 7 月，国际狮子会世界年会在芝加哥举行，芝加哥台美商会会长庄三田、国际狮子会中国深圳 380 区总监张伟贤、国际狮子会香港区总监梁家昌，以及国际狮子会台湾总会议长刘祥发等人，在芝加哥相聚一堂，"两岸三地狮友们热烈交流，气氛融洽"。① 国际狮子会是一个全球性的商人组织，许多事业有成的华商都是会员。该会的一个特点是不分种族和信仰，会员都能彼此沟通联络感情。但是如果同一种族或民族的人不首先沟通，怎么能做好族际间的沟通呢？所以全球华商便利用这个机会彼此进行沟通，从而达致超越信仰和政治倾向，万流归宗之目的。芝加哥的台湾华商团体便是以这种天时地利人和的观念，来与祖国大陆和台湾的同行们共叙华夏情谊的。客观地说，这是包括了美国的台湾闽南人在内的全球华人社团走向共同繁荣之路的一个缩影。

---

① 黄惠玲：《台湾狮会设宴三地热烈交流》，[美国]《世界日报》，2007 年 7 月 9 日。

第四章

海外闽南人与侨乡的经济关系

第一节 海外闽南人对福建的投资

一、1949年以前海外闽南人对福建的投资

(一) 近代海外闽南人投资福建的历史轨迹

华侨出洋经商古已有之，他们的经商所得即为华侨资本的滥觞。但早期华侨经商所得大部分并没有用于投资，因此还不能算做真正的资本。进入19世纪后半期，西方资本主义开始控制殖民地的广大地区，华侨资本就在此时此地逐步生长，以致大量发展起来。这时的中国正处于被西方列强瓜分的危机中，清政府看到海外华侨的经济实力，希望借助华侨的力量发展实业，以应对列强的威胁，于是华侨便开始投资于中国。华侨在祖国投资当然有经济上的考虑，但更为重要的是他们希望以实业救国的拳拳之心为国出力。作为华侨重要组成部分的闽南华侨也在这时投资于国内，他们出于地缘的考虑大多在福建投资。近代闽南华侨在福建的投资可分为五个阶段：1919年以前为初兴阶段；1919至1927年为发展阶段；1927至1937年为高潮阶段；1937至1945

年为低潮阶段；1945 至 1949 年为崩溃阶段。[①] 各时期华侨投资福建的情况如表 1 所示。

表 1　1871—1949 年福建华侨投资各历史时期统计表

金额单位：折人民币（元）

时　段	1919 年以前	1919—1927	1927—1937	1937—1945	1945—1949	合　计
投资金额	16967232	23533294	69399850	12062644	17226787	139189807
年平均投资额	354494	2941661	6039985	804176	4306697	1784484
该段占全部投资的百分比	12.12%	17%	49.86%	8.66%	12.36%	100%

资料来源：林金枝、庄为玑编：《近代华侨投资国内企业史资料选辑（福建卷）》，第 51 页，福建人民出版社，1985。该表虽为 1871—1949 年福建华侨投资各历史时期统计表，但因闽南华侨在福建的投资占到华侨在福建投资总额的 90% 以上，故以该表表示闽南华侨在福建的投资情况，仅供参考。

　　闽南人投资福建最早应始于 1890 年。这一年廖芬记于厦门设立"厦门芳茂茶叶商"，陈炳记于厦门设立"厦门陈炳记"。[②] 然而，商业与金融业并不是闽南华侨投资福建的重点。19 世纪 90 年代，东西方列强大量投资于中国的铁路、银行、工业、矿业等领域，这些行业都是中国的经济命脉。在清政府"振兴实业"的口号下，中国掀起了"收回利权，提倡国货"的运动。海外华侨也积极地投身其中。在福建"收回路矿权"运动中，闽南华侨扮演了重要角色。1905 年漳厦铁路公司成立，为一商办企业，投资以印尼闽南华侨为最多。然而，在清朝覆亡前的混乱局

---

　　① 林金枝、庄为玑编：《近代华侨投资国内企业史资料选辑（福建卷）》，第 35 页，福建人民出版社，1985。

　　② 林金枝：《近代华侨投资国内企业概论》，第 300、305 页，厦门大学出版社，1988。

势中，该公司以失败告终。投资铁路不成，闽南华侨于是转向轻工业。1908 年，集美后溪人杨格非在厦门筹组淘化公司，生产酱油、罐头等食品。1909 年又有同安人郭祯祥于漳州设立漳州华祥制糖公司。辛亥革命后，华侨备受鼓舞，于是重新投资于路矿业。1913 年林文庆拟办福建实业公司即为一例。只是由于政局不稳，投资者才裹足不前。1914 至 1918 年的第一次世界大战期间，西方列强因忙于战争而放松了对中国市场的控制，华侨资本得以在这期间迅速积累，闽南华侨亦不例外。1890 至 1919 年是闽南华侨投资福建的"初兴阶段"，为华侨投资企业以后的发展打下了基础。

第一次世界大战期间，中国的民族资本发展迅速，华侨资本也不例外，堪称"黄金时期"。虽然一战后西方主要资本主义国家重新进入中国市场，但华侨投资企业的发展余势依然存在。闽南华侨鉴于前期投资铁路的失败经验，转而投资于公路事业。最早投资福建公路事业的闽南华侨为晋江安海人陈清机，他于 1919 年设立泉安汽车公司。1921 年，陈嘉庚先生也发起创办了同美汽车公司。闽南华侨之所以投资于公路事业与该事业的性质有关。与投资铁路不同，公路事业不需要巨额投资，可在短时间内赚取利润。另外，闽南华侨建设家乡的强烈愿望也是重要原因。除公路事业外，闽南华侨对投资于城市也极有兴趣，如房地产业、公用事业等。闽南华侨对城市的投资大都集中于厦门。如南安人黄奕住分别于 1921 年和 1923 年设立厦门电话公司与厦门自来水公司，为厦门的城市发展做出了贡献。对于一个城市来说，电话、自来水等都是不可缺少的，且这些行业往往都带有垄断性质，因此投资于公用事业有利可图，且收入稳定。这是闽南华侨有兴趣投资于公用事业的客观原因。1919 至 1927 年间，闽南华侨对福建的投资比上一时期增长了近 5 个百分点（见表 1），因此可以称之为"发展阶段"。这一时期闽南华侨投资福建的企业结构情况如表 2 所示。

表 2 1919—1927 年华侨投资福建企业结构情况统计表

金额单位：折人民币（元）

业　别	工　业	商　业	交通业	金融业	房地产业	服务业	农矿业	合　计
投资金额	5610652	2402193	1597500	2357635	11260000	60368	245000	23533294
占投资总数百分比	23.14％	10.27％	6.78％	10.01％	48.51％	0.25％	1.04％	100％

资料来源：林金枝：《近代华侨投资国内企业概论》，第 19 页，厦门大学出版社，1988。该表虽为 1919—1927 年华侨投资福建企业结构情况统计表，但因闽南华侨在福建的投资占到华侨在福建投资总额的 90％ 以上，故以该表表示 1919—1927 年闽南华侨投资福建企业的结构情况，仅供参考。

1927 至 1937 年是闽南华侨投资福建的"高潮阶段"，这一时期的总投资额占近代闽南华侨对福建投资总额的近一半（见表 1）。之所以出现投资高潮，与世界经济危机的发生是分不开的。1929 年开始的经济危机并没有马上波及到南洋与中国，但华侨已预感到未来的威胁，于是纷纷转向国内投资。另外，国内银价大跌也为华侨投资国内创造了有利条件。然而，这种投资热潮仅仅持续到 1931 年。如表 3 所示：

表 3 1927—1937 年华侨投资福建情况统计表

金额单位：折人民币（元）

年份	1927	1928	1929	1930	1931	1932	1933	1934	1935	1936	1937
投资金额	6196949	11732799	8132566	9804034	7246241	2168532	3138314	1193243	1637751	265726	3354542
投资指数	100	189.33	131.23	158.21	116.93	34.99	50.65	19.26	20.43	4.30	54.13

资料来源：林金枝、庄为玑编：《近代华侨投资国内企业史资料选辑（福建卷）》，第 42 页，福建人民出版社，1985。该表虽为 1927—1937 年中

华侨投资福建统计表，但因闽南华侨在福建的投资占到华侨在福建投资总额的 90％以上，故以该表表示这一时期闽南华侨投资福建的情况，仅供参考。

从 1931 年开始，世界经济危机已波及南洋与中国。久负盛名的陈嘉庚公司就于 1934 年宣布破产。1931 年九一八事变后，日本进一步加紧对中国的军事侵略。外部是日本的军事威胁，内部是国共间的内战，华侨投资的良好环境已不复存在。因此，闽南华侨对福建的投资在 1931 年后开始萎缩。这一时期闽南华侨多投资于福建的房地产业，占全部投资的比重高达 60％以上。[①] 投资地多选在厦门，除了这一时期厦门正在进行大规模市政建设外，厦门相对稳定也是华侨多居于此的重要原因。以晋江石圳人李清泉为例，他曾投资 30 多万银元，在厦门兴建 11 幢大楼。在他的影响下，李清泉家族的其他成员也积极投身于房地产业。当时厦门从关帝庙到大生里，从中山路到大同路，以及靠海地带的几十座大楼都为李氏家族所建。然而 1931 年以后，房地产业也难逃厄运。一位当时的房地产业者称："1933 至 1934 年由初期一方丈土地价 2500 元跌至 1500 元，1935 年更跌为每方丈 500 元。"[②]

1937 年七七事变以后，日军全面入侵中国。随着沿海地区逐步沦入日军之手，海外华侨对国内的投资开始发生转移。对于闽南华侨而言，除转向当时的大后方西南地区投资外，福建的内陆山区也成为新的投资地。在对福建的各项投资中，农垦业所占比例最大，占到该期投资总数的 55％以上。[③] 这种现象与当时的环境是分不开的。抗战爆发后，国民政府实行"统制经济"，华侨已无法向工业、商业、交通业等领域投资。另外，由于粮食缺

---

① 林金枝：《近代华侨投资国内企业概论》，第 23 页，厦门大学出版社，1988。

② 同上书，第 43 页。

③ 同①，第 28 页。

乏，投资于农垦业尚有利可图。1941 年底，太平洋战争爆发，身居南洋的闽南华侨投资福建的道路被彻底切断，其自身的生活也陷入悲惨的境地。从 1937 到 1945 年这段时间，闽南华侨对福建的投资仅占近代闽南华侨投资福建总金额的不到 9％，比上一时期减少了近 40 个百分点（见表 1）。以"低潮阶段"称之实不为过。抗战胜利以后，闽南华侨对福建的投资又出现了一个短暂的高潮。然而，随着国共内战的全面展开，闽南华侨所投资的企业最终走向崩溃。

（二）近代海外闽南人投资福建的基本特征及地位和作用

近代海外闽南人投资福建如从 1890 年算起至 1949 年，已有将近 70 年的历史。在长达几十年的发展历程中，海外闽南人对福建的投资经历过发展，出现过高潮，但最终却走向崩溃。这期间，闽南华侨在福建的投资活动有以下几个显著特征。

第一，投资金额不多。如表 1 所示，1949 年以前，闽南华侨投资福建的总金额约为 1.4 亿元（人民币）。而在 1936 年，外国在中国投资企业的资本就达 26.9 亿美元之巨。与 1949 年中国官僚资本所拥有的 100 亿至 200 亿美元的巨大资产相比，闽南华侨在几十年中投资福建的总金额简直是沧海一粟。[①] 这种情况与海外闽南人的经济实力密切相关，因为在广大的闽南华侨中，有能力回国投资者毕竟少之又少。另外，这一时期动荡的国内环境也对闽南华侨的投资活动产生了负面影响。

第二，投资多集中于华侨的故乡，而以厦门为最多。如表 4 所示，福建华侨的投资有近 90％在闽南地区，单单厦门一地就占 60％以上。

---

① 林金枝：《近代华侨投资国内企业概论》，第 36 页，厦门大学出版社，1988。

表4　近代福建华侨投资各地区统计表

金额单位：折人民币（万元）

地　别	福州	厦门	泉州	晋江	南安	安溪	永春	莆田	漳州	龙溪	其他	合计
投资金额	683	8749	799	673	308	133	299	58	944	298	975	13919
占全省投资的百分比	4.9%	62.88%	5.74%	4.83%	2.21%	0.97%	2.14%	0.41%	6.78%	2.14%	7%	100%

资料来源：林金枝、庄为玑编：《近代华侨投资国内企业史资料选辑（福建卷）》，第54页，福建人民出版社，1985。

由近代华侨多投资于自己故乡的情况可知，在福建投资的华侨多为闽南人。而闽南华侨多投资于厦门则可作如下解释。厦门是最早向西方打开大门的中国城市之一，投资环境经过多年的发展已变得比较良好，而且华侨的游资也多集中于此。另外，由于闽南内陆地区匪患严重，许多华侨无法对自己的家乡投资，于是便选择了同属闽南的厦门。这些华侨将厦门认同为自己的故乡，加上厦门所进行的大规模市政建设，投资于此就顺理成章了。

第三，投资以房地产业为最多。在海外闽南人投资福建的各行业中，投资额排名前几位的分别是房地产业、工业、商业和交通业。其中房地产业几乎占到全部投资额的一半，达到46%。（见表5）

表5　1871—1949年福建华侨投资各行业统计表

金额单位：折人民币（元）

业　别	工　业	农矿业	交通业	商　业	金融业	服务业	房地产业	合　计
投资金额	19243268	12026988	16332743	18775730	7955466	710612	63345000	139189807
占全省投资的百分比	13.82%	9.21%	11.73%	13.49%	5.71%	0.51%	45.53%	100%

资料来源：林金枝、庄为玑编：《近代华侨投资国内企业史资料选辑（福建卷）》，第55～56页，福建人民出版社，1985。该表虽为1871—1949

年福建华侨投资各行业统计表，但因闽南华侨在福建的投资占到华侨在福建投资总额的 90％以上，故以该表表示这一时期闽南华侨投资各行业的情况，仅供参考。

房地产业最大的吸引力在于，它的风险比较小，而且还可作为不动产来保有。① 1929 年世界经济危机爆发时，东南亚地区并未马上受到冲击，但已意识到潜在危机的华侨开始积极寻求出路。当时的情况是，"银价发生了暴跌……海外汇款就巨量流入，其中有许多都作投资之用。结果，都市里的地产事业就顿呈活跃之象……土地几经转手，价值增加了三四倍"。② 在丰厚利润的吸引下，加上"买田起厝、显宗耀祖"的传统观念，闽南华侨因此大量投资于房地产业。

第四，投资资金的主要来源地为东南亚地区。这种现象的出现主要是因为，闽南华侨几乎全部居住在东南亚地区。其中又以菲律宾的闽南华侨投资最多，占全省投资总额的 26％；其次是印尼，占全省投资额的 20％；再次是新加坡、马来亚等地。③ 由于地理位置较近，闽南人多移居菲律宾，从而占当地华侨的绝大多数。加上闽南人在菲律宾以经商为主，积累了较多的资金，从而为他们投资家乡提供了更多的可能。

第五，投资金额远低于侨汇金额。据统计，近代海外闽南人每年的侨汇约为 5000 万至 1 亿元，而每年的平均投资额则只有约 180 万元，不过占侨汇的三四十分之一。④ 早期闽南人出洋后

---

① 林金枝、庄为玑编：《近代华侨投资国内企业史资料选辑（福建卷）》，第 56 页，福建人民出版社，1985。

② 转引林金枝：《近代华侨投资国内企业概论》，第 42 页，厦门大学出版社，1988。

③ 同①，第 58 页。

④ 同①，第 52 页。

仍与家乡保持着密切的联系，在他们的观念中，发财致富、光宗耀祖才是出洋的最终目的，而让故乡的亲人过上好日子，是最起码的。因此，在他们辛苦赚到钱后，往往寄回家中供家人使用，而极少用于投资。虽然每笔侨汇的金额并不多，然而众多华侨长年累月的侨汇使其积少成多。上文也提到，闽南华侨中拥有巨额资产的毕竟少之又少，大部分人根本没有进行投资的能力。以上原因就造成了侨汇远高于投资金额的情况。

上文提到，近代海外闽南人对福建的投资总额是不多的，尤其与庞大的外资与官僚资本相比更是如此。但如果站在福建的角度看，情况就大不一样了。1949 年以前的福建工业，尤其是厦门一地，大都为华侨所办。以 1937 年为例，这一年福建工业总资本有 1300 万元，华侨资本就占了一半以上。[①] 由于闽南华侨在福建的投资占有相当的分量，它对于福建社会经济发展的作用自然不可小视。从小的方面讲，闽南华侨对福建的投资促进了本省工商业的发展，繁荣了地方经济，从而改善了人民的生活。从大的方面讲，它加速了福建沿海城市的兴起，进而加快了中国的近代化进程。

厦门是闽南华侨最主要的投资地，它的发展历程在福建最具代表性，其市政建设从一个侧面反映出华侨投资的巨大作用。在众多参与投资厦门市政建设的闽南华侨中，李清泉家族的事迹最令人称道。20 世纪 20 年代初期的厦门，没有公路，没有码头，房屋建筑也只是两层的土木小房。面对鼓浪屿的厦门海滨是一片烂泥滩，轮船无法靠岸，上下旅客和装卸货物只能靠小木船。李清泉认为要使厦门粗具现代城市规模，首先必须建起码头和商业

---

① 林金枝、庄为玑编：《近代华侨投资国内企业史资料选辑（福建卷）》，第 70 页，福建人民出版社，1985。

大厦。在李清泉的鼓动下,其叔父李昭北以"李岷兴公司"的名义投入巨资兴建面对鼓浪屿的厦门海岸。由于风高浪大,兴建中的海岸屡次被冲毁,最后是聘请了荷兰的工程师才建起了足以抵挡风浪的海岸,所以整个工程历时长达9年(1927—1936),耗资巨大,达200万银元。海岸完工后,又在沿线建起9个码头。自此轮船可以靠岸,厦门市容也根本改观。李清泉家族开发厦门的另一重大举措是兴建商业大楼。李氏家族从关帝庙到大生里,从中山路到大同路,以及靠海地带,建起了数十幢商业大楼。其中李清泉本人投资30多万银元,兴建11幢大楼,每幢均为4层以上的钢筋混凝土建筑。[①] 在闽籍侨领的带动下,南洋华侨纷纷倾资于厦门城市建设,侨建楼房构成了厦门房地产的半壁天下。

(三)近代海外闽南人投资福建的结局及其原因

近代闽南华侨对福建的投资经历了几十年的历程,这期间有过发展,也出现过高潮,但总体来讲却是以失败告终。[②] 其失败的原因当然很多,如华侨资本不够雄厚、官僚资本的压迫等。但根本的原因却只能在近代中国乃至世界的历史发展进程中去寻找。闽南华侨在福建的投资企业最早出现在清末,此时的清王朝已处在风雨飘摇中。民国的成立并未马上建立起较稳定的政治秩序,大大小小的军阀与土匪使中国陷入混乱。大革命结束后,中国总算有了较为统一的政治局面。所以,1927年以后的几年中出现了闽南华侨投资福建的高潮。然而好景不长,世界性的经济

---

① 许国栋:《李清泉传略》,泉州华侨历史学会编:《华侨史》第4辑(1990),第42~44页。

② 林金枝、庄为玑编:《近代华侨投资国内企业史资料选辑(福建卷)》,第74页,福建人民出版社,1985。

危机很快波及中国。随后而来的则是日本对中国大规模的侵略战争。在这期间，华侨投资陷入低谷。日本投降后，中国又陷入国共内战，这时的华侨投资企业也最终走到了它生命的尽头。纵观这几十年的历史进程，只能感叹造化弄人。闽南华侨的投资企业在悲剧中诞生，也注定要在悲剧中灭亡。以下就从每个时代选取最具代表性的例子说明之。

兵灾匪患中的泉安汽车公司。泉安汽车公司由晋江安海人陈清机于 1913 年发起创办。该公司于 1919 年开始修筑泉州至安海的公路，1921 年通车并开始营业。当公司的经营刚上轨道时，1922 年 10 月，驻扎福建的粤军出发回广东，征用公司的汽车运兵，使公司损失惨重。1923 至 1924 年，福建军阀间战争不断，泉安汽车公司因此遭受更大的损失。军阀王永泉占据泉州时，设立所谓警察捐，从车票中抽取，使公司财政大受影响。1924 至 1926 年，战事又起，土匪抢劫、绑票勒索层出不穷，公司恢复营业的努力成为泡影。1929 年无战事，但土匪抢劫却对公司造成空前惨剧。这一年，泉州车站被劫，公司人员中 8 人死亡，3 人受重伤。[①]

世界经济危机中的陈嘉庚公司。陈嘉庚是著名的实业家、教育家，于 1874 年生于集美，1891 年 17 岁时前往新加坡帮助其父亲佐理商业。子承父业后，陈嘉庚的事业开始蒸蒸日上。陈嘉庚在海外经营实业的同时也积极投资于家乡。先后投资于房地产，创办集美制蠔厂，合股创办厦门大同罐头食品公司，合资创办同美汽车股份有限公司等。陈嘉庚的企业王国于 1926 年达到其发展的顶峰。这一年，陈嘉庚公司雇用职工 3 万余名，办有工厂 30 余家，种植园万余亩，公司分行 8000 余间，代理商百余

---

① 陈达：《南洋华侨与闽粤社会》，第 192 页，商务印书馆，1938。

家。就是这样一个实力雄厚的大公司仍经受不住1929年世界经济危机的冲击，最终于1934年宣告破产。①

日军铁蹄下的淘化大同公司。淘化大同公司的创办人杨格非生于集美后溪，26岁时往南洋谋生。后回到国内，于1908年筹建淘化公司，主要生产酱油、水果罐头等。3年后，因股东间矛盾，杨格非又筹办了大同公司，同样生产酱油、罐头等。1928年，淘化公司与大同公司合并组成淘化大同公司，杨格非任总经理。合并后，公司业务量逐渐增加，还在香港设立了分公司。1938年，日军占领厦门，厂房被日军拆毁，不得不迁址于大生里。经掠夺与轰炸，该厂损失大部分财产，从而陷入瘫痪状态。原来的千人大厂到抗战胜利时仅剩二十多人。

国共内战中的黄重吉公司。黄重吉是马来亚华侨，他于1946年在厦门筹备办厂。在重重困难下，黄重吉于1947年10月办起了烟厂、酒厂、油厂、橡胶厂、电池厂等。工厂是建起来了，但购买原材料的外汇却得不到政府的批准。由于原材料得不到供应，黄重吉各厂不得不从黑市购买原材料，使得成本大大提高。与此同时，名目繁多的捐税也压得黄重吉各厂喘不过气来。到1948年底，除电池厂外，其他工厂都已停工或倒闭。到了1949年3月，电池厂也最终停产。

以上几个例子说明，投资成功最重要的因素就在于安定的社会环境。近代中国饱受战争磨难，在如此动荡的环境中，华侨投资企业少有成功的希望。

---

① 林金枝：《近代华侨投资国内企业概论》，第193～204页，厦门大学出版社，1988。

二、1949 至 1978 年海外闽南人对福建的投资

1949 年新中国成立，闽南华侨对福建的投资随着政权的更迭而进入一个新的历史时期。政权性质的改变使得华侨投资企业本身也发生了相应的变化。1956 年资本主义工商业改造完成后，华侨投资企业由"私"转"公"，昔日的企业主最终丧失了对企业的所有权。华侨投资企业性质的改变使一般意义上的"投资"不复存在，华侨投资公司的建立则为海外华侨参与中国的经济活动提供了一条新途径。

1949 年前后，福建地区虽饱受战争创伤，但闽南华侨的投资活动并未完全停顿。1949 至 1951 年，当时的晋江专区就有立群碾米厂等 3 家由闽南华侨投资创办的工业企业。① 随着社会经济的逐渐恢复，闽南华侨对福建的投资开始大量增加。1951 年以后，华侨投资的形式有两种：一是在政府协助下创办华侨投资企业及投资于归侨、侨眷的生产自救企业；二是在福建省华侨投资股份有限公司入股，由该公司创办企业。② 其中闽南华侨多采用第二种方式进行投资。1956 年以后，闽南华侨的投资更是主要集中于福建省华侨投资公司。以泉州籍华侨为例，1950 至 1967 年，泉籍华侨投资于福建省华侨投资公司和本地区企业的金额分别为 2400 多万元和 44.55 万元。③ 由此可见华侨投资在海外闽南人参与祖国经济活动中的重要性。所谓华侨投资公司就是"国家经营的侨资信托企业。华侨所投的资金是由国家掌控调

---

① 卓正明主编：《泉州市华侨志》，第 192 页，中国社会出版社，1996。

② 同上书，第 193 页。

③ 同①，第 185 页。

配的，所投的企业是由国家直接管理的，生产资料不为个人掌握或所有，华侨、侨眷投资于华侨投资公司所领到的股息，不同于私营工商业领取定息，而是和国内人民存款于国家银行所领取的利息性质一样"。① 其作用是"引导华侨、侨眷和港澳同胞，配合国家建设计划，投资于国内的地方工业和其他生产建设事业，保障华侨利益，安定侨眷生活"。② 由此看来，一方面，国家通过华侨投资公司向华侨募集资金进行国内建设；另一方面，海外华侨通过华侨投资公司参与国内经济活动。于是，海外华侨既延续了近代以来投资于国内的传统，又使爱国爱乡的美德得到传承。

福建省华侨投资公司成立于 1952 年 7 月。这不仅与政府努力吸收侨资进行建设有关，而且与海外华侨爱国爱乡的热情分不开。早在 1951 年 12 月，印度尼西亚第一届回国观光团就倡议募股成立福建省华侨投资公司，以兴办工业。③ 有一位漳州华侨写信给华侨投资公司说：投资建设祖国，繁荣侨乡经济，改善人民生活，对国家有利，对侨乡人民有利，对投资人本身也有利。我要鼓励大家来投资，集中更大的力量来支援国家工业建设。④ 这无疑道出了回国投资华侨的心声。福建省华侨投资公司从成立至 1967 年 6 月底停止募股，共存在 15 年。在此期间，总共吸收华侨资金 7000 多万元，为繁荣福建经济做出了巨大贡献。⑤ 据福

---

① 林金枝：《近代华侨投资国内企业概论》，第 146 页，厦门大学出版社，1988。

② 同上。

③ 李明欢主编：《福建侨乡调查：侨乡认同、侨乡网络与侨乡文化》，第 237 页，厦门大学出版社，2005。

④ 同①，第 146 页。

⑤ 卓正明主编：《泉州市华侨志》，第 194 页，中国社会出版社，1996。

建省华侨投资公司的资料，自 1952 年 7 月至 1962 年 6 月的 10 年间，投资户数已达 1 万 1 千多户。1962 年华侨投资总额比 1952 年成立时增加了 18 倍。投资金额相当于近代华侨投资福建工业总额的 3 倍。华侨投资公司根据国家经济建设计划和华侨的愿望，先后在福州、厦门、泉州、漳州、福清、南安、晋江等地投资新建了几十个工矿企业。① 除了新建企业外，华侨投资公司还对近代遗留下来的华侨投资企业进行了扩建，使其重获新生。一个典型的例子就是福州造纸厂。福州造纸厂原名福建造纸厂，是南安华侨陈希庆与晋江华侨李清泉等人于 1929 年发起创办的。该厂经过 3 年的建设才正式开工，但刚开工就受到世界经济危机的影响，生产陷于困境，年年亏损。抗日战争期间，该厂遭日军飞机轰炸，厂房几成灰烬，后部分机件迁往南平才得以保存。抗战胜利后，陈希庆回国筹款重建该厂，于 1948 年复工。但在当时国内严重的通货膨胀中不得不于同年 5 月宣布停工。在建厂后的 20 余年中，这个耗资百万的大厂从未给投资者发放过半分股息。1956 年，根据华侨的要求，福建省华侨投资公司拨款扩建新厂房，购买新机器设备，最终使福州造纸厂重获新生。②

不可否认，华侨对华侨投资公司的投资已不是真正意义上的投资活动。正如上文所说，投资者所领到的股息和银行利息的性质是一样的。并且在 1956 年资本主义工商业改造完成后，华侨早先所投资的企业由"私"转"公"，从而投资者的身份也随着企业性质的变化而发生了根本的改变。尽管如此，还是应该看

---

① 林金枝：《近代晋江地区华侨的国内投资》，收入晋江地区华侨历史学会筹备组编：《华侨史》第 2 辑 (1983)，第 220 页。

② 同上书，第 218～219 页。

到，这一时期的华侨"投资"极具时代特色，其对于祖国的贡献以及其中所包含的爱国热忱是不容否认的。

三、1978 年至今海外闽南人对福建的投资

（一）改革开放以来海外闽南人投资福建的历程

"文化大革命"中，海外闽南人对福建的投资完全中断。中国实行改革开放政策后，海外闽南人才重新开始中断已久的对家乡的投资活动。

改革开放之初，中国又一次向世界打开大门。由于这一时期相关的政策法规与投资环境的不完善，外商对于来福建投资具有较多的顾虑。更重要的是，他们对中国政府政策的持久性缺乏信心。但海外闽南人却利用自己特殊的地缘优势，如他们的先辈一样率先"投石问路"，在福建创办投资企业。海外闽南人最初的投资多选在利润丰厚、风险较小的房地产业与服务业，① 这与近代闽南籍华侨在福建的投资也有相似之处。而在侨乡，海外闽南人多与"三闲"（闲钱、闲房、闲劳动力）相结合，建立"三来一补"企业。所谓"三来"，就是来料、来件、来样加工装配，即由外方提供原料、零配件及样品或图纸；所谓"一补"，就是补偿贸易，外商所提供的原料、原件、样品以及部分加工设备用加工后的产品来清算偿还。海外闽南人所参与创办的"三来一补"企业不仅为外资在福建闯出了一条成功的道路，更为侨乡乃至福建本身的经济起步打下了坚实的基础。

经过几年的探索性发展后，海外闽南人投资取得了不小的成

---

① 俞云平、王付兵：《福建侨乡的社会变迁》，第 143 页，湖南人民出版社，2002。

功，这时的福建也进一步开放。1984 至 1985 年间，厦门经济特区的范围扩大到厦门全岛，福州成为 14 个沿海开放城市之一，马尾经济技术开发区与闽南经济开发区被批准建立。[①] 这为海外闽南人的投资活动提供了更加广阔的空间。经过"三来一补"，海外闽南人在福建的投资逐步走上"三资企业"的发展阶段。但在这一过程中，福建的经济发展却经历了一小段波折。1985 年，福建经济的各项指标都达到历史最高点，出现过热现象。原因就在于当时国内信贷失控，基建膨胀，使外商对中国市场的支付能力产生误解，导致外资盲目涌入。鉴于此，国家和福建省都出台了相应的政策，以抑制经济过热现象。所产生的直接结果就是福建省吸收外资的急剧下降。[②] 但经过相应的调整，自 1987 年起，外商投资额开始逐步回升，海外闽南人的投资自然也是如此。

经过 1986 年的短暂曲折之后，海外闽南人在福建的投资开始进入平稳、成熟时期。其表现在于：投资企业总量稳定增长，其产业分布趋向合理且重点产业突出。在经历了最初的分散办厂、单一发展的阶段后，海外闽南人开始向连片、综合、基础性开发及系列生产方式转变，有计划、有组织、大规模地在福建投资创办各种类型的开发区、工业区、工业村、科技园及农业综合开发区。[③] 以晋江为例，安平开发区、东海坡开发区、福埔开发区等就是海外闽南人在 20 世纪 90 年代初投资兴建的综合性

① 张学惠、江作栋：《福建侨港澳投资企业 20 年发展概况 (1978—1998)》，收入杨学溥主编：《改革开放与福建华侨华人》，第 28 页，厦门大学出版社，1999。

② 俞云平、王付兵：《福建侨乡的社会变迁》，第 144 页，湖南人民出版社，2002。

③ 同①，第 32～33 页。

开发区。①

（二）改革开放以来海外闽南人投资福建的特点及对福建经济发展的贡献

改革开放后海外闽南人投资福建到现在已有近 30 年的历史，在新的历史时期，其投资主要有以下几个特点。

首先是投资资本主要来自港澳地区。改革开放以来，福建所利用的外资主要来源有三方面：一是港澳台，二是以新、马、泰、菲、印尼等东南亚国家为代表的发展中国家，三是以欧美为代表的发达国家。来自发达国家的资本几乎不含华人资本，而来自发展中国家的资本几乎是华人资本。1979 至 1997 年间，来自新、马、泰、菲、印尼五国的资金为 14.17 亿美元，占此间福建利用外资总额 233.04 亿美元的 6.1%。其次是他们假道港澳，以港澳的名义投入福建的资金，约占福建利用外资总额的 27%。其中又有两种情况：一种是由于某些国家的限制，迫使华资先假道港澳，再投入中国；另一种情况是海外华人将投资港澳的所得再投入中国。另外，港澳地区本来就有大量闽南人，他们对福建的投资也应包括在海外（境外）闽南人对福建的投资范围之内。当然，香港、澳门回归后，这一部分投资者的身份也发生了相应的变化。

其次是海外闽南人自东南亚对福建的投资并不多。上文已提及，直接来自东南亚地区的投资仅占福建利用外资总额的 6.1%。有学者认为，出现这种情况的主要原因是，"由于战后东南亚华侨绝大部分已加入居住国国籍，成为外籍华人，他们的生存攸关不是中国，而是当地；除此以外，东南亚地区本身也是发展中国家，需要大量资金发展本国民族经济；有些国家对外汇出

---

① 李明欢主编：《福建侨乡调查：侨乡认同、侨乡网络与侨乡文化》，第 253~256 页，厦门大学出版社，2005。

口进行限制。此外，中国的投资环境和优惠措施对东南亚华人企业家来说，还缺乏足够的吸引力，不如在当地投资"。① 如果从发展的观点来看问题，此种看法只适合于说明十年前的情况，近年来闽南人自东南亚对福建的投资已逐步增加，因为上述论者谈到的国内外环境已发生了变化。

再次是投资地区较近代更为广泛。近代海外闽南人在福建的投资多集中在沿海城市，尤以厦门为主。到了改革开放后，这种情况已发生了很大变化。从大的方面讲，海外华人在中国的投资已遍布所有省份。就海外闽南人在福建的投资来讲，也已遍布全省。改革开放以来中国各地的社会治安状况与近代自然不可同日而语，使得现在的投资者早已没有了先辈们的顾虑。另外，中国政府全方位的开放政策也促进了这种局面的形成。还有一点需要提出的是，现在的海外闽南人投资者更看重投资所带来的经济利益，这与他们的先辈也有所不同。近代闽南华侨在投资过程中自然也要考虑到效益的问题，但一种爱国爱乡的情怀往往起了更大的作用。而现在的海外闽南人投资者视效益为第一要务，并以此标准来选择最佳的投资地点。当然，他们对自己的家乡仍怀有深厚的情感，否则对家乡公益事业的大量捐赠便无法解释。以上是从与近代的比较来看，如果从改革开放以来的近 30 年来看，也存在一个投资地由沿海向内陆扩展的趋势。开放之初，海外闽南人多投资于厦漳泉、福州等沿海地区。这与国家的开放政策是密切相关的。等到开放地区扩展到内地，投资者也从沿海向内陆转移。不过沿海地区始终是投资的重点。

---

① 林金枝：《海外华人在中国大陆的投资及其特点（1979—1988）》，收入厦门大学南洋研究所编：《南洋研究论文集》，第 214 页，厦门大学出版社，1992。

最后是早期投资以饭店及服务业为主。饭店及服务业风险较小、利润较高，且在开放之初也是中国最欠缺的。海外闽南人在改革开放初期投资于这些领域除了经济上的考虑外，对中国政府政策的稳定性缺乏信心也是重要原因。但经历了几年的发展之后，海外闽南人逐渐打消了先前的顾虑，所投资的领域也开始扩大，并随着国内、国际的经济形势进行调整。

上文提及，改革开放以后，海外华人在福建的投资占到福建利用外资总额的1/3。从海外闽南人在福建华人中所占的重要地位来看，其在福建的投资也应占有相当的比例。但与近代海外闽南人在福建华侨投资所占90％的比例相比，当代海外闽南人的投资比例尚难于企及，这主要是因为其他地缘群体的比例提高所致。尽管如此，改革开放以来海外闽南人在福建的投资对福建经济发展所起的推动作用，再怎么高的评价都不会过分。

首先，海外闽南人是外商投资的先行者。在福建经济近30年的发展历程中，海外闽南人总是以各种新方式率先参与福建的投资。从改革开放之初的"三闲起步"、"三来一补"，到创办"三资企业"，一直到创建开发区和组建企业集团，海外闽南人总是走在最前面。这与他们所具有的亲缘优势是分不开的。1979年改革之初，海外闽南人就前来参与"三来一补"企业的创办。以泉州市为例，泉州从1979至1987年共创办"三来一补"项目968个，收入近5000万美元，安排了7万多人就业。如南安的海外乡亲吕先生，他从在故乡创办针织厂起步，发展到成立中外合资的纺织有限公司，继而又创办了一系列配套企业，形成了一个纺织生产基地。①

---

① 张学惠、江作栋：《福建侨港澳投资企业20年发展概况（1978—1998）》，收入杨学溎主编：《改革开放与福建华侨华人》，第36页，厦门大学出版社，1999。

其次，海外闽南人是外商投资的桥梁。由于在侨乡具有亲缘及情感关系，海外闽南人以自身的企业与经营活动为载体，在福建与不同投资主体间架起一条联系交流的桥梁。他们投资参与福建土地的成片开发，按照国际惯例改善、优化投资环境，以帮助福建提高对外开放的水平，为中外合作创造合适环境。这样，海外闽南人就开创出一条"以侨引侨，以侨引外，以侨引台，侨港澳台外联合投资"的引资模式。如泉州安海旅新同乡会名誉会长黄先生就联合菲律宾、台湾地区等地的实业家投资 3000 万美元合资开发泉州安平开发区。①

最后，海外闽南人促进了侨乡经济的发展。与近代的先辈们一样，现在的海外闽南人在家乡的经济建设中也起到了极为重要的作用。以晋江为例，海外晋江人社团经常组团前往晋江考察经贸合作和投资环境，鼓动海外乡亲回祖籍地投资，同时又请晋江政府官员和民间企业家前往海外洽谈商务。1985 年菲律宾让德堂吴氏宗亲会组团回乡谒祖，返菲后就开会鼓动在菲吴氏乡亲回乡投资。1989 年晋江举办乡镇企业产品展销会，晋江旅菲清真五姓联宗会、旅菲陈埭同乡会、旅菲丁氏宗亲会联合组团回乡参加，洽谈合作项目。1993 年菲华商联总会前理事长李永年回乡谒祖，并洽谈和考察投资项目。1978 年以来，仅由晋江县（市）级领导出面接待的海外团组就达 305 个。通过这种方式，除了加强了亲情外，更为侨乡的经济发展贡献了力量。

（三）当代海外闽南人投资福建获得成功的时代背景

改革开放以来，海外闽南人在福建的投资活动虽经历过波

① 张学惠、江作栋：《福建侨港澳投资企业 20 年发展概况（1978—1998）》，收入杨学溁主编：《改革开放与福建华侨华人》，第 38 页，厦门大学出版社，1999。

折，但仍可用"成功"二字进行概括。时代已经不同，国内外形势和环境已经发生了很大的变化，海外闽南人投资家乡因而具备了更多的有利因素。

从中国国内来看，20世纪80年代至90年代，改革开放的春风已吹遍祖国大地，政府的重视、民间的热情，都为海外闽南人的投资创造了良好的环境。各级政府经常组织招商引资活动，为华商提供了许多便利。各地侨乡也为改变自身的面貌而行动起来，积极配合华商的到来。

从海外来看，首先，随着冷战的趋缓和结束，以及中国国际地位的提高，世界各国纷纷与中国建立了良好的外交关系，海外闽南人恢复了与家乡来往的正常渠道。随着各国华人社会由移民社会变为定居社会，"落叶归根"观念也被"落地生根"思想所取代。换言之，终老还乡已不现实，世代定居于所在国是大势所趋。然而，尽管大多数海外闽南人加入了所在国国籍，政治上认同于居住国，但文化上往往还保持着民族特色，对祖籍国和祖籍地仍充满感情。虽然他们回乡投资再也不是为了寻找归宿，而主要是为了获取经济利益，但对文化上的"根"的依恋仍然是投资的推动力之一。其次，随着海外闽南人与所在国民族日益和睦相处，排华风潮在大多数国家已不多见，当代海外闽南人所面临的社会环境较他们的前辈有所宽松。他们的经济实力也普遍比以往增强，具有更多的资金来华投资。海外闽南人在居住国大都已站稳脚跟。这就为他们贡献家乡打下坚实的基础。再次，海外闽南人社会比二战前更加成熟，组织性更强，其社团更加多元化，数目也更多，活动能力更是大大增强。海外闽南人回乡投资或是从事公益活动，多以社团形式来推动，这样做使他们更有力量，也更能得到中国各级政府的重视。最后，世界性的闽南人宗乡网络近年来加速形成，不少全球性的闽南人宗乡联谊会近年来多选在祖籍地召开，联谊会同时也是经贸洽谈会、招商引资会，这就为海外闽南人提供了贡献家乡的空前广阔的舞台。所有这一切，都构成了当代海外闽南人投资福建获得成功的时代背景。

第二节　海外闽南人对台湾的投资

台湾经济发展的资金来源有政府投资、民间投资、侨资和外资。台湾各个时期的经济发展与侨资尤其是海外闽南人的投资紧密相关。台湾在被日本殖民统治时期就开始有外资流入，二战后，由于各方面原因，形成华侨、华人投资台湾的热潮。在海外华侨、华人社会中，闽南人占有极其重要的地位，海外闽南人对台湾的投资成为一股不可忽视的力量。

一、海外闽南人投资台湾的原因

人口迁移是推力和拉力共同作用的结果，同样的，迁出的人口回到原住地进行投资，也是这两种力共同作用的结果。海外闽南人投资于台湾，正是在推力和拉力的共同作用下出现的。虽然从台湾迁出的人口只占海外闽南人的一小部分，但因台湾属于闽南文化圈，所以台湾是所有海外闽南人心目中的文化故乡的一部分。

（一）海外闽南人投资台湾的拉力

海外闽南人投资台湾的拉力可以分解为两方面的内容：一方面是台湾当局需要海外闽南人投资的原因；另一方面是台湾当局为了鼓励海外闽南人投资台湾所采取的措施。

首先来看台湾当局需要海外闽南人投资的原因，主要包括经济和政治两方面原因。国民党当局迁台初期，台湾岛的经济环境比较恶劣，国民储蓄率很低，资金严重匮乏，劳动力过剩，技术落后。20 世纪 60 年代中期以前，台湾经济处于恢复和"起飞"

的准备时期。在"美援"的支持下，虽然其经济发展逐渐走出混乱，得到一定的恢复和发展，但是为了搞好经济建设，为了促使其经济"起飞"，还需要外部资金的注入，而血脉相连的海外侨胞正是这种资金的重要来源，因此海外华侨、华人的投资也受到台湾当局的鼓励。60年代中期到70年代中后期是台湾经济的"起飞"时期。美国于1965年停止"美援"，在这种形势下，台湾当局为了保证其经济"起飞"的顺利实现，加大了侨资的引进力度，可以说，侨资尤其是海外闽南人的资金在台湾经济"起飞"的过程中起到了至关重要的作用。80年代以后，台湾经济进入新的转型时期，一方面经济转型需要侨资支持，另一方面，民间资本大量外流，主要是流向东南亚国家和祖国大陆，使得岛内可利用资金减少，需要侨资来弥补。这是经济方面的原因。

台湾当局鼓励海外华侨、华人投资台湾除了经济上的原因外，还有其政治上的考虑。"中国国民党政权迁台后，亟需透过海外华侨开展'国民外交'活动，拓展其外交空间。"① 台湾当局一方面是要通过引进侨资争取海外华侨、华人的民心；另一方面是想通过华侨、华人来影响其居住国对台政策和态度。由于上述原因，台湾当局十分重视华侨、华人的投资。在台湾当局的心目中，侨资是长期的可靠的资金来源，与岛内民间资金居于同等重要地位。台湾当局认为，海外侨胞与岛内民众对于经济建设有着同等的权利和义务。居于这个理由，台湾当局和台湾民间企业家都欢迎侨胞回台湾投资。② 实际上，在对台投资的海外华侨、华人中，闽南籍华侨、华人占有很大的比重。1953—1975年间，

①　周南京总主编，方雄普、冯子平分卷主编：《华侨华人百科全书·侨乡卷》，第608页，中国华侨出版社，2001。

②　定治中：《侨资与祖国》，第5页，（台北）金石堂书店，1986。

东南亚五国（菲、新、马、泰、印尼）华侨对台投资累计达1.47亿美元，其中以闽南人为主体的菲律宾华侨的投资最多，达9500万美元，约占此间东南亚华侨对台投资总额的65%。[1]1976—1987年，新加坡成为东南亚投资台湾最多的国家。

其次来看台湾当局为了鼓励海外闽南人投资台湾所采取的措施。为了吸引海外闽南人对台投资，台湾当局在不同时期采取了各种不同的措施，不断改善投资环境。

第一，制定和改善相关的投资法规和条例。制定投资法规和条例，使投资人有法律上的权益保障，对于吸引侨资，起到很大的作用。20世纪50年代，台湾当局为了发展进口替代工业，于1952年颁布了《鼓励华侨及旅居港澳人士来台举办生产事业办法》和《自备外汇输入物资来台举办生产事业办法》。1954年颁布了华侨回台投资办法，1955年制定华侨回台投资条例。该条例对华侨回台投资作出鼓励与保障的规定，明示对侨资给予欢迎。[2]在20世纪60至70年代，为了配合发展以出口加工经济为主导的外向型经济，台湾当局对华侨回台投资条例进行了多次修改，不断扩大准许华侨、华人投资的范围，进一步提高对侨资利益的保障。1977年，台湾当局为激发民众、华侨及外人的投资意愿，大力改革岛内投资环境，乃修正"奖励投资条例"及制订"改善投资环境实施要点"，于是投资意愿普遍提高，1977年和1978年的侨资和外资，遂有激升之现象。[3]1990年以来，台湾当局又对华侨回台投资条例作了修改，进一步鼓励他们投资兴

---

① 顾长永：《台湾与东南亚的政治经济关系：互赖发展的顺境与逆境》，第153页，（台湾）风雨论坛出版有限公司，2000。

② 台湾"侨务委员会"编：《侨务五十年》，第206～207页，1982。

③ 定治中：《侨资与祖国》，第152～153，（台北）金石堂书店，1986。

业于岛内。

第二，设立辅导华侨、华人对台投资的机构。为了方便华侨、华人来台投资，台湾当局设立了"侨务委员会"第三处、"经济部"投资审议委员会、"经济部"投资业务处；为了拉动华侨、华人来台投资，台湾当局在香港、美国等地，设立专门机构，专门经办华侨、华人回台投资事宜。同乡会也是联络华侨、华人回台投资的重要机构，因为有些同乡会与海外的同乡及华侨社团联系密切，华侨、华人回台参加各种活动时，同乡会常常会出面接待，因此很多同乡会将协助台湾当局争取海外同乡回台投资作为重要的一项事务来抓，有的甚至将协助海外同乡回台投资写入章程。比如，"台北市福建省同乡会所属'海外联络委员会'，则曾于十月庆典之前分函……进出口公会、市商会、世华银行等单位，请其提供最新经济贸易有关资料，俾于欢迎华侨乡亲茶会时分送各侨亲，以作为投资经商之参考；也曾将'邀请本会工商界会员及海外在台侨商举行座谈会，就促进贸易问题研讨改进，提供政府有关单位参考，并促成会员与华侨建立商业机会'，列为该会工作要点"。①

第三，组织召开各种会议。比如台北侨务会议，它是台湾当局首次召开的"全球性侨务会议"，它于 1952 年 10 月在台北举行。会议通过了"当前侨务纲领"，鼓励华侨回台湾投资。再如世界华商经贸会议，2004 年 9 月 10 日，第二十四届世界华商经贸会议在马来西亚吉隆坡召开，"吸引来自包括亚洲、非洲、北美洲等六大洲的华商代表约八百余人出席……有别于往年，第二十四届世界华商经贸会议更首次举办世界华商国际商展，让马来

---

① 钟艳攸：《政治性移民的互助组织（1946—1995）——台北市之外省同乡会》，第 239 页，（台北）稻乡出版社，1999。

西亚和台湾的商家趁会议期间参展招商，藉此机会以促进各地华商的经贸发展，更提供全球华商互相交流及探讨无限商机的平台"。①

另外，台湾还设立了一系列金融保险机构，如世华联合商业银行、亚洲信托投资公司以及华侨产物保险公司等，以便海外华侨来台投资贸易时加以利用。

由于台湾当局采取各种措施吸引侨资，台湾投资环境不断改善，引起华侨来台投资数额激增。台湾当局自 1952 年至 1970 年的 19 年间核准华侨投资案约 700 家，总金额 1.6 亿美元，其中自 1952 年至 1967 年的 16 年间核准约 7000 万美元，而 1968 年至 1970 年仅 3 年间即为 9000 万美元，后者为前者的 1.35 倍，其进展之神速可以想见。1971 年全年核准华侨来台投资案计 86 家，金额 3780 万美元，较 1970 年又增加了 30％。②

（二）海外闽南人投资台湾的推力

海外闽南人投资台湾的推力主要来自华侨、华人对经济利益的追求。具体来说，有以下几个方面：

首先，二战后很多国家出现排华风潮，使华侨、华人资金大量外流。二战后，华侨、华人经济迅速发展，但是在民族主义的推动下，华侨、华人所在国尤其是东南亚各国制定一系列限制华侨、华人经济发展的政策。马来西亚推行马来人优先的"扶马抑华"政策；菲律宾颁布了公共市场菲化案、进口商业菲化案、零售业菲化案、银行菲化法以及米黍菲化法等，以此来进行强制菲

---

① 本报讯：《廿四届世界华商经贸会议吉隆坡隆重登场》，（台湾）《宏观周报》，2004 年 9 月 15 日。

② 定治中：《侨资与祖国》，第 48、61 页，（台北）金石堂书店，1986。

化。这些政策不仅使华侨、华人经济遭受严重打击，还给华侨、华人心理上造成一种不安全感，在这种情况下，华侨、华人资金大量外流。台湾当局鼓励华侨、华人回台投资，事实上也为侨胞的资金谋求一条出路。因为当时海外若干地区的华侨、华人处境困难，资金没有适当出路，同时，资金的安全也没有保障。

其次，随着国际政治经济的发展变化，华侨、华人资本逐渐国际化。华侨、华人为了自身的经济发展，逐渐步入跨国经营，充分利用国际分工和国际合作，不断壮大自己的经济。

由于上述两个原因，华侨、华人资金大量流出所在国。但问题是为何这些资金会大量流向台湾？究其缘由，一方面是由于台湾当局对华侨、华人投资实行鼓励政策，并且台湾劳动力充足、基本设施与法规完备、社会相对稳定，投资环境比较优越，有利于其经济发展。另一方面，是因为当时排华严重的国家主要集中在东南亚，而在东南亚的华侨、华人中，闽南籍华侨、华人占有很大比例。除了经济利益上的追求外，移民到海外的闽南人源于"家乡情结"而欲投资于故乡，然而他们无法了解祖国大陆家乡的状况，加上长期以来奉国民党当局为"正统"的影响，从而使他们选择了将资金投向台湾。另外，台湾的闽南语环境和传统文化与海外闽南人相通，海外闽南人回台投资没有语言上的障碍和文化上的隔阂，也是一个动因。

"有人估计，当今海外华人华侨人口的95％，他们资金的80％，劳动力和技术力量的90％，均分布在太平洋区域，并主要集中在东南亚地区"。[1] 闽南籍华侨、华人主要分布在此区域，

---

① 陈列：《海外华人经济活动之变迁——关于亚太地区华人资金现状、资本特点及其投资流向探讨》，《暨南学报》（哲社版）1995 年第 1 期。

并在此区域内占有很大比重，而且海外闽南人在亚太区域拥有相当多的资金。二战以后，他们中的若干人在拉力和推力的双重作用下，选择了将资金投向台湾，到那里去发展他们的事业。

二、海外闽南人投资台湾的三个阶段

海外闽南人投资台湾与台湾经济发展的阶段性紧密相连，台湾当局引进侨资的政策和华侨、华人投资台湾的资金随着台湾经济的发展而有所调整和变化。与此相关联，海外闽南人投资台湾可以分为三个阶段。

（一）第一阶段：20 世纪 50 年代初期至 60 年代中期

这一时期，是台湾经济恢复和"起飞"的准备时期，也是海外闽南人投资台湾的萌芽时期。这一时期，台湾主要依靠"美援"来恢复和发展经济。虽然早在 20 世纪 50 年代初便有侨资进入台湾，但数目相对来说比较小，而且在 1951 年，当一批工厂从香港、澳门等地迁往台湾时，台湾并没有具体的投资法规可循。1952 年，虽然台湾当局颁布了《鼓励华侨及旅居港澳人士来台举办生产事业办法》和《自备外汇输入物资来台举办生产事业办法》两项法规，但是收效不明显。"1952—1955 年，仅核准华侨投资 23 宗，共 302.5 万美元。"[1] 1955 年华侨回台投资条例颁布实施之后，"华侨投资台湾稍有增加，1956—1960 年，核准华侨投资 35 宗，741.5 万美元"。[2] 但是，这与美国给予台湾的经济援助相比，数目相对来说还是很小，"1952—1965 年间，美国注入台湾的各类经济援助，包括一般的援助和开发援助，共计

---

① 庄国土：《华侨华人与中国的关系》，第 449 页，广东高等教育出版社，2001。

② 同上。

14.4亿美元，约占同期台湾引进外来资本的70％……平均每年约有1.5亿美元的外来资金流入台湾，其中三分之二为美援"。①可见，当时华侨、华人投资台湾的资金量无法与美国的经济援助相比，台湾当局在吸引华侨、华人投资方面取得的成绩并不显著。

（二）第二阶段：20世纪60年代中期至70年代中后期

这一时期，是台湾经济的"起飞"时期，也是海外闽南人投资台湾的稳步快速发展时期，侨资逐年激增，至20世纪70年代，"侨资首次超越美资成为台湾海外资本的首要来源"。② 美国于1965年停止对台援助，形成了很大的资金空洞，与此同时，台湾岛工业产品内销日渐饱和，需要发展以出口加工经济为主导的外向型经济。为此，台湾当局修改有关投资法规，大力改善投资环境，加大引进外资力度。这一时期，所有的工业区都鼓励华侨投资设厂。同时，加工出口区也相继建立，为华侨、华人提供了条件优越、效益甚好的投资场所。"1966年，高雄出口加工区建立，当年就有34家侨商前往投资设厂，经营成衣、塑胶、工艺品等。1961—1972年，核准华侨投资达847宗，总金额21685万美元。"③ 70年代，台湾初步实现工业化后，提出"十大建设"和"十二项建设"计划，再加上当时台湾岛内资本密集型重化工业大幅度扩张，台湾对资金的需求更加迫切。"1970至1980年，华侨在台投资项目升至774个，资本为8亿多美元。"④ 可

---

① 李非：《台湾经济发展通论》，第337页，九州出版社，2004。

② 刘孟俊：《华侨对台投资产业选择之趋势》，《东南亚南亚信息》1995年第8期。

③ 庄国土：《华侨华人与中国的关系》，第449页，广东高等教育出版社，2001。

④ 周南京总主编，方雄普、冯子平分卷主编：《华侨华人百科全书·侨乡卷》，第608页，中国华侨出版社，2001。

见，这一时期，华侨投资不仅数量增大，每一宗投资的金额也急剧上升，这与台湾当局鼓励、引导华侨、华人投资重化工业有关。

（三）第三阶段：20 世纪 80 年代以来

20 世纪 80 年代后，台湾经济进入新的转型时期，在这一过程中，台湾曾一度出现经济秩序混乱、内需疲软、出口不振的状况，华侨、华人投资台湾也出现起伏现象。进入这一转型期后，台湾经济逐渐从劳动密集型向技术密集型过渡，重视发展高精尖产业。随着台湾经济的不断发展，台湾当局重视对外投资甚至重视引进侨资和外资。而这一时期，华侨、华人投资领域扩展到高科技产业，这些产业所需的资金额远远低于重化工业，比如新竹高科技工业园区。"从 1981 年到 1988 年 1—9 月，核准侨资 536宗，总金额 57583.2 万美元，平均每年约 70 宗，7000 万美元。"[1] 90 年代以后，华侨投资台湾出现过几次大的变动，有的年份出现下降趋势，比如 1993 年的华侨投资项目从 1990 年的85 项下降为 62 项，投资金额由 22 亿美元下降为 12.4 亿美元。[2]其后又经历了 1994 至 1997 年的上升，但是，1998 至 2000 年，"侨商投资却从 1.85 亿美元跌至 5000 万美元，形成明显的反差"。[3] 其实，台湾的投资环境与其他国家和地区相比仍然是很值得肯定的，根据 1993 年美国国际风险评估公司所公布的五十国（地区）投资风险评估报告，台湾地区在投资利润机会评等总分上高居第二位，仅次于瑞士，且超过日本。[4] 所以说，进入新

---

① 庄国土：《华侨华人与中国的关系》，第 451 页，广东高等教育出版社，2001。

② 转引李非《台湾经济发展通论》，第 342 页，九州出版社，2004。

③ 李非：《台湾经济发展通论》，第 342 页，九州出版社，2004。

④ 于宗先：《蜕变中的台湾经济》，第 54～55 页，（台湾）三民书局，1993。

世纪后，台湾在引资方面仍具有优势，只要调整引进侨资政策，充分利用海外华侨、华人的资金，侨资尤其是海外闽南人的资金引进工作就能够稳步发展下去。

华侨、华人对台湾的投资可以分为以上三个阶段，而海外闽南人作为华侨、华人的重要组成部分，其对台湾的投资大体上与此相一致。

三、海外闽南人投资台湾的产业分布状况

海外闽南人投资台湾的产业分布与外资有很大的不同，这主要是因为到台湾投资的外国资本，大多是实力雄厚的跨国集团，投资规模较大，而华侨投资者大多为实力有限的中小企业，投资规模较小，二者所选择的投资领域也就存在明显的差异。自1951 年起到 1968 年 6 月底止，华侨及外国人来台投资的有效核准额约为 2.7 亿美元，其中外国人投资约占 2/3，华侨投资约占 1/3。外国人投资对于台湾经济发展的贡献主要为电子工业、石油化学品工业、机械工业等，华侨投资的贡献则在民生必需品及外销工业方面，如食品加工、纺织、水泥、胶合板等工业以及国际观光旅馆业。外国人来台投资，其来源地大多是美、日等工业先进国家，侨资的绝大多数则来自东南亚各国及香港地区，属于经济相对不发达地区。[①] 外国资本主要集中在资本有机构成和技术含量较高的产业，而华侨、华人资本则多集中于传统生产行业和服务业，这主要是由于二者经济实力上的差距所造成的。

从 20 世纪 50 年代初至今，华侨、华人投资台湾的产业涉及多个领域，农业、渔业、林业、畜牧业、化工、制茶、制药、造纸、制衣、针织、纺织、食品、运输、建筑、电器、电子、机

---

① 定治中：《侨资与祖国》，第 27～28 页，（台北）金石堂书店，1986。

械、矿业、金属品、水泥、手工艺品、印刷、陶瓷、皮革、金融、旅游与旅馆业等。华侨、华人投资的产业随时间的不同而不同，另外，不同的侨资来源地也会造成投资产业选择上的不同。

（一）不同时期华侨、华人投资台湾的产业变化

华侨、华人投资台湾的产业选择，大致经历了由劳动密集型工业向技术密集型工业转变、由生产制造业向服务业转变的过程。

起初，华侨、华人回台投资设厂，多是中小企业，生产制造民生必需品，后来转向生产出口工业品，这些企业需要很多劳动力，属于劳动密集型工业。进入 20 世纪 70 年代，华侨、华人回台投资建厂的规模逐渐扩大。台湾经济"起飞"后，进入经济转型的新时期，华侨、华人对台投资逐渐转向发展技术密集型工业。发展技术密集型工业要依靠高科技人才和高水平管理，这就需要旅居国外的人才与有财力的华侨、华人合作，共同回台发展经济。在五六十年代，华侨、华人回台投资产业主要以纺织业和非金属制作业以及食品饮料业为主，七八十年代，以石化产业为主，至 90 年代逐渐转向电子信息产业。服务业的投资自 60 年代中后期开始，不断增加，"至 1982 年，台湾符合国际标准的旅游旅馆共 34 家，其中侨资 11 家，占 1/3"[①]。90 年代，台湾逐渐进入服务产业化时代，第三产业的投资项目和投资金额进一步上升。侨资"1952—1981 年间，投资第三产业的比重是 27.67%；1982—1989 年间该比重上升至 60.60%；到了 1990—1992 年间投资于第三产业的比重更高达 78.48%……第三产业的产值比重已逐渐高于一般制造业"。[②]

---

① 段承璞：《战后台湾经济》，第 306 页，中国社会科学出版社，1989。
② 刘孟俊：《华侨对台投资产业选择之趋势》，《东南亚南亚信息》1995 年第 8 期。

（二）来自不同地区的侨资投资台湾产业的差异

台湾的侨资主要来自香港地区、东南亚国家、美国和日本。"在华侨的投资额当中，来自东南亚各国（包括香港地区）华侨的投资额约占 90％"。① 台湾从香港引进侨资起步最早，其投资所占比率一直以来都很高。海外各地区华侨入台投资，历年来以香港华侨为多。香港华侨入台投资占华侨投资总金额的比率，1965 年为 40％，1966 年为 50％，1967 年为 60％，1968 年为 50％，1969 年由于香港本地局势的原因，其投资比率减为 24％，1970 年略升为 28％，但 1971 年又回复为与其他地区各占 50％的局面。② "1952—1992 年华侨在台湾的投资为 24.85 亿美元，投资上亿美元的国家或地区有 6 个：香港、菲律宾、美国、新加坡、日本和马来西亚。其中来自香港的为 6.8 亿美元，占侨资总额的 27.42％……来自菲律宾的为 4.9 亿美元，占侨资总额的 19.7％……来自美国的为 4.22 亿美元，占侨资总额的 16.96％……来自新加坡的为 4.18 亿美元，占侨资总额的 16.8％……来自日本的为 1.52 亿美元，占侨资总额的 6.11％……来自马来西亚的为 1.39 亿美元，占侨资总额的 5.6％。"③ 香港侨资对台投资主要集中于服务业和传统制造业，比如食品、纺织、服饰、纸业等；菲律宾的侨资多集中于金融保险业和服务业；美国的侨资则多选择新兴制造业，如化学品、电子及电器、机械仪器等；新加坡的侨资重点投资于非金属工业和服务业；日本的侨资在服务业占有重要地位，但不敌香港地区，略逊于新加坡和菲律宾；马来

---

① ［日］石桥重雄著，汪慕恒译：《东南亚华侨和台湾经济》，《南洋资料译丛》1982 年第 3 期，第 100 页。

② 定治中：《侨资与祖国》，第 64～65 页，（台北）金石堂书店，1986。

③ 李家泉：《台湾经济总览》，第 356 页，中国财政经济出版社，1995。

西亚的侨资集中投资于服务业。这是不同资金来源地在投资产业方面的分布情况。

在香港地区、菲律宾、美国、新加坡、日本和马来西亚这六个台湾侨资主要来源地中，闽南籍华侨、华人所占的比重都很大，其中以菲律宾和新加坡最为突出。因此，在投资台湾的华侨、华人中，闽南籍华侨、华人也应占有重要地位。

四、海外闽南人的投资对台湾经济发展的影响

海外闽南人投资台湾一方面对台湾的政治、经济以及文化产生一定程度的影响，另一方面也使其自身的资金得到很好的利用，发展壮大了自身的事业。侨资对台湾的影响虽然是多方面的，但经济方面的影响是最重要、最突出的。

（一）对台湾经济"起飞"和经济转型具有推动作用

台湾在其经济恢复和经济"起飞"的准备时期缺少资金，侨资的引进弥补了资金上的不足，提高了台湾资本积累率，扩大了资本积累量，使台湾的扩大再生产得以顺利进行，加速了台湾的资本积累，推动了台湾经济的"起飞"。侨资投资范围甚广，不仅生产民生必需品，还生产外销产品。20 世纪 60 年代，台湾建成高雄出口加工区，70 年代初建成楠梓、台中两个出口加工区，侨商在这些加工区积极投资建厂，使台湾出口产业得到迅速发展。侨商投资台湾还促进高科技产业的发展。"台湾新竹科学园区自 1980 年设立以来，已有 141 家投资设厂，其中有 68 家系侨商学人所创立。他们以电脑及周边设备、集成电路、通讯等产业为主，对园区内高科技产业的发展起了重要的推动作用。"[①] 华

①　李家泉：《台湾经济总览》，第 358 页，中国财政经济出版社，1995。

侨、华人不仅带来了资本，同时还带来了新技术和新的管理方法。80年代以来，台湾进入新经济转型时期，华侨、华人对台投资也逐渐从劳动密集型产业向技术密集型产业发展，侨资在电子和电器等科技行业的投资有所加强，可以说，台湾电子产业的发展在很大程度上得力于华侨、华人的投资。华侨、华人逐渐投资高科技产业，加速了台湾的产业结构调整。所以说，华侨、华人对台投资在推动台湾经济"起飞"和经济转型方面发挥了积极的作用。

（二）外汇使用方面的作用

华侨、华人投资台湾，在外汇使用方面具有双重作用。首先，侨资使台湾节省了外汇支出。自1952年台湾当局颁布《自备外汇输入物资来台举办生产事业办法》以来，侨资在自备外汇进口物资方面发挥了极其重要的作用。"据1957年外贸会的国际贸易概况报告纲要中说，在1957年自备外汇进口物资总值1400余万美元，其中侨资进口占8/10以上，而且绝大部分为机器设备、原料、舟车及零件、原棉、羊毛等项。"① 上述的这些由自备外汇所进口的物资都是台湾工业生产所必需的，也是台湾所缺乏而亟须进口的。本来需要台湾当局划拨外汇进口，而当时台湾外汇储备不足，在这种外汇短缺的情况下进口这些物资，势必不利于台湾经济的正常发展。侨资进口不但解决了台湾当时这些必需物资的短缺，而且还节省了外汇支出。其次，侨资创造了大量外汇收入。华侨、华人投资出口加工区，积极发展外销事业，对台湾的外汇收入具有积极意义。"据1975年台湾'经济部'对249家侨资企业的调查报告，侨资企业雇用员工63230人，占当

---

① 李国鼎：《台湾的对外技术合作与外资利用》，第68页，东南大学出版社，1994。

年就业总数的 1.25％。但其出口产品总值达新台币 127 亿元，占当年台湾出口总额的 6.33％。整个 70 年代大致保持这一比例，比同期台湾本地企业的创汇能力高出 4—5 倍。"① 另外，侨资在旅游和旅馆业有相当大的投资，这些服务产业也创造了大量的外汇收入。

（三）创造就业机会方面的作用

二战后，台湾劳动力严重过剩，"据估计，在 1952 年至 1959 年之 8 年间，增加的就业人数约为 44 万人，平均每年增加 5.5 万人"，② 这与当时的就业需求相差甚远。对于台湾当局来说，必须迅速增加投资，创造更多的就业机会，以容纳不断增长的劳动力，维持社会的稳定。侨资的引入无疑在缓解就业压力方面起到了重要作用。如上所述，华侨、华人早期投资台湾多集中于劳动密集型产业，台湾劳动力充足，工资较低是华侨、华人投资劳动密集型产业的原因之一，但这在客观上对解决台湾的就业问题起到积极作用。"50 年代侨资投资于纺织业的占 31.4％，60 年代26.3％的投资集中于旅游和旅馆业，70 年代则重点转向非金属工业如水泥业，比重高达 34.2％，而 80 年代居首位的仍是服务业，约占 27.8％。"③ 这些行业对劳动力的需求量都比较大。"据有关资料显示，在 70 年代侨资流入最盛时期，每百个就业人口中属于侨资企业的最少达 1.19 人（1979），最多达 4.86 人（1972）。"④ 华侨、

---

① 庄国土：《华侨华人与中国的关系》，第 453 页，广东高等教育出版社，2001。

② 李国鼎：《台湾的对外技术合作与外资利用》，第 126 页，东南大学出版社，1994。

③ 林珊：《华侨华人资源对台湾经济发展的贡献》，《亚太经济》1999年第 6 期。

④ 同上。

华人投资台湾不仅使台湾的劳动力得到充分利用，在相当大的程度上解决了台湾的就业问题，而且在一定程度上还提高了台湾劳动力的素质，这主要是由于侨资企业对台湾员工的培训。"1991年在侨资企业中的就业者为48299人，其中在金融保险业中供职的更达22179人。"① 随着侨资逐渐投资新兴产业，台湾员工的素质也得到逐步提升，劳动力结构逐渐发生变化。

（四）在对外贸易和对外投资方面的作用

华侨、华人投资台湾的外销工业，一方面凭借其资金、技术和管理方法，使企业具有一定的国际竞争力，另一方面，华侨、华人具有一定的国际行销渠道，有利于产品外销，从而促进台湾的对外贸易。台湾进入经济转型时期后，逐渐扩大对外投资，而华侨、华人在其居住国或地区有信息和社会关系方面的优势，华侨、华人利用这些优势，促进台湾和其所在国或地区之间的沟通，起到桥梁和纽带的作用。比如台湾的南向政策，也就是投资东南亚的政策，正是在一定程度上利用了华侨、华人尤其是闽南籍华侨、华人在当地的优势。

海外闽南人投资台湾除了上述四项主要的经济作用外，还有其他一些方面的作用，比如促进台湾当局和华侨、华人的沟通，促进文化的交流，等等，它们反过来又促进了台湾经济的发展，限于篇幅，兹不赘述。

二战以后，在拉力和推力的共同作用下，海外闽南人对台湾进行了一系列投资，侨资的发展阶段与台湾经济的发展紧密相关。海外闽南人对台湾投资的产业范围很广，投资的产业因时间的不同而有所变化，同时，资金的来源地不同，其所投资的产业

---

① 李家泉：《台湾经济总览》，第357～358页，中国财政经济出版社，1995。

也有所不同。海外闽南人对台湾投资不仅促进了台湾经济的发展，同时也为其自身的资金找到合适的出路，可以说取得了双赢的效果。当人们在谈论海外闽南人对台投资时，不应忽略文化的因素，因为属于闽南文化圈的台湾，在吸引侨资方面，占有难于用纯粹经济的标准评判的优势。

第五章

福建、台湾与海外：
全球化进程中的互动

第一节　台商投资祖国大陆与闽籍
华商投资故乡的比较

　　闽籍移民前往台湾及海外自古就有之，他们在居住地创业，取得了很大的经济成就，形成具有特色的闽籍商帮。20 世纪下半叶以来，随着经济的全球化，在亚洲、欧洲、美洲等都有闽商活跃的身影，而与之血脉相连的中国，在改革开放所激发的巨大活力下迅猛发展，在文化和经济因素的拉动下，台商及闽籍华商不断地投资祖国大陆，就是这种经济全球化下移民逆向回归的表现。虽然海外闽籍商人尤其是独具特色的闽南籍商人的逆向回归从历史上就已有之，但古代的回归只是"落叶归根"式的"返乡"活动，祖籍地只是被动地接受返乡客的经济资助，还谈不上社会、经济的互动，因为互动中双方必须有一定的主动性和包容性，才能达到双方各取所需的目的。而真正大规模的台湾及海外闽南人回归是在中国的改革开放以后，内地及沿海释放出引资的巨大需求，他们的这种回归才具有全球化意义。双方不仅仅是人员的流动，更多的是经济利益驱使下的社会各层面的互动，而且这种互动是在共同的文化和民族认同意识基础上进行的，所带动的资本和物资流动，也由单向单边向互补互利的双向互动转变。全球化背景下资本的逐利性，以及区域经济发展的规律，使中国最早开放的沿海省份福建，与台商及海外华人之间产生的经济和文化互动，成为中国改革开放后促进东南沿海社会经济发展的重要力量。

一、台湾与祖国大陆经济往来的历史回顾

与闽南风俗习惯一脉相承的台湾，是一个海岛型地区，四面环海，资源腹地小，对外依存度较高，对外经济交往的程度直接影响着这一海岛型经济的兴衰，所以台湾经济的发展与一水之隔的祖国大陆一直十分密切，双方互动各得其所。自古以来，双方居民文化交流、往来定居频繁，带动了以海上贸易为主的闽台经济交往，今天漳州龙海石码镇的"台湾商馆"、长泰县经营烟业的"烟熏楼"等历史遗迹，就是漳台两岸早期贸易的记录。清道光二十三年（1843）厦门开埠后，到同治九年（1870），"厦台贸易额总额大增，当年厦台两地贸易总额158.68万元。厦门口岸复出口到台湾的货物价值124.3万元，厦门产品出口到台湾的则为1.94万元，总计达126.24万元。同治十一年（1872），两地贸易总额180.335万元"。① "民国28年（1939）两地贸易额达140多万元，超过战前水平；仅厦门输往台湾的商品额就接近56万元，是战前的3倍。"②

---

① 厦门市地方志编纂委员会：《厦门市志·华侨志》，第3470页，方志出版社，2004。

② 同上书，第3471页。

台商投资福建的历史，则可追溯到清末，台湾人在厦门、泉州、漳州等地进行投资，主要产业有房地产、商业贸易、金融业、电器五金业等。共同的文化渊源，便利的地理优势，使得福建尤其是闽南沿海一带一直都是台湾人回乡定居、投资创业、逃难避祸的场所。"仅 1895 年，从厦门口岸入境的台胞人数就达26183 人，其后 1897、1899、1900 等年份，每年都有超过一万名台湾同胞进入厦门口岸。"[1] 利用共同的人文关系，相近的区位优势，他们在沿海尤其是厦门买地置业，兴办实业，"1934 年的调查显示，台商在厦门设立的主要商行有 20 家。有独资经营也有合资经营。到 1941 年，台湾资本在厦门经营的主要商行已达 78 家"。[2] 抗日战争胜利后，台湾回归祖国，闽台经济往来日益频繁。

然而，1949 年以后，台湾与祖国大陆双方人员和经济的往来几乎全部中断，比较零星的一些经济往来主要是通过香港的间接贸易，从而严重阻碍了两岸的交流，也制约了台湾经济发展的空间。两岸关系缓和之前，闽台直接贸易几乎中止，而是以间接贸易为主。即使两岸关系缓和后，也仅有闽台两省渔民在台湾海峡的海面上自发进行以货易货、以物换钞的民间小额交易活动。依此形势，1982 年，福建省制定了《福建省对台贸易管理试行办法》，并在沿海口岸北至福鼎，南至诏安，先后开放 19 个台船停泊点，设立 17 个对台贸易公司，对闽台民间交易加以因势利导，把海上民间交易逐步引导到岸上，发展为半公开化的闽台直接交易。在各方参与下，不仅贸易规模扩大，而且民间贸易由暗

---

① 张侃：《厦门与台湾丛书——互补联动》，第 252 页，海风出版社，2004。

② 同上书，第 259 页。

转明，促进了闽台小额直接贸易的健康发展，台湾"与福建的直接贸易有六条航线：基隆——福州，新竹——平潭，高雄——厦门，高雄——东山，台南——东山，澎湖——东山。定期往来于上述航线的货轮有十艘，吨位都在 1500 吨以下"①。"1984 年 9 月至 1986 年 9 月两年间，闽台小额直接贸易额达 2151 亿美元，其中闽货输台 5364 万美元，台货输闽 1197 亿美元。"② 成交额较小的闽台贸易反映了双方经济互动的萌芽，然而这仅仅是对以间接贸易为主流的两岸经贸往来的一种补充，不过小额直接贸易是两地同胞相互了解的一个渠道，对于促进两岸经贸关系的发展起了较为重要的开启作用。

二、新时期闽台经济关系的发展：以台商投资为主轴

祖国大陆实行改革开放，标志着新的历史时期的到来。1980 年，中央批准设立厦门湖里经济特区，又开辟厦漳泉闽南"金三角"为对外开放区，从而出现了以贸易为主和试探性投资的闽台经济合作新局面。台湾地区则期望通过与祖国大陆的交流，重新安排国际分工，进行资源优化配置，实现经济转型和升级；而祖国大陆为发展工农业，促进对外贸易，提高人民生活水平，繁荣地方经济，也需要包括台湾同胞在内的投资以促进经济发展。当来自台湾的投资势不可挡地在海峡西岸铺展开来时，就呈现出以台商投资大陆为主轴的两岸经济往来的新格局。

---

① 李宏硕主编：《台湾经济四十年》，第 406 页，山西经济出版社，1993。

② 高伯文：《改革开放以来闽台经贸关系的发展及其影响》，《中国经济史研究》2003 年第 3 期。

"在20世纪70和80年代台湾经济连续遭遇到两次石油危机的冲击。西方世界经济陷入衰退和低增长时期，随之而在西方各国流行的国际贸易保护主义和来自其他发展中国家的国际市场竞争，使台湾经济发展遇到了障碍。另一方面，台湾的工资水准和能源价格上升，地价飞涨，使得劳动密集型产品的国际竞争能力大为削弱"①。"据资料，1981年至1989年台湾平均投资增长率仅0.5%左右。由于出口增长远远高于进口增长，外汇收入激增，1989年底岛内外汇储备达774亿美元之巨（民间外汇还有1000多亿美元），居世界第二，人均外汇储备额居世界首位，超额外汇储备造成台币大幅度升值、货币供给失控等严重问题"②。

这样，台湾就面临着经济不稳定，产业升级、结构转型、投资环境恶化、投资需求持续不振以及扩大的对外贸易导致外汇储备激增的复杂局面和困境。而祖国大陆在确立改革开放的政策方针后，释放出了巨大发展潜力，是急需对外投资市场的台湾难得的机遇。两岸同属一个中国，特别是闽台两地具有相同的文化、血缘、语言及生活习惯等，为两岸经济交流和合作提供了互惠互利的机会，同时也符合区域经济发展的规律。

在此形势之下，祖国大陆主动向台湾释放出善意，之后，1987年7月，台湾当局解除外汇管制，允许企业对外投资，为台商投资大陆创造了条件。同年11月，台湾当局又开放台胞赴大陆探亲。海峡两岸的隔绝状态至此宣告结束。台商通过探亲观光渠道，开始大批涌向大陆各地，考察投资环境，选择投资地

---

① 徐滇庆主编：《台湾经验与海峡两岸发展策略》，第9页，中国经济出版社，1996。

② 福建省计划委员会福建省经济研究中心课题组编：《福建经济发展战略研究——1990—2000》，第102～103页，福建人民出版社，1990。

点。而福建作为中央最早确定的两个沿海开放省份之一，因为与台湾有着共同的人文传统，紧密的地缘纽带，相近的心理习俗，又有本省优惠的产业投资政策，从而率先成为台商投资的热点地区。

20 世纪 80 年代中期，许多台胞以探亲为突破口，以零星、分散、隐蔽的方式迂回投资大陆，成为台商第一波投资热潮。此间台商主要以迂回行进方式对大陆投资进行"投石问路"，数量规模有限，且是"以台湾接单、大陆生产、香港转口、海外销售"的模式，利用了沿海省份劳动力低廉、地价便宜、税收政策优惠等条件，大量转移岛内劳动密集型产业。许多台商利用探亲或明或暗地在福建尤其是闽南一带建立出口加工基地，主要以轻纺、制鞋业为代表的劳动密集型产业，规模小、层次低、产业关联性小。

初期的台商产业分布，具有明显的地域特点，如厦门、泉州一带成为劳动密集型产业投资的主要吸收地，而漳州因与台湾相近的气候条件，漳台合作更多是农业和养殖类产业。"台商引进的农业优良品种有台湾优良的芦笋、蘑菇、草虾、单性罗非鱼、白背毛木耳、速冻优质蔬菜等，在漳州大面积推广，并成为漳州出口支柱产品，据统计，漳州从台湾引进农业优良种苗 430 多种（次），加工设备、先进技术 1200 多套。"①

虽然比东南亚的闽南人恢复与家乡的联系稍迟一些，但台资企业的发展势头和规模此后逐渐增多和增大，且明显集中在福、厦、漳、泉等沿海经济发达、交通便利区域，尤其是厦门成为台商投资的集中地，"全国第一家台资企业——厦德珠宝有限公司

---

①　郑来发、沈顺源编著：《侨台情缘》，第 119 页，海潮摄影艺术出版社，2003。

落户厦门市，1985 年，台资企业三德兴公司宣告成立，不久另一家台资企业鹭城也宣告成立，但直到 1987 年底，台商投资一直处于试探性阶段。这期间，投资项目累计 19 项，金额约 1935 万美元"①。

台商投资的第二波热潮则是在 20 世纪 90 年代初邓小平南方讲话后，在"求发展、逐利润"的驱动下兴起的。此间台商投资规模不断增大，至 90 年代末，大陆台资企业约 4.35 万家，协议投资金额 440 亿美元，实际到位 240 亿美元，投资地域也逐渐向长江三角洲移动，福建逐渐丧失发展劳动密集型产业的比较优势。1989 年以来，台商投资进入一个新阶段。中央先后批准福建成立了马尾、海沧、杏林、集美 4 个台商投资区，台商投资更加活跃，"截止 1997 年底，厦门市批准台商投资项目累计 1491 项，投资总额 33.73 亿美元，台商投资合同金额 31.33 亿美元，实际到资约 19.8 亿美元。1996 年，厦门市重点外资企业工业产值 174 亿元，其中台资重点企业工业产值 86.6 亿元，占 49%。1996 年厦门市产值前 10 名的企业中，台资企业占 4 家"②。到 1999 年上半年，"4 个台商投资区共已批准台商投资企业 569 个，合同利用台资 50 亿美元，占全省合同总金额的近 40%"③。

台商投资的第三波热潮则出现于 21 世纪初，其特点是，台商企业投资的集体合作性加强，上中下游产业一体化投资加大，以跑、带战略转变为生根战略。④ 截至 2006 年，仅厦门市共引

---

① 张侃：《厦门与台湾丛书——互补联动》，第 303 页，海风出版社，2004。

② 同上书，第 305 页。

③ 俞云平、王付兵：《福建侨乡的社会变迁》，第 156 页，湖南人民出版社，2002。

④ 李非：《台湾经济发展通论》，第 393 页，九州出版社，2004。

进台资企业 2546 家，合同台资 45.76 亿美元，实际利用台资 29 亿美元，且投资规模不断扩大，技术层次逐步提高，台商投资区经过积极建设和努力探索，取得了较好的成绩。与此同时，厦门台商投资区周边，包括整个闽南"金三角"地区，源自经济学上的"滴漏"效应，也已成为台商投资的热点地区。这种情况可以追溯到 20 世纪 90 年代末，当时台商投资漳州已拓展到资金人才、技术设备、管理经验以及山海资源合作开发等项目，形成了"沿海搞养殖，平原种蔬菜和培育食用菌，郊区兴办加工企业，山区种果栽竹的区域化布局"①。

　　台湾对大陆投资及出口缓解了岛内经济的困境，促进了台湾经济的发展和转型，也是促进大陆经济腾飞的一个因素，"而台湾出口大陆市场的依赖度亦由 1981 年的 1.7% 上升到 1994 年的 17.22%，使大陆成为继美国、香港之后台湾出口产品第三大市场。与此同时，大陆对台湾的进口依赖仍由 1981 年的 1.74% 上升到 1994 年的 13.85%"②。随着台商在大陆的投资与日俱增，以及内地逐渐宽松的政策，许多台商举家迁徙到大陆定居，或在大陆置业，成为事实上的移民，这也加强了两岸的交流和合作。

　　纵观台商投资的历程，我们可以发现，共同的历史、文化，共同的语言，相近的气候环境，成为台商活跃在福建沿海的重要动因，笔者以前所接触的一家台湾企业，许多中高层管理人员来自台湾，他们都会说闽南话，来自基隆、高雄、台北等地的台商

---

①　郑来发、沈顺添编著：《侨台情缘》，第 119 页，海潮摄影艺术出版社，2003。

②　徐滇庆主编：《台湾经验与海峡两岸发展策略》，第 93 页，中国经济出版社，1996。

均形成自己的地域圈。在谈及他们的打算时，大部分认为厦门与他们有着相同的文化和生活习惯，加之厦门适宜的气候、环境，使他们有置业安家厦门的打算。这正说明了台商为什么注重投资福建的原因。当然商人更加注重投资效益，当利润减少后，这些台商会带着相似的文缘北上西进，用同样的文化样式把经商投资的活动扩展到全国各地，形成具有特色的有着闽南文化渊源的台商群体。

回首历史上的闽台经济往来，当今海峡两岸经济关系的发展势头绝非昔日可以想象。以台商投资祖国大陆为主轴的两岸经济关系，正是发轫于与台湾一水之隔的福建，尤其是闽南。同时，它也造成了台湾对大陆的事实上的移民，将这种移民放在历史纵深中加以考察，可以得出非同一般的意义。

三、华侨在闽南的投资与捐赠：历史与现状

作为自古就向外移民的闽南人来说，不管是迫于生计，还是其他原因促使，他们虽远离祖国，但对家乡的关心和支持从未间断过。家乡的山山水水，寄托着海外游子的深厚感情。从离开家乡那一刻起，他们就从未停止过对家乡的各种援助和支持。

东南亚因较早纳入世界资本主义市场经济的轨道，侨居此地的华人在各种因素合力作用下，经济获得较大成功，使他们具备了支持家乡建设的能力。耳闻目睹中国的衰弱后，具有强烈爱国传统的华侨自发回到家乡投资与兴办实业，以期改变中国落后的面貌。辛亥革命后，特别是第一次世界大战后，华侨掀起来福建投资办厂的浪潮，在闽侨资企业逐年增加。在厦门、泉州、漳州的房地产业、交通运输业、商业、金融业和工业领域等发展较好的企业，都有华侨投资的功劳，同时他们还出资兴办公益福利事业。这一浪潮在 1927—1937 年间达到高峰。之所以出现华侨投

资福建，尤其是投资厦门的高潮，乃因当时厦门社会治安稳定，又正在大力开展城市建设。如闽籍华商黄奕住回国定居于厦门后，在当地倾注了较大的精力和财力。"他开设黄日兴银庄，中兴银行厦门分行、中南银行厦门分行、日兴商行厦门分行；他捐资厦门大学、大同中学、英华中学、中山图书馆，并独资承办慈勤女子中学；他修建日兴街，接办电话公司，又创办自来水公司。"① 另外，"当时在厦门有20多家较大的房地产公司，以李岷兴公司和黄聚德堂为最大，投资金额都在200万银元以上。此外，龙群公司、荣昌公司、兴业公司等，投资都在50万银元以上"②。在泉州，"1949年以前，华侨投资各地总户数为1244户，投资总金额折合人民币2212万多元"③。主要有晋江旅外华侨筹资创办的晋江青阳电灯有限公司；晋江安海菲律宾归侨蔡子钦与其父集资创建的安海电灯电力公司、永春绿肥厂；华侨黄振唤投资创办的民星机织厂等企业。华侨投资漳州的，则有漳厦铁路、码头公司、漳浮汽车公司、华泰电灯公司等。④ 华侨投资繁荣了地方经济，如"1930年由华侨投资的漳嵩公路通车后，角美随之改造和扩建了旧街道，使原来的圩场迅速形成较大的集市，拥有各种商店数十家，且水陆运输四通八达，市镇相当繁荣"⑤。"据不完全统计，从1871年到1949年，华侨在福建投资办工业、

① 赵德馨：《黄奕住传》，第106～108页，湖南人民出版社，1998。

② 林金枝、庄为玑：《近代华侨投资国内企业史资料选辑（福建卷）》，第486页，福建人民出版社，1985。

③ 泉州市华侨志编纂委员会：《泉州市华侨志》，第185页，中国社会出版社，1996。

④ 同上书，第187～188页。

⑤ 郑来发、沈顺添编著：《侨台情缘》，第67页，海潮摄影艺术出版社，2003。

农业、矿业、交通运输业、商业、金融业、服务业以及房地产业共 4055 家，累计总投资 13950 万元（折合人民币）。其中1927—1937 年间的投资占了相当大的份额。"① 这些投资对促进解放前的福建的发展，尤其是闽南地区的经济、社会发展，起到不可估量的作用，也奠定了福建近代工业企业的发展基础。

日本入侵后，中国经济遭受了极大的破坏，华侨投资在祖国大陆的金融业、商业、服务业大都倒闭或被没收，华侨投资大陆也一度陷于中断。日本投降后，受到抗日战争胜利的鼓舞，华侨的民族主义情绪、参与祖国建设的热情高涨，大批华侨申请回国定居和投资。但情势已与两次世界大战之间不可比拟，投资业绩也不如前。

1949 年新中国成立后，在福建华侨众多、投资高涨的情形下，福建省成立了华侨投资公司，以引导和推进华侨投资。这一时期华侨投资主要涉及地区为闽南，此外还有闽东，投资项目分别有糖厂、罐头厂、松香厂、造纸厂、炼油厂等，大多与华人长期在居住国从事的产业密不可分。"据 1952 年至 1965 年 6 月统计，华侨投资公司共收股金 5700.55 万元，其中印尼 3613.09 万元，占 63.38%；星马 310.86 万元，占 5.45%；菲律宾 239.59万元，占 4.2%；缅甸 121.46 万元，占 2.13%。按本省各地市分别统计，以晋江专区为最多，有 1531.89 万元，占总数的26.87%；其次为厦门市，有 996.32 万元，占 17.47%；再次为闽侯专区，有 942.82 万元，占 16.53%。"② "1952 年，泉州、晋江、惠安、仙游四县（市）集归侨、侨眷游资及华侨汇款 4 亿

① 福建省地方志编纂委员会：《福建省志·华侨志》，第 3 页，福建人民出版社，1992。

② 同上书，第 206 页。

元（人民币旧币）创办侨资企业9家；其中纺织厂3家，缝纫厂1家、榨油厂2家、墨水厂1家、肥皂厂1家。"① 此外，华侨还集资或独资兴办农场，如云霄常山华侨农场、龙海双第华侨农场、南靖丰田华侨农场、永春天马山华侨农场、猛虎山华侨农场等，对闽南一带种植农业发展做出有益贡献。以上所为，凝结了华侨的桑梓之心，也带动和改善了闽南侨乡的经济和社会发展，延续了侨乡文化传统，对改革开放后闽南经济的起飞奠定了重要的基础，也为新时期侨资再次涌入闽南进行了历史的铺垫。

20世纪70年代末80年代初，随着中国改革开放时代的到来，经济发展成为党和政府的中心工作，为筹措经济发展的启动资金，中央和地方政府开始重新关注十年"文化大革命"动乱中几乎被忽视的海外华商。许多移居海外的华人，尤其是移居东南亚的闽南人，在改革开放营造的优良投资环境吸引下，受世界经济全球化、区域一体化的形势推动，开始陆续投资闽南一带。当海外华人、华侨回到家乡，看到家乡和外部世界的巨大差距后，浓浓的乡情触动了他们的心。在祖国大陆的巨大投资需求、地方优惠政策的拉动下，华侨、华人采取灵活多样的形式，积极开展了与祖籍地的经济合作，掀起了空前的回国投资热潮。仅在"1979年至1990年（福建）全省共批准'三资'企业3751家，协议外资33.35亿美元，实际使用11.50亿美元；其中由侨务部门促成的'三资'企业1702家，协议外资金额7.73亿美元，占企业总数的46.6%，占协议金额的49.2%"。② 而从福建的侨情

---

① 泉州市华侨志编纂委员会：《泉州市华侨志》，第193页，中国社会出版社，1996。

② 福建省地方志编纂委员会：《福建省志·华侨志》，第3页，福建人民出版社，1992。

来说，更多的华侨分布在闽东南沿海一带，其中以泉州市所属县市为最多，所以，改革开放后尤以闽南一带接受华侨投资、捐资的金额和项目最多。"据统计，1984 年至 1997 年间，新、马、泰、菲、印尼、韩、日、美等国是晋江侨资的主要来源地，其中菲律宾无论在投资项目上，还是在投资金额上，均居首位，且占极大比例。在此期间来自上述 8 国的侨资项目总数为 191 个，其中菲律宾为 114 个，约占 60%。同期来自 8 国的侨资总金额为 60021 万美元，其中菲律宾为 43679 万美元，约占 72%。"① 与投资并行的是捐赠。"1992 年首届世界安溪同乡联谊会召开后的一年半期间，3000 多名安溪籍侨胞访问了故乡，他们共投入 5000 万元人民币用于慈善和教育事业，并建立了 50 多家工厂，总价值达 9000 万元人民币。"② "20 世纪 70 年代末至 90 年代中期，海外乡亲先后投资 5000 多万美元，在惠安开设 90 家企业。1980 年至 1995 年间，侨胞和港澳同胞捐资家乡各项公益事业总金额达 5000 多万元人民币，其中教育事业的就达 3100 万元人民币。"③ 投资与捐赠的分布面也逐渐从闽南地区向全省各地辐射开来，促进了侨乡经济社会的全面发展和繁荣，并成为福建经济、社会进步的"发动器"之一。

虽然华侨回乡投资不免带有获利的动机，但乡情的因素仍然是重要的。侨乡对于海外华侨、华人有着说不清的内聚力和吸引力，这可从华人除投资家乡实业外，还在家乡大量兴办公益事业，以及无偿的捐献方面可略知一二。"据统计，从 1915 年到

---

① 陈衍德：《集聚和弘扬——海外的福建人社团》，第 80 页，湖南人民出版社，2002。

② 同上书，第 83 页。

③ 泉州市华侨志编纂委员会：《泉州市华侨志》，第 292 页，中国社会出版社，1996。

1949 年，福建华侨在家乡捐资兴建的中学 48 所，小学 967 所，捐资总金额约 2000 万元（折合人民币）。"① 在永春县，"民国 19 年（1930），华侨集资 7 万多银元兴建永春县最大的钢筋水泥结构云龙桥。1955 年至 1985 年，永春县华侨捐建的桥梁 15 座，岵山到仙夹全长 21 公里的公路，也是华侨捐建。1959 年至 1985 年，华侨先后捐赠的各种汽车有 67 辆，旅行车 39 辆，救护车 3 辆"。② 对自然灾害的救助是海外华人乡情流露的突出体现。"1990 年强台风七次袭击福建省。南安县海外乡亲捐款 60 多万港元，支援家乡人民恢复灾后生产，其中金淘乡亲捐款 31 万多元，码头旅外乡亲捐款 10 万多港元。晋江县海外乡亲向该县红十字会捐款 9.3 万多港元。永定县旅居新加坡的一位乡亲赞助县红十字会 2 万元。惠安县奎璧旅外乡亲林氏 9 月间回乡时，目睹 18 号台风冲垮家乡海堤，淹没大片农田，决定捐款 50 万元修堤围垦。"③ 对文化教育事业的关注则体现了海外华人对故乡的深层关怀。"据不完全统计，1979 年—1990 年全省共接受海外乡亲办学捐款 6 亿多元，受益学校 2000 多所；设教育基金会 800 多个，已筹集资金千万元。据 1990 年底统计，1985—1990 年福建省人民政府颁给海外捐资办学团体和个人金质奖章 339 枚，银质奖章 212 枚。"④ 其他还有侨胞捐资或捐建的医院、体育场馆、图书馆、科技馆、电影院等，涉及面相当广。

　　进入新世纪以来，华侨、华人捐资福建的情况又有新发展。在 2004 年 5 月 16 日举行的第四届世界福建同乡恳亲大会上，福

---

① 福建省地方志编纂委员会：《福建省志·华侨志》，第 3 页，福建人民出版社，1992。

② 同上书，第 209 页。

③ 同①，第 216 页。

④ 同①，第 219 页。

建省人民政府对 100 多个闽籍华侨、华人，港澳同胞和团体授予
"华侨捐赠公益事业突出贡献奖"。2004 年 6 月以来，又有 46 位
海外侨胞和港澳同胞在闽累计捐赠千万元以上。在 2007 年 5 月
17 日举行的第二届世界闽商大会上，他们也被授予"华侨捐赠
公益事业突出贡献奖"。据福建省人民政府侨务办公室提供的数
字，自 1978 年以来，华侨、华人，港澳同胞在福建省捐资兴办
公益事业累计达 164.5 亿多元人民币。①

综观上述，可以说，福建侨乡尤其是闽南华侨祖籍地的社
会、经济、文化发展，与华侨的投资和捐赠紧密相关。

四、台商与侨商投资闽南的比较

为什么改革开放后闽南籍华商和台商不约而同地回乡投资兴
业？将其放在闽南人迁徙海内外的历史链条中加以考察，或许更
能从文化上加以理解。在相似的文化环境下，台商不仅能在闽南
获得与台湾相邻的区位优势，而且能在这一带获得许多赢利的机
会，可以找到许多合作者和人际关系，所以他们自然会在那里进
行投资并做长期打算。而对众多居住在东南亚国家的闽南人来
说，闽南具有经商的人际关系、获利的机会或良好的投资回报，
并进而能获得荣耀家乡的心理满足，这也是促使他们返乡投资的
动机。因此，从文化与经济的互动模式来看，台商和侨商具有一
定的相似性。但是，台商与侨商不同的移民背景，不同的身份，
以及台商独特的政治生态，决定了二者在祖国大陆的投资有许多
差异：

第一，从投资动机来看，华侨素有在居住国和祖国、家乡兴

---

① 闵乔政：《华侨华人港澳同胞在闽捐赠公益 165 亿元》，《福建侨
报》，2007 年 5 月 25 日。

办各种公益、文化事业的传统。他们是以"归乡客"心态投资大陆，希望以经济投资、设备资助带动家乡发展，进而获利，且投资的地域性非常明显。华侨投资大陆的企业，本身是发展较为成熟和成规模的集团企业，资金雄厚，实属开发和拓展市场需要。如泰国正大集团，新加坡嘉里集团等。侨乡的社会经济在华侨投资的带动下，成为福建经济发展的"桥头堡"。而台商与闽南虽然有着一衣带水的文化渊源，但他们多是从获得经济利益来考虑投资的。借着祖国大陆的投资优惠政策，许多流动资金及中小企业大量涌入，纷纷开办工厂、提供相关服务，设立加工出口基地等，利用大陆低廉的劳动力和优惠的税收政策进行经营并从而获利，带有资本投机行为。所以他们更多地侧重于地域的便捷性、政策的优惠性、劳力的廉价性，将此作为投资的依据，其中包含更多的理性，也透露出商人的精明。我们可从华侨不仅投资家乡经济建设，还热心家乡公益事业和捐赠，而台商在发展的初期较少此种行为得出此种观点。

　　第二，从投资的产业来看，台商投资是因应岛内产业转移，以实现岛内产业升级之需要。台湾岛内受限于市场和人力、人才结构，以及为了摆脱产业升级和经济转型的瓶颈，必须扩大对外交流合作，进行资源优化配置。而具有地缘经济优势、语言和文化同源性及人际关系的福建，成为其首选。解禁后的台湾商人不断地、由分散到集中地、试探性地开始在福建投资，初始为岛内劳动密集型夕阳产业，逐步转变为资本密集型产业，再转向技术密集型的电子、光电等科技产业，以及为大量台湾人生活所需的配套服务业等，投资背后受到台湾当局政策的左右，也受到两岸关系的影响，呈现出明显的波动性和行业、地域分布的集中性，并呈螺旋式上升趋势。台商在福建的投资中，"福、厦、漳、泉、莆五地市吸收台资金额占全省吸收台资总额 90％以上"，① 并且产业结构逐步升级，企业逐步集团化。侨商则抱着建设家乡的心理，其投资一开始就是本身产业的延伸或企业的扩展行为。侨商同样是受内地优惠政策吸引追求利润，但同时还带着投资家乡改善其经济面貌的心理驱动。受限于居住国的社会经济发展以及侨商从事的产业结构特点，侨商投资国内的产业一开始主要为传统的劳动密集型产业，如农业开发、食品加工、服装加工、水产加工及木材加工等。而同样为初期投资的劳动密集型产业，台资企业更多的是原料、市场两头在外，侨资企业则更多的是原料供应、生产过程和市场销售均在内地。

第三，从投资的管理模式来看，华侨因其投资行为有改变家乡，光宗耀祖的心理动机，囿于闽南人宗族、家族观念影响，以及东南亚华人的家族管理传统，摆脱不了家族式的管理模式，如泰国谢氏家族控制的正大集团、新加坡和马来西亚郭氏家族控制的丰隆集团、印尼林绍良家族控制的三林集团等，它们投资大陆的企业中，高层管理人员更多的是家族中人或亲朋好友，虽保证了企业的财产和财务安全，但管理权和所有权的重叠，带来了许多问题，也影响和制约了企业的发展壮大，降低了企业的盈利水平和效率。随着在市场经济陶冶下许多大陆中小企业的兴起，华侨投资的中小企业在激烈的竞争中逐渐萎缩，在家乡经济中的主导角色渐渐失去。而台商投资大陆，一开始他们就是聘请台湾本土的职业经理人（又称"台干"），"空降"大陆参与管理。其企业管理制度以理性和科学方式运作。虽然也有朋友及乡亲关系掺杂其中，但少有家族中人干涉或参与企业管理，从而避免了企业运转的非理性因素，保证了运作的顺畅。较之侨商企业，其经营

---

① 李小玲、朱斌：《台湾企业在闽投资情况研究》，《闽台合作》2001年第5期。

的效益和效率较高，很多在大陆创业或投资的企业取得了成功，如灿坤、宏碁、好又多、统一等。近几年随着企业不断壮大，大陆经理人的逐步成熟，以及出于成本考虑，在大陆的台资企业本土化管理也在逐步推行。

第四，从投资的发展趋势来看，台资企业在大陆普遍盈利，促使台商更多地增资大陆，产业升级和多元化经营步伐加快。再者，许多台商的企业扩展壮大后，因产业和事业主要在大陆，逐渐地其家庭也安置在大陆，逐步"落地生根"，产生因投资而发生的事实上的移民，在东莞、厦门、昆山、上海等地都有很多台商置业定居下来，使他们具有了"本地化"的优势。而侨商因种种原因，其企业的发展逐步落后于台资企业，对福建产业的升级和结构调整贡献有所降低。再者，东南亚华商直接投资大陆经常受到所在国的批评和质疑，长期以来他们中的一些人不得不通过香港转道投资大陆。而华商经历了所在国独立后民族主义排华风潮的打击，为求生存，已经抛弃了回乡"落叶归根"的意识。这些都间接影响了他们的企业在大陆的发展规模和速度。

不过我们也应该看到，虽然台商与侨商在投资祖国大陆、投资福建侨乡中存在着动机上和管理上的一些差异，也导致了不同的发展道路和规模，但他们身上根植的中华文化和民族情结，乃是最根本的共同点。

台商与侨商在大陆的投资，对中国改革开放的深入发展，福建的社会经济进步，都起到"助推器"的作用。祖国大陆从计划经济向市场经济的转型，从贸易导向的经济体向"世界工厂"的转变，制造业出口能力的迅速提升，等等，都得益于台商和侨商。若没有台商及侨商在开放之初的发轫精神，中国改革开放的铺陈，发展的纵深程度可能就不一样。同时，借助台商与侨商的经贸、社会网络，也推动了中国与其他国家和地区的友好合作与互动，逐步改变和重塑了中国的海外形象。因此，台商与侨商对新时期中国社会经济的发展进步是功不可没的。

第二节　台商投资东南亚与东南亚
闽籍华人的关系

一、台商投资东南亚的背景

早在 20 世纪五六十年代，台商就开始了对东南亚的零星投资，然而当时的投资规模与企业及人员数目都不引人注意。随着台湾经济的起飞，特别是 90 年代进入经济全球化时代以后，台商投资东南亚的规模日益扩大，相关企业及人员的数目也不断增加，并日渐为世人所瞩目。探讨台商投资东南亚的背景，既要从历史出发，又要从宏观着眼，亦即在顾及历史渊源的情况下，将其置于全球华人经济网络的大环境中加以考察。

台湾学者认为，海外华人遍布全球各地，其拥有的强大经济实力、良好的人脉关系和广布的市场网络，一直是台湾经济发展不可或缺的助力，且是台湾产业、金融业向海外拓展的推手。[①]这就是全球华人经济网络为台商投资海外造就的大环境。就东南亚而言，东南亚与台湾在地理上最为接近，那里的华侨、华人中有大量的闽南人，与构成台湾主要人口成分的人们同属一个方言群，风俗习惯相当一致，而且两地之间早已存在着千丝万缕的人际关系与商贸关系。这就是东南亚华人为台商投资该地区而营造的区域环境。

---

① 曾庆辉：《21 世纪华人经济活动之潜力》，第 164 页，（台湾）海外华人研究学会，1998。

　　但是，如果没有经济全球化和区域化的推动，台商投资东南亚的现象尚不能得到完满的解释。冷战结束后，经济的国际化日渐为全球化所取代。后者的显著特征是，资本、货物和人员的流动再也没有国界的限制，跨国公司日益成为世界经济发展的重要角色，国际组织日益成为全球经济的安排者和仲裁者。这种形势对于急需向外扩张的台湾经济是十分有利的。冷战的结束消除了东南亚的不稳定因素，西欧、北美区域的兴起，又迫使东南亚加速其区域一体化进程，因为区域化与全球化构成了当今人类社会发展的一体两面。而这种区域化又不是封闭的而是开放的，唯有对外交流活跃的区域经济才能立足于世界。台湾作为与东南亚相邻的发展良好的经济体，自然成为其吸引投资和加强经贸联系的首选对象。

　　当然，经济全球化也充满风险。1997 年爆发的东南亚金融危机、2001 年"9·11"恐怖袭击造成的全球经济不景气、作为东南亚国家主要出口市场的美国日益盛行贸易保护主义，等等，都是台湾外部经济环境中的不利因素。但是，东南亚经济形势的突变在使台商遭受打击的同时，也不是绝对没有机会了。例如，金融风暴横扫印尼时，"许多从事内销与进口生意的台商因不堪印尼盾急贬所造成汇率兑换损失，关厂停工。以出口导向为主的台商却受惠于印尼盾的贬值，生产成本大幅下降，国际竞争力相形提高，获利不菲"。① 这固然说明台商适应能力强，可以渡过难关，甚至化不利为有利，在逆境中求得生存。但归根结底的原因却是，东南亚确实充满机会，即使在经济形势不好的情况下，

---

　　① 古鸿廷、陈志昌：《金融风暴后在印尼的台商》，收入古鸿廷、庄国土主编：《当代华商经贸网络——台商暨东南亚华商》，第 83 页，（台湾）稻乡出版社，2005。

对外商也不是绝对不利的。

如果说以上概括的是台商投资东南亚的宏观经济背景，那么这一地区的微观经济背景对台商而言，也不是无关紧要的。还是从东南亚的华人入手，来谈这方面的情况。上文说到东南亚华人与台商投资的关系，这种关系最终要落实到当地华人企业与台商企业的关系之上。人们论及东南亚华人经济时，首先想到的往往是华人大企业或企业集团，但是不要忘记，华人拥有的企业大多数还是中小企业。而台商前往东南亚投资，也是以中小企业居多。这类企业虽然现代化程度不高，企业内部还有许多传统因素，但恰恰是在这一点上，两地企业找了到共同之处。

台湾学者认为，"台湾的'关系企业'是以亲属关系、姻亲关系和同乡关系等种种人际关系构成的"；"企业家们充分利用人际关系网路，寻找合作伙伴，筹集资金和资讯，发展业务活动，逐渐扩大其范围"；"资金和资讯都是经过这个人际关系的网络进（入）流通，投资机会就会源源不断地流向有能力、有信用的企业家手里"。[①] 另一方面，东南亚华人企业的传统性，比起西欧北美等经济发达地区的华人企业，也更为强固。"尽管华商处于险恶的外在环境，但特有的传统互动网络，长期以来确实维护了其既得利益，这或可说明华商经营'传统特质'的理性思考。"[②] 明白了这个道理，对于同属闽南方言群的台商与东南亚华商之携手合作，从而对台商构成良好的微观经济背景，也就不难理解了。

微观经济背景的另一层含义是，台商企业作为外资企业，来

---

① 曾庆辉：《21 世纪华人经济活动之潜力》，第 100～101 页，（台湾）海外华人研究学会，1998。

② 同上书，第 58 页。

到东南亚投资所需要的条件，除了宏观层面上的因素，如当地政府奖励外来投资的政策，包括关税的减免、土地的优惠，以及其他软硬设施的提供等外，还要考虑到一个具体的企业来到此地投资设厂，进行生产和销售等经营活动时所付出的经营成本等。其中，劳动力成本占有重要的地位。而恰恰在这一点上，东南亚各国（新加坡除外）占有比台湾地区更大的优势。"在台湾支付一个工人的工资，可以在东南亚支付八个至十个工人的工资，东南亚有如此优厚的条件，以制造业及中小企业为主的台商，当然趋之若鹜地前进东南亚。"①

以上是从全球的、区域的乃至东南亚的角度出发来论述台商投资的背景，那么，台湾本身有没有促使台商投资东南亚的动因或背景呢？回答是肯定的。本章第一节在谈到台商投资祖国大陆时，已经论及台湾在完成经济起飞后面临着经济不稳定、产业升级、结构转型、投资环境恶化（包括地价上涨和劳动力价格上升等）、投资需求持续不振以及扩大的对外贸易导致外汇储备激增的复杂局面和困境。应该说，从这方面来考虑，台商投资祖国大陆与投资东南亚的动因是大同小异的。但是，台商投资东南亚还有其特殊的背景，那就是台湾当局的"南向政策"。

台湾当局在 1993 年 10 月提出《加强对东南亚地区经贸工作纲领》，并于次年初正式形成"南向政策"，亦即鼓励台商到东南亚投资的政策。台湾当局这样做的动机是，由于台商纷纷投资祖国大陆，当局"担忧台湾经济会受到大陆的限制与牵制。因此，基于政治因素与'国家'安全的考量，鼓励台商到东南亚投资，一来可以避免或减缓台商将资金转向大陆，二来可以降低对大陆

---

①　顾长永：《台商在东南亚：台湾移民海外的第三波》，第 7 页，（台湾）丽文文化公司，2001。

的经贸依存度"。① 这一政策的基本出发点乃是政治的而非经济的，因此对台商投资东南亚的作用很难一概而论。

本来台商投资东南亚乃是一种民间经济行为，而"南向政策"出台后，台商投资东南亚开始有了官方色彩和政治背景。1994 年以后，台湾当局以"国营"企业和国民党党营企业带头行动，到东南亚投资，以期带动私人资本前往东南亚。至 1996 年，台湾对东盟各国及越南的投资较前有了大幅增长。与此同时，台湾当局还与东南亚各国官方有了密切往来，似乎达到了"拓展外交空间"和"降低投资风险"的双重目的。② 但是，不久后爆发的东南亚金融危机使台商遭到挫折，台商对祖国大陆和东南亚的投资环境加以比较之后，很多最终还是选择了祖国大陆。所以台湾当局的"南向政策"总的来说并不成功。此后东盟国家加速了建构东盟自由贸易区的进程，加上祖国大陆与东盟的经贸关系日益密切，使台湾当局有了被排斥的危机感，所以又再度强化"南向政策"的实施，这一次的经济因素明显加强了，但其成果也并不十分显著。因此，若将"南向政策"作为台商投资东南亚的一个源于本地的背景因素，还需客观地对待之，既不夸大也不全盘否认。

二、台商投资东南亚的表现

台商对东南亚的投资虽可追溯到 20 世纪 50 年代，但真正大量投资是在 80 年代中期以后。从 20 世纪 50 年代到 20 世纪末，

---

① 宋镇照：《建构台湾与东南亚新世纪关系——南向发展之政经社场域策略分析》，第 106 页，（台湾）海峡学术出版社，2006。

② 庄国土：《东南亚台商与南向政策》，收入陈乔之主编：《面向 21 世纪的东南亚：改革与发展》，第 360 页，暨南大学出版社，2000。

台商对东南亚的投资大体可分为 3 个阶段。1990 年以前，前往东南亚投资的台商主要是中小企业，第一批到东南亚投资的企业是台湾岛内的"夕阳产业"，且几乎都是以出口为导向的劳动力密集型工业。这一阶段平均每件投资 100 万—200 万美元。1990—1994 年间是第二阶段，技术密集型的台商企业到东南亚投资的逐渐增多，这是中小企业带动与其协作的大中企业前往投资，尤其是台湾当局和东南亚各国共同推动台商大企业投资的结果。此间平均每件投资在 200 万—500 万美元之间。1994 年以后，在"南向政策"推动下，台湾"国营"企业和党营企业在对东南亚的投资中扮演了重要角色，这些企业投资规模大，并带动了私营企业进一步向东南亚投资。[①] 但 1997 年金融危机的打击，以及台商投资的主要方向转向祖国大陆，使台商对东南亚的投资势头受阻，所以到 20 世纪末台商投资东南亚已从其高峰跌落下来，进入 21 世纪后更是处于衰退阶段。

　　台湾学者根据台湾"经济部"投资业务处的资料，列出了近半个世纪以来台商对东南亚各国的投资件数、投资类别、投资额等数据，现转引如下：

台商对东南亚各国之投资 1959—2003（当地国统计）

国别	件数	投资类别	投资额（单位：百万美元）	在外资中的排行榜	平均规模（单位：百万美元）
马来西亚	1958	电器与电子、基本金属、纺织、木材与木材制品	9419.58	3	4.81

<hr>

①　庄国土：《东南亚台商与南向政策》，收入陈乔之主编：《面向 21 世纪的东南亚：改革与发展》，第 359～360 页，暨南大学出版社，2000。

续表

国别	件数	投资类别	投资额（单位：百万美元）	在外资中的排行榜	平均规模（单位：百万美元）
泰国	1701	电子暨电机业、金属暨机械业、纺织业、化学暨造纸业	10912.21	3	6.42
越南	1084	食品、建筑、纺织、木材与木材制品	5993.26	2	5.53
印尼	970	纺织、金融、鞋业、电子、金属制品、家具木材、贸易	13036.88	6	13.44
菲律宾	883	贸易、纺织、电子与电器制品、食品、化工原料	1071.79	7	1.21
新加坡	384	纺织、电子及电器制品、成衣、塑料加工、非铁金属	1821.46	—	4.47
柬埔寨	180	成衣、皮革、建筑材料、农业	501.66	2	2.79

转引自龚宜君：《出路：台商在东南亚的社会形态》，台湾"中央研究院"人文社会科学研究中心亚太区域专题研究中心，2005年，第21页。

台商在马来西亚的投资额仅次于美国和日本，为马来西亚第三大投资来源；若以投资件数计，则居于首位。但台商在马来西亚的投资以中小企业为主。20世纪90年代前期为台商投资马来西亚的高峰期，之后投资明显下降。台商在马来西亚最重要的投资行业是电子业。台商同样是泰国的第三大海外投资来源，但金融风暴之后，台商投资明显减少，投资高峰期已过。台商在泰国最重要的投资行业是化学工业。越南是台商在东南亚后起的重要投资据点，至 2003 年，台商在越南已居外人投资的第二位，仅次于新加坡，并且台商在越南的实际投资额应远高于越南官方公布的数据，合理的估计应在 100 亿美元以上。台商在越南投资的特点是许多行业与农业资源有关。印尼本应是台商在东南亚最重要的投资据点，但因印尼在金融风暴后经济一直不景气，台商投资已经锐减，加上印尼政府一般将外资与当地企业合资和增资的部分全部算入外人投资金额当中，所以台资有被高估的可能。台商投资印尼的特点是许多企业与木材资源有关。菲律宾离台湾最近，也是台商最早对外投资的国家之一，但近期菲律宾在东南亚各国台商投资排名中已落后，主要原因是菲律宾局势持续不稳。但也应看到，菲律宾官方的台商投资额统计，并不包括台湾在该国的"经济特区"之投资，所以台商投资额有被低估的可能。台商在新加坡的投资不同于在东南亚其他国家的投资，因为它的经济发展水平高于该地区其他各国，并且居于该地区金融、贸易和交通的枢纽地位，所以台商侧重于金融、保险业等的投资。台商在柬埔寨的外资来源当中居第二位，仅次于马来西亚。但因该国政局中有不稳定因素，故台商投资亦呈下降趋势。台商在该国的投资以轻工业为主。[①]

　　伴随着台商投资东南亚的是台商向东南亚的事实上的移民，或者称之为投资移民亦无不可。但是，这股投资移民潮与历史上中国向东南亚的移民是不同的，最主要的区别是，台商是挟其资金前往东南亚，与以前的华人移民赤手空拳去东南亚打拼有天壤之别。再者，台商移居东南亚的情况很复杂，每一个台商都有自

---

　　① （台湾）中华经济研究院编：《华侨经济年鉴·东南亚篇》，第 82、99、128、114、143、156、181 页，（台湾）"侨务委员会"，2001—2002 年版。

己独特的情况，或暂住，或久居；或只身独往，或全家同行；或申办移民手续，或保留外商身份。这与当年华人移民前往东南亚在移居模式上大体一致，亦即为了求生存而在当地做长久打算，也有很大不同。当然，不少台商为了事业的发展，也倾向于在当地长期居住，这就是笔者所说的无移民之"形"而有移民之"实"的移居形态。

三、台商投资东南亚与当地闽南人的关系

上文已指出，台湾人口的主要部分与东南亚华侨、华人中的一个重要部分同属闽南方言群，这是台商选择到东南亚投资的一个重要因素。那么，在台商投资东南亚的过程中，当地闽南人是如何与之产生互动，从而形成对台商有利的社会人文环境呢？总的来说，东南亚的闽南人在商业上的优势以及在当地的社会关系，为台商进入该地区从事工商业活动提供了便利条件，其中包括台商进入东南亚的渠道、台商业务的开展、台商在当地的社会与文化适应等几个方面。

首先来看台商进入东南亚的渠道与当地闽南人的关系。台湾学者龚宜君对这方面有独到的研究，她指出："在许多关于台商在东南亚投资的调查研究与田野访谈资料中，都可以发现台商（尤其是中小企业）在对东南亚进行投资时，往往会依赖当地的华人、亲友或客户的引荐。"① 台湾中华经济研究院于1994年对东南亚110个中小台商企业做了调查，发现其中有29家企业是在当地华侨的引荐下成功地进行了投资的，占到被调查厂商的26.4%，仅次于自行前往投资的厂家（50家，占45.5%）。另

---

① 龚宜君：《出路：台商在东南亚的社会形态》，第30页，"中央研究院"人文社会科学研究中心亚太区域专题研究中心，2005。

外，台商倾向于在原有的商业网络中进行合作，因此原来有企业合作关系的代理商与原料供应商也是引荐台商到东南亚投资的重要中介，属此二类情况者在被调查厂商中有 25 家，占 22.7%。[①]笔者认为，原来与台商有关系的东南亚代理商和原料供应商，其中有可能相当一部分是华人企业。这是由世界各地的华人在投资经商中一般优先选择与华人合作的通例中推断出来的。这样，台商通过当地华人（包括个人与企业）到东南亚投资的情况就更具普遍性了。

其次来看台商在其业务开展过程中与当地闽南人的关系。台湾中华经济研究院的调查报告指出，当地华人在台商企业开展业务中所扮演的角色，有以下几个方面：第一是提供资讯，被调查的 107 家厂商中有 63.3%需要当地华人提供资讯；第二是协助行政管理，48.6%的厂商有此需要；第三是以其为中介与当地政府建立关系，49.5%的厂商有此需要；第四是依靠其帮助解决台商对当地语言、文化、法令、劳动条件之不熟悉的困难，有相当大比例的厂商有此需要。此外，在建立行销渠道、供应原料、提供资金和技术、充当合伙人、协助建立分厂、协助建立客户关系等业务工作中，也有许多台商需要当地华人参与其间。[②] 可见，当地华人在台商企业业务开展的几乎各个环节都扮演了不可或缺的角色。台商与东南亚的闽南人在业务开展过程中的密切合作，是由台商主要是通过民间渠道进行投资所决定的。由于语言方面没有障碍，沟通得以畅顺，加上原有的业务加朋友关系，使

①　龚宜君：《出路：台商在东南亚的社会形态》，第 31 页，"中央研究院"人文社会科学研究中心亚太区域专题研究中心，2005。按：原书中有一个数据，50 家占全部 110 家的 50.9%，有误，应改为 45.5%。

②　同上书，第 32 页。

得台商与当地闽南人互为信任，不会互相猜疑。特别是在台商企业向当地政府注册登记、申请优惠待遇和贷款，以及办理各种法律和会计事务时，必须与当地官员和相关机构人员打交道，通过当地华人作为桥梁和中介，可以事半功倍，获得良好效果。

再次来看台商在社会与文化适应方面与当地闽南人的关系。此处所谓的社会与文化适应，是针对台商在生产经营过程中必须适应当地人的风俗习惯和生活方式而言，在此适应过程中，当地华人的作用是很重要的。这当中又可分为两个方面，一是台商通过华人干部对员工进行管理，一是通过华人干部与政府官员打交道。"台商在东南亚，大都不谙当地的语言，对当地国的文化及工人生活方式，亦不大了解。透过合资经营，就可藉着合伙人管理当地的工人，如此可减少一些摩擦。尤其是一些拥有百人以上的工厂，非常需要当地的管理干部，以管理当地的员工。例如在印尼及马来西亚的木材工厂，及各地的成衣工厂，有些台商工厂甚至拥有千人以上的员工，对当地员工的管理，尤其需要当地的管理干部。"[1] 这里一再提到的当地管理干部，自然是指华人干部。再者，"东南亚国家大都缺乏完备的行政官僚体系，亦缺乏奉公守法的官僚文化。许多行政官员都有要小费及索取好处费的习惯，拿到好处后，处理事情就方便许多；若台商吝于给予好处，很可能就会受到无谓的刁难。因此，台商在东南亚地区的投资设厂，非常有必要建立一个良好的政商关系，其中居间的关键人物就是合资经营的当地工作伙伴"。[2] 这里提到的当地合资伙

---

① 顾长永：《台商在东南亚：台湾移民海外的第三波》，第20页，（台湾）丽文文化公司，2001。

② 同上书，第18～19页。

伴，自然大部分也是华人。

以上是从东南亚地区的整体层面上论述台商投资该地区与当地闽南人的关系，下面再从具体国家或城市的层面上来论述这一关系。

在马来西亚，由于历史的原因，华人的分布是依照方言群的不同而各自形成聚居区域的，吉隆坡为广东人（广府人）聚居较多的地方，新山的华人以潮州人为主，槟城则是著名的闽南人集中居住的城市。"槟城由于语言的相通性以及良好的投资环境，目前亦是台商聚集最多的地方。"可见台商投资地与当地闽南人居住地的相关性是十分明显的。20 世纪 80 年代中期之后，"台商大举在马国投资，与当地华人企业的互动转趋密切。台商在当地营运后采用华商供应的原物料及设备的情形亦相当普遍；另外台商亦有利用当地华人经营的金融机构进行资金之调度与周转"。这是就台商企业与华人企业的互动而言，若是就台商企业对当地华人专业人才的使用而言，则"几乎台湾企业均聘请当地华人，无论是在技术人员、翻译人才等各方面，马国华人均提供台商相当大的助益"。马来西亚还是华人子弟赴台湾留学最多的东南亚国家，"许多侨生在台湾学成回国后均投效当地的台商企业，由于彼此语言沟通上没有障碍，再加上文化层面隔阂较小，对台商经营助益甚大"。①

在印尼，历来台湾的"中小企业对印尼的投资十分积极，大企业投资则十分谨慎。自 1994 年印尼采取投资自由化政策后，台湾大企业才开始对印尼产生兴趣"。"台商在印尼投资事业多属外销导向，与当地华人传统经营内销导向的产业形态不相冲突，

---

① （台湾）中华经济研究院编：《华侨经济年鉴·东南亚篇》，第 81、81、91、91 页，（台湾）"侨务委员会"，2001—2002 年版。

因此彼此间合作多于竞争。台商透过合作关系，协助新一代的印尼华裔商人开拓外销业务，也因与华商合作而有内销的机会，两者互蒙其利，替彼此合作提供一好的基础"。① 而闽南人在印尼华人中占有相当大的比例，所以台商与他们的合作又有共同的文化基础。

在越南，台商投资于近年来急剧增加，与当地华人的互动也日益显现。越南的华人中闽南人虽然不多，但他们在与台商合作的华人中显然是一支重要力量。在越南华人经济的重镇胡志明市（原西贡市）有 4 万福建人后裔，其中以闽南人居多，他们组织有自己的宗乡会馆。② 台商来到越南投资后，"一方面台商在当地营运需要借重当地人才，而通晓越文与中文的华人自然成为台商心目中的最佳人选；另外在考虑合资经营时，华人企业亦是台商首要考虑的对象"。③ 以闽南人为主的台商与越南华人中的闽南人产生互动便是顺理成章之事。

在菲律宾，闽南人在该国华人中占有绝对优势，所以台商投资于菲律宾者，若欲与当地华人合作，则绝大多数与闽南人合作。"菲律宾台商所从事的行业多为劳力密集或资源密集的传统产业，如纺织、金属加工、电器、畜牧、木材加工、海产业等，晚近才加入高科技台商，且多集中在苏比克湾等加工出口区设厂。由于菲律宾台商之生产形态多为加工出口，因此在事业经营上与菲国老侨互动较少，多为会员间之互动。不过，由于菲国规定外国人不得持有土地，故常有台商借用菲国华人之名义购买

---

① （台湾）中华经济研究院编：《华侨经济年鉴·东南亚篇》，第 114、121 页，（台湾）"侨务委员会"，2001—2002 年版。

② 陈明华、陈英杰：《越南胡志明市的闽南人后裔》，《鹭风报》，2007 年 6 月 7 日至 13 日。

③ 同①，第 137 页。

土地。另外，在菲国投资法中，以负面表列方式限制外人投资若干行业，因此也有台商借用菲国华人之名义投资或与其合资的情形。"①

以上所列举的四个国家，台商在与所在国的华人产生互动关系的过程中都显示出各自的特点：马来西亚华人以其中文人才多而特别获得台商的青睐；印尼华人与台商在业务空间的双向拓展上表现尤其卓越；越南华人是台商投资急剧增加的助推器；菲律宾华人对台商的帮助则是无法由别人取代的。

四、文化在台商与东南亚闽籍华人互动中的作用

双方共同拥有的闽南文化是台商与东南亚华人互动的不竭动力。台商与东南亚华人的互动虽然主要是一种经济互动，但若无文化作为支撑，这种互动是无法持久的，因为文化乃是一个民族所拥有的最根本的东西，因而文化才能产生双方合作的基础与动力。

在这方面，台商与马来西亚华人的互动表现得最为典型。"马国华人普遍均通晓中文与英文，此对台商而言可说是一重要的资产。马国政府虽然一向标榜马来文化，但对于中文原则上并不禁止，所以华文教育在马国也相当普遍。又由于英文是马国的官方语言，所以在马国的华人基本上均具有多国语言的能力，此也是马国华人最大的优势所在，再加上马国的教育体系还算完整，所以在马国投资的台商普遍雇用华人干部。此外，马国有许多华侨会送子女到台湾读大学，马国的留台侨生即占台湾历来所有留台生的半数。这些留台生（至今有 3 万多人）亦是台商在马

---

① （台湾）中华经济研究院编：《华侨经济年鉴·东南亚篇》，第150～151页，（台湾）"侨务委员会"，2001—2002 年版。

国经营的重要干部来源。"① 民族语言是民族文化的载体，这就是通过语言优势所表现出来的马来西亚华人民族文化的优势。

再者，透过马来西亚华人子弟大批留学台湾的现象，还可进一步考察马来西亚华人年轻一代在文化认同上的双重性，亦即既认同于所在国文化又认同于祖籍国文化。"20 世纪 80 年代的大马旅台知识青年纵然已把很多的心力注目在自身的乡土马来西亚这块土地上，但是那难以化解的内在文化之根，却始终使他们常常在土地（马来西亚）与民族（华人，或中华民族，或中华文化）之间纠结着。亦可以说，他们的认同取向是双重的。而对民族文化——所谓的中华民族文化的根，要去哪里寻找呢？无疑地，他们想到了台湾。1984 年在大马青年的一次问卷调查中，在问及为什么来台求学时，当时的大马旅台生除了认为是'学费较便宜'外，其次的原因则是'接受中华文化'，显示了文化意识的认同亦很高。"② 不可否认，台湾对中华传统文化的完善保留是对马来西亚华人青年的一个强大吸引力。通过在台湾的学习，他们加固了自身的民族文化之根，并为日后与台商的合作扎下了文化根基。

以上是对马来西亚华人与到此地投资的台商之互动的宏观概括，下面再对此进行一些微观探讨。台湾学者龚宜君通过对马六甲台商投资区的实地考察，并对那里的台商进行了深度访谈，为马来西亚华人与台商的文化互动提供了一个范例。首先是大环境使得来到此处投资的台商有心理上的安全感。一位台商说："如

① （台湾）中华经济研究院编：《华侨经济年鉴·东南亚篇》，第81～82 页，（台湾）"侨务委员会"，2001—2002 年版。

② 安焕然：《内在中国与乡土情怀的交杂——试论大马旅台知识群的乡土认同意识》，收入安焕然：《本土与中国学术论文集》，第 274 页，[马来西亚] 南方学院出版社，2003。

果以台商来讲，来到马来西亚他不会觉得自己在别个国家，因为最起码的种族（即指华人占总人口比例大）……以我初初来的感觉，（马六甲）好像是我家附近的鹿港，真的很相似。所以当你心灵上有这样的安全感以后，你就会放大胆去做。"其次是当地政府中的华人官员起了一种使台商感到信任的文化符号的作用。马六甲是一个小州，而台商则是该州最大的外来投资者，故当地政府对台商十分重视。在访谈中一位该州的华人投资协调官黄炳火经常被台商提及，认为他是该州引进台资的重要人物。一位台商说："……那么因为黄炳火对本地的各种状况的了解很透彻，那么他的华文程度又很高，政府关系又很好，所以他在台湾招商的时候很容易取得大家的信任，那么就到马六甲来投资。因为他可以维持一个很好的沟通管道。"再次是当地华人的语言能力强，使台商在企业的内外沟通中深感便利。"台商们雇用华人作为行政干部的最主要的原因是语言沟通，在台商老板身边的几乎都是华人。在马来西亚台商公司中的华人干部至少可以通三种语言，华语、英语与马来语，有的还会淡米尔语（即印度、孟加拉语言）、粤语与闽南语"，他们对外与政府交涉，对内与劳工沟通都很便利。最后是当地华人中的留台生往往成为台商在当地社会关系中的核心层。台商与其他种族的员工之关系乃是"最为疏离的劳资关系"；与一般华人形成的是"中介干部的关系"；与留台生则形成"核心的互赖的关系"。① 总之，从环境到官方态度，从华人干部的能力到社会关系中各色华人的作用，都说明文化在台商与当地华人互动中的关键作用。

---

① 龚宜君：《出路：台商在东南亚的社会形态》，第47、54、56～57、59页，"中央研究院"人文社会科学研究中心亚太区域专题研究中心，2005。

五、余论

将台商投资东南亚及在此过程中与该地区的闽南人产生互动
置于全球视野下进行考察，或者说将它与全球范围内闽南人的移
民、经贸与社会活动联系起来加以考察，可以发现以下几点：

第一，台商向海外的发展实际上是经济全球化的一个组成部
分，也是全球化背景下台湾经济起飞之后的一个必然结果。20
世纪七八十年代之后，台湾经济已经是一个高度外向型的经济，
其全球化程度也越来越高。在此形势之下，台商向岛外发展是不
可逆转的，除了祖国大陆之外，东南亚是台商最具吸引力的投资
场所。所以台商对东南亚的投资有其历史的必然性，也有其现实
的必要性。

第二，台湾当局的"南向政策"可能在一个时期内产生一定
的作用，但这不是台商投资东南亚的必要条件和根本动力。台湾
学者龚宜君说："在作者访问到的台商中没有一位指出他们的投
资曾受惠于南向政策或受其影响而到东南亚投资。"[①] 这说明政
治干预对台商投资东南亚这样的经济活动并不适宜。台商投资海
外有它自己的发展规律，人为的干预如果顺应其发展规律，或许
是可取的，反之则会起反效果。

第三，台商与东南亚华人特别是闽南人的互动，实际上是一
种交织着经济和文化因素的社会互动，在这当中，双方共同拥有
的闽南文化是促使二者在经济活动中相互交融的强大动力。在全
球化背景下，不同种族、不同文化的群体进行经贸交往已是司空
见惯。但是，在全球化进程中，经济与文化是不同步的，全球化

---

① 龚宜君：《出路：台商在东南亚的社会形态》，第52页，"中央研
究院"人文社会科学研究中心亚太区域专题研究中心，2005。

主要是经济全球化，而目前尚未有一种普遍认可的全球文化，民族文化仍然是不可或缺的。这就决定了同文同种的两个群体之间更容易进行经贸交往。

第四，本章讨论了台商投资祖国大陆，并将其与闽籍华商投资故乡作了比较，又讨论了台商投资东南亚及其与当地华人特别是闽南人的关系。为什么要将这几组关系放在一起讨论？目的也是为了让人们明白，它们实际上是在全球化大背景下相互关联的几组关系，而绝不是孤立的、互不关联的。与此同时，全球华人的经济网络，以及交织于其中的闽南人网络，也就能在我们的讨论中逐渐清晰起来。

结　语

闽南文化：海内外
闽南人的精神家园

　　"闽南"是一个方言群概念。同一个方言群的人们都有自己的认同。"当操相同方言的中国人在社会生活中，一面组成各类团体，而又一面拒斥操别种方言的中国人参加这种团体时，方言群认同便在运作中。"[①] 当然，这是一种传统的方言群认同。在当今全球化的开放时代，讲同一种方言的人们已经不会绝对排斥讲另一种方言的人们了。但是，方言群认同毕竟还是华人社会的基本认同之一。闽南方言便是海内外闽南人共有的基本文化表征之一。

　　"闽南"又是一个地域概念。历史上的闽南指的是福建南部的漳、泉二府，近代以来沿海城市厦门的崛起，使作为地域概念的闽南形成了厦、漳、泉三个支点。众所周知，地缘和血缘是华人社会的两个基本法则。近代中国"民族国家"的概念产生以前，地缘和血缘是中国人群体性认同的两个基本准则。特别是对于海外华人来说，地域观念高于"国家"观念。后来尽管中国人

---

　　① 麦留芳：《方言群认同：早期星马华人的分类法则》，第 3 页，（台湾）"中央研究院"民族学研究所，1985。

接受了近代民族国家观念，但地缘与血缘意识仍然根深蒂固。而在闽南地区，特别是闽南乡村地区，自然聚落往往是单姓一族，或者说闽南多单姓村。这样，地缘与血缘在闽南往往相互重叠。所以，闽南在作为地域概念的同时，又具有了血缘色彩。

作为《闽南文化丛书》之一的本书，便是在上述多重含义的"闽南"概念基础上展开论述的。本书探讨的是闽南海外移民与华侨、华人，时间上它有相当长的跨度，从历史时期一直延续到当今；空间上它涵盖了福建南部和台湾，以及海外所有闽南人涉足的地区。这里要特别指出，在本书中，作为空间概念（也可以说是另一种意义上的地域概念）的闽南，包括了台湾。换言之，海峡两岸的福建南部和台湾岛，均包括在本书的"闽南"范围之内。顺理成章的是，本书中的"闽南人"，不仅包括了福建南部的闽南人，也包括了台湾岛上的闽南人。本书在绪论中已表示赞赏台湾学者林再复的台湾是"第二个闽南"的说法，并指出在某种意义上可以说台湾社会是闽南的翻版或复制。本书试图将海峡两岸的闽南人作为一个整体来加以研究，在论及闽南人向海外移民时，也特别强调海峡两岸闽南人的相关性。这也是本书的特点之所在。

福建南部和台湾同属闽南有一个重要的依据，那就是两地拥有相同的文化。这种两地共有的闽南文化，指的是由闽南人共同创造的物质文化与精神文化的总和。福建南部的闽南人迁移台湾之时，也就是闽南文化涵盖台湾之始。随着闽南人成为台湾居民的主体，闽南文化也成为台湾的主体文化。由于鸦片战争以前福建南部向外移民一直以台湾为主要流向，所以台湾便成为闽南文化的首要扩张地，最后完全被并入闽南文化区域。其中最突出的一点就是闽南方言成为台湾居民的主要语言。"从大陆入台的移民以闽南人最多，其次是从粤东入海的客家人。今天的台湾，除桃园、新竹和苗栗外，其他地区是以闽南话占优势……客家话只在新竹和苗栗占优势，在桃园则与闽南话平分秋色。"[①] 所以，接下去要谈的闽南文化向海外的传播，从始发地的角度来看，也包括台湾。

当今世界闽南人遍布全球，牵动全球闽南人心弦的是他们共有的闽南文化，闽南文化成为他们共同的精神家园。闽南文化在海内外闽南人当中产生凝聚力，不仅因为文化的原生地对他们有着巨大的吸引力，而且因为这种文化已经随着闽南人的足迹而传遍天下，并程度不等地为闽南人居住地的文化所吸纳，成为海外闽南人生活的一个实实在在的部分。

还是先从语言谈起。语言是文化的载体，闽南文化对南洋文化的影响，最有代表性者，无过于闽南方言词汇广泛被南洋各地语言所借用，直至成为后者本身的词汇。虽然华人移民中的闽南方言群与当地土著居民相比只占极少数，但他们往往是大分散小聚居，所以在自己家中和华人社区里仍然讲闽南话。华人文化的先进性，以及闽南人较高的经济地位，使得当地居民在与他们的频繁交往中学到了许多闽南话词汇，并逐渐将其融会到本民族的语言当中。这一点对散居东南亚各地的闽南人至关重要，因为它可以使闽南人受到其他族群的尊重，自己的语言被别人所接受，意味着别人的文化受到自己的影响，从而提高了别人对自己的尊敬度，反过来这又会提高自己的自尊心，这样无形中就会增强自身的凝聚力。另外，闽南人之间仍然使用家乡的方言，其所起的凝聚作用也是不言而喻的。与此同时，中国海外移民中的其他方言群，也程度不等地接受了闽南话，甚至学会了闽南话，这就意

---

① 周振鹤、游汝杰：《方言与中国文化》，第 36 页，上海人民出版社，1986。

味着闽南人在他们心目中地位的提高，同样的，这也会增强闽南人移民群体的聚合力。

在菲律宾，许多蔬菜种子是华人引进的，所以在菲律宾国语他加禄语当中，许多蔬菜的名称是闽南话的读音。再者，华人经营不少中餐馆，还开设不少食品加工厂生产中国式食品，因此他加禄语中的食品词汇也有不少来自闽南话。[①] 在印度尼西亚和马来西亚，当地居民所使用的语言中，也有大量闽南话借词。国际学术界把印尼语、马来西亚语以及文莱语、新加坡的现代马来语统称为马来语。据统计，马来语中至少有 511 个汉语借词，其中闽南方言借词 456 个，占 89.5％。[②]

"据 1972 年的统计，新加坡的华裔还有 91.1％的人在使用闽南话，其中又有 45.8％的人兼用马来语，41.2％的人兼用英语。新加坡华裔使用闽南话还有一个特殊情况，华人占总人口的 76％，虽然其中闽南人只占总人口 30％（占华裔人口的 40％），可是说闽南话的人却占华人总数的 91.1％，这说明在华人社会中以闽南话最有权威"。[③] 新加坡华人为了保持民族传统文化，是在有意识地维持双语制，并且以闽南话作为其有代表性的民族语言。

从历史上来看，闽南话在南洋的传播和使用是源远流长的，当代东南亚闽南话的广泛流行，是历史发展的结果。根据印尼荷兰殖民当局在《1930 年人口调查》中的统计，印尼华人 1233214 人当中，闽籍华人有 554981 人，约占半数，这当中闽南人又占

---

① 鲁阳戈：《闽南话在菲律宾》，收入泉州华侨历史学会编：《华侨史》第 5 辑。

② 孔远志：《中国印度尼西亚文化交流》，第 118、129～138 页，北京大学出版社，1993。

③ 周振鹤、游汝杰：《方言与中国文化》，第 26 页，上海人民出版社，1986。

多数。在东南亚其他国家或地区，除了越南是广东人占多数、泰国是广东潮州人占多数之外，菲律宾、缅甸、马来亚、新加坡等都是福建人占多数。而殖民地时期的所谓"福建人"就是闽南人。因此，在这些国家或地区，闽南话都是华人社会的共同语言。①

其次来谈艺术。艺术表现生活又超越生活，是一个民族精神文化和物质文化的集中体现。闽南艺术源远流长，其对海外的影响，尤其是对东南亚的影响，也是以闽南人移民为媒介。当闽南艺术成为海外闽南人乃至其他方言群不可或缺的文化和精神生活时，其对民族凝聚力所起的作用自不待言。而当闽南艺术也为当地土著所接受时，还意味着闽南人移民的精神生活扩及族群之外，成为影响当地文化的重要因素，从而增强了包括闽南人在内的华人移民的地位。

以具有闽南特色的提线木偶戏为例。宋代以后，泉州的提线木偶逐渐形成了自己的特色，不同于其他地方的木偶。又因为泉州木偶戏参与法事活动，所以它逐渐传入南洋，因为南洋华侨中具有宗教和民俗双重性质的活动是十分频繁的。这样，泉州木偶戏便在此类活动的滋养下，在南洋各地流行起来，且由华侨社会扩及当地土著。1908 年和 1914 年，泉州提线木偶专业戏班应南洋侨胞之请，延聘了当时名艺人，先后到新加坡、槟榔屿、马尼拉等地演出，受到华侨的热烈欢迎，开创了闽南提线木偶戏出国的先声。②

---

① 苏文菁：《福建地域、族群、文化与闽商精神》，收入中共福建省委统战部编：《闽商研究论文集》，第 121 页，2007。

② 陈德馨：《名扬中外的泉州提线木偶戏》，《泉州文史资料》第 14 辑。

再以皮影戏为例。中国的皮影戏与印尼爪哇的皮影戏，虽然在表演内容和演出技术上有所差别，但二者在总体上有共同点。在二者的渊源关系上，断然把爪哇皮影戏说成是由中国传入的固然缺乏依据，但华人（主要是闽南人）在印尼的长期生活中将中国的皮影戏介绍给印尼人民，则是完全可能的。在中爪哇，华人创造了适应当地环境的皮影戏艺术形式，用它来演出中国历史故事。值得指出的是，在印尼语中有影戏（yinhhi）这个词，它就是借自闽南方言。① 这说明，闽南人确实在影响爪哇皮影戏方面，扮演着重要角色。

再次来谈民间信仰，其中又可以分为信仰风俗和神明崇拜两个方面。信仰风俗不仅受到人们的信奉，而且成为支配人们物质生活与精神生活的重要因素，是一种无形的心理文化现象。闽南有许多独特的信仰随华侨传播到南洋，并在那里发扬光大。其中之一，便是"中元节"。在闽南地区，旧历七月称为鬼节，尤其是中元节（七月十五）更具有不同意义。习俗相传七月鬼门关开放，亡魂返回阳间，在家庭享受子孙的祭礼，而无主孤魂则游行各地，到处有人施食。而七月"普度"不但出自慎终追远的孝思，亦有泽及白骨的仁心，以及人鬼相安，超自然的哲学意味在内。在新加坡，闽南人是最大的华人地缘群体，中元节和普度的活动，也随之成为遍及整个社会的活动。每逢中元节，"到处可以看到善男信女焚烧金银纸"，还有"邻里之间组织大规模的中元会"。② 中元节这一来自闽南的信仰风俗，虽然具有迷信的成分，但在新加坡却成了凝聚社区的一种力量，对社会整合起了促

① 　孔远志：《中国印度尼西亚文化交流》，第 216 页，北京大学出版社，1993。

② 　新加坡宗乡会馆联合总会编：《华人礼俗节日手册》，1989 年。

进作用。而阴历七月过普度的风气，在新加坡也十分盛行，敬鬼神、搭彩楼，十分热闹，比家乡更甚。在纪念先人的时候，家家都要聚首共餐，追念祖先，从而起到巩固家庭的作用，进而也起到增强民族凝聚力的作用。

神明崇拜是比信仰风俗高一个层次的精神和文化生活，每一个民族都有自己崇拜的神明，而许多民族的地域支脉又有自己的地方神。闽南人自古多崇拜鬼神，闽南人移居海外便将这些神灵也迁至其居住地，成为其保护神。闽南地区的神庙"分香"至南洋的例子不胜枚举。闽南人普遍加以顶礼膜拜的妈祖女神，其神庙遍布南洋各地闽南人社区，著名的新加坡天福宫即为一例，它后来成为以闽南人为主的新加坡福建会馆的发祥地。另一例是越南胡志明市（原西贡市）的温陵会馆，它是闽南五县（晋江、南安、惠安、同安、安溪）移民于 1740 年建立的，起初供奉天后圣母（亦即妈祖女神），后来又多供观音，故又称观音庙。① 而小到一县一乡的"乡土神"，也大量地随闽南人"移居"南洋。这方面菲律宾的闽南人移民表现得最为突出，例如石狮城隍庙、青阳石鼓庙、石圳苏王府等闽南地方神庙，在马尼拉都有它们的"分香"庙宇。② 由于地方神崇拜的长期化和制度化，它已逐渐具备宗教的内涵，是一种较高层次的民间信仰，并成为民族文化的一部分，同时也是地缘群体信仰的内核，其对族群的凝聚作用不可小视。

谈到闽南人的民间信仰时，要特别提到台湾对南洋的影响。

---

① 陈明华、陈英杰：《越南胡志明市的闽南人后裔》，《鹭风报》，2007 年 6 月 7 日至 13 日。

② 陈衍德：《马尼拉华人的闽南地方神崇拜》，[新加坡]《亚洲文化》第 17 期，1993 年。

当祖国大陆尚未改革开放时，台湾就成了向东南亚传播闽南民间信仰的源头。例如，菲律宾马尼拉保安宫的主神保生大帝，亦称大道真人，本源自闽南人崇拜的医疗之神吴真人，但它却是1968年从台湾台北保安宫分香而来。① 又如，台湾的瘟神信仰本源自福建，但1949年以后此种信仰在祖国大陆逐渐消失，台湾遂成为向南洋传播瘟神信仰的源头。笔者在马尼拉时采访过两处华人寺庙，一为镇池宫古坑四王府，一为白衣大将军庙，它们都供奉衔头为"代天巡守"的瘟神，亦称王爷。对照台湾学者刘枝万对台湾瘟神信仰的研究报告，它们的奉祀形式与台湾完全一样。② 又考虑到1949年以后台湾与菲律宾的紧密关系，以及两地闽南人的频繁来往，似可以肯定菲律宾闽南人的瘟神信仰亦由台湾传入。由此可知，台湾在向南洋传播闽南民间信仰方面是扮演了重要角色的。

综上所述，闽南文化的传播以及它所产生的凝聚力，在闽南海外移民以及海外闽南人社会经济的发展过程中，起了核心和关键的作用。"闽南人在福建约有800万，在台湾约有1700万，在南洋约有1200万，若再加上世界各地讲闽南语的人口约有200万，统计全球将近有4000万闽南人。"③ 当今全球闽南人的分布特点是，其在海外的分布已经占了很大的比例，而作为"第二个闽南"的台湾，其闽南人也多于原生地福建南部的闽南人。闽南人之所以能在如此广阔的地域上生存与发展，经济实力与经济成

---

① 陈衍德：《马尼拉华人的闽南地方神崇拜》，[新加坡]《亚洲文化》第17期，1993年。

② 刘枝万：《台湾之瘟神信仰》，收入刘枝万：《台湾民间信仰论集》，第225～234页，（台湾）联经出版事业公司，1983。

③ 魏萼：《闽南文化的经济意义》，收入黄少萍主编：《闽南文化研究》，第199页，中央文献出版社，2003。

就乃是最根本的，而"闽南人之所以能够掌握经济发展的动力，文化因素是其中一个重要关键"①。闽南文化是一种适应性和兼容性都很强的文化，它又兼有陆地文化和海洋文化的特色和优点，所以它能在闽南人漂洋过海、创业异邦的进程中产生巨大的激励作用；能在闽南人团结奋斗的道路上起巨大的凝聚作用；能在闽南人回馈故乡的过程中起巨大的感召作用。所以本书在全部论述即将结束之时，又将探讨的重点复归于闽南文化这一出发点上。

---

① 魏萼：《闽南文化的经济意义》，收入黄少萍主编：《闽南文化研究》，第199页，中央文献出版社，2003。

后 记

本书作者陈衍德、王锋、杨宏云、王淑新、许振政,具体分工如下:绪论、第一章第一节的第一部分、第一章第二节、第二章、第三章、第五章第二节、结语由陈衍德撰写;第一章第一节的第二部分、第四章第一节由王锋撰写;第五章第一节由杨宏云撰写;第四章第二节由王淑新撰写;第一章第一节的第三部分由许振政撰写。此外,王锋和许振政协助整理了第二章第一节的资料。全书最后由陈衍德修订并统稿。作者排名以承担本书工作量的多少为序。此记。

作 者
2007 年 10 月

图书在版编目（CIP）数据

闽南海外移民与华侨华人/陈衍德，卞凤奎主编 . —福州：福建人民出版社，2007.10

（闽南文化丛书）

ISBN 978-7-211-05596-8

Ⅰ. 闽… Ⅱ. ①陈…②卞… Ⅲ. 华人—移民—研究—福建省 Ⅳ. D634.3

中国版本图书馆 CIP 数据核字（2007）第 152017 号

（闽南文化丛书）

闽南海外移民与华侨华人
MINNAN HAIWAI YIMIN YU HUAQIAO HUAREN

主　　编：陈衍德　卞凤奎
责任编辑：汤伏祥
出版发行：福建人民出版社　　　　　　电　　话：0591-87533169（发行部）
网　　址：http://www.fjpph.com　　电子邮箱：211@fjpph.com
地　　址：福州市东水路 76 号　　　　 邮政编码：350001
印　　刷：福建省天一屏山印务有限公司
地　　址：福州铜盘路 278 号　　　　　邮政编码：350003
开　　本：890 毫米×1240 毫米　　1/32
印　　张：9.875
插　　页：2
字　　数：234 千字
版　　次：2007 年 10 月第 1 版　　 2007 年 10 月第 1 次印刷
印　　数：1—4000
书　　号：ISBN 978-7-211-05596-8
定　　价：23.00 元